O
REI
CORVO

MAGGIE STIEFVATER

A SAGA DOS CORVOS

LIVRO 4

O REI CORVO

Tradução
Jorge Ritter

4ª edição

Rio de Janeiro-RJ / Campinas-SP, 2021

VERUS EDITORA

Editora executiva: Raïssa Castro
Coordenadora editorial: Ana Paula Gomes
Copidesque: Maria Lúcia A. Maier
Revisão: Cleide Salme
Capa: Adaptação da original (© Christopher Stengel)
Ilustrações da capa: © Adam S. Doyle, 2016
Projeto gráfico: André S. Tavares da Silva

Título original: *The Raven King*

ISBN: 978-85-7686-550-6

Copyright © Maggie Stiefvater, 2016
Todos os direitos reservados.
Edição publicada mediante acordo com Scholastic Inc., 557 Broadway, Nova York, NY, 10012, EUA.
Direitos de tradução acordados por Ute Körner Literary Agent, S.L., Barcelona – www.uklitag.com.

Tradução © Verus Editora, 2016
Direitos reservados em língua portuguesa, no Brasil, por Verus Editora. Nenhuma parte desta obra pode ser reproduzida ou transmitida por qualquer forma e/ou quaisquer meios (eletrônico ou mecânico, incluindo fotocópia e gravação) ou arquivada em qualquer sistema ou banco de dados sem permissão escrita da editora.

Verus Editora Ltda.
Rua Benedicto Aristides Ribeiro, 41, Jd. Santa Genebra II, Campinas/SP, 13084-753
Fone/Fax: (19) 3249-0001 | www.veruseditora.com.br

CIP-BRASIL. CATALOGAÇÃO NA FONTE
SINDICATO NACIONAL DOS EDITORES DE LIVROS, RJ

S874r

Stiefvater, Maggie, 1981-
 O rei Corvo / Maggie Stiefvater ; tradução Jorge Ritter. - 4. ed. - Campinas, SP : Verus, 2021.
 23 cm.   (A saga dos corvos ; 4)

 Tradução de: The Raven King
 ISBN 978-85-7686-550-6

 1. Romance americano. I. Ritter, Jorge. II. Título. III. Série.

16-35597
CDD: 813
CDU: 821.111(73)-3

Revisado conforme o novo acordo ortográfico

Para Sara,
que bravamente assumiu o Assento Perigoso

Dormir, nadar e sonhar, para sempre.
— Algernon Charles Swinburne,
"A Swimmer's Dream"

Esses sinais imputaram-me extraordinário;
E todos os cursos da minha vida demonstram
Que não estou no rol dos homens comuns.
— William Shakespeare,
Henrique IV

Querida, o compositor arriscou-se para valer.
— Anne Sexton,
"The Kiss"

PRÓLOGO

Richard Gansey III havia esquecido quantas vezes haviam lhe dito que ele estava destinado à grandeza.

Ele fora criado para ela; nobreza e determinação codificados em ambos os lados de seu pedigree. O pai de sua mãe havia sido diplomata, um arquiteto de fortunas; o pai de seu pai, arquiteto, um diplomata de estilos. A mãe de sua mãe havia sido tutora dos filhos de princesas europeias. A mãe de seu pai construíra uma escola para garotas com a própria herança. Os Gansey eram cortesãos e reis, e, quando não havia um castelo para convidá-los, eles construíam um.

Ele era um rei.

Em eras passadas, o Gansey mais jovem fora picado até a morte por vespas. Em tudo, ele sempre recebera todas as vantagens, e quanto à mortalidade não era diferente. Certa vez uma voz sussurrara em seu ouvido: *Você vai viver por causa de Glendower. Alguém na linha ley está morrendo quando não deveria, e assim você vai viver quando não deveria.*

Ele havia morrido, mas fracassara em continuar morto.

Ele era um rei.

Sua mãe, a realeza em pessoa, lançara a própria sorte na disputa eleitoral para deputada pela Virgínia, e, de maneira pouco surpreendente, ascendera elegantemente até o topo das pesquisas. Algum dia houvera alguma dúvida? Sim, na realidade, sempre, o tempo todo, pois os Gansey não demandavam favores. Muitas vezes não chegavam nem a pedi-los. Eles os faziam para os outros e silenciosamente esperavam que os outros tomassem a iniciativa de fazê-los para eles.

Duvidar, tudo o que um Gansey fazia era duvidar. Um Gansey chegava bravamente aos confins da escuridão, destino incerto, até que o punho da espada premesse contra uma palma esperançosa.

Contudo, alguns meses antes, esse Gansey alcançara a incerteza sombria do futuro, estendera a mão para a promessa de uma espada, mas, em vez disso, sacara um espelho.

A justiça, de uma maneira avessa, parecia justa.

Era 25 de abril, véspera do Dia de São Marcos. Anos antes, Gansey havia lido *O grande mistério: as linhas ley do mundo*, de Roger Malory. Nele, Malory explicava tediosamente que uma vigília na véspera do Dia de São Marcos sobre a linha ley revelaria os espíritos daqueles que morreriam no ano seguinte. A essa altura, Gansey já tinha visto toda sorte de fenômenos acontecerem próximos ou sobre as linhas ley — uma garota que conseguia ler um livro completamente no escuro desde que estivesse sobre a linha, uma idosa que conseguia levantar uma caixa de frutas com apenas o poder da mente, um trio de trigêmeos tristes nascidos sobre a linha que choravam lágrimas de sangue e sangravam água salgada —, mas nada disso o envolvera. Nada disso dependera dele, ou de sua explicação.

Gansey não sabia por que havia sido salvo.

Ele precisava saber por que havia sido salvo.

Então ele realizou uma vigília de uma noite inteira sobre a linha ley que havia se tornado seu labirinto, tremendo sozinho no estacionamento da Igreja do Sagrado Redentor. Ele não viu nada, não ouviu nada. Na manhã seguinte, ele se agachou ao lado do seu Camaro, cansado a ponto de ficar tonto, e reproduziu o áudio da noite.

Na gravação, sua própria voz sussurrou: "Gansey". Uma pausa. "Isso é tudo."

Finalmente, estava acontecendo. Ele não era mais meramente um observador nesse mundo: era um participante.

Mesmo então, uma pequena parte de Gansey suspeitava o que ouvir o seu próprio nome realmente significava. Ele o sabia, provavelmente, quando seus amigos vieram em busca de seu carro uma hora depois. Ele o sabia, provavelmente, quando as médiuns da Rua Fox, 300 leram uma carta de tarô para ele. Ele o sabia, provavelmente, quando recontou a história inteira para Roger Malory em pessoa.

Gansey sabia de quem eram as vozes sussurradas ao longo da linha ley na véspera do Dia de São Marcos. Mas ele havia passado muitos anos amarrando os seus temores e não estava pronto para soltar suas correntes ainda.

Foi só quando uma das médiuns da Rua Fox, 300 morreu, só quando a morte se tornou novamente um fato real, que Gansey não pôde mais negar a verdade.

Os cães do Clube de Caça de Aglionby tinham uivado aquele outono: *longe, longe, longe.*

Ele era um rei.

Havia chegado o ano em que ele morreria.

1

Dependendo por onde você começasse a história, ela dizia respeito às mulheres da Rua Fox, 300.

As histórias se estendem em todas as direções. Era uma vez uma garota muito boa em brincar com o tempo. Dê um passo para o lado: era uma vez a filha de uma garota muito boa em brincar com o tempo. Agora um passo atrás: era uma vez a filha de um rei que era muito boa em brincar com o tempo.

Inícios e fins até onde a vista alcançava.

Com a notável exceção de Blue Sargent, todas as mulheres da Rua Fox, 300 eram médiuns. Isso poderia sugerir que as ocupantes da casa tinham muito em comum, mas, na prática, tinham tanto em comum quanto um grupo de músicos, ou médicos, ou agentes funerários. Ser *médium* não era bem ter um tipo de personalidade, mas um conjunto de habilidades. Um sistema de crenças. Um entendimento geral de que o tempo, como uma história, não era uma linha, mas um oceano. Se você não conseguia encontrar o momento preciso que estava procurando, talvez não tivesse nadado longe o suficiente. Ou talvez você simplesmente ainda não fosse um nadador bom o bastante. Ou talvez, concordavam as mulheres de má vontade, alguns momentos estivessem escondidos tão longinquamente no tempo que de fato era melhor que fossem deixados para as criaturas do fundo do mar. Como aqueles peixes-pescadores cheios de dentes e lanternas penduradas no rosto. Ou como Persephone Poldma. Mas agora ela estava morta, e talvez esse fosse um mau exemplo.

Era segunda-feira quando as mulheres ainda vivas da Rua Fox, 300 decidiram finalmente avaliar o fim iminente de Richard Gansey e a desintegração da vida delas como conheciam, e o que essas duas coisas tinham a ver uma com a outra, se é que tinham. Jimi fizera uma limpeza de chacra em troca de uma bela garrafa de uísque turfoso e forte, e estava sedenta para terminá-la, acompanhada.

Calla saiu para o frio cortante de um dia de outubro, a fim de virar a tabuleta ao lado da caixa de correio para FECHADO, VOLTO LOGO! Lá dentro, Jimi, uma crente fervorosa na magia das ervas, trouxe vários pequenos travesseiros estufados com artemísia (para incrementar a projeção da alma para outros planos) e colocou alecrim para queimar sobre o carvão (para memória e clarividência, que são a mesma coisa em sentidos diferentes). Orla balançou um ramo fumegante de sálvia sobre os baralhos de tarô. Maura encheu uma tigela de adivinhação de vidro escuro. Gwenllian entoou uma cançãozinha alegre terrível enquanto acendia um círculo de velas e baixava as persianas. Calla retornou para a sala de leitura carregando três estátuas sobre o antebraço dobrado.

— Isso aqui está cheirando como uma porcaria de restaurante italiano — ela disse a Jimi, que não cessou o cantarolar enquanto abanava a fumaça e balançava o traseiro grande. Calla colocou a estátua feroz de Iansã junto à própria cadeira, e a estátua dançante de Oxum ao lado de Maura. Então pegou a terceira estátua: Iemanjá, uma divindade iorubá da água que sempre ficara ao lado do lugar de Persephone, quando não estava de pé sobre a cômoda do quarto de Calla.

— Maura, não sei onde colocar a Iemanjá.

Maura apontou para Gwenllian, que apontou de volta.

— Você disse que não gostaria de fazer isso com Adam, então a imagem fica ao lado dela.

— Eu nunca disse isso — falou Calla. — Eu disse que ele estava próximo demais de tudo isso.

A questão era que todos estavam próximos demais da situação. Eles haviam estado próximos demais da situação durante meses. Estavam tão próximos que era difícil dizer se eles eram ou não a situação em si.

Orla parou de mascar seu chiclete por um instante longo o suficiente para perguntar:

— Estamos prontas?

— Hummmmmm... mas a Blue... hummmmmm... — mencionou Jimi, ainda cantarolando e dançando.

Era verdade que a ausência de Blue era notável. Como uma poderosa amplificadora mediúnica, ela teria sido útil em um caso como esse, mas elas haviam concordado na noite anterior que era cruel discutir o destino de Gansey na frente dela mais do que o estritamente necessário. Elas se virariam com Gwenllian, embora ela tivesse a metade do poder e fosse duas vezes mais difícil.

— Mais tarde a gente conta para ela como tudo acabou — disse Maura.
— Acho que é melhor tirarmos o Artemus da despensa.

Artemus: ex-amante de Maura, pai biológico de Blue, conselheiro de Glendower, residente do closet da Rua Fox, 300. Ele fora resgatado de uma caverna mágica havia pouco mais de uma semana e naquele meio-tempo não havia conseguido contribuir em absolutamente nada para os recursos emocionais ou intelectuais do grupo. Calla o considerava um covarde (ela não estava errada). Maura o achava um incompreendido (ela não estava errada). Jimi considerava que ele tinha o nariz mais comprido que ela já vira em um homem (ela não estava errada). Orla não acreditava que proteger-se em um armário embutido da despensa era proteção suficiente contra uma médium que odiasse você (ela não estava errada). Gwenllian era, na realidade, a médium que o odiava (ela não estava errada).

Maura levou um bom tempo para persuadi-lo a deixar a despensa, e, mesmo após ter se juntado a elas na mesa, Artemus não parecia nem um pouco à vontade ali. Parte disso se devia ao fato de que era homem, e parte porque era muito mais alto que as outras pessoas ali. Mas a principal razão eram seus olhos escuros, permanentemente preocupados, que indicavam que ele vira o mundo e isso fora demais para ele. Aquele medo intenso não combinava em nada com os diferentes graus de autoconfiança demonstrados pelas médiuns na sala.

Maura e Calla o conheceram antes de Blue nascer, e ambas pensavam que Artemus parecia uma versão bem mais insignificante do ele tinha sido até então. Bom, Maura pensou *bem mais*. Calla meramente pensou *mais*, uma vez que ela nunca tivera uma opinião muito elevada sobre ele, para começo de conversa. Além do mais, homens desengonçados saídos de bosques místicos nunca fizeram seu tipo.

Jimi serviu o uísque.

Orla fechou as portas da sala de leitura.

As mulheres se sentaram.

— Que confusão — disse Calla, abrindo os trabalhos (ela não estava errada).

— Ele não pode ser salvo, não é? — perguntou Jimi. Ela se referia a Gansey. Seus olhos estavam um pouco embaçados. Não que ela gostasse intensamente de Gansey, mas ela era muito sentimental, e a ideia de qualquer jovem ser ceifado na juventude a perturbava.

— Hum — disse Maura.

Todas as mulheres deram um gole. Artemus, não. Ele lançou um olhar nervoso para Gwenllian. Gwenllian, sempre imponente, com um ninho altaneiro de cabelo cheio de lápis e flores, o encarou de volta. O calor em sua expressão poderia incendiar qualquer resquício de álcool que restasse em seu copo de uísque.

— Devemos parar com isso, então? — perguntou Maura.

Orla, a mais jovem e a espalhafatosa na sala, riu jovialmente alto.

— E como exatamente você o pararia?

— Eu disse *isso*, não *ele* — respondeu Maura, de um jeito um tanto aborrecido.

— Eu não teria a pretensão de imaginar possuir qualquer poder para evitar que aquele garoto vasculhe a Virgínia em busca do próprio túmulo. Mas os outros.

Calla largou o copo com força na mesa.

— Ah, eu poderia detê-lo. Mas esse não é o ponto. Já está tudo em seu lugar.

(Já está tudo em seu lugar: o assassino aposentado atualmente dormindo com Maura; seu ex-chefe obcecado pelo sobrenatural atualmente dormindo em Boston; a entidade horripilante enterrada sob rochas, abaixo da linha ley; as criaturas estranhas se arrastando para fora de uma caverna, numa fazenda abandonada; o poder crescente da linha ley; a floresta mágica sensível sobre a linha ley; a barganha de um garoto com a floresta mágica; a capacidade de um garoto de dar vida a coisas por meio dos sonhos; um garoto morto que se recusava a ser sepultado; uma garota que amplificava sobrenaturalmente noventa por cento da lista mencionada acima.)

As mulheres deram mais um gole.

— Eles deveriam continuar indo para aquela floresta maluca? — perguntou Orla. Ela não se interessava por Cabeswater. Ela tinha ido com o grupo lá antes e havia chegado perto o suficiente da floresta para... senti-la. Seu tipo de clarividência aparecia melhor em linhas telefônicas ou e-mails; rostos apenas interferiam com a verdade. Cabeswater não tinha rosto, e a linha ley era basicamente a melhor linha telefônica do mundo. Ela fora capaz de senti-la, ao ser questionada sobre coisas. Orla não sabia dizer o que eram, exatamente. E ela não achava necessariamente que fossem coisas ruins. Ela só conseguia sentir a enormidade de seus pedidos, o peso de suas promessas. Capazes de mudar uma vida. Orla estava satisfeita com a sua, muito obrigada, então se despediu educadamente e caiu fora de lá.

— Não há problema com a floresta — disse Artemus.

Todas as mulheres olharam para ele.

— Descreva "problema" — disse Maura.

— Cabeswater os adora. — Artemus segurou as mãos enormes no colo e apontou o enorme nariz para elas. Seu olhar se voltou nervosamente para Gwenllian, como se temesse que ela pudesse saltar sobre si. Gwenllian apagou sugestivamente uma das velas com o copo de uísque; a sala de leitura ficou uma pequena chama mais escura.

— Você se importaria de explicar isso melhor? — perguntou Calla.

Artemus não se importava.

— Levaremos essa opinião em consideração.

As mulheres deram um gole.

— Alguém nessa sala vai morrer? — perguntou Jimi. — Alguém mais que conhecemos apareceu na vigília da igreja?

— Isso não se aplica a nenhum de nós — disse Maura. A vigília da igreja geralmente só previa a morte daqueles que haviam nascido na cidade ou diretamente na estrada do espírito (ou, no caso de Gansey, *re*nascido), e todos que estavam naquela mesa eram uma importação.

— Mas se aplica à Blue — destacou Orla.

Maura empilhou e tornou a empilhar suas cartas agressivamente.

— Mas isso não é uma garantia de segurança. Há destinos piores que a morte.

— Vamos embaralhar, então — disse Jimi.

Cada mulher segurou seu baralho de tarô contra o peito, o embaralhou, e então selecionou uma única carta ao acaso. Cada qual colocou as cartas abertas sobre a mesa.

O tarô é uma coisa muito pessoal, e, como tal, a arte em cada baralho refletia a mulher que a detinha. O baralho de Maura era tomado por linhas escuras e cores simples, ao mesmo tempo descuidado e infantil. O de Calla era luxuoso e supersaturado, as cartas transbordando detalhes. Cada carta no baralho de Orla trazia um casal se beijando ou fazendo amor, não importava se o significado da carta dizia respeito a beijar ou fazer amor. Gwenllian havia feito o seu arranhando símbolos sombrios e desvairados sobre um baralho de cartas comum. Jimi ficou com o baralho de Gatos Sagrados e Mulheres Veneráveis que ela havia encontrado em uma loja de caridade em 1992.

Todas as mulheres haviam virado cinco versões diferentes da Torre. A versão de Calla talvez descrevesse melhor o significado da carta: um castelo rotulado ESTABILIDADE era atingido por um raio, estava em chamas, e era atacado pelo que pareciam ser cobras venenosas. Uma mulher em uma janela vivenciava os efeitos do raio em toda a sua força. No topo da torre, um homem havia sido jogado das muralhas — ou, possivelmente, havia pulado. De qualquer maneira, ele também estava em chamas, e uma cobra voava atrás dele.

— Então todos nós vamos morrer a não ser que façamos algo — disse Calla.

— *Owynus dei gratia Princeps Waliae*, uh la la, *Princeps Waliae*, uh la la... — cantou Gwenllian.

Com uma lamúria, Artemus fez menção de se levantar. Maura pousou a mão firme sobre a dele.

— Nós todos morreremos — disse Maura. — Em algum momento. Não vamos entrar em pânico.

Os olhos de Calla estavam pousados sobre Artemus.

— Apenas um entre nós está em pânico.

Jimi fez a garrafa de uísque dar a volta na mesa.

— Hora de encontrarmos algumas soluções, queridas. Como vamos fazer isso?

Todas as mulheres olharam para a tigela escura de adivinhação. Não havia nada inerentemente extraordinário a respeito dela: era uma tigela de decoração de vidro barata, daquelas lojas cheias de ração de gato, adubo para canteiros e equipamentos eletrônicos com desconto. O suco de uva-do-monte que a enchia não tinha poderes místicos. Mas, mesmo assim, havia algo sinistro a respeito dele, em como o líquido parecia inquieto. Ele refletia apenas o teto escuro, mas parecia que queria mostrar mais. A tigela de adivinhação contemplava possibilidades, nem todas boas.

(Uma das possibilidades: usar a reflexão para separar sua alma do corpo e acabar morta.)

Embora fora Maura quem trouxera a tigela, ela a empurrou para longe nesse momento.

— Vamos fazer uma leitura de vida inteira — disse Orla, estourando o chiclete.

— Ugh, não — disse Calla.

— Para todas nós? — perguntou Maura, como se Calla não tivesse protestado. — Nossa vida como um grupo?

Orla acenou um braço para indicar todos os baralhos; seus braceletes de madeira enormes estalaram uns contra os outros com satisfação.

— Acho uma boa — disse Maura. Calla e Jimi suspiraram.

Normalmente, uma leitura usava somente uma porção das setenta e oito cartas em um baralho. Três, ou dez. Talvez uma ou duas mais, se fosse necessário um esclarecimento. A posição de cada carta fazia uma pergunta: Qual o estado do seu inconsciente? Do que você tem medo? Do que você precisa? Cada carta colocada naquela posição fornecia a resposta.

Setenta e oito cartas era um monte de perguntas e respostas.

Especialmente, vezes cinco.

Calla e Jimi suspiraram de novo, mas começaram a embaralhar. Porque era verdade: elas tinham um monte de perguntas. E precisavam de um monte de respostas.

Simultaneamente, as mulheres pararam de embaralhar, fecharam os olhos e seguraram seus baralhos junto ao peito, concentrando-se somente umas nas outras e em como suas vidas estavam interligadas. As velas tremeluziram. Sombras longas e curtas, e então longas, brincavam por detrás das esculturas das divindades. Gwenllian cantarolava, e, após um momento, Jimi fez o mesmo.

Apenas Artemus se destacava do grupo, o cenho franzido.

Mas as mulheres o incluíram quando começaram a colocar as cartas. Primeiro elas arranjaram uma fileira de cartas em uma sólida linha principal, sussurrando posições e significados umas para as outras enquanto o faziam. Então colocaram cartas em ramificações que apontavam para Artemus, Jimi e Orla. Em seguida, colocaram cartas com ramificações que apontavam para Calla, Maura e Gwenllian. Elas discutiram a respeito das revelações e colocaram cartas umas sobre as outras, rindo de seus murmúrios e boquiabertas com a ordem das cartas.

E então uma história apareceu. Era sobre as pessoas a quem elas haviam mudado e aquelas pelas quais elas tinham sido mudadas. A leitura incluía todas as partes picantes: quando Maura se apaixonara por Artemus; quando Jimi dera um soco em Calla; quando Orla zerara sigilosamente a conta bancária em favor de um site de negócios que ainda não dera dinheiro algum; quando Blue fugira de casa e fora arrastada de volta por policiais; quando Persephone morrera.

A ramificação que levava a Artemus era sinistra e decadente, repleta de espadas e medo. A escuridão que havia nela levava de volta à linha principal, juntando-se a algo estranho que se desfazia na ramificação que pertencia a Gwenllian. Era óbvio que essa escuridão seria o que mataria a todos se eles não fizessem nada, embora fosse impossível dizer do que se tratava precisamente. A clarividência das mulheres jamais fora capaz de penetrar a área diretamente acima da linha ley, e essa escuridão estava centrada ali.

A solução para a escuridão, entretanto, existia do lado de fora da linha ley. Ela era multifacetada, incerta e difícil. O desfecho era direto, no entanto.

— Eles devem trabalhar juntos? — disse Calla, sem conseguir acreditar.

— É isso que as cartas estão dizendo — disse Maura.

Jimi estendeu a mão para a garrafa de uísque, mas ela estava vazia.

— Não podemos simplesmente cuidar disso sozinhas?

— Nós somos apenas pessoas — respondeu Maura. — Apenas pessoas comuns. Eles são especiais. O Adam está ligado à linha ley. O Ronan é um sonhador. A Blue amplifica tudo isso.

— O Rico Riquinho é apenas uma pessoa — disse Orla.

— Sim, e ele vai morrer.

As mulheres contemplaram a disposição das cartas novamente.

— Isso significa que ela ainda está viva? — perguntou Maura, batendo de leve sobre uma carta em uma das ramificações, a Rainha de Espadas.

— Provavelmente — grunhiu Calla.

— Isso significa que ela vai nos deixar? — perguntou Orla, batendo de leve sobre outra carta e referindo-se a uma ela diferente.

— Provavelmente — suspirou Maura.

— Isso significa que ela está voltando? — demandou Calla, apontando para uma terceira carta e referindo-se a uma terceira ela.

— Provavelmente — gritou Gwenllian, saltando da mesa e girando os braços no ar.

Nenhuma delas conseguia mais ficar parada. Calla afastou sua cadeira.

— Vou pegar outro drinque.

Jimi deu uma risadinha, concordando.

— Se é do fim do mundo que estamos falando, vou querer um também.

Enquanto as outras deixavam a mesa, Maura seguiu sentada, olhando para a ramificação de cartas envenenada de Artemus e para o próprio Artemus, curvado atrás dela. Homens de bosques místicos não eram mais seu tipo. Mas, mesmo assim, ela se lembrava de ter amado Artemus, e esse Artemus parecia bastante diminuído.

— Artemus? — ela perguntou suavemente.

Ele não levantou a cabeça.

Maura tocou seu queixo com um dedo, e ele recuou. Ela inclinou o rosto dele para cima para que se olhassem nos olhos. Artemus nunca fora de se apressar para preencher vazios com palavras, e continuou agindo assim. Ele dava a impressão de que talvez jamais falasse novamente se dependesse dele.

Desde que ambos haviam saído da caverna, Maura não tinha lhe perguntado sobre nada que acontecera anteriormente, desde que ela o vira pela última vez. Mas agora ela perguntou:

— O que aconteceu com você para te deixar desse jeito?

Artemus fechou os olhos.

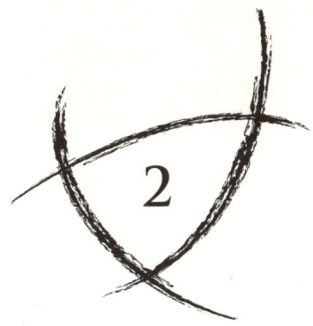

— Onde foi que o Ronan se meteu? — perguntou Gansey, ecoando as palavras que milhares de pessoas haviam pronunciado desde que a humanidade desenvolvera a fala. Enquanto saía do prédio de ciências, ele inclinou a cabeça para trás, como se Ronan Lynch — sonhador de sonhos, lutador de homens, gazeador de aulas — pudesse, de alguma forma, estar voando lá em cima. Mas não estava. Havia apenas um avião traçando silenciosamente o azul profundo acima do campus da Aglionby. Do outro lado da cerca de ferro, a cidade de Henrietta era uma balbúrdia de negócios vespertinos produtivos. Desse lado, os alunos da Aglionby eram uma balbúrdia de adolescentes vespertinos improdutivos.

— Ele estava na aula de tecnologia?

Adam Parrish — mágico e enigmático, estudante e versado em lógica, homem e garoto — trocou sua ambiciosamente carregada bolsa a tiracolo de ombro. Ele não via razão para Gansey acreditar que Ronan estivesse em qualquer lugar próximo ao campus. Adam estava usando toda a sua força de vontade para se concentrar em Aglionby, após a semana de cavernas mágicas e sonhadores misteriosos pela qual eles tinham acabado de passar, e Adam era o aluno mais motivado da escola. Ronan, em contrapartida, tinha aparecido somente nas aulas de latim com certa regularidade, e agora que todos os alunos de latim tinham sido ignominiosamente desviados para uma turma extra de francês, o que restara dele?

— Estava? — repetiu Gansey.

— Achei que era uma pergunta retórica.

Gansey pareceu bravo por aproximadamente o tempo que levou para uma borboleta passar zunindo por eles na brisa outonal.

— Ele não está nem tentando.

Fazia mais de uma semana que eles tinha retirado Maura — a mãe de Blue — e Artemus — o pai de Blue? — do emaranhado de cavernas. Três dias desde que haviam colocado Roger Malory — o venerável amigo britânico de Gansey — em um avião de volta para o Reino Unido. Dois dias de volta à escola essa semana.

Zero dia de comparecimento de Ronan.

Seria um desperdício de faltas? Sim. Seria inteiramente responsabilidade de Ronan Lynch? Sim.

Atrás deles, o sino tocou ruidosamente no prédio de ciências, dois minutos após o período ter realmente terminado. Era um sino apropriado com uma corda apropriada, e deveria ser tocado apropriadamente ao final do período, por um aluno apropriado. A disparidade de dois minutos envelheceu prematuramente Adam Parrish. Ele gostava quando as pessoas sabiam como fazer seus trabalhos.

— Fale alguma coisa — disse Gansey.

— Aquele sino.

— Tudo é terrível — concordou Gansey.

Os dois amigos mudaram o caminho para atravessar o campo de esportes. Era uma dádiva esse deslocamento do prédio de ciências para o Gruber Hall, dez minutos exuberantes sorvendo ar e luz do sol entre as aulas. De modo geral, estar no campus confortava Adam; a rotina previsível o embalava. Estude pra valer. Vá às aulas. Erga a mão. Responda à pergunta. Marche em direção à formatura. Outros colegas reclamavam sobre o trabalho. Trabalho! Trabalho era a ilha para a qual Adam nadava, em um mar revolto.

E o mar estava muito revolto. Monstros se debatiam na linha ley abaixo deles. Uma floresta crescia através das mãos e dos olhos que Adam havia negociado para Cabeswater. E Gansey deveria morrer antes de abril. Esse era o oceano agitado, e Glendower, a ilha. Despertá-lo seria para conseguir um favor, e esse favor *seria* para salvar a vida de Gansey. Esse país encantado precisava de um rei encantado.

Naquele fim de semana, Adam havia sonhado duas vezes que eles já tinham encontrado Glendower e agora o procuravam novamente. A primeira noite que ele tivera o sonho, fora um pesadelo. A segunda, um alívio.

Ele perguntou com cuidado:

— O que vamos fazer para procurar Glendower?

— A caverna Dittley — disse Gansey.

Essa resposta sobressaltou Adam. Costumeiramente, Gansey preferia uma abordagem cuidadosa, e a caverna Dittley era o oposto disso. Para começo de conversa, após terem retirado a filha de Glendower, Gwenllian, da caverna, animais estranhos haviam começado a rastejar de sua abertura de tempos em tempos. E por fim, Piper Greenmantle havia matado Jesse Dittley com um tiro, naquele mesmo local. Tudo a respeito da caverna exalava à morte, passada e futura.

— Você não acha que Gwenllian teria nos contado se ela achasse que o pai estava mais fundo na caverna, em vez de nos fazer perambular pela caverna dos ossos?

— Eu acho que Gwenllian busca satisfazer as próprias intenções — respondeu Gansey. — E eu ainda tenho que descobrir quais são elas.

— Só não acho que seja um risco razoável. Além disso, é uma cena de crime.

Se Ronan estivesse ali, ele teria dito: *Tudo é cena de crime.*

— Isso quer dizer que você tem ideias diferentes? — disse Gansey.

Ideias, plural? Adam teria ficado feliz em ter uma única ideia. A maneira mais promissora de realizar um avanço, uma caverna em Cabeswater, havia desmoronado durante sua última excursão, e nenhuma nova oportunidade tinha aparecido para substituí-la. Gansey havia observado que ela parecera um teste de merecimento, e Adam não conseguia deixar de concordar. Cabeswater havia lhes designado um teste, eles haviam se colocado nele e, de alguma maneira, tinham deixado a desejar. Parecera muito *certo*, no entanto. Ele e Ronan haviam trabalhado juntos para livrar a caverna de perigos, e então o grupo inteiro reuniu seus talentos para reviver brevemente os esqueletos de um rebanho antigo que havia levado Ronan e Blue a Maura. Todas as noites desde então, Adam repassava aquela lembrança antes de dormir. Os sonhos de Ronan, Adam se concentrando na linha ley, Blue amplificando, Gansey colocando em palavras o plano inteiro em movimento. Adam nunca se sentira tão... *intrínseco* antes. Eles tinham sido uma bela máquina.

Mas isso não os levara a Glendower.

— Falar mais com Artemus? — sugeriu Adam.

Gansey fez um ruído de *hum*. Teria sido algo pessimista de se ouvir vindo de qualquer pessoa, mas soava duplamente assim vindo dele.

— Não acho que vamos ter problema em falar *com* Artemus. É fazer com que ele fale de volta que estou preocupado.

— Achei que você disse que era persuasivo — disse Adam.

— A experiência não provou que esse fosse o caso.

— Gansey Boy! — gritou uma voz através dos campos. Whitman, um dos velhos companheiros da equipe de remo, ergueu três dedos como saudação. Gansey não respondeu, até que Adam tocou levemente seu ombro com as costas da mão. Gansey piscou os olhos, e então seu rosto se transformou no sorriso de Richard Campbell Gansey III. Que tesouro era aquele sorriso, transmitido através de eras de pai para filho, guardado em baús de noivas em gerações sem filhos, polido e exibido orgulhosamente sempre que uma companhia partia.

— Se liga — respondeu Gansey, seu velho sotaque sulista desenrolando-se generosamente através das vogais. — Você deixou a janela aberta!

Rindo, Whitman fechou a braguilha e se pôs ao seu lado com um passo largo. Ele e Gansey começaram a bater papo. Um momento mais tarde, dois garotos mais haviam se juntado a eles, então mais dois novamente. Eles caçoavam alegremente uns com os outros, leves, jovens e sociáveis, anúncios da vida saudável e da boa educação.

Essa era uma matéria específica que Adam nunca dominara, embora tivesse investido meses de intenso estudo. Ele havia analisado os trejeitos de Gansey, dissecado as reações dos outros garotos e catalogado padrões de diálogo. Havia observado como um gesto afável abria um leque de conversação viril, elegante como um truque de mágica. Anotara cuidadosamente a cena de bastidores: como um Gansey miserável se tornava um Gansey hospitaleiro em apenas um segundo. Mas ele jamais conseguia realizar isso na prática. Saudações calorosas gelavam sua boca. Gestos casuais tornavam-se um repúdio. Um contato firme do olhar transformava-se em uma encarada tensa.

Adam retomava a matéria a cada trimestre, mas, incrivelmente, pensou, talvez houvesse algumas habilidades que nem Adam Parrish conseguisse assimilar.

— Onde está o Parrish? — perguntou Engle.

— Está bem ali — respondeu Gansey.

— Não sei como não percebi o vento soprando da geleira — disse Engle.

— Tudo bem, cara?

Era uma pergunta retórica, passível de ser respondida com um ligeiro sorriso fingido. Os garotos estavam ali por causa de Gansey. Onde estava o Parrish? Em um lugar distante demais para se escalar em um dia.

Em eras passadas, essa dinâmica teria perturbado Adam. Teria o ameaçado. Mas agora ele estava certo de seu lugar como um dos dois favoritos de Gansey, então ele simplesmente colocou as mãos nos bolsos e caminhou silenciosamente com os outros garotos.

Subitamente, Adam *sentiu* Gansey ficar tenso ao seu lado. Os outros ainda falavam agitadamente e riam, mas a expressão de Gansey havia ficado pensativa. Adam seguiu o seu olhar para as grandes colunas que seguravam o telhado do Gruber Hall. O diretor Child estava parado no topo da escada, com um livro didático ou algo parecido na mão. Ele era um homem esquisito, a pele tostada de sol, uma calorosa recomendação para o uso de filtros solares e chapéus de aba larga.

— Muito bem, cavalheiros — ele chamou. — Pude ouvi-los do meu gabinete. Estamos nos comportando como corvos? A aula os espera.

Toques de punhos foram trocados; um cabelo foi ajeitado; ombros se bateram. Os outros garotos se dispersaram; Gansey e Adam ficaram para trás. Child ergueu uma mão para Gansey em uma espécie de aceno antes de se enfiar nos gabinetes do Gruber Hall.

Mais uma vez, Gansey parecia bravo, e então não parecia coisa alguma. Ele retomou sua caminhada para a aula.

— O que foi aquilo? — perguntou Adam.

Gansey fingiu não ter ouvido enquanto eles subiam os degraus sobre os quais Child estivera há pouco.

— Gansey. Que história é essa?

— O quê?

— A mão. Child.

— É amigável.

Não havia nada de extraordinário em ser mais amigo de Gansey do que de Adam, mas isso não combinava com o diretor Child.

— Fala que não vai me contar, mas não me conte uma mentira.

Gansey fez um estardalhaço ao enfiar a camisa do uniforme para dentro da calça e puxar o blusão para baixo. Ele não olhou para Adam.

— Não quero brigar.

Adam deu um palpite sutil.

— Ronan.

Os olhos de Gansey desviaram-se furtivamente até ele e de volta para o blusão.

— Não acredito — disse Adam. — O quê? Não. Você não fez isso.

Ele não sabia exatamente do que estava acusando Gansey. Só sabia o que Gansey queria para Ronan, e como Gansey conseguia as coisas.

— Não quero brigar — repetiu Gansey.

Ele estendeu o braço em direção à porta, e Adam colocou a mão sobre ela, impedindo-o.

— Olhe à sua volta. Está vendo o Ronan? Ele não se importa. Forçar comida goela abaixo não vai fazer com que fique com fome.

— Não quero brigar — repetiu Gansey.

Gansey foi salvo por um zumbido; seu telefone estava tocando. Tecnicamente eles não deveriam aceitar chamadas durante o dia na escola, mas ele tirou o telefone e virou a tela para que Adam pudesse vê-la. Duas coisas chamaram a atenção de Adam: primeiro, a chamada dizia que era da mãe de Gansey, o que provavelmente era, e segundo, o telefone dizia que eram 6h21, o que definitivamente não eram.

A postura de Adam mudou sutilmente, não mais bloqueando Gansey de entrar em Gruber, mas pressionando uma mão contra a porta, como um vigia.

Gansey colocou o telefone junto ao ouvido.

— Alô? Ah. Mãe, estou na escola. Não, o fim de semana foi ontem. Não. É claro. Não, apenas vá rápido.

Enquanto Gansey falava ao telefone, Cabeswater acenava para Adam, dando apoio à sua forma cansada, e, por apenas um minuto, ele o permitiu. Ele respirou algumas vezes sem esforço. Tudo eram folhas e água, troncos e raízes, pedras e musgo. A linha ley zunia dentro dele, moldando e decaindo com seu pulso, ou vice-versa. Adam sabia que a floresta precisava lhe contar algo, mas ele não conseguia discernir bem o que era. Ele precisava fazer uma adivinhação após a escola ou encontrar tempo para realmente ir à floresta.

Gansey desligou e guardou o telefone.

— Ela queria saber se me agradava a ideia de fazer um evento de última hora de sua campanha aqui no campus, esse fim de semana. Se o Dia do Corvo atrapalharia, se não teria problema de vir conversar com o Child. Eu disse que... Bem, você ouviu o que eu disse.

Na verdade, Adam não tinha ouvido. Ele estivera ouvindo Cabeswater. De fato, ele ainda ouvia tão atentamente que, quando a floresta súbita e inesperadamente balançou, ele balançou também. Nervosamente, Adam agarrou a maçaneta para se firmar.

O zunido da energia havia desaparecido dentro dele.

Adam mal teve tempo para se perguntar o que tinha acontecido e se a energia retornaria quando a linha ley voltou a murmurar dentro dele outra vez. Folhas se abriram no fundo de sua mente. Ele soltou a maçaneta.

— O que foi isso? — perguntou Gansey.

— O quê? — Adam, ligeiramente ofegante, ainda assim imitou o tom anterior de Gansey da maneira quase precisa.

— Não seja idiota. O que foi que aconteceu?

O que acontecera é que alguém havia acabado de cortar o provimento de uma quantidade enorme de energia da linha ley. O suficiente para até Cabeswater acusar o golpe. Na limitada experiência de Adam, apenas algumas coisas podiam fazer isso acontecer.

À medida que a energia retomava aos poucos a velocidade, ele disse a Gansey:

— Eu sei exatamente o que o Ronan está fazendo.

Aquela manhã, Ronan Lynch havia acordado cedo, totalmente despreocupado, pensando *casa, casa, casa*.

Ele deixara Gansey ainda dormindo — o telefone agarrado em uma mão, os óculos dobrados e largados sobre o colchão — e descera cuidadosamente a escada com o corvo pressionado contra o peito para mantê-lo calado. Na rua, a grama alta molhava as suas botas de sereno, e a cerração ondulava em torno dos pneus do BMW carvão. O céu sobre a Indústria Monmouth tinha a cor de um lago lodoso. Estava frio, mas o coração de gasolina de Ronan estava empolgado. Ele se ajeitou no carro, deixando que este se tornasse a sua pele. O ar da noite ainda estava enovelado por baixo dos assentos e escondendo-se nos compartimentos das portas; ele tremia enquanto amarrava o corvo ao cinto de segurança no banco do passageiro. Isso ficou longe de ser perfeito, mas se revelou efetivo para evitar que um corvídeo saísse batendo asas dentro de seu esportivo. Motosserra o mordeu, mas não tão duro quanto o frio da manhã que nascia.

— Passa a minha jaqueta, idiota? — ele disse ao pássaro. Motosserra apenas bicou os controles da janela, então Ronan a pegou ele mesmo. Sua jaqueta da Aglionby estava ali atrás também, irremediavelmente amassada debaixo da caixa quebra-cabeça de linguagem, um objeto de sonho que traduzia diversas línguas, incluindo uma imaginária, para o inglês. Quando ele iria para a escola novamente? Um dia? Ele pensou que poderia abandoná-la oficialmente no dia seguinte. Essa semana. Semana que vem. O que o impedia? Gansey. Declan. A memória de seu pai.

Era um deslocamento de vinte e cinco minutos de carro até Singer's Falls mesmo àquela hora da manhã, mas ainda faltava bastante para o amanhecer quando ele passou pela cidade imaginária e finalmente chegou à Barns. Urzes-brancas, galhos e árvores fecharam-se em torno do carro à medida que ele avançava pelo túnel de acesso de oitocentos metros. Erguida em contrafortes cobertos de mata, acessível apenas pelo caminho de entrada sinuoso através da floresta cerrada, a propriedade estava viva com os ruídos da mata desordenada da Virgínia que a cercava: folhas de carvalho balbuciando umas contra as outras, coiotes ou veados esmagando ruidosamente a vegetação rasteira, relva seca sussurrando, corujas questionando corujas, tudo respirando e passando pelo campo de visão. Estava frio demais para vagalumes, mas mesmo assim uma profusão deles brilhava e desaparecia acima dos campos.

Aqueles eram os seus campos. Fantasiosos, sem sentido, mas adoráveis. Ronan Lynch adorava sonhar com luz.

Houve uma época em que a Barns era todo o ecossistema para Ronan. Os Lynch raramente a deixavam quando ele era jovem, porque não precisavam, porque dava muito trabalho, porque Niall Lynch não confiava em muita gente para cuidar dela em sua ausência.

Era melhor encontrar os amigos na casa deles, sua mãe, Aurora, explicara, porque o papai tem muitas coisas que quebram pela fazenda.

Uma das coisas que quebravam: Aurora Lynch. A Aurora de cabelos dourados certamente era a rainha de um lugar como a Barns, uma soberana alegre e bondosa de um país secreto e pacífico. Ela era um mecenas das artes extravagantes de seus filhos (embora Declan, o mais velho, raramente demonstrasse ser extravagante). E adorava Niall, é claro — todo mundo adorava o Niall maior que a vida, o poeta fanfarrão, o rei-músico — mas, diferentemente de todos os outros, ela o preferia em seus humores silenciosos. Aurora adorava a verdade, e era difícil adorar a ambos, verdade e Niall Lynch, quando o segundo falava.

Ela era a única pessoa que ele não conseguia ofuscar, e ele a adorava por isso.

Foi só muitos anos depois que Ronan ficou sabendo que o rei havia sonhado a sua rainha. Mas, pensando bem, fazia sentido. Seu pai adorava sonhar com luz também.

Dentro da casa da fazenda, Ronan ligou algumas lâmpadas para expulsar a escuridão para a rua. Alguns minutos de busca e ele encontrou um balde de blocos do alfabeto, que passou para Motosserra ordenar. Então ele colocou um dos discos da Bothy Band de seu pai e, enquanto o violino e os acordeões estalavam e se distorciam pelos corredores estreitos, foi tirar o pó das prateleiras e reparar uma dobradiça quebrada de um armário na cozinha. À medida que o sol finalmente se derramava dourado no vale estreito protegido, ele continuava o processo de repintar a escada de madeira gasta que levava até o antigo quarto de seus pais.

Ronan inspirava. Ronan expirava.

Ele esquecia como soltar o ar quando não estava em casa.

Ali, o tempo mantinha seu próprio relógio. Um dia em Aglionby era uma apresentação estilhaçada de slides de imagens que não importavam e conversas que ele não guardava. Mas na Barns, o mesmo dia passava com uma desenvoltura preguiçosa, cheia de quatro vezes mais coisas. A leitura na cadeira da janela, os filmes antigos na sala de estar, o reparo vagaroso de uma porta de celeiro que não parava de bater. As horas levavam o tempo que fosse necessário.

Lentamente suas memórias de *antes* — tudo que esse lugar tinha sido para ele quando abrigara toda a família Lynch — se sobrepunham a memórias e esperanças de *depois* — cada minuto que a Barns havia sido *sua*, todo o tempo que ele passara ali sozinho ou com Adam, sonhando e planejando.

Casa, casa, casa.

Era hora de dormir. De sonhar. Ronan tinha um objeto específico que ele tentava criar, e ele não era estúpido o suficiente para achar que o conseguiria na primeira tentativa.

Regras para sonhos, entoou Jonah Milo.

Ronan estava na aula de inglês. Milo, o professor, estava postado de pulôver xadrez diante de uma lousa digital resplandecente. Seus dedos eram um metrônomo no quadro, que clicavam com suas palavras: *regras para sonhadores. Regras para sonhados.*

Cabeswater?, Ronan perguntou à sala de aula. O ódio anuviou seus pensamentos. Ele jamais esqueceria o cheiro daquele lugar: borracha e detergente industrial, mofo e molho teriyaki de cafeteria.

Sr. Lynch, tem algo que gostaria de compartilhar?

Certo: não vou ficar nessa maldita aula nem mais um segundo...

Ninguém o está mantendo aqui, sr. Lynch, Aglionby é uma escolha. Milo parecia desapontado. *Vamos nos concentrar. Regras para sonhos. Leia alto, sr. Lynch.*

Ronan não leu. Eles não podiam obrigá-lo.

Sonhos são facilmente destruídos, celebrou Milo. Suas palavras soavam como jingle de anúncio de sabão em pó. *É difícil manter o equilíbrio entre o subconsciente e o consciente. Há um gráfico na página quatro do seu texto.*

A página quatro estava escura. A página quatro não existia mais. Não havia gráfico.

Regras para sonhados, sr. Lynch, quem sabe você não se endireita, ajeita a a camisa e mostra um pouco da concentração da Aglionby? Um anjo da guarda poderia ajudá-lo a despertar os pensamentos. Todos confiram para ver se o seu parceiro de sonho está aqui.

O parceiro de sonho de Ronan não estava ali.

No entanto, Adam estava na última fileira de cadeiras. Atento. Engajado. Este Estudante da Aglionby Representa o Legado da América. Seu livro didático parecia visível na bolha de pensamento acima de sua cabeça, denso com escritas e diagramas.

A barba de Milo estava mais longa do que estivera no início da aula. *Regras para sonhadores. Realmente, estamos falando de arrogância, não é? Sr. Lynch, gostaria de falar sobre como Deus está morto?*

Isso é bobagem, disse Ronan.

Se você sabe mais, pode vir aqui e dar a aula. Só estou tentando entender por que você acredita que não vai acabar morto como o seu pai. Sr. Parrish, regras para o sonhador?

Adam respondeu com uma precisão científica. *Heaney declara explicitamente na página vinte que sonhadores devem ser classificados como armas. Vimos em estudos de nossos pares como isso nasce da realidade. Exemplo A: o pai de Ronan está morto. Exemplo B: K está morto. Exemplo C: Gansey está morto. Exemplo D: eu também estou morto. Exemplo E: Deus está morto, como você* mencionou. Eu acrescentaria Matthew e Aurora Lynch à lista, mas eles não são humanos, de acordo com o estudo de 2012 de Glasser. Tenho diagramas aqui.

Vá se foder, disse Ronan.

Adam parecia murchar. Ele não era mais Adam, e sim Declan. Faça o seu tema de casa, Ronan, contanto que seja nessa sua maldita vida. Você não faz ideia nem de quem você é?

Ronan acordou bravo e de mãos vazias. Ele abandonou o sofá para bater as portas de alguns armários pela cozinha. O leite na geladeira havia estragado, e Matthew comera todos os cachorros-quentes da última vez que viera junto. Ronan saiu irado para o terraço, protegido com telas, na luz fina da manhã, e arrancou uma fruta estranha de uma árvore em um vaso. Ela dava pacotes de amendoins cobertos de chocolate. Enquanto ele caminhava nervosamente de um lado para o outro, Motosserra batia as asas, voando rente ao chão atrás dele, picando pontos escuros que ela esperava que fossem amendoins caídos.

Regras para sonhadores: o Milo do Sonho havia perguntado a ele onde estava a sua companheira de sonho. Boa pergunta. A Garota Órfã havia assombrado o seu sono desde quando ele era capaz de lembrar, uma criaturinha desamparada com um quipá branco pousado sobre o cabelo loiro-claro, curto e repicado. Em tempos passados, Ronan tivera a impressão de que ela era mais velha, mas talvez ele que fosse mais jovem. Ela o ajudara a se esconder nos pesadelos. Agora ela é quem se escondia atrás de Ronan, mas ainda o ajudava a manter a mente dele nas tarefas. Era esquisito que ela não tivesse aparecido quando Milo a mencionara. Todo o sonho havia sido esquisito.

Você não faz ideia nem de quem você é?

Ronan não fazia, exatamente, mas ele achava que estava vivendo melhor com o mistério que se desenrolava de si mesmo. Seu sonho podia se danar.

— *Brek* — disse Motosserra.

Ronan jogou um amendoim para ela e voltou silenciosamente para a casa, em busca de inspiração. Às vezes colocar as mãos em algo real o ajudava quando ele estava com dificuldades para sonhar. Para conseguir trazer de volta um objeto de sonho, ele tinha de saber a sensação que esse objeto passava ao tato, seu cheiro, a maneira que ele se esticava e dobrava, como a gravidade funcionava nele ou não, as coisas que o tornavam físico em vez de efêmero.

No quarto de Matthew, uma bolsa sedosa de rochas magnéticas chamou a atenção de Ronan. Enquanto ele estudava o tecido, Motosserra perambulou suavemente por entre suas pernas, rosnando de forma grave. Ele nunca compreendera por que ela escolhia caminhar e pular na maioria das vezes. Se ele tivesse asas, tudo o que faria seria voar.

— Ele não está aqui — Ronan disse a Motosserra enquanto ela esticava o pescoço longo, numa tentativa de ver sobre o topo da cama. Grunhindo em resposta, Motosserra buscava entretenimento sem muito sucesso. Matthew era um garoto agitado e alegre, mas seu quarto era ordeiro e frugal. Ronan costumava pensar que isso acontecia porque Matthew mantinha toda a sua bagunça dentro da sua cabeça de cabelos cacheados. Mas agora ele suspeitava que isso acontecia porque Ronan não tivera imaginação suficiente para sonhar um ser humano completamente formado. O Ronan de três anos quisera um irmão cujo amor fosse completo e descomplicado. O Ronan de três anos sonhara Matthew, o oposto de Declan de todas as maneiras. Ele era humano? O Adam de Sonho/Declan não parecia acreditar que sim, mas o Adam de Sonho/Declan também era claramente um mentiroso.

Regras para sonhadores.
Sonhadores devem ser classificados como armas.
Ronan já sabia que ele era uma arma, mas tentava compensar o fato. A meta de hoje era sonhar algo para manter Gansey seguro caso ele fosse picado de novo. Ronan havia sonhado antídotos antes, é claro, autoinjetores de adrenalina e curas, mas o problema é que ele não sabia se eles funcionariam, até que fosse tarde demais caso não funcionassem.

Então por ora, um plano melhor: uma simples armadura de pele. Algo que protegeria Gansey antes que ele chegasse a se machucar.

Ronan não conseguia afastar a ideia de que o tempo de que dispunha estava acabando.

Sim, funcionaria. E seria ótimo.

Na hora do almoço, Ronan abandonou a cama após mais dois fracassos para produzir uma boa armadura. Ele colocou botas sujas de barro e um blusão com gorro encardido e foi para a rua.

A Barns era um conglomerado de anexos, abrigos e grandes celeiros de gado; Ronan parou em um deles para encher cochos e lançar um bloco de sal sobre o topo dos cubinhos de ração, uma variação de sua rotina de infância. Então partiu para o pasto alto, passando pelas massas informes e silenciosas do gado de sonho de seu pai que dormia nos campos. No caminho, desviou para um dos grandes celeiros de equipamentos. Na ponta dos pés, tateou em torno do topo do batente da porta até encontrar a minúscula flor de sonho que deixara ali. Quando a jogou para o ar, a flor pairou só um pouco acima de sua cabeça, lançando um brilho amarelo fraco e contínuo, suficiente para iluminar seu caminho através do celeiro sem janelas. Ronan seguiu por esse caminho empoeirado, passando pelas máquinas quebradas e não quebradas, até encontrar seu horror noturno albino enroscado sobre o capô de um carro velho e enferrujado, todo ameaça, maltrapilha branca e olhos fechados. Suas garras pálidas e selvagens haviam arranhado o capô até o metal puro; o horror noturno já tinha passado mais do que algumas horas ali. A criatura abriu um olho rosado para o considerar.

— Precisa de alguma coisa, seu pequeno bastardo? — Ronan lhe perguntou.

A criatura fechou o olho de novo.

Ronan a abandonou e continuou seu caminho, com os cochos estrepitando produtivamente, deixando a flor de sonho o seguir, embora ele não precisasse dela à luz do dia. Quando passou pelo maior celeiro de gado, não estava mais sozinho. A relva farfalhava de cada lado do caminho. Marmotas, ratos e criaturas que não existiam avançavam a passos miúdos, saídos da relva para correr em suas pegadas e à frente dele, veados emergiam da beira da mata, a pele escura invisível, até que se movessem.

Alguns dos animais eram reais. A maioria dos veados eram de cauda branca da Virgínia, alimentados e amansados por Ronan, com a única finalidade de o divertir. Sua domesticação recebera a ajuda de um cervo sonhado que vivia entre eles. Ele era claro e adorável, com cílios longos e trêmulos, e orelhas vermelhas de raposa. Agora, ele fora o primeiro a aceitar a oferta de Ronan do bloco de sal, rolando-o para o campo, permitindo que Ronan fizesse carinho no pelo curto e grosso de sua cernelha e tirasse alguns carrapichos do pelo suave atrás de suas orelhas. Um dos veados mordiscou a ração das mãos em concha de Ronan, e o resto esperou pacientemente enquanto ele a jogava na relva. Provavelmente era proibido alimentá-los. Ronan nunca conseguia lembrar quais deles podiam ser alimentados ou caçados na Virgínia.

Os animais menores se aproximaram rastejando, alguns tocando suas botas com as patas, outros alinhando-se na relva perto dele, e mais alguns assustando os veados. Ronan espalhou a ração para eles também e inspecionou se tinham ferimentos e carrapatos.

Ele inspirou. Ele expirou.

Então pensou sobre como queria que a armadura de pele parecesse. Talvez ela não precisasse ser invisível. Talvez pudesse ser prateada. Ou ter luzes.

Ronan abriu um largo sorriso com o pensamento, sentindo-se subitamente bobo, preguiçoso e ridículo. Ele parou, deixando que o fracasso do dia deixasse seus ombros e desabasse no chão. Enquanto se alongava, o cervo branco ergueu a cabeça para observá-lo intensamente. Os outros observaram a atenção do cervo e também focaram o olhar. Eles eram belos como os sonhos de Ronan e como Cabeswater, só que agora ele estava acordado. De alguma maneira, sem que Ronan marcasse o momento, a diferença entre sua vida desperta e sua vida de sonho havia começado a se estreitar. Embora metade desse rebanho esquisito fosse cair no sono se Ronan morresse, enquanto ele estivesse ali, enquanto inspirasse e expirasse, ele seria um rei.

Ronan deixou o mau humor no campo.

De volta à casa, ele sonhou.

A floresta era Ronan.
Ele estava deitado com o rosto voltado para o chão, os braços abertos, os dedos cravados no solo, em busca da energia da linha ley. Ele sentia o cheiro de folhas queimando e caindo, de morte e renascimento. O ar era seu sangue. As vozes que lhe murmuravam dos galhos eram sua própria voz, reproduzida sobre si mesma. Ronan, ela repetia; Ronan, novamente; Ronan, novamente.

— Levante-se — a Garota Órfã disse em latim.
— Não — ele respondeu.
— Você está preso aqui? — ela perguntou.
— Não quero partir.
— Eu quero.

Ronan olhou para ela, embora ainda estivesse todo emaranhado em seus dedos-raízes e nos ramos de tinta que cresciam da tatuagem em suas costas nuas. A Garota Órfã estava parada com um balde de ração nas mãos. Seus olhos eram escuros e desalentados, os olhos dos sempre famintos ou dos sempre desejosos. O solidéu branco estava puxado para trás sobre o cabelo loiro, curto e repicado.

— Você é apenas um pedaço de sonho — ele disse. — Apenas uma bobagem da minha imaginação.

Ela se lamuriou como um cachorrinho chutado, e Ronan se sentiu imediatamente irritado com ela, ou consigo mesmo. Por que ele não podia dizer simplesmente o que ela era?

— Eu estava te procurando — ele disse, assim que se lembrou disso. A presença dela sempre remetia à ideia de que ele estava sonhando.

— Kerah — ela disse, ainda magoada com sua declaração anterior. Ronan se sentiu incomodado de ouvi-la surrupiar o nome de Motosserra para ele.

— Encontre o seu — ele disse, desgostoso de ser firme com ela, mesmo que estivesse sendo apenas sincero. Ela se sentou ao lado dele, recolhendo os joelhos até o peito.

Ronan pressionou a face contra o solo frio e enfiou ainda mais os braços por baixo da terra. As pontas dos dedos roçaram larvas e minhocas, toupeiras e cobras. As larvas se desenroscavam à medida que ele passava por elas. As minhocas se juntavam a ele em sua jornada. O pelo das toupeiras se pressionava contra ele. As cobras se enrolavam em seus braços. Ronan era todas elas.

Ele suspirou.

Na superfície, a Garota Órfã se balançava e cantava um breve lamento para si mesma, olhando ansiosamente para o céu.

— *Periculosum* — ela avisou. — *Suscitat*.

Mas ele não sentia nenhum perigo. Apenas terra, a energia da linha ley e as ramificações de suas veias. Lar, lar.

— Está aqui embaixo — disse Ronan. A terra engoliu suas palavras e mandou brotos novos para cima.

A Garota Órfã apoiou as costas encurvadas contra a perna de Ronan e tremeu.

— *Quid...* — ela começou, então continuou, tropeçando, em inglês. — O que é?

Era uma pele. Tremeluzindo, quase transparente. Uma parte suficiente de seu corpo estava abaixo da superfície da floresta, de maneira que Ronan podia ver a sua forma em meio à terra. Ela tinha o formato de um corpo, como se estivesse germinando abaixo da superfície, querendo ser desenterrada. A textura dela lembrava o tecido da sacola no quarto de Matthew.

— Peguei — disse Ronan, os dedos roçando a superfície. *Me ajude a segurar*. Talvez ele só tivesse pensado isso, não dito alto.

A Garota Órfã começou a chorar.

— Cuidado, cuidado.

Ela mal tinha terminado de dizer, quando ele sentiu...

Algo

Alguém?

Não eram as escamas frias e secas das cobras. Tampouco as rápidas batidas do coração das toupeiras. Não era a suavidade que deslocava a terra das minhocas, ou a carne mole e lenta das larvas.

Era escuro.

Exsudava.

Não era bem uma coisa.

Ronan não esperou. Ele conhecia um pesadelo quando sentia um.

— Garota — ele disse — me puxa para fora.

Ele pegou a pele de sonho em uma de suas mãos-raízes, rapidamente tentando guardar a sensação na memória. O peso, a densidade, a realidade.

A Garota Órfã escavou o solo à volta dele, cavando como um cão e balbuciando pequenos ruídos assustados. Como ela odiava os sonhos de Ronan.

A escuridão que não era escuridão se insinuou terra acima. Ela consumia as coisas que tocava. Ou melhor, elas estavam ali, e então não estavam mais.

— Mais rápido — disparou Ronan, recuando com a pele agarrada em seus dedos-raízes.

Ele podia deixar a pele de sono para trás e despertar.

Mas ele não queria deixá-la. Poderia funcionar.

A Garota Órfã estava com a perna presa, ou o braço, ou um de seus ramos, e ela puxava sem parar, tentando desenterrá-lo.

— Kerah — ela chorou.

A escuridão mordia persistentemente. Se ela prendesse a mão de Ronan, ele poderia acordar sem uma. Ele teria de reduzir suas perdas...

A Garota Órfã caiu para trás, livrando-o do solo. A escuridão irrompeu solo afora atrás de Ronan. Sem pensar, ele se atirou para proteger a garota.

Nada é impossível, disse a floresta, ou a escuridão, ou Ronan.

⚔

Ronan acordou. Ele estava imobilizado, como sempre ficava após ter trazido algo de qualquer tamanho de um sonho. Ronan não conseguia sentir as mãos — *por favor,* ele pensou, *por favor, me deixe ter mãos ainda* — nem as pernas — *por favor*, ele pensou, *me deixe ter pernas ainda*. Ronan passou longos minutos encarando o teto. Ele estava na sala de estar, no velho sofá de capa xadrez, olhando para as mesmas três rachaduras que haviam formado a letra M durante anos. Tudo cheirava a nogueira e a madeira de buxo. Motosserra bateu asas sobre ele, até se ajeitar pesadamente sobre a perna esquerda.

Então ele devia ao menos ter uma perna ainda.

Ronan não conseguia formular bem o que havia tornado a escuridão tão aterrorizadora, agora que ele não estava olhando para ela.

Lentamente, seus dedos começaram a se mover, então ele ainda devia tê-los, também. A pele de sonho tinha vindo com ele e estava meio caída para fora do sofá. Ela parecia transparente e insubstancial, manchada de sujeira e rasgada em tiras. Ronan tinha seus membros, mas suas roupas eram só farrapos. Ele também estava morrendo de fome.

O telefone de Ronan zumbiu, e Motosserra voou para o encosto do sofá. Normalmente, ele não o teria conferido, mas ele estava tão agitado com a lembrança do nada no sonho, que usou os dedos recentemente móveis para tirá-lo do bolso para ter certeza de que não era Matthew.

Era Gansey. *Parrish quer saber se você acabou de se matar sonhando, por favor dê um retorno*

Antes que Ronan tivesse tempo para formular uma emoção a respeito dessa ciência de Adam, Motosserra subitamente enfiou a cabeça para trás do sofá. As penas do pescoço se arrepiaram, cautelosamente atentas.

Ronan ficou de pé e acompanhou para onde a atenção dela se dirigia. Em um primeiro momento, ele não viu nada, exceto a bagunça familiar da sala. A mesa do café, a TV, o armário de jogos, o cesto de bengalas. Então seus olhos perceberam um movimento abaixo da mesa ao fundo.

Congelou.

Lentamente, percebeu o que estava vendo.

— Merda — ele disse.

5

Blue Sargent havia sido expulsa da escola.

Apenas por um dia. Vinte e quatro horas deveriam curá-la de sua disposição de destruir a propriedade alheia e, *francamente, Blue, uma atitude surpreendentemente equivocada*. Blue não conseguia se sentir realmente culpada como ela sabia que deveria se sentir; nada a respeito da escola parecia particularmente *real* em comparação ao resto da sua vida. Enquanto ela esperava no corredor do lado de fora dos gabinetes da diretoria, ouviu sua mãe explicando como elas haviam tido uma morte recente na família e que o pai biológico de Blue havia acabado de retornar à cidade e tudo era muito traumático. Provavelmente, acrescentou Maura — cheirando a artemísia, o que significava que ela estivera fazendo um ritual com Jimi enquanto Blue estava na escola —, sua filha estava externando isso sem nem perceber.

Ah, Blue percebia, sim.

Agora ela estava sentada debaixo da faia no quintal da Rua Fox, 300, sentindo-se esquisita e mal-humorada. Uma parte muito distante dela percebia que ela estava encrencada — encrencada de uma maneira mais séria do que estivera há muito tempo. Mas uma parte próxima dela estava aliviada que por um dia inteiro ela não precisaria fingir que se preocupava com as aulas. Ela arremessou uma noz de faia comida por insetos, que ricocheteou na cerca com o ruído de um tiro.

— Tudo bem, preste atenção.

A voz veio primeiro, então o arrepio na pele. Um momento mais tarde, Noah Czerny se juntou a ela, vestido como sempre, em seu blusão azul-marinho da Aglionby. *Juntou-se* talvez fosse o verbo errado. *Manifestou-se* era melhor. A expressão *truque de luz* era ainda mais forte. *Truque da mente* era melhor. Porque era raro que Blue notasse o momento em que Noah realmente aparecia, pois a coisa toda acontecia muito rápido e de forma abrupta. De alguma maneira, o cérebro de Blue reescrevia o minuto anterior a isso para fazer de conta que Noah estivera encurvado ao lado dela o tempo inteiro.

Era um pouco horripilante, às vezes, ter um amigo morto.

Noah continuou amigavelmente:

— Então você consegue um trailer. Não um trailer do Adam. Um trailer comercial.

— O quê? *Eu?*

— Você. Você. Como você chama quando se refere a todos, mas você diz *você?* Um lance de gramática.

— Não sei. O Gansey saberia. O que você quer dizer com *trailer do Adam?*

— Você interno? — ele conjecturou, como se Blue não tivesse dito nada. — Como quiser. Quer dizer, tipo, um você geral. Então você apresenta cinco, tipo, super-receitas de frango. Tipo, churrascaria. Aquelas que cozinham para sempre, certo? — Ele estalou os dedos. — Tipo, hum, cozinha mexicana. Molho de curry com mel. Churrasco. Hum. Teriyaki? E... Algo com alho. A outra coisa que você precisa, tipo assim, são bebidas. Bebidas bem viciantes. As pessoas têm que pensar, estou com desejo daquele frango com molho de curry e mel e daquele, hum, chá de limão, sim, ao máximo, sim, frango-frango-frango!

Noah estava mais animado do que Blue jamais o vira. Essa versão tagarela alegre dele era certamente mais próxima de sua versão viva, o aluno skatista da Aglionby com o Mustang vermelho brilhante. Ela se surpreendeu ao se dar conta de que provavelmente jamais teria se tornado amiga desse Noah. Ele não era terrível. Apenas *jovem* de uma maneira que ela jamais havia sido. Era um pensamento desconfortável, oblíquo.

— ... E eu a chamaria... você está pronta?... PEDE UM FRANGO. Entendeu? O que você quer para hoje à noite? Ah, mãe, por favor, PEDE UM FRANGO. — Noah deu um tapa no rabo de cavalo de Blue que acabou acertando o topo da cabeça dela. — Você poderia usar um chapeuzinho de papel! E ser o rosto do PEDE UM FRANGO.

De uma hora para outra, Blue perdeu a paciência e explodiu:

— Tudo bem, Noah, chega, por...

Uma risada cacarejada vinda de cima deles a silenciou. Algumas folhas secas caíram lentamente. Blue e Noah inclinaram a cabeça para trás.

Gwenllian, a filha de Glendower, se espreguiçava nos galhos robustos acima deles, o lânguido corpo recostado no tronco, as pernas presas em um galho liso. Como sempre, ela era uma visão aterradora e maravilhosa. A cascata volumosa de cabelo escuro estava cheia de canetas, chaves e papéis dobrados. Ela usava pelo menos três vestidos, e todos haviam conseguido subir até a cintura, seja escalando ou intencionalmente. Noah a encarou.

— Olá, coisa morta — cantarolou Gwenllian, tirando um cigarro de um lado do cabelo e um isqueiro do outro.

— Há quanto tempo você está aí? Você está fumando? — demandou Blue.

— Não mate minha árvore.

Gwenllian soltou uma baforada com cheiro de cravo-da-índia.

— Você fala como o Artemus.

— Não sei.

Blue tentou não soar ressentida, mas estava. Ela não esperava que Artemus preenchesse um buraco aberto em seu coração, mas também não esperava que ele simplesmente se trancasse em uma despensa.

Soprando um belo anel de fumaça através das folhas secas, Gwenllian empurrou o tronco e se deixou deslizar para um galho mais baixo.

— Seu pequeno inquilino de uma moita de pai não é algo muito fácil de compreender, oh, lírio azul, azul lírio. Mas então, aquela coisa ali não é fácil de compreender também, não é?

— Que coisa... o Noah? O Noah não é uma *coisa!*

— Nós vimos um pássaro em um arbusto, um pássaro em um arbusto, um pássaro em um arbusto — cantou Gwenllian. Em seguida escorregou para baixo, e então mais para baixo novamente, o suficiente para balançar suas botas ao nível dos olhos de Blue. — E trinta dos seus amigos! Você estava se sentindo bem vivo, ah, coisinha morta, entre nós duas, não é? Azul lírio com seu poder de espelho, e *gwen* lírio com seu poder de espelho, e você no meio, se lembrando da vida?

Incomodava perceber que Gwenllian provavelmente estivesse certa: esse Noah efervescente, lépido, seguramente só teria sido possível por causa da concentração de suas baterias mediúnicas. Também incomodava ver que Gwenllian tinha acabado completamente com o bom humor de Noah. Ele havia enfiado a cabeça nos ombros de maneira que somente a onda de sua franja era visível.

Blue lançou um olhar dardejante para ela.

— Você é horrível.

— Obrigada.

Gwenllian pulou no chão com um salto amplo, como um voo, e apagou o cigarro no tronco da faia, deixando uma marca negra que, para Blue, era o reflexo de sua alma.

Ela fez uma carranca para Gwenllian. Blue era muito baixa e Gwenllian, muito alta, mas Blue queria muito fazer uma carranca para Gwenllian e Gwenllian parecia querer isso. De fato, elas conseguiram que isso funcionasse.

— O que quer que eu diga? Que ele está morto? Qual o sentido de esfregar isso na cara dele?

Gwenllian se inclinou tanto para a frente que o nariz das duas roçou um no outro. As palavras que saíram de sua boca eram um sussurro com cheiro de cravo-da-índia.

— Você já solucionou um enigma que não lhe pediram?

Calla achava que Gwenllian havia começado a cantar e a formular enigmas por ter sido enterrada viva por seiscentos anos. Mas olhando para seus olhos alegremente brilhantes agora, lembrando como ela havia sido enterrada por tentar esfaquear até a morte o poeta de Owen Glendower, Blue também achou que havia uma chance muito crível de que Gwenllian sempre tivesse sido desse jeito.

— Não há como solucionar o Noah — respondeu Blue —, exceto fazendo ele... partir dessa para melhor. E ele não quer isso!

Gwenllian soltou um cacarejo.

— *Querer* e *precisar* são coisas diferentes, meu gatinho. — E cutucou a nuca de Noah com uma bota erguida. — Mostre a ela o que você andou escondendo, coisa morta.

— Você não precisa fazer nada do que ela diz, Noah.

Blue falou isso tão rapidamente que no mesmo instante percebeu que acreditava em Gwenllian e temia a verdade dele.

Todos sabiam que a existência de Noah era frágil, sujeita aos caprichos da linha ley e à localização de seus restos mortais. E Blue e Gansey em particular tinham visto em primeira mão como Noah parecia ter cada dia mais dificuldade em lidar com as esquisitices de estar morto. O que Blue já sabia de Noah era assustador. Se havia algo pior, ela não tinha certeza de que queria saber.

— Eu mereço isso. Só... sinto muito, Blue.

Os nervos de Blue começaram a tropear dentro dela.

— Não tem nada do que se desculpar.

— Sim — ele disse com uma voz fina. — Tem, sim.

— Não... só... tudo bem.

Gwenllian deu um passo para trás para deixar Noah se levantar. Ele o fez, lenta e rigidamente, voltando as costas para Blue. Em seguida endireitou os ombros costumeiramente caídos como se estivesse se preparando para um confronto. Blue sentiu o momento que Noah parou de sugar energia dela. Era como se ela tivesse deixado cair uma mochila no chão.

Então ele se virou para encará-la.

Todos os verões, um parque de diversões itinerante vinha a Henrietta. Eles ficavam nos pavilhões de venda de gado atrás do Walmart, e por algumas noites você tinha bolos de funil, luzes piscando no escuro e relva aplanada. Blue sempre quis gostar deles — ela fora algumas vezes com o pessoal da escola (ela sempre quis gostar deles, também) —, mas, no fim, ela simplesmente sentia que ainda esperava pelo acontecimento real acontecer. Acreditando precisar de adrenalina, ela tentara o elevador, que os içara todos para cima — *ca-glang, ca-glang* — e então, nada. Algum tipo de defeito não permitiu que eles desabassem lá de cima, e eles desceram exatamente da mesma maneira como haviam subido. Embora em momento algum eles tivessem caído no vazio, por um instante, Blue sentira um frio no estômago como se eles *tivessem* realmente desabado, um sentimento ainda mais estranho, levando-se em consideração que o resto do seu corpo não havia movido um centímetro.

Era precisamente o que ela sentira agora.

— Ah — disse Blue.

Eram olhos vazios mortos, uma boca sem dentes e uma alma costurada, em meio a ossos nus. Ele estivera morto havia anos. Era impossível não ver quão decomposta estava sua alma, quão removida de humanidade, quão esmaecida pela longa ausência de um pulso.

Noah Czerny havia morrido.

Isso era tudo que sobrara.

Essa era a verdade.

O corpo de Blue era uma rebelião de calafrios. Ela havia beijado isso. Essa memória tênue e fria de um ser humano.

Como essa memória era apenas energia, ela lia as lembranças de Blue tão facilmente quanto suas palavras. Blue sentiu que ela assombrava seus pensamentos e então passava para o outro lado.

— Eu disse que sentia muito — ele sibilou.

Blue respirou fundo.

— Eu disse que não tem nada que se desculpar.

E ela estava sendo sincera.

Blue não se importava que ele — coisa — Noah — fosse estranho, podre e assustador. Ela sabia que ele — coisa — Noah — era estranho, podre e assustador, e ela sabia que o amava de qualquer jeito.

Ela o abraçou. Ele. Noah. Blue não se importava que ele não fosse mais humano. Ela seguiria chamando o que quer que fosse aquilo de *Noah*, enquanto ele quisesse ser chamado de Noah. E ela se sentia feliz que ele pudesse ler os pensamentos dela naquele momento, pois ela queria que ele soubesse o quão completamente ela acreditava nisso.

Seu corpo ficou gelidamente frio enquanto ela deixava que Noah sugasse energia dela, seus braços abraçando firmemente o pescoço do amigo.

— Não conte para os outros — ele disse. Quando Blue deu um passo para trás, ele havia recuperado seus traços de garoto novamente.

— Você precisa ir? — perguntou Blue. Ela queria dizer *para sempre*, mas não conseguia pronunciar isso em voz alta.

— Ainda não — sussurrou Noah.

Blue secou uma lágrima do rosto com o dorso da mão, e ele fez a mesma coisa com outra lágrima que escorria do outro lado da face da amiga. O queixo de Noah fez uma covinha daquele jeito que acontece antes de virem as lágrimas, mas Blue colocou os dedos nele e resolveu a questão.

Totalmente conscientes, eles avançaram rápido na direção do fim de algo.

— Bom — disse Gwenllian. — Odeio mentirosos e covardes.

Imediatamente, ela começou a escalar a árvore mais uma vez. Blue se virou de volta para Noah, mas ele tinha desaparecido. Talvez tivesse ido antes que Gwenllian tivesse falado; assim como com a sua chegada, era difícil dizer o momento exato de sua partida. O cérebro de Blue já reescrevera todos os segundos em torno de seu desaparecimento.

O fato de Blue ter sido suspensa da escola parecia um sonho obscuro. O que era real? Isso era real.

A janela da cozinha se abriu com um rangido, e Jimi gritou:

— Blue! Seus garotos estão ali na frente, acho que vão enterrar um corpo.

De novo?, pensou Blue.

6

Quando Blue subiu no Suburban preto de Gansey, descobriu que Ronan já estava instalado no banco de trás, a cabeça recentemente raspada, as botas sobre o assento, trajado para uma briga. Sua presença no banco de trás em vez de em seu trono de sempre no assento do passageiro sugeria que eles teriam problemas pela frente. Era Adam — em uma camiseta branca e um macacão de trabalho desabotoado até a cintura — que ocupava seu lugar. Gansey estava sentado atrás da direção, exibindo o uniforme da Aglionby e uma expressão elétrica que sobressaltou Blue. Uma expressão que parecia absolutamente desperta e reluzente, como um fósforo aceso atrás dos olhos. Blue vira esse Gansey animado antes, mas normalmente somente quando eles estavam a sós.

— Olá, Jane — ele disse, com uma voz tão brilhante e intensa quanto seus olhos. Era difícil não ser capturado por esse Gansey; ele era ao mesmo tempo poderoso e preocupante em sua tensão.

Não encare — tarde demais. Adam a flagrara. Ela evitou seus olhos e se preocupou em puxar as meias altas até as coxas.

— E aí?

— Você tem tempo para dar uma volta com a gente? Ou tem que estudar? Lição de casa? — perguntou Gansey.

— Nada de lição de casa. Fui suspensa — respondeu Blue.

— Não acredito — disse Ronan com admiração. — Sargent, sua babaca.

Ainda que de forma relutante, Blue permitiu que trocassem um cumprimento de punhos cerrados enquanto Gansey a olhava significativamente pelo espelho retrovisor.

Adam girou para o outro lado em seu assento — para a direita, em vez de para a esquerda. Parecia que ele estava se escondendo, mas Blue sabia que era só porque assim ele virava o ouvido com audição na direção deles, em vez do ouvido surdo.

— Pelo quê?

— Esvaziar a mochila de um aluno em cima do carro dele. Não quero falar sobre isso realmente.

— Eu quero — disse Ronan.

— Bem, eu não. Não tenho orgulho disso.

Ronan deu um tapinha na perna de Blue.

— Eu terei orgulho por você.

Blue lançou um olhar fulminante em sua direção, mas ela se sentia confiante pela primeira vez naquele dia. Não que as mulheres da Rua Fox, 300 não fossem sua família — elas estavam onde suas raízes estavam enterradas, e nada diminuía isso. Apenas que havia algo recentemente poderoso a respeito dessa família reunida nesse carro. Todos estavam crescendo e se entremeando como árvores que lutam juntas pelo sol.

— Então, para onde vamos?

— Se você conseguir acreditar nessa — disse Gansey, ainda em seu tom frio e absolutamente educado que significava que ele estava incomodado —, eu estava planejando ir falar com Artemus sobre Glendower. Mas o Ronan decidiu mudar tudo isso. Ele tem ideias *diferentes* para nossa tarde. Usos mais *importantes* para o nosso tempo.

Ronan se inclinou para a frente.

— Diz para mim, papai, você está bravo porque eu fiz bobagem, ou porque eu faltei na escola?

— Acho que as duas situações contam como bobagens, você não acha? — disse Gansey.

— Ah, por favor — replicou Ronan. — Isso só soa vulgar, quando *você* diz.

Enquanto Gansey afastava rapidamente o veículo do meio-fio, Adam lançava a Blue um olhar cúmplice. Sua expressão dizia, Sim, *eles estão nessa há um bom tempo*. Blue se sentiu estranhamente grata por essa troca não verbal. Após seu rompimento turbulento (eles teriam chegado a sair como namorados?), Blue havia se reconciliado com o fato de Adam estar magoado ou desconfortável demais para serem bons amigos. Mas ele estava tentando. E ela também. E parecia que estava funcionando.

Exceto que ela estava apaixonada por seu melhor amigo e não havia lhe contado.

A tranquilidade de Blue se desfez imediatamente, sendo substituída por exatamente a mesma sensação que ela havia experimentado um momento antes de ter esvaziado a mochila de Holtzclaw sobre o capô do carro dele. Todas as emoções se dissolveram num vazio.

Ela realmente precisava encontrar um jeito de lidar com isso.

— GANSEY BOY!

Todos levaram um susto com o grito que entrou pela janela aberta de Gansey. Eles haviam parado no sinal perto do portão principal da Aglionby; um grupo de alunos estava parado na calçada, segurando cartazes. Relutantemente, Gansey ofereceu uma saudação de três dedos para o grupo, o que provocou mais exclamações de *u-huu, u-huu, u-huu!*

A visão de todos os garotos em seus uniformes provocou imediatamente uma emoção desagradável em Blue. Uma sensação antiga e complexa, formada com base em julgamento, experiência e inveja, mas ela não se importava com isso. Não que ela necessariamente achasse que suas opiniões negativas a respeito dos garotos corvos estivessem *erradas*. Apenas que o fato de ela conhecer Gansey, Adam, Ronan e Noah complicava o que ela fazia com essas opiniões. Era tudo bem mais fácil quando ela simplesmente presumira que podia desprezá-los a partir do ar rarefeito de uma elevação moral.

Blue espichou o pescoço, tentando ver o que os cartazes diziam, mas nenhum dos garotos fazia um trabalho muito bom em direcioná-los para a rua. Ela se perguntou se Blue Sargent, aluna da Aglionby, teria sido Blue Sargent, manifestante com um cartaz.

— Contra o que eles estão protestando?

— Vida — respondeu Adam secamente.

Então ela percebeu que reconhecia um dos alunos de pé na calçada. Ele tinha um tufo inconfundível de cabelo preto estilizado e um par de tênis de cano alto que só pareceriam mais caros se tivessem enrolados em notas de dólares.

Henry Cheng.

Blue havia se encontrado às escondidas com Gansey da última vez que o vira. Ela não se lembrava de todos os detalhes, apenas que o supercarro elétrico de Henry havia tido problemas e estava parado no acostamento da estrada, que ele havia feito uma piada que ela não achara engraçada e que isso a fizera lembrar várias vezes de como Gansey era diferente dela. Não havia sido um bom final para um encontro.

Henry claramente se lembrava dela também, pois abriu um largo sorriso para ela antes de apontar dois dedos para os próprios olhos e então para os dela.

Seus sentimentos já confusos foram acrescidos de sentimentos mais confusos ainda.

— Como você chama quando você diz "você" para se referir a todo mundo de modo geral? — perguntou Blue, inclinando-se para a frente, os olhos ainda em Henry.

— *Você universal* — respondeu Gansey. — Eu acho.

— Sim — disse Adam.

— Que bando de exibidos metidos — disse Ronan. Era difícil dizer se ele se referia a Gansey e Adam com sua maestria gramatical, ou aos alunos da Aglionby, parados na rua com seus cartazes escritos à mão.

— Ah, certo — disse Gansey, ainda indiferente e incomodado. — Deus perdoe os jovens que exibem seus princípios com protestos fúteis, mas públicos, quando eles poderiam faltar às aulas e julgar outros alunos do banco de trás de um veículo motorizado.

— Princípios? Os princípios de Henry Cheng só servem para conseguir uma fonte maior no jornal da escola — disse Ronan, fazendo uma versão vagamente ofensiva da voz de Henry. — *Serif? Sans serif?* Mais negrito, menos itálico.

Blue viu Adam abrir um sorriso e ao mesmo tempo desviar o rosto apressadamente para que Gansey não conseguisse ver, mas foi tarde demais.

— *Et tu, Brute?* — Gansey perguntou a Adam. — Decepcionante.

— Eu não disse nada — respondeu Adam.

O sinal ficou verde, e o Suburban começou a se afastar dos manifestantes.

— Gansey! Gansey! Richard, cara!

Essa voz era de Henry; até Blue a reconhecia. Não havia nenhum carro atrás deles, então Gansey tirou o pé do acelerador e inclinou a cabeça para fora da janela.

— O que posso fazer por você, sr. Cheng?

— Você está... acho que o seu porta-malas está aberto. — A expressão afetada de Henry havia se complicado. O sorriso alegre não tinha desaparecido, mas havia algo atrás dele. Mais uma vez, Blue sentiu o ímpeto da incerteza; ela sabia como Henry era, mas não sabia exatamente como ele era.

Gansey inspecionou o painel, atrás de alguma luz de notificação.

— Não está... ah. — Sua voz havia mudado para combinar com a expressão de Henry. — *Ronan.*

— O quê? — disparou Ronan. Sua inveja de Henry era visível do espaço.

— *Nosso porta-malas* está aberto.

Um carro buzinou atrás deles. Gansey acenou para ele em seu espelho retrovisor, saudou Henry e pisou no acelerador. Blue olhou sobre o ombro a tempo de ver Henry se virar para os outros alunos, a expressão mais uma vez se fundindo no largo sorriso descomplicado que havia exibido antes.

Interessante.

Enquanto isso, Ronan se virou para olhar para o compartimento de carga atrás do banco traseiro e sussurrou:

— Fique *abaixada*.

Mas ele *não* estava falando com Blue. Ela estreitou os olhos e perguntou cautelosamente:

— Qual exatamente é o objetivo mesmo dessa volta que estamos dando?

Gansey ficou contente em responder:

— O Lynch, em sua sabedoria infinita, decidiu sonhar em vez de ir para a escola, e trouxe de volta mais do que ele tinha pedido.

O encontro com Henry havia deixado um resquício na jovial agressividade de Ronan, e então ele disparou:

— Você podia simplesmente ter me dito para cuidar do assunto sozinho. O meu sonho não é da conta de ninguém.

Adam interpôs:

— Ah, não, Ronan. Eu não tomo partido, mas isso é uma bobagem.

— Obrigado — disse Gansey.

— Ei, velho...

— Não — disse Gansey. — O Jesse Dittley morreu por causa das pessoas interessadas nos sonhos da sua família, então não aja como se os outros não fossem afetados se isso permanece em segredo ou não. Ele é seu em primeiro lugar, mas estamos todos na zona de impacto.

Isso silenciou Ronan. Ele se largou de volta no assento, olhou para fora da janela e colocou um de seus braceletes de couro entre os dentes.

Blue já tinha ouvido o suficiente. Ela puxou o cinto de segurança para abrir espaço para se virar, e então colocou o queixo sobre o assento de couro para olhar para o compartimento de carga atrás de si. Ela não viu nada imediatamente. Talvez *tenha* visto, mas não queria reconhecer, pois assim que seus olhos divisaram o sonho de Ronan, era impossível imaginar como ela não o vira imediatamente.

Blue já era calejada demais para se chocar com algo.

Mas ela estava chocada.

E demandou:

— Isso... isso é uma criança?

Havia uma criatura pequena, encolhida ao lado de uma mochila de academia e da bolsa a tiracolo de Gansey. Ela tinha olhos enormes quase eclipsados por um solidéu puxado para baixo. Usava um blusão de pescador esfarrapado, sujo e grande demais, e tinha pernas cinzentas ou usava meias-calças dessa cor. Aquelas coisas na extremidade das pernas eram botas ou cascos. A mente de Blue tentava dar sentido para o que via.

A voz de Ronan soou tediosa:

— Eu costumava chamá-la de Garota Órfã.

7

Adam havia sugerido Cabeswater, então eles levaram Blue para Cabeswater.

Ele ainda não tinha certeza do que fariam ali; simplesmente fora a primeira coisa em que pensara. Na realidade, fora a segunda, mas o seu primeiro pensamento fora tão vergonhoso que ele imediatamente se arrependeu dele.

Adam dera uma olhada na Garota Órfã e pensara que, se fosse outro horror noturno em seu lugar, eles poderiam simplesmente tê-la matado ou largado em algum lugar.

Um segundo mais tarde — não, não, menos de um segundo, meio segundo —, ele se odiou por pensar isso. Era exatamente o tipo de pensamento que ele esperara do filho de seu pai. *O quê, você quer partir? Você vai partir? Essa é a sua bolsa? Vá por mim, se eu pudesse te deixar partir, eu mesmo teria te jogado em uma vala. Tudo é uma trabalheira com você.*

Ele se odiou, e então odiou seu pai, e depois cedeu a emoção para Cabeswater, e Cabeswater a dispersou para longe.

E agora eles estavam na própria Cabeswater, a Cabeswater em carne e osso, ali, no segundo pensamento de Adam que ele gostaria que tivesse sido o primeiro, levando a Garota Órfã para a mãe de Ronan, Aurora. Esse era o campo que eles tinham visto de cima muito tempo atrás, com um enorme corvo formado de conchas. Gansey não pôde evitar de passar por cima das conchas espalhadas com o carro, mas tomou cuidado para evitar o corvo em si. Adam apreciava essa parte de Gansey, sua preocupação incessante pelas coisas que ficavam aos seus cuidados.

O veículo parou. Gansey, Blue e Adam saíram. Ronan e sua garotinha estranha, não; parecia que havia um processo de negociação se desenrolando entre eles.

Eles esperaram.

Na rua, o céu estava pesado e cinzento, rasgado pelos picos sobre o marrom-vermelho-negro das árvores de Cabeswater. De onde eles estavam parados, era praticamente possível imaginá-la como uma mata comum, em uma montanha comum da Virgínia. Mas, se você olhasse Cabeswater com atenção por tempo suficiente, do jeito certo, você poderia ver segredos voando entre as árvores. As sombras de animais chifrudos que nunca apareciam. As luzes piscando de vagalumes de outro verão. O som farfalhante de muitas asas, o som de um bando enorme sempre fora de visão.

Mágica.

Tão próximo da floresta, Adam se sentia muito... Adam. Sua cabeça estava cheia com a sensação comum de seu macacão dobrado na altura da cintura, o pensamento comum da prova de literatura no dia seguinte. Parecia que ele deveria se tornar mais estranho, mais outro, quando estava próximo de Cabeswater, mas, na realidade, quanto mais próximo de Cabeswater, mais firmemente presente ele continuava. Sua mente não precisava derivar para longe para se comunicar com Cabeswater quando seu corpo era capaz de erguer uma mão para tocá-la.

Estranho que ele tivesse sentido uma premonição do que esse lugar se tornaria para ele todos aqueles meses atrás. Mas talvez não. Tanto da mágica — do poder, de modo geral — exigia a crença como um pré-requisito.

Gansey atendeu uma ligação. Adam foi urinar. Ronan ficou no Suburban.

Adam se reuniu a Blue do outro lado do veículo. Ele fez um esforço para não olhar nem para os seus seios, nem para os seus lábios. Adam e Blue não estavam mais juntos — se é que haviam estado um dia —, mas o fato de estarem rompidos e conscientes de que isso era bom para ambos não havia diminuído o apelo estético de nenhuma das duas partes de seu corpo. O cabelo de Blue havia ficado mais revolto desde que ele a encontrara pela primeira vez, menos contido por todos os seus grampos, e sua boca havia ficado mais desalinhada desde que ele a encontrara, mais desejosa de beijos proibidos, e sua postura havia endurecido, sua espinha aguçada pela dor e pelo perigo.

— Acho que nós dois precisamos conversar — ela disse. Blue não terminou a frase, mas seus olhos estavam em Gansey. Ele se perguntou se ela sabia o quão transparente era o seu olhar. Será que ela o mirara tão faminta um dia?

— Sim — respondeu Adam. Tarde demais, ele se deu conta de que ela provavelmente queria discutir a busca pelo favor de Glendower, não confessar sua relação secreta com Gansey. Bem, eles precisavam falar sobre aquilo, também.

— Quando?

— Vou ligar para você hoje à noite. Espera... eu tenho trabalho. Amanhã depois da escola?

Eles anuíram. Era um plano.

Gansey ainda falava ao telefone.

— Não, quase não tem trânsito, a não ser que seja uma noite de bingo. Um transporte? Quantas pessoas você está esperando? Não consigo imaginar... ah. O ônibus do evento poderia ser colocado em serviço, certamente.

— KERAH!

Tanto Blue quanto Gansey tomaram um susto enorme com o guincho selvagem. Reconhecendo o nome de Motosserra para Ronan, Adam procurou no céu.

— Jesus, Maria — rosnou Ronan. — Pare de ser impossível.

Porque não era Motosserra que havia gritado o nome de corvo para Ronan. Era a Garotinha Órfã abandonada. Ela estava dobrada em uma forma impossivelmente pequena na relva descolorida atrás do Suburban, parecendo uma pilha de roupas. Ela balançava de um lado para o outro e se recusava a ficar de pé. Quando Ronan sussurrou algo para ela, ela gritou em seu rosto de novo. Não o grito de uma criança, mas o grito de uma criatura.

Adam tinha visto muitos dos sonhos de Ronan se tornarem realidade a essa altura, e ele sabia o quão selvagens, adoráveis, aterrorizantes e extravagantes eles podiam ser. Mas essa garota era a mais *Ronan* de qualquer um deles que ele já tinha visto. Que monstro assustador ela era!

— É o apocalipse. Me manda uma mensagem se você pensar em algo mais. — Gansey desligou. — O que há de errado com ela? — Seu tom era hesitante, como se ele não tivesse certeza se algo *estava* errado com a garota, ou se era apenas o jeito que ela estava.

— Ela não quer entrar — disse Ronan. Sem qualquer cerimônia, ele se inclinou, catou a garota e começou a marchar na direção dos limites da floresta. Estava claro agora, com suas pernas de aranha penduradas sobre um dos braços de Ronan, que elas terminavam em delicados cascos.

Do outro lado de Adam, Blue levou os dedos aos lábios e então os deixou cair novamente. Em uma voz bem baixa, ela disse *Ah, Ronan!* da mesma maneira que você sussurraria *Meu Deus.*

Porque era impossível. A criatura de sonho era uma garota; ela não era; ela era uma órfã; eles não eram pais. Adam não era a pessoa mais certa para julgar Ronan por sonhar tão vastamente; Adam também negociava com uma mágica que ele não entendia muito bem. Ultimamente, todos eles tinham as mãos estendidas para o céu, à espera de cometas. A única diferença era que o universo selvagem e em expansão de Ronan Lynch existia dentro da sua própria cabeça.

— *Excelsior* — disse Gansey.

⚡

Todos seguiram Ronan floresta adentro.

Dentro da mata, Cabeswater murmurava, vozes sibilavam das velhas árvores de outono, desaparecendo nos velhos penedos cobertos de musgo. Esse lugar significava algo diferente para todos eles. Adam, o zelador da floresta, estava ligado por um pacto para ser suas mãos e olhos. O poder de amplificação de Blue estava de alguma maneira conectado a ela. Ronan, o Greywaren, estivera ali muito tempo antes do restante deles, a ponto de deixar sua escrita rabiscada nas rochas. Gansey — Gansey simplesmente a adorava, temerosamente, espantosamente, reverentemente.

Acima deles, as árvores sussurravam em uma língua secreta, e em latim, e então em uma versão corrompida de ambos, com palavras em inglês lançadas no meio. Elas não haviam falado inglês quando os adolescentes as encontraram pela primeira vez, mas estavam aprendendo. E rápido. Adam não conseguia deixar de pensar que havia algum segredo escondido por trás dessa evolução de linguagem. Será que os adolescentes eram realmente os primeiros falantes de inglês a encontrar as árvores? Se não, por que elas tropeçavam no inglês somente *agora*? E por que o latim?

Adam quase podia ver a verdade escondida por trás desse quebra-cabeça.

— *Salve* — Gansey cumprimentou as árvores, sempre educado. Blue estendeu o braço para tocar um galho; ela não precisava de palavras para cumprimentá-las.

Olá, as árvores farfalharam de volta. As folhas vibravam contra a ponta dos dedos de Blue.

— Adam? — perguntou Gansey.

— Só um segundo.

Eles esperaram até que Adam se orientasse. Como o tempo e o espaço eram negociáveis na linha ley, era inteiramente possível que eles pudessem emergir da floresta em um tempo ou lugar inteiramente diferente do que eles haviam entrado. Esse fenômeno havia parecido caprichoso em um primeiro momento, mas, lentamente, à medida que Adam se sintonizara melhor com a linha ley, ele havia começado a perceber que ela seguia regras, só que não as regras lineares com as quais eles contavam no mundo normal. Era mais como respirar — você podia segurar uma respiração; respirar mais rápido ou mais devagar; corresponder suas respirações com alguém parado perto de você. Deslocar-se através de Cabeswater de uma maneira previsível significava orientar-se pelos padrões de respiração atuais. Deslocar-se com ela, não contra ela, enquanto você tentava encontrar o seu caminho de volta para o tempo e o lugar que você havia deixado para trás.

Adam fechou os olhos e deixou que a linha ley tomasse o seu coração por algumas batidas. Agora ele sabia em qual direção ela corria por baixo dos seus pés, como ela cruzava com outra linha muitos quilômetros dali à sua esquerda, e com duas ainda mais distantes, à sua direita. Inclinando a cabeça para trás, Adam sentiu as estrelas formigando acima, e *como* ele era orientado em relação a elas. Dentro dele, Cabeswater desenrolou videiras cuidadosas, testando seu humor enquanto o fazia, jamais forçando limites ultimamente, a não ser sob pressão. Ela usava a mente e os olhos de Adam para prospectar o terreno abaixo dele, escavando para encontrar água e rochas, em busca de orientação.

Como Adam praticava muitas coisas, ele era *bom* em muitas coisas, mas isso — como isso chamava mesmo? Adivinhação, percepção, mágica, mágica, mágica. Ele não era só bom nisso, mas ele o desejava, queria, amava de uma maneira que quase o cobria de gratidão. Ele não sabia que podia amar, não realmente. Gansey e ele haviam brigado sobre isso, uma vez —

Gansey dissera, com desgosto, *Pare de dizer privilégio. Amor não é privilégio.* Mas Gansey sempre tivera amor, sempre fora capaz de amar. Agora que Adam havia descoberto ele mesmo esse sentimento, ele estava mais convicto do que nunca de que estava certo. *Necessidade* era o parâmetro de Adam, seu pulso em repouso. *Amor* era privilégio. Adam era privilegiado e não queria abrir mão disso. Ele queria sempre se lembrar de como era sentir isso.

Uma vez que Adam havia aberto completamente seus sentidos, Cabeswater tentou desajeitadamente se comunicar com esse ser humano mágico. Ela pegou suas melhores lembranças e as virou do avesso, readaptando-as como uma linguagem hieroglífica de sonhos: um fungo em uma árvore; Blue quase tropeçando em sua pressa para se afastar dele; uma casca de ferida em seu punho; o vinco característico que Adam sabia que o cenho franzido de Ronan produzia; uma cobra desaparecendo por baixo da superfície lodosa de um lago; o polegar de Gansey no lábio inferior; o bico de Motosserra aberto e um verme arrastando-se para fora dele em vez de para dentro.

— Adam? — perguntou Blue.

Ele se afastou de seus pensamentos.

— Ah, sim. Estou pronto.

Eles prosseguiram. Era difícil dizer quanto tempo levaria para que chegassem aonde a mãe de Ronan vivia — às vezes não levava tempo algum, e às vezes levavam eras, um fato que Ronan reclamou amargamente enquanto carregava a Garota Órfã. Ele tentou convencê-la a caminhar sozinha novamente, mas ela se encolheu no mesmo instante, em uma resistência sem ossos sobre o chão da floresta. Ronan resolveu não perder seu tempo lutando com ela; ele simplesmente a recolheu de novo, com uma expressão irritada.

A Garota Órfã pareceu adivinhar o que estava se passando com Ronan, porque, enquanto ele caminhava, provocando solavancos nela a cada passo, ela pronunciou uma única nota intencional, quicando as pernas com os cascos ao mesmo tempo. Um segundo mais tarde, um pássaro invisível cantou de volta outra nota belamente colocada três tons acima da dela. A Garota Órfã trinou um tom acima do seu anterior, e um pássaro invisível diferente cantou outra nota três tons acima. Uma terceira nota: um terceiro pássaro. Para lá e para cá, todos continuaram, até que uma canção voltou em torno deles, uma ladainha sincopada feita da voz de uma criança e pássaros escondidos que podiam ou não existir realmente.

Ronan olhou carrancudo para a Garota Órfã, mas era óbvio o que aquela carranca queria dizer. Seus braços em torno dela eram protetores.

Não escapou a Adam como eles se conheciam bem. A Garota Órfã não era uma criatura ao acaso, tirada de um sonho qualquer. Eles tinham claras marcas emocionais de família. Ela simplesmente sabia como navegar seus humores tumultuados, e ele parecia simplesmente saber o quão ríspido podia ser com ela. Eles eram amigos, embora mesmo os amigos sonhados de Ronan não fossem fáceis de se relacionar.

A Garota Órfã seguiu grasnando sua parte da ladainha, e ficou claro que a canção desordenada estava melhorando o humor de Gansey, assim como o de Ronan. A discussão no carro havia obviamente deixado seus pensamentos, e, em vez disso, ele ergueu os braços em compasso com a música como um condutor, tentando pegar as folhas de outono quando elas se aproximavam, caindo. Cada folha seca curva que ele conseguia tocar com a ponta dos dedos se transformava em um peixe dourado que nadava pelo ar. Cabeswater ouvia atentamente à sua intenção; mais folhas redemoinhavam para ele, esperando por seu toque. Logo, um bando — um cardume — de peixes os cercou, brilhando, disparando e mudando de cores à medida que suas escamas refletiam a luz.

— São sempre peixes com você — disse Blue, rindo, enquanto eles faziam cócegas em torno de sua garganta e mãos. Gansey olhou de relance para ela e desviou o olhar, estendendo a mão para outra folha, a fim de colocá-la para trabalhar. A alegria cintilava entre os dois; quão pura e simplesmente Blue e Gansey amavam a mágica daquele lugar.

Fácil para eles se sentirem tão leves.

Cabeswater cutucou ternamente os pensamentos de Adam, conclamando uma dezena de memórias felizes no espaço do ano anterior — bem, elas *teriam* de ser apenas do ano passado, pois mesmo Cabeswater teria dificuldade em incitar memórias alegres da época anterior a Gansey e Ronan. Quando Adam teimava em resistir, imagens dele bruxuleavam por sua mente: ele mesmo, como era visto pelos outros. Seu sorriso contido, sua risada surpresa, seus dedos estendidos para o sol. Cabeswater não entendia bem seres humanos, mas ela aprendia. Felicidade, ela insistia. Felicidade.

Adam cedeu. Enquanto eles seguiam caminhando, e a Garota Órfã continuava cantarolando em sua voz aguda, e os peixes continuavam dardejando pelo ar à sua volta, ele lançou sua própria intenção.

O volume do estrondo resultante surpreendeu até a ele; Adam o ouviu em um ouvido e o sentiu em ambos os pés. Os outros tomaram um susto quando outro *bum* pesado e grave soou no início do próximo compasso da canção. Quando veio o terceiro ruído surdo, ficou óbvio que ele ressoava no ritmo da música. Cada uma das árvores pelas quais eles passavam soava com um baque elaborado, até que o som à volta deles era a batida eletrônica pulsante que invariavelmente tocava no carro ou nos fones de ouvido de Ronan.

— Ah, Deus — disse Gansey, mas ele estava rindo. — Nós temos que aguentar isso aqui, também? *Ronan!*

— Não fui eu — disse Ronan. Ele olhou para Blue, que deu de ombros. Ronan cruzou com o olhar de Adam. Quando Adam fez um trejeito com a boca, a expressão de Ronan se imobilizou por um momento antes de se transformar em um sorriso solto que ele reservava normalmente para as bobagens de Matthew. Adam sentiu um ímpeto de realização e nervosismo. Ele patinava em um beiral ali. Fazer Ronan Lynch sorrir passava uma sensação tão carregada quanto barganhar com Cabeswater. Não se devia brincar com essas forças.

Subitamente, a Garota Órfã caiu no silêncio. Em um primeiro momento, Adam pensou que ela estava de alguma forma buscando se conectar com seu humor. Mas não: eles tinham chegado à ravina das roseiras.

Aurora Lynch vivia em uma clareira limitada em três lados por roseiras viçosas e férteis, videiras e árvores. Flores cobriam o chão como um tapete e caíam em cascata sobre o quarto lado — um rochedo escarpado que adentrava a montanha. O ar vinha carregado de sol, como a luz vista através da água, e pétalas suspensas flutuavam como se nadassem. Por toda parte havia tons róseos, brancos suaves, ou amarelos reluzentes.

Toda Cabeswater era um sonho, mas a ravina de roseiras era um sonho dentro dele.

— Talvez a garota vá fazer companhia à Aurora — disse Gansey, observando o último peixe nadar para fora da clareira.

— Não acredito que você simplesmente possa dar uma criança para uma pessoa e esperar que ela se sinta eufórica — retrucou Blue. — Ela não é um gato.

Gansey abriu a boca, e Adam observou que um comentário no limite do ofensivo estava por vir. Ele cruzou com o seu olhar, e Gansey fechou a boca. O momento passou.

Mas Gansey não estava inteiramente errado. Aurora havia sido criada para o amor, e ela amava, de uma maneira específica em relação ao objeto de seu afeto. Então ela abraçava seu filho mais novo, Matthew, perguntava a Gansey sobre pessoas famosas na história, dava flores estranhas a Blue, com quem se havia encontrado durante suas caminhadas, e deixava que Ronan lhe mostrasse o que ele havia sonhado ou feito na semana anterior. Com Adam, no entanto, ela perguntava coisas como: "Como você sabe que vê a cor amarela como eu vejo?". E então ouvia atentamente enquanto ele lhe explicava. Adam tentava que ela mesma explicasse às vezes, mas Aurora não se preocupava muito em pensar, apenas em ouvir outras pessoas, felizes em pensar.

Assim, eles já sabiam que ela adoraria a Garota Órfã. Se estava certo ou não dar a Aurora outra pessoa para amar, isso era outra questão.

— Mãe, você está aqui? — a voz de Ronan era diferente quando ele falava com sua mãe ou com Matthew. Revelava um Ronan sem fingimento.

Não. Um Ronan desprotegido.

Esse tom lembrou a Adam daquele sorriso sem reservas de antes. *Não brinque*, ele disse a si mesmo. *Isso não é um jogo.*

Mas não parecia um jogo, se ele estivesse sendo sincero. A adrenalina sussurrava em seu coração.

Aurora Lynch apareceu.

Ela não havia deixado o lugar onde vivia, tampouco o caminho que eles haviam usado. Em vez disso, ela emergiu da parede de rosas que caía em cascata sobre a rocha. Era impossível para uma mulher caminhar através de uma rocha e uma roseira, mas ela o fez mesmo assim. Seu cabelo dourado pendia em uma lâmina, com botões de rosas presos e trançado com pérolas. Por um breve momento, ela era ao mesmo tempo rosas e uma mulher, e então completamente Aurora. Cabeswater comportava-se diferentemente em relação a Aurora Lynch e ao restante deles; eles eram seres humanos, afinal de contas, e Aurora era algo sonhado. Eles tiravam férias ali. Aurora pertencia ao lugar.

— Ronan — disse Aurora, genuinamente feliz, do jeito que ela sempre estava, genuinamente feliz. — Onde está o meu Matthew?

— Jogo de lacrosse ou algo assim — respondeu Ronan. — Algo cheio de suor.

— E o Declan? — perguntou Aurora.

Houve uma longa pausa, apenas uma respiração longa demais.

— Trabalhando — mentiu Ronan.

Todos na ravina de roseiras olharam para Ronan.

— Ah, bem. Ele sempre foi muito dedicado — disse Aurora, acenando para Adam, Blue e Gansey, que lhe acenaram de volta. — Você já encontrou o seu rei, Gansey?

— Não — ele respondeu.

— Ah, bem — disse Aurora novamente, abraçando o pescoço de Ronan e pressionando sua face pálida na face pálida dele, como se ele estivesse segurando uma braçada de compras em vez de uma garotinha estranha. — O que você trouxe para mim dessa vez?

Ronan colocou a garota no chão, sem nenhuma cerimônia. Ela se encolheu contra as pernas dele, toda blusão, e lamentou em um inglês ligeiramente carregado:

— Eu quero ir!

— E eu quero sentir meu braço direito novamente — disparou Ronan.

— *Amabo te*, Greywaren! — ela disse. *Por favor, Greywaren.*

— Ah, fique de pé. — Ronan pegou sua mão, e a Garota Órfã se pôs de pé, absolutamente ereta ao seu lado, os cascos marrons, delicados e abertos.

Aurora se ajoelhou para ficar na mesma altura da Garota Órfã.

— Como você é bonita!

A garota não olhou para Aurora e permaneceu absolutamente imóvel.

— Aqui... uma linda flor, da cor dos seus olhos... Você gostaria de segurar? — Aurora lhe ofereceu uma rosa. Era realmente da cor dos olhos da garota: de um azul tempestuoso, rude. Rosas não eram dessa cor, mas agora eram.

A garota não chegou nem a virar a cabeça na direção da rosa. Em vez disso, seus olhos estavam fixos em algum ponto um pouco atrás da cabeça de Adam e tinham uma expressão vazia e entediada. Adam sentiu um formigamento de reconhecimento. Não havia petulância ou raiva na expressão da garota. Ela não estava furiosa.

Adam já estivera naquele lugar, agachado ao lado de armários de cozinha, olhando para a luminária do outro lado da sala, seu pai cuspindo em seu ouvido. Ele reconhecia esse tipo de medo quando o via.

Ele mal conseguia reunir coragem para olhar para ela.

Enquanto Adam olhava de relance para os galhos finos de outono, Ronan e sua mãe falavam em voz baixa. Inacreditavelmente, o telefone de Gansey zuniu; ele o tirou do bolso e olhou para a tela. Cabeswater pressionava Adam. Blue alinhou pétalas de rosas caídas ao longo do braço. As árvores grandes fora da ravina seguiam sussurrando para eles em latim.

— Não, mãe — disse Ronan, impaciente, com um novo tom na voz que chamou a atenção dos outros. — Isso não foi como antes. Foi um acidente.

Aurora olhou para Ronan de um jeito terno e tolerante, o que enfureceu seu filho do meio.

— Foi *sim* — ele insistiu, embora ela não tivesse dito nada. — Foi um pesadelo, e havia algo de diferente nele.

Blue o interrompeu no mesmo instante.

— Diferente como?

— Tinha algo estranho pra c... nesse sonho. Algo escuro, esquisito. — Ronan fez uma careta para as árvores, como se elas pudessem lhe dar as palavras para explicar. Por fim, ele acrescentou: — Decomposto.

Essa palavra afetou a todos. Blue e Gansey se entreolharam, como se continuassem uma conversa anterior. Adam se lembrou das imagens perturbadoras que Cabeswater havia lhe mostrado quando ele pisara pela primeira vez na floresta. A expressão dourada de Aurora perdeu o brilho.

— Acho que é melhor mostrar uma coisa para vocês — ela disse.

8

Para a irritação de Gansey, ele tinha sinal no telefone. Normalmente, algo a respeito de Cabeswater interferia com o sinal do celular, mas hoje seu telefone vibrava com textos sobre eventos de *smoking* para arrecadar fundos em Aglionby, enquanto ele subia e descia uma montanha.

As mensagens de sua mãe pareciam documentos de Estado.

Diretor Child concorda que o tempo será apertado, mas, afortunadamente, minha equipe tem prática suficiente a essa altura para realizá-lo em tempo hábil. Será maravilhoso fazer isso com você e a escola.

As mensagens de seu pai eram joviais, de homem para homem.

O dinheiro não é a questão, será apenas algo a ser "feito". Não chame de um evento para arrecadar fundos, trata-se apenas de um baile animado.

Sua irmã Helen atalhava para os detalhes importantes.

Apenas me diga quanto sarro a imprensa vai tirar de seus melhores amigos para que eu possa começar a dar um jeito nisso agora.

Gansey continuava achando que o sinal cairia, mas ele seguia forte e verdadeiro. Isso significava que ele estava simultaneamente recebendo mensagens sobre a situação dos hotéis em Henrietta para convidados de fora da cidade e também observando uma árvore mágica exsudando algum tipo de líquido escuro que parecia tóxico.

Greywaren, sussurrou uma voz de galhos distantes. *Greywaren*.

O líquido formou gotas da casca da árvore, semelhantes a suor, juntando-se em uma lenta e viscosa cascata. Todos a observaram, exceto a garota estranha, que pressionou o rosto contra o lado de Ronan. Gansey não a culpava. A árvore era um pouco... difícil de olhar de frente. Ele não havia considerado como poucas coisas na natureza eram puramente negras, até ver a seiva com aquele tom de piche. A escuridão absoluta que borbulhava no tronco parecia venenosa ou artificial.

O telefone de Gansey zuniu novamente.

— Gansey, cara, essa árvore doente está interferindo no seu tempo digital? — perguntou Ronan.

A realidade era que o tempo digital estava interferindo no seu tempo de árvore doente. Cabeswater era um santuário para ele. A presença de mensagens ali parecia tão deslocada quanto a escuridão que exsudava da árvore. Ele desligou o telefone e perguntou:

— Essa é a única árvore desse jeito?

— Que eu tenha encontrado em minhas caminhadas — respondeu Aurora. Sua expressão continuava imperturbável, mas ela seguia passando uma mão sobre o comprimento do cabelo.

— Isso está prejudicando a árvore — disse Blue, espichando a cabeça para trás para olhar para o dossel que definhava.

A árvore escura era o oposto de Cabeswater. Quanto mais tempo Gansey passava em Cabeswater, mais espantado ele ficava com ela. Quanto mais tempo ele passava olhando para a seiva negra, mais perturbado ele ficava com ela.

— Isso faz alguma coisa? — ele perguntou.

Aurora inclinou a cabeça.

— O que você quer dizer? Fora o que está fazendo?

— Não sei — ele disse. — Não sei o que eu quis dizer. Trata-se apenas de uma doença comum ou é algo mágico?

Aurora deu de ombros. A sua solução de problemas ia somente até encontrar outra pessoa para solucionar o problema. Enquanto Gansey circundava a árvore, ao menos tentando parecer útil, ele viu Adam se agachar na frente da garota órfã com cascos. Ela continuou olhando para algum ponto além dele enquanto Adam tirava seu relógio barato. Ele deu um tapinha sobre a mão dela, levemente, apenas para deixar claro que estava oferecendo seu relógio para ela. Gansey esperava que ela o ignorasse ou rejeitasse o presente, como havia feito com a rosa de Aurora, mas ela o aceitou, sem hesitação. Então, muito concentrada, começou a dar corda no relógio, enquanto Adam seguia agachado à sua frente, com o cenho franzido, por um momento mais.

Gansey se juntou a Ronan, bem perto da árvore. Assim próximo, a escuridão *zunia* com a ausência de som. Ronan disse algo em latim para a árvore, mas não houve resposta audível.

— Ela não parece ter voz — disse Aurora. — E parece muito esquisita. Sem perceber, estou voltando a ela, mesmo que não queira.

— Ela me faz lembrar o Noah — disse Blue. — Se decompondo.

A voz de Blue soou tão melancólica que Gansey sentiu, de súbito, o que ele e Blue realmente perdiam ao manter sua relação um segredo. Blue irradiava energia mediúnica para os outros, mas era no toque que ela recebia a sua de volta. Ela estava sempre abraçando sua mãe, segurando a mão de Noah, trançando seu cotovelo no de Adam, ou repousando suas botas sobre as pernas de Ronan, enquanto eles se sentavam no sofá. Tocando o pescoço de Gansey, bem entre o cabelo e o colarinho. Essa preocupação em seu espírito demandava dedos tramados juntos, braços sobre ombros, rostos pousados sobre peitos.

Mas como Gansey era covarde demais para contar a Adam sobre apaixonar-se por ela, Blue teve de ficar parada ali, sozinha, com sua tristeza.

Aurora pegou a mão de Blue.

A vergonha difundiu-se por ele, escura como a seiva da árvore.

É realmente assim que você gostaria de passar o resto do seu tempo?

Um movimento súbito entre as árvores chamou a atenção de Gansey.

— Ah — disse Blue.

Três figuras. Familiares, impossíveis.

Eram três mulheres com o rosto de Blue — mais ou menos isso. Não era exatamente o rosto de Blue, mas *lembrava* o rosto de Blue. Talvez a diferença entre as duas coisas não fosse tão óbvia se a própria Blue não estivesse ali com eles. Ela era a realidade; elas eram o sonho.

Elas se aproximaram, como as coisas fazem em um sonho também. Estavam caminhando? Gansey não conseguia lembrar, embora estivesse vendo a cena acontecer. Elas estavam se aproximando. Isso era tudo o que ele sabia. As mãos delas estavam erguidas em ambos os lados do rosto; as palmas, vermelhas.

— Abram caminho — elas disseram juntas.

Os olhos de Ronan dispararam para Gansey.

— Abram caminho para o rei Corvo — elas disseram juntas.

A Garota Órfã começou a chorar.

— Cabeswater está tentando nos contar alguma coisa? — perguntou Gansey em voz baixa.

Elas estavam mais próximas. As sombras eram negras e as samambaias aos seus pés estavam morrendo.

— É um pesadelo — disse Adam. Sua mão direita segurou o punho de sua esquerda, o polegar pressionado no ponto de pulso. — Meu. Não quis pensar elas. Cabeswater, leve as mulheres embora.

As sombras estenderam-se até a escuridão da árvore, um *pedigree* de seiva negra provando sua linhagem. A escuridão borbulhou para fora da árvore um pouco mais rápido, e um galho acima deles gemeu.

— Abram caminho — elas disseram.

— Leve as mulheres embora — lamuriou a Garota Órfã.

— Cabeswater, *dissolvere* — disse Ronan. Aurora havia se colocado à frente dele, como se quisesse proteger o filho. Não havia nada vago a respeito dela agora.

As três mulheres se aproximaram. Mais uma vez, Gansey não percebeu como elas haviam feito isso. Elas estavam distantes, elas estavam próximas. Agora ele sentia o cheiro de putrefação. Não a decomposição muito doce de plantas ou alimento, mas o horror almiscarado da carne.

Blue afastou-se subitamente delas. Gansey achou que ela estivesse com medo, mas ela estava correndo para chegar até ele. Então tomou sua mão.

— Sim — disse Adam, compreendendo o que ela estava fazendo antes que Gansey o fizesse. — Gansey, *diga* as palavras.

Diga as palavras. Eles queriam que ele dissesse para as mulheres irem embora. *Realmente*, que dissesse a elas. Na caverna dos ossos, Gansey havia ordenado que os ossos despertassem, e os ossos despertaram. Ele havia usado a energia de Blue e a sua própria intenção para pronunciar um comando que tinha de ser ouvido. Mas Gansey não compreendia por que ele havia funcionado, e por que fora ele, e como Adam, Ronan ou Blue haviam conseguido dominar suas aptidões mágicas, pois ele certamente não conseguia.

— Abram caminho para o rei Corvo — disseram as mulheres novamente, posicionando-se à frente de Gansey. Três Blues falsas encarando Blue e Gansey.

Para o espanto de Gansey, Blue abriu um canivete com a mão livre. Ele não tinha dúvida de que ela o usaria: afinal, ela acertara Adam uma vez com ele. No entanto, ele duvidava muito de que o canivete seria efetivo contra esses três pesadelos que tinha diante de si.

Gansey encarou os olhos escuros das três mulheres. Empostou a voz com convicção e disse:

— Cabeswater, nos salve.

As três mulheres desapareceram como uma chuva.

Elas respingaram sobre a roupa de Blue e sobre os ombros de Gansey, e então a água se dissolveu no chão. Blue soltou um breve suspiro gemido, os ombros desabando.

As palavras de Gansey haviam funcionado mais uma vez, e ele continuava sem fazer a menor ideia de por que ou como deveria usar essa capacidade. Glendower controlara o tempo com suas palavras e falara com pássaros; Gansey se agarrava à possibilidade de que o seu rei, quando encontrado e desperto, explicaria as complexidades de Gansey *para* Gansey.

— Desculpe — disse Adam. — Foi uma idiotice da minha parte. Eu não tomei cuidado. E essa árvore é... Acho que ela amplificou isso.

— Talvez eu esteja amplificando também — disse Blue, encarando os ombros de Gansey, respingados de chuva, com uma expressão tão desconcertada que ele olhou de relance para o próprio blusão para ter certeza de que o borrifo não havia feito buracos no tecido.

— Podemos... podemos sair de Cabeswater agora?

— Acho que seria inteligente — aconselhou Aurora. Ela não parecia particularmente preocupada, só pragmática, e ocorreu a Gansey que, para um sonho, talvez um pesadelo fosse simplesmente um conhecido desagradável em vez de qualquer coisa sinistra.

— Você deve ficar longe dela — disse Ronan para sua mãe.

— Ela me encontra — Aurora disse.

— *Operae pretium est* — disse a Garota Órfã.

— Não seja esquisita — Ronan lhe disse. — Não estamos mais num sonho. Em inglês.

Mas ela não traduziu, e Aurora estendeu o braço para tocar a cabeça da menina, coberta por um solidéu.

— Ela será minha pequena ajudante. Vamos lá, vou acompanhar vocês até a saída.

De volta à entrada da floresta, Aurora os acompanhou até o Suburban. O carro estava fora dos limites da floresta, mas ela jamais caía no sono direto. Diferentemente das criaturas sonhadas de Kavinsky, que caíram no sono imediatamente após a sua morte, a esposa de Niall Lynch sempre conseguia persistir por um pouco mais de tempo sozinha. Ela ficara acordada por três dias após a sua morte. Uma vez ela ficara acordada por uma hora fora de Cabeswater. Mas, no fim, o sonho precisava do sonhador.

Então agora, enquanto os acompanhava até o Suburban, Aurora parecia mais ainda um sonho. Uma vez fora de Cabeswater, uma visão que perambulou para a vida desperta, trajada em flores e luz.

— Mande um beijo para o Matthew — disse Aurora, e abraçou Ronan. — Foi muito bom ver todos vocês novamente.

— Fique com ela — ordenou Ronan à Garota Órfã, que soltou um palavrão para ele. — Cuidado com o que você diz perto da minha mãe.

A garota disse algo mais, de modo ligeiro e adorável, e ele disparou:

— Não consigo entender isso quando estou acordado. Você tem que usar inglês ou latim. Você queria sair; você está na rua agora. As coisas são diferentes.

Seu tom chamou a atenção tanto de Aurora quanto de Adam.

— Não fique triste, Ronan — disse Aurora, o que o fez desviar os olhos de todos os outros, com uma postura de ombros impassível e furiosa.

Ela girou em um círculo, com as mãos estendidas.

— Vai chover — ela disse, e então se ajoelhou delicadamente.

Parado, sombrio e absolutamente real, Ronan fechou os olhos.

— Eu te ajudo a carregá-la — disse Gansey.

9

Assim que Blue voltou de Cabeswater, já se meteu em confusão. Após os garotos a deixarem, ela entrou abruptamente na cozinha da Rua Fox, 300 e começou a interrogar Artemus, que ainda estava atrás da porta fechada da despensa. Quando ele deixou de responder às perguntas dela, razoavelmente formuladas a respeito de mulheres com mãos assassinas e com o rosto de Blue, assim como do possível paradeiro de Glendower, ela começou a falar cada vez mais alto e acrescentou pancadas na porta. Seu coração estava cheio da lembrança dos ombros respingados do blusão da Aglionby de Gansey — precisamente o que o seu espírito estivera usando na vigília da igreja — e sua cabeça estava tomada pela frustração de que Artemus sabia mais a respeito de tudo isso do que estava dizendo.

De uma posição mais elevada sobre o balcão, Gwenllian observava com deleite a ação.

— Blue! — a voz de sua mãe irrompeu de alguma outra parte na casa.

— *Bluuuuuuuuu*. Por que você não dá um pulo aqui para bater um papo com a gente?

Blue sabia que aquele tom pegajoso da voz da mãe era sinal de que ela estava com algum problema. Blue baixou o punho da porta fechada da despensa da cozinha e começou a subir a escada. A voz de sua mãe vinha do único banheiro compartilhado da casa, e, quando Blue chegou lá, encontrou sua mãe, Calla e Orla, todas sentadas dentro de uma banheira cheia, completamente vestidas e igualmente molhadas. Jimi estava sentada sobre a tampa fechada da privada, com uma vela acesa nas mãos. Todas tinham chorado, mas nenhuma chorava agora.

— O que foi? — demandou Blue. Sua garganta estava um pouco dolorida, o que significava que ela tinha gritado mais alto do que gostaria.

Sua mãe a espiou com mais autoridade do que alguém poderia pensar que uma mulher em sua posição o faria.

— Você gostaria se alguém batesse na porta do seu quarto e ordenasse que você saísse?

— Uma despensa *não* é um quarto — disse Blue. — Para começo de conversa.

— As últimas décadas foram estressantes para ele — disse Maura.

— Os últimos *séculos* foram estressantes para Gwenllian, e ela pelo menos está sentada no balcão!

Da privada, Jimi disse:

— Você não pode comparar a capacidade de uma pessoa em lidar com situações com a de outra, querida.

Calla bufou.

— É por isso que vocês estão juntas numa banheira? — perguntou Blue.

— Não seja maldosa — respondeu Maura. — Nós estamos tentando fazer contato com a Persephone. E não, antes que você pergunte, não funcionou. E aproveitando que estamos falando da insensatez das suas escolhas, onde exatamente você esteve, que desapareceu? Estar suspensa não são férias.

Blue se irritou.

— Eu não estava *de férias!* Ronan sonhou sua criança interior ou algo assim, e tivemos que levar a garotinha para a mãe dele. Enquanto estávamos lá, vimos três mulheres daquela tapeçaria que eu te contei, e uma árvore esquisita, e Gansey poderia ter morrido com a maior facilidade, e eu estaria bem ali, ao lado dele!

As mulheres tinham uma expressão de pena, o que deixou Blue mais irritada ainda.

— Eu quero avisar o Gansey.

Silêncio.

Ela não sabia que diria isso até as palavras saírem de sua boca, mas agora já tinham sido ditas. Ela preencheu o silêncio.

— Eu sei que vocês já disseram antes que ficar sabendo disso apenas arruinaria a vida de uma pessoa, e não a salvaria. Eu entendo isso. Mas dessa vez é diferente. Nós vamos encontrar Glendower, e vamos pedir que ele salve a vida do Gansey. Então precisamos que ele permaneça vivo até lá. E isso significa que ele precisa parar de correr riscos!

Sua tênue esperança não suportaria mais pena àquela altura, mas, felizmente, não foi esse o retorno que ela teve. As mulheres se entreolharam, considerando a questão. Era difícil saber se elas estavam tomando decisões baseadas em meios usuais ou mediúnicos.

Então Maura deu de ombros:

— Tudo bem.

— Tudo bem?

— Sim, claro — disse Maura. Ela olhou de relance novamente para Calla em busca de confirmação, e Calla ergueu as sobrancelhas. — Conte a ele.

— Mesmo?

Blue provavelmente havia esperado que elas a pressionassem mais, pois, quando não o fizeram, ela sentiu como se um tapete tivesse sido puxado debaixo dela. Uma coisa era *informá-las* de que ela contaria a Gansey que ele morreria, e outra era se imaginar contando para ele. Não havia como desfazer isso quando terminasse. Blue cerrou os olhos — *seja sensata, coragem* — e os abriu.

A mãe olhou para a filha. A filha olhou para a mãe. Maura disse:

— Blue.

Blue se permitiu relaxar.

Jimi apagou a vela que ela segurava com um assopro e a colocou ao lado da privada. Então colocou os braços em torno dos quadris de Blue e a trouxe para o seu colo, como fazia quando Blue era pequena. Bem, Blue ainda era pequena. Quando Blue era *jovem*. A privada gemeu debaixo delas.

— Você vai quebrar a privada — disse Blue, mas ela deixou que Jimi a abraçasse e a puxasse para o seu busto largo. Ela suspirou, trêmula, enquanto Jimi fazia carinho em suas costas e ronronava para si mesma. Blue não conseguia entender como esse conforto infantil era ao mesmo tempo calmante e sufocante. Ela estava ao mesmo tempo feliz por isso e desejando estar em algum outro lugar, com menos ligações a amarrando, a cada desafio ou tristeza em sua vida.

— Blue, você sabe que não é uma coisa ruim que você queira deixar Henrietta, certo? — sua mãe perguntou da banheira. Isso era tão precisamente o que Blue estivera pensando, que ela não sabia dizer se sua mãe havia trazido o assunto à tona porque ela era uma boa médium ou porque a conhecia bem.

Blue se apertou contra Jimi.

— *Pfff*.

— Nem sempre é fugir — disse Jimi, com a voz profunda ribombando através do peito até o ouvido de Blue. — Partir.

— Nós não vamos pensar que você odeia a Rua Fox — acrescentou Calla.

— Eu não odeio a Rua Fox.

Maura afastou a mão de Orla com um tapinha; Orla tentava trançar o cabelo úmido de Maura.

— Eu sei. Porque nós somos ótimas. Mas a diferença entre uma casa bacana e uma prisão bacana é realmente pequena. Nós escolhemos a Rua Fox. Nós a fizemos, Calla, Persephone e eu. Mas ela é apenas a sua história de origem, não o seu destino final.

Essa sabedoria de Maura deixou Blue contrariada por alguma razão.

— Diga alguma coisa — disse Orla.

Blue não sabia bem como dizê-lo; ela não sabia bem *o que* era.

— Isso... Só parece um desperdício muito grande. Apaixonar-se por todas essas pessoas. — Por todas essas pessoas ela se referia realmente a todas elas: os garotos, Jesse Dittley, a Rua Fox, 300. Para uma pessoa sensata, Blue achou que ela talvez tivesse problemas com o amor. Em uma voz perigosa, ela acrescentou:

— Não diga que "é uma boa experiência de vida". Não faça isso.

— Eu amei um monte de gente — disse Orla. — Eu diria que é uma boa experiência de vida. De qualquer maneira, eu disse a você muito tempo atrás que esses caras iam te deixar para trás.

— Orla — disparou Calla, enquanto a respiração seguinte de Blue saiu um pouco irregular. — Às vezes eu fico confusa quando imagino o que você deve dizer aos seus pobres clientes ao telefone.

— Como queira.

Maura lançou um olhar sombrio para Orla sobre o ombro, e então disse:

— *Eu* não ia dizer que é uma boa experiência de vida. Eu ia dizer que partir ajuda, às vezes. E nem sempre é um adeus para sempre. Há partir e há voltar.

Jimi balançou Blue. A tampa da privada rangeu.

— Acho que não vou conseguir ir para nenhuma das faculdades que quero — disse Blue. — O orientador acha que não vai ser possível.

— O que você quer? — perguntou Maura. — Não da faculdade. Da vida.

Blue engoliu a verdade de uma vez, pois ela estava pronta para avançar da crise e do choro para soluções e estabilidade. Então ela disse a verdade lenta e cuidadosamente, de maneira que fosse exequível.

— O que eu sempre quis. Ver o mundo. Tornar o mundo melhor.

Maura parecia escolher cuidadosamente as palavras.

— E você tem certeza que a faculdade é a única maneira de conseguir isso?

Esse era o tipo de resposta impossível que o orientador de Blue daria a ela após examinar sua situação financeira e acadêmica. Sim, ela tinha certeza. De que outra maneira ela poderia mudar o mundo para melhor, sem primeiro encontrar como fazê-lo? Como Blue poderia conseguir um trabalho que lhe pagasse para estar no Haiti, ou na Índia, ou na Eslováquia, se ela não fosse para a faculdade?

Então ela lembrou que não era seu orientador que lhe perguntava; era sua mãe, médium.

— O que devo fazer? — perguntou Blue cautelosamente. — O que vocês me viram fazendo?

— Viajando — respondeu Maura. — Mudando o mundo.

— Árvores em seus olhos — acrescentou Calla, mais delicadamente do que de costume. — Estrelas em seu coração.

— Como? — perguntou Blue.

Maura suspirou.

— Gansey se ofereceu para te ajudar, não foi?

Era um palpite que não exigia capacidade mediúnica, apenas uma compreensão mínima da personalidade de Gansey. Blue tentou se levantar, irada. Jimi não a deixou.

— Não vou pegar o trem de caridade do Gansey.

— Não fique assim — disse Calla.

— Assim como?

— Amarga. — Maura considerou a questão e então acrescentou: — Eu só quero que você olhe para o seu futuro como um mundo onde qualquer coisa é possível.

Blue disparou de volta:

— Tipo o Gansey não morrendo antes de abril? Tipo eu não matando meu amor verdadeiro com um beijo? Alguma dessas possibilidades?

Maura ficou calada por um longo minuto, durante o qual Blue se deu conta de que ela estava desejando ingenuamente que sua mãe lhe dissesse que ambas as previsões poderiam estar erradas e que Gansey ficaria bem. Mas, por fim, sua mãe simplesmente respondeu:

— A vida vai continuar depois que ele morrer. Você tem que pensar no que você vai fazer *depois*.

Blue estivera pensando sobre o que ela faria depois, razão pela qual ela tivera uma crise.

— Não vou beijá-lo, de qualquer forma, então não pode ser assim que ele será levado.

— Não acredito no conceito de amor verdadeiro — disse Orla. — Trata-se de uma construção de uma sociedade monogâmica. Nós somos animais. Fazemos amor nos arbustos.

— Obrigada por sua contribuição — disse Calla. — Vamos ligar para a previsão de Blue e informá-la.

— Você o ama? — perguntou Maura, curiosa.

— Eu preferiria não o amar — respondeu Blue.

— Ele tem milhares de defeitos. Eu posso te ajudar a focar neles — ofereceu sua mãe.

— Já conheço esses defeitos. Muito bem. É uma idiotice, de qualquer maneira. O amor verdadeiro *é* uma construção. O Artemus era o seu amor verdadeiro? O sr. Cinzento? Isso torna o outro *não* verdadeiro? Existe apenas uma chance e então acabou?

Essa última pergunta foi feita com mais impertinência que todas as outras, mas apenas porque era a que mais doía. Se Blue estava longe de assimilar a morte de Gansey, ela *certamente* não estava muito distante de assimilar a ideia de ele estar morto há tempo suficiente para que ela valsasse alegremente em um relacionamento com uma pessoa que ela não tinha nem encontrado ainda. Ela só queria continuar sendo uma ótima amiga de Gansey, e talvez um dia também conhecê-lo carnalmente. Parecia ser um desejo muito sensato, e Blue, uma pessoa que havia buscado ser sensata durante toda a sua vida, se sentia bastante aborrecida que esse pequeno detalhe lhe estivesse sendo negado.

— Tome meu cartão de mãe — disse Maura. — Tome meu cartão de médium. Eu não sei as respostas para essas perguntas. Gostaria de saber.

— Pobre garota — murmurou Jimi, afagando o cabelo de Blue. — Humm, coisa boa que você não ficou mais alta.

— Por favor — disse Blue.

Calla ficou de pé com um suspiro, segurando o cano do chuveiro para se equilibrar. A água do banho se revolveu abaixo dela. Ela praguejou. Orla baixou a cabeça enquanto a água pingava da blusa de Calla.

— Nem mais um pingo de choro. Vamos fazer umas tortas.

10

A oitocentos quilômetros dali, Laumonier fumava um cigarro no cômodo principal de uma velha balsa portuária. O cômodo era prático e sem graça — janelas de vidro sujas afixadas no metal bruto, tudo tão frio e cheirando a peixe quanto o porto escuro. As decorações de aniversário eram as mesmas de uma celebração anterior, mas a passagem do tempo e a iluminação fraca as deixaram descoradas e vagamente sinistras enquanto chocalhavam na corrente.

Os olhos de Laumonier repousavam sobre as luzes distantes na linha do horizonte de Boston. Mas sua mente estava em Henrietta, Virgínia.

— Primeiro passo? — perguntou Laumonier.

— Não sei se é uma questão de ação — respondeu Laumonier.

— Eu gostaria de algumas respostas — disse Laumonier.

Os trigêmeos Laumonier eram praticamente idênticos. Havia ligeiras diferenças — um tinha um cabelo mais baixo, por exemplo, e um tinha um queixo visivelmente mais largo. Mas qualquer individualidade que tivessem na aparência, eles haviam destruído pela prática de uma vida inteira de apenas usar seu sobrenome. Uma pessoa de fora saberia que não estava falando com o mesmo Laumonier que ela havia falado em uma visita anterior, mas os irmãos teriam se referido a si mesmos pelo mesmo nome, então ela teria de tratá-los como a mesma pessoa. Não havia realmente trigêmeos Laumonier. Havia apenas Laumonier.

Laumonier soou indeciso.

— Como você espera conseguir essas respostas?

— Um de nós vai até lá — disse Laumonier —, e o questiona.

Até lá significava a casa em Back Bay do seu velho rival Colin Greenmantle e *questionar* significava lhe infligir algo desagradável em troca de meia década de afrontas. Laumonier estivera no comércio de artefatos mágicos desde que chegara a Boston, e havia enfrentado pouca competição até que o novo-rico almofadinha do Greenmantle entrara nele. Os vendedores haviam ficado gananciosos. Os artefatos haviam ficado caros. Capangas haviam se tornado uma necessidade. Laumonier achava que tanto Colin Greenmantle quanto sua esposa, Piper, tinham visto filmes de máfia demais.

Agora, no entanto, Colin havia demonstrado alguma fraqueza ao bater em retirada de seu território há tanto tempo defendido de Henrietta. Sozinho. Não havia sinal de Piper.

Laumonier queria saber qual o significado disso.

— Eu não me oponho — disse Laumonier, soltando uma nuvem de fumaça de cigarro no cômodo fechado. Sua insistência em fumar tornava impossível para os outros dois abandonar o cigarro, uma desculpa que todos eles apreciavam.

— Bem, eu me oponho — respondeu Laumonier. — Não quero criar confusão. E aquele mercenário dele é aterrorizante.

Laumonier bateu a cinza do cigarro e olhou de relance para as bandeirolas como se imaginasse incendiá-las.

— O que se fala por aí é que o Homem Cinzento não está mais trabalhando para ele. E somos perfeitamente capazes de ser discretos.

Laumonier compartilhava nome e metas, mas não metodologia. Um deles pendia para a cautela e outro para o fogo, deixando o último como pacificador e advogado do diabo.

— Certamente há outra maneira de se descobrir a respeito... — começou Laumonier.

— Não diga o nome — os outros dois o interromperam imediatamente.

Laumonier premiu os lábios. Era um gesto dramático, uma vez que todos os irmãos tinham bocas expressivas, um efeito que se torna um tanto belo em um deles e um tanto obsceno em outro.

— Então vamos até lá conversar... — começou de novo Laumonier.

— Conversar — rosnou Laumonier, brincando com seu isqueiro.

— Pare com isso, por favor. Você fala como um pivete.

Esse Laumonier havia mantido o sotaque para usar em situações exatamente como essa. Acrescentava peso ao seu desdém.

— O advogado disse que eu não deveria cometer outro delito por pelo menos seis meses — disse Laumonier melancolicamente, apagando o cigarro.

Laumonier zumbiu baixo.

Embora fosse perturbador se qualquer um dos irmãos proferisse um zumbido do nada, houve um mal-estar arrepiante que se somou ao ruído que imediatamente gelou o ambiente.

Os outros dois se entreolharam de maneira suspeita — desconfiados não um do outro, mas de tudo que não fosse um ou o outro. Eles examinaram o irmão zumbidor em busca de sinais de uma doença, e então em busca de indícios de um amuleto antigo roubado de uma tumba francesa, um bracelete misterioso comprado no mercado negro do Chile, uma fivela de cinto sinistra furtada da Mongólia, ou um cachecol inescrutável feito de uma mortalha peruana. Qualquer coisa que pudesse produzir efeitos colaterais sobrenaturais.

Não encontraram nada, mas o zumbir não cessava, então eles vasculharam metodicamente o cômodo, tateando debaixo de cadeiras e ao longo de saliências, ocasionalmente olhando um para o outro de relance para ter certeza de que havia apenas um Laumonier zumbidor ainda. Se fosse algo ruim, Greenmantle era o candidato mais provável. Eles tinham outros amigos, é claro, mas Greenmantle era o mais próximo de casa. De todas as maneiras.

Laumonier não encontrou nada sobrenaturalmente interessante, apenas um esconderijo com joaninhas preservadas.

— Ei. Sou eu.

Laumonier voltou sua atenção para o irmão zumbidor, que havia parado de zumbir e largado o cigarro, que brilhava impotentemente sobre o chão de metal estampado. Ele franziu o cenho em direção ao porto de maneira introspectiva, de certa forma contrária à sua natureza costumeira.

— Isso foi ele? — perguntou Laumonier.

Laumonier fechou a cara.

— Não foi a voz dele, foi?

O irmão que estivera zumbindo perguntou:

— Vocês conseguem me ouvir? Sou nova nisso.

Certamente não era sua voz. E certamente não era sua expressão facial. Suas sobrancelhas se moveram de uma maneira que elas sempre foram capazes de fazer, certamente, mas jamais haviam sido solicitadas a fazê-lo. Isso o fez parecer imediatamente mais jovem e mais intenso.

O Laumonier coletivo sentiu uma pontada de possível compreensão.

— Quem está falando? — demandou Laumonier.

— É a Piper.

Aquele era um nome que tinha um efeito imediato e visceral em Laumonier: ira, traição, choque e então de volta para ira e traição. Piper Greenmantle. A esposa de Colin. Seu nome não fora mencionado na conversa antes e, no entanto, ali estava ela, invadindo-a de qualquer maneira.

— Piper! Como assim, é a Piper? Saia dele.

— Ah, é assim que isso funciona? — ela perguntou com curiosidade.

— Isso é horripilante? Um telefone de possessão?

— É você — disse Laumonier de maneira assombrada.

— Olá, pai — disse Piper.

Embora tivessem se passado anos, Laumonier ainda reconhecia os trejeitos de sua filha muito bem.

— Não acredito. O que você quer? Como tem passado o FDP do seu marido?

— Ele está em Boston sozinho — respondeu Piper. — Provavelmente.

— Eu só estava perguntando para ver o que você iria dizer — respondeu Laumonier. — Eu já sabia disso.

— Você estava certo; eu estava errada. Não quero brigar mais.

O Laumonier que havia apagado o cigarro agora afagava o olho de uma maneira sentimental.

O Laumonier que nunca parava de fumar disparou:

— Dez anos e agora "não quer brigar mais"?

— A vida é curta. Eu gostaria de fazer negócios com vocês.

— Deixe-me ver se estou entendendo bem a situação. Você quase nos mandou para a prisão no ano passado. O seu marido matou um fornecedor por um produto que não existe. Você está nos possuindo. E quer fazer negócios com a gente? Isso não combina com a mulherzinha bonita de Colin Greenmantle.

— Não, certamente não. Por isso estou ligando. Estou virando uma nova página.

— De qual árvore estamos falando? De onde vem a folha dessa página? — perguntou Laumonier, desconfiado.

— Uma bela árvore, com raízes sobrenaturais — respondeu Piper. — Tenho algo incrível para lhes mostrar aqui. Extraordinário. A compra de uma vida. De um século. Preciso que parem com tudo que estão fazendo, tragam todos para cá, para o seu leilão. Vai ser grande.

Laumonier parecia esperançoso.

— Nós...

O único Laumonier que ainda estava fumando o interrompeu:

— Depois de agosto? Não acredito que você espere que simplesmente passemos a trabalhar juntos. Pode me chamar de maluco, amor, mas não confio em você.

— Você simplesmente terá de aceitar a minha palavra.

— Essa é a coisa menos valiosa que você tem para oferecer — respondeu Laumonier friamente. Ele passou o cigarro para o outro irmão para que pudesse enfiar a mão por dentro do casaco e do colarinho do blusão até as contas de seu rosário. — Você a desvalorizou bastante nos últimos dez anos.

— Você é o pior pai que existe — disparou Piper.

— Para ser sincero, você é a pior filha que existe.

Ele pressionou o rosário contra o irmão previamente zumbidor. Imediatamente, ele cuspiu sangue e caiu de joelhos, sua própria expressão transformando-se em seu rosto novamente.

— Isso — disse Laumonier. — Era o que eu suspeitava.

— Não acredito que você cortou a conexão antes que eu pudesse dizer adeus — respondeu Laumonier, magoado.

— Acho que eu estava possuído — disse Laumonier. — Vocês viram alguma coisa?

11

De volta a Henrietta, a noite seguiu seu curso.
Richard Gansey não estava conseguindo dormir. Quando fechava os olhos: as mãos de Blue, a voz dele, a escuridão sangrando de uma árvore. Estava começando, começando. Não. Estava terminando. Ele estava terminando. Esse era o cenário do seu apocalipse pessoal. O que era empolgação quando ele estava desperto fundia-se em apreensão quando estava cansado.

Gansey abriu os olhos.

Em seguida abriu a porta de Ronan apenas o suficiente para confirmar que o amigo estava lá, dormindo de boca aberta e com os fones de ouvido ligados a todo volume. Motosserra, um monte imóvel em sua gaiola. Então Gansey o deixou e seguiu para a escola de carro.

Ele usou seu velho código de chave para entrar no complexo atlético *indoor* da Aglionby, e então tirou a roupa e nadou na piscina escura, no ambiente mais escuro, todos os ruídos estranhos e abafados à noite. Ele foi e voltou diversas vezes, como costumava fazer quando chegara pela primeira vez à escola, quando fazia parte da equipe de remo, quando às vezes chegava ainda mais cedo que o treino de remo, só para nadar. Gansey tinha quase esquecido como era a sensação de estar na água: era como se o corpo não existisse; ele era apenas uma mente sem fronteiras. Ele se impulsionava de uma parede que mal conseguia distinguir e partia em direção à parede oposta menos visível ainda, sem conseguir mais se ater às suas preocupações concretas. Escola, diretor Child, Glendower. Ele era apenas esse minuto atual. Por que abrira mão disso? Gansey não conseguia lembrar.

Naquela água escura, ele era apenas Gansey agora. Ele jamais morrera, e não morreria novamente. Ele era apenas Gansey, agora, agora, apenas agora.

Ele não conseguia ver, mas Noah estava parado na beira da piscina e o observava. Ele mesmo fora um nadador, um dia.

⇴

Adam Parrish estava trabalhando. Ele tinha um turno tarde aquela noite no armazém, descarregando potes de conserva, produtos eletrônicos e brinquedos de montar baratos. Às vezes, quando ele trabalhava tarde assim, quando estava cansado, sua mente corria de volta para sua vida no parque de trailers. Nem temeroso, tampouco nostálgico, apenas esquecido. De certa maneira, Adam havia deixado de lembrar que as coisas haviam mudado, e suspirava enquanto se imaginava dirigindo de volta para o trailer quando seu turno terminasse. Então haveria um choque de surpresa quando sua mente consciente se realinhava com a realidade do seu apartamento, no piso superior da Igreja de Santa Inês.

Hoje à noite, mais uma vez, ele lembrou equivocadamente de sua vida e deu uma guinada ao relembrar que ele havia melhorado as coisas, e, à medida que o alívio o perpassava lentamente, ele lembrou do rosto assustado da Garota Órfã. Com certeza os sonhos de Ronan eram muitas vezes coisas assustadoras, e, diferentemente deste, ela não tinha esperança de despertar. Quando ele a trouxera de volta para o mundo real, a Garota Órfã deve ter pensado que ela também havia descolado para si uma vida nova. Mas, em vez disso, eles só a levaram para outro pesadelo.

Adam disse a si mesmo que ela não era real.

Mas a culpa o consumia.

Ele pensou sobre como hoje à noite ele retornaria ao lar que ele havia construído para si mesmo. A Garota Órfã, no entanto, permaneceria presa no mundo dos sonhos, usando seu velho relógio e seu velho medo.

Enquanto Adam pegava a prancheta do estoque, pensamentos de Cabeswater não o deixavam, lembrando-o de que ele ainda precisava considerar a origem da árvore escurecida. Ao soltar um suspiro, Aglionby colocou pressão em Adam, lembrando-o de que ele ainda tinha uma dissertação de três páginas sobre a economia dos anos 30 para entregar. Ao subir no carro, o motor de arranque reclamou. Ele precisava dar uma olhada nele antes que apagasse completamente.

Adam não tinha tempo para devotar à garota de sonho de Ronan; ele tinha seus próprios problemas.

Mas não conseguia parar de pensar nela.

Seus pensamentos eram concentrados enquanto os dedos deslizavam pela direção à sua frente. Ele levou um momento para se dar conta do que estava acontecendo, na realidade, apesar de olhar precisamente para a cena que se desenrolava. Sua mão galopava no topo da direção, sentindo a borda, testando a pressão de cada digital contra a superfície.

Adam não havia dito para sua mão se mexer.

Ele fechou aquela mão em punho e a puxou da direção. Em seguida segurou o punho com a outra mão.

Cabeswater?

Mas Cabeswater não parecia mais presente dentro dele do que costumeiramente ocorria quando ele não estava tentando chamar-lhe atenção. Adam estudou sua palma no brilho cavernoso da iluminação de rua, desconcertado com a imagem de seus dedos se mexendo com a rapidez das pernas de um inseto, sem que sua mente estivesse ligada a eles. Agora que Adam olhava direto para sua mão de sempre, as linhas escuras com a poeira do papelão e verniz do metal, ele tinha a impressão de que havia imaginado tudo. Como se Cabeswater tivesse lhe enviado a imagem.

Relutantemente, Adam se lembrou das palavras do pacto que ele havia feito com a floresta: *Eu serei suas mãos. Eu serei seus olhos.*

Ele pousou a mão mais uma vez sobre o centro da direção. Ela ficou ali, parecendo estranha com a faixa pálida de pele onde seu relógio estivera. Ela não se movia.

Cabeswater?, pensou Adam novamente.

Folhas sonolentas desenrolaram-se em seus pensamentos, uma floresta à noite, fria e tardia. Sua mão seguiu onde ele a havia colocado. O coração de Adam ainda se arrastava dentro dele, como a imagem de seus dedos se movendo, aleatoriamente.

Ele não sabia se aquilo era real. *Real* estava se tornando um termo cada dia menos útil.

O pesadelo desfazia tudo que Ronan amava.
Por favor...

⚔

Nos dormitórios da Aglionby, Matthew Lynch despertou. Quando se espreguiçou, sua cabeça bateu na parede; ele havia rolado direto nela durante a noite. Foi só quando seu colega de quarto, Stephen Lee, bufou, que ele percebeu que estava desperto porque seu telefone tocava.

Ele o tateou até o ouvido.

— Hum?

Não houve resposta. Matthew piscou em direção à tela para ver quem estava ligando, então o colocou de volta no ouvido. Sussurrou, sonolento:

— Ronan?

— Onde você está? No seu quarto?

— Hã.

— Estou falando sério.

— Ãhã.

— Matthew.

— Sim, sim, estou no meu quarto. O SL te odeia. São duas por aí. O que você quer?

Ronan não respondeu imediatamente. Matthew não podia vê-lo, mas ele estava em sua cama em Monmouth, encolhido, a testa pousada sobre os joelhos, uma mão segurando a própria nuca, o telefone pressionado contra o ouvido.

— Só para saber se você está bem.

— Estou bem.

— Vá dormir, então.

— Ainda estou dormindo agora.

Os irmãos desligaram.

⚔

Na rua, aninhado à linha ley, algo sombrio observava tudo isso, tudo que se passava na noite de Henrietta. E dizia: *Estou desperto estou desperto estou desperto.*

12

A manhã seguinte estava exageradamente ensolarada e quente. Gansey e Adam estavam junto às portas duplas do Teatro Memorial Gladys Francine Mollin Wright, as mãos unidas, solenemente. Eles haviam sido convocados para auxiliar na cerimônia — apenas Adam tinha sido realmente, mas Gansey se voluntariara para assumir o lugar de Brand como o outro auxiliar. Ronan não estava em parte alguma. A contrariedade fervia dentro de Gansey.

— O Dia do Corvo — disse o diretor Child — é mais do que um dia de orgulho da escola. Pois não temos orgulho da escola todos os dias?

Ele estava de pé no palco. Todos suavam de leve, mas ele não. O diretor Child era um caubói magro e durão na condução do gado que era a vida, a pele estriada como a face da parede de um cânion manchada pelo sol. Há muito que Gansey sustentava que Child era um desperdício ali. Colocar um sobrevivente desse naipe em um terno e uma gravata cinza-claros era desperdiçar a oportunidade de colocá-lo no lombo de um cavalo de rodeio e com um chapéu de vaqueiro.

Adam lançou um olhar cúmplice para Gansey. Ele fez com a boca *ihhh-háá*. Então os dois abriram um sorriso e tiveram de desviar o olhar um do outro. O olhar de Gansey pousou bem em Henry Cheng e na turma de Vancouver, todos sentados juntos, próximos do fundo. Como se sentisse sua atenção, Henry olhou sobre o ombro. Suas sobrancelhas ergueram-se imediatamente. Gansey se lembrou desconfortavelmente de como Henry tinha visto a Garota Órfã no banco de trás do Suburban. Ele exigiria, em algum momento, uma explicação, uma desconversa, ou uma mentira.

— Vamos, corvos! — disse Child.

Essa era a deixa para que Adam e Gansey abrissem as portas. Alunos verteram para fora. Umidade e calor verteram para dentro. O diretor Child se juntou a eles no vão da porta.

Ele apertou a mão de Gansey, então a de Adam.

— Obrigado por seus serviços, cavalheiros. Sr. Gansey, não achei que sua mãe conseguisse organizar o evento para arrecadar fundos e uma lista de convidados até esse fim de semana, mas estamos quase lá. Ela tem meu voto para governar o país.

Ele e Gansey trocaram um sorriso de camaradas, do tipo que surge após a assinatura de um contrato. Teria sido um bom momento se tivesse terminado ali, mas Child se deixou ficar, puxando um papo cortês com Gansey e Adam — seu melhor aluno e o mais brilhante, respectivamente. Por sete minutos torturantes, eles revisitaram o tempo, falaram dos planos para o feriado do Dia de Ação de Graças, das experiências comuns no Museu Colonial Williamsburg, e então, finalmente, exaustos, seguiram seus caminhos enquanto os alunos do segundo ano apareciam com seus guerreiros corvos.

— Meu Deus — disse Gansey, um pouco ofegante por causa do esforço.

— Achei que ele não iria embora nunca — disse Adam. Ele tocou a parte de baixo da pálpebra esquerda, apertando-a até fechá-la, antes de mirar além de Gansey. — Se... ah. Já volto. Acho que entrou alguma coisa no meu olho.

Ele deixou Gansey, e este se deixou relaxar no Dia do Corvo. Ele se viu ao pé da escada onde os alunos estavam recebendo corvos. O bando era composto de papel, folhas de alumínio, madeira, papel machê e latão. Alguns pássaros flutuavam com barrigas de balão de hélio. Alguns planavam. Outros oscilavam sobre múltiplos suportes, com hastes em separado para controlar asas que batiam.

Noah tinha feito isso. Noah tinha *sonhado* isso.

— Já vou te dar um pássaro — disse um aluno do segundo ano, passando-lhe um corvo negro sem graça feito de jornal, preso a uma estrutura de madeira.

Gansey se misturou à turma de garotos. A turma de Noah. Em um mundo melhor, Noah estaria dando aquela apresentação de décimo ano.

91

Ao nível dos olhos, a paisagem estava tomada por varetas, braços e camisetas brancas, mecanismos e engrenagens. Mas se você semicerrasse os olhos em direção ao céu muito brilhante, as varetas e os alunos desapareceriam, e a vastidão se revelava cheia de corvos. Eles davam rasantes e atacavam, desciam e subiam, batiam asas e giravam.

Estava muito quente.

Gansey sentiu o tempo escapar. Só um pouco. A questão era que essa visão era muito estranhamente parecida com algo de sua outra vida, sua vida real; esses pássaros eram objetos de sonho de Ronan. Parecia injusto que Noah devesse ter morrido, e Gansey não. Noah estava *vivendo* quando foi assassinado. Gansey, marcando passo.

— Quais são as regras dessa batalha mesmo? — ele perguntou sobre o ombro.

— Nenhuma regra na guerra, fora permanecer vivo.

Gansey se virou; asas passaram batendo por seu rosto. Ele estava espremido por ombros e costas, sem saber dizer quem havia falado, sem um rosto para olhar, se é que alguém havia realmente falado.

O tempo dava puxões em sua alma.

A orquestra da Aglionby começou a tocar. O primeiríssimo compasso era uma passagem harmoniosa executada por vários instrumentos, mas um dos instrumentos de sopro errou feio a primeira nota da frase seguinte. No mesmo instante, um inseto passou zumbindo pelo rosto de Gansey, tão próximo que ele pôde senti-lo. Subitamente, tudo ficou inclinado de lado. O sol acima queimava branco. Corvos batiam as asas em torno de Gansey enquanto ele se virava, procurando por Adam, Child, ou qualquer coisa que não fosse só uma camiseta branca, uma mão, um pássaro batendo asas. Seus olhos prenderam-se no próprio punho. Seu relógio dizia 6h21.

Estivera quente quando ele morrera.

Ele estava em uma floresta de varetas de madeira, de pássaros. Os instrumentos de sopro murmuravam; as flautas gritavam. Asas zumbiam, sopravam e tremiam à sua volta. Ele podia sentir as vespas em seus ouvidos.

Elas não estão aqui.

Mas aquele grande inseto farfalhava à sua volta novamente, em círculos.

Fazia anos desde que Malory fora forçado a parar no meio do caminho de uma escalada para esperar enquanto Gansey caía de joelhos, as mãos cobrindo os ouvidos, tremendo, morrendo.

Ele havia trabalhado duro para se afastar daquilo.

Elas não estão aqui. Você está no Dia do Corvo. Você vai comer sanduíches depois disso. Você vai fazer uma ligação direta no Camaro no estacionamento depois da escola. Você vai dirigir até a Rua Fox, 300. Você vai contar à Blue sobre o seu dia você vai...

Os insetos provocavam coceira em suas narinas e movimentavam seu cabelo suavemente, coletivamente agitados. O suor corria direto pela espinha. A música tremeluzia. Os alunos haviam se tornado espíritos, passando por ele e à sua volta sem lhe dar atenção. Seus joelhos estavam prestes a ceder; Gansey os deixaria.

Ele não podia recriar sua morte aqui. Não agora, não quando tudo estaria fresco na memória de todos no evento para arrecadar fundos — *Gansey Terceiro pirou no Dia do Corvo, você ficou sabendo?; Sra. Gansey, poderíamos ter uma palavra sobre o seu filho?* — ele não seria o assunto do evento.

Mas o tempo escorria; Gansey escorria. Seu coração pulsava com sangue escuro, escuro.

— GanseyCara.

Gansey não conseguia se concentrar bem nas palavras. Henry Cheng estava parado à sua frente, todo cabelo e sorrisos, os olhos intensos. Ele tirou o corvo de Gansey e em seu lugar pressionou algo frio na mão dele. Frio, cada vez mais frio.

— Uma vez você me deu café — disse Henry. — Quando eu estava pirando. Considere retribuído o favor.

Gansey estava segurando um copo plástico de água com gelo, o que não deveria ter lhe provocado nada, mas algo funcionou: a diferença de temperatura chocante, o som ordinário dos cubos de gelo batendo uns contra os outros, o contato do olhar. Os alunos ainda davam voltas em torno deles, mas eram mais uma vez alunos. A música era mais uma vez só uma orquestra de escola, tocando uma nova composição em um dia incrivelmente quente.

— Aqui está ele — disse Henry. — Festa de toga hoje à noite, Richard, na Mansão Litchfield. Traga seus garotos e sua noivinha.

Então ele não estava mais ali, deixando corvos batendo asas onde estivera.

13

Adam achara que havia algo em seu olho. A sensação começara enquanto ele estava parado no teatro encalorado. Não era nem tanto uma irritação, mas uma fadiga, como se tivesse olhado para uma tela por tempo demais. Ele poderia tê-la suportado até o fim do dia na escola se o olho tivesse ficado daquele jeito, mas sua visão estava se tornando um pouco embaçada agora. Se fosse só isso não haveria tanto problema, mas o fato de ele poder *sentir* o olho, bem... ele precisava dar uma conferida no que estava acontecendo.

Em vez de voltar para um dos prédios acadêmicos, ele desceu rapidamente a escada até a porta lateral do teatro. Havia banheiros na área debaixo do palco, e foi para lá que ele se dirigiu, passando por animais de múltiplas pernas feitos de cadeiras velhas empilhadas, silhuetas estranhas de árvores cenográficas, e oceanos sem fundo de cortina negra pendurada sobre tudo. O corredor era escuro e estreito, as paredes, horrores de tinta verde lascada. Com uma mão cobrindo o olho, Adam se achou distorcido e enervante, e então se lembrou novamente da cena de sua mão movendo-se sozinha.

Ele precisava trabalhar com Cabeswater, pensou, e descobrir o que estava acontecendo com aquela floresta.

A luz do banheiro estava apagada. Isso não era problema — o interruptor ficava logo passando a porta —, mas, mesmo assim, Adam não estava muito entusiasmado em colocar a mão escuridão adentro para encontrá-lo. Ele ficou parado ali, o coração um pouco rápido demais, até que olhou para trás de si.

O corredor parecia fechado e escuro, impassível sob a luz fluorescente doentia. As sombras eram inseparáveis das cortinas de palco. Grandes faixas negras conectavam tudo.

Acenda a luz, pensou Adam.

Com a mão livre, a que não estava cobrindo o olho, ele adentrou o espaço do banheiro.

Adam o fez rápido, os dedos avançando pelo frio, pelo escuro, tocando algo...

Não, era só uma videira de Cabeswater, apenas em sua cabeça. Ele investiu a mão impetuosamente ao largo dela e acendeu a luz.

O banheiro estava vazio.

É claro que estava vazio. É claro que estava vazio. É claro que estava vazio.

Dois cubículos de madeira compensada pintada de verde, nem de perto de acordo com as leis de acessibilidade, nem de perto de acordo com as leis de higiene. Um mictório. Uma pia com um anel amarelo em torno do dreno. Um espelho.

Adam parou na frente do vidro, a mão sobre o olho, e examinou o rosto emaciado. Sua sobrancelha quase sem cor estava cerrada de preocupação. Baixando a mão, ele se olhou novamente. Não viu nenhum tom rosado em torno do olho esquerdo. Ele não parecia estar lacrimejando. Ele estava...

Semicerrou os olhos. Seria ele ligeiramente estrábico? Era assim que chamava uma pessoa com olhos que não apontavam na mesma direção, certo?

Adam piscou.

Não, estava tudo bem. Era apenas um truque daquela luz, verde e fria. Ele se inclinou mais para perto do espelho para ver se havia alguma vermelhidão no canto.

O olho *era* estrábico.

Adam piscou, e não era. Piscou, e era. Parecia um daqueles sonhos ruins que não são pesadelos, não realmente, que se tratava apenas de colocar um par de meias e descobrir que elas subitamente não servem em seu pé.

Enquanto ele observava, seu olho esquerdo lentamente caiu para olhar para o chão, liberto do olhar de seu olho direito.

A visão de Adam embaçou e então recuperou o foco quando o olho direito retomava as rédeas da situação. Adam respirava, ofegante. Ele já havia perdido a audição em um ouvido. Ele não poderia perder a visão em um olho, também. Seria por causa de seu pai? Seria um efeito retardado das batidas que levara na cabeça?

O olho balançou lentamente, como uma bola de gude escorregando em uma jarra d'água. Ele podia sentir o horror da situação em seu estômago.

No espelho, Adam teve a impressão de que a sombra de um dos cubículos havia mudado.

Ele se virou para olhar: nada. Nada.

Cabeswater, você está comigo?

Ele se virou de volta para o espelho. Agora o olho esquerdo viajava lentamente em torno da órbita, perambulando para lá e para cá, para cima e para baixo.

Adam sentiu um aperto no peito.

O olho olhava para ele.

Adam se afastou tropegamente do espelho, a mão grudada sobre o olho. Sua omoplata se chocou contra a parede oposta, e ele ficou parado ali, buscando ar, assustado, assustado, assustado, afinal que tipo de ajuda ele precisava, e quem poderia ajudá-lo?

A sombra acima do cubículo *estava* mudando. Estava se transformando de um quadrado em um triângulo porque — ah, Deus — a porta de um cubículo estava se abrindo.

O longo caminho de volta para a rua parecia um corredor polonês de horror. A escuridão derramava-se para fora do cubículo.

— Cabeswater, preciso de você — disse Adam.

A escuridão espalhou-se pelo chão.

Adam só tinha um pensamento: ele não podia deixar que ela o tocasse. O pensamento dela em sua pele era pior do que a imagem de seu olho inútil.

— Cabeswater, me ajude. *Cabeswater!*

Houve um ruído como o de um tiro — Adam recuou — enquanto o espelho se dividia. Um sol vindo de algum lugar brilhava do outro lado dele. Folhas pressionavam-se contra o vidro, como se ele fosse uma janela.

A floresta sussurrava e sibilava no ouvido surdo de Adam, instando-o a ajudá-la a encontrar um canal.

A gratidão o consumia, tão difícil de suportar quanto o medo. Se algo acontecesse a ele agora, pelo menos ele não estaria sozinho.

Água, instou Cabeswater. *Águaáguaágua.*

Adam caminhou aos tropeços até a pia e virou a torneira. A água jorrou com uma fragrância de chuva e pedras. Ele enfiou a mão na corrente para fechar o tampão com força. Como uma tinta preta, a escuridão sangrava em sua direção, a centímetros de seus sapatos.

Não deixe que ela te toque...

Adam subiu com dificuldade até a borda da pia enquanto a escuridão alcançava a parte de baixo da parede. Ela subiria, Adam sabia disso. Mas então, a água encheu a bacia tampada e fluiu sobre a beirada até o chão. Ela lavou a escuridão, silenciosa, descolorida, deslizando na direção do dreno e deixando para trás somente o concreto pálido, comum.

Mesmo após a escuridão ter ido embora, Adam deixou a pia derramar água no chão por um minuto inteiro, encharcando seus sapatos. Então se deixou escorregar da beirada da pia. Ele fez uma concha com as mãos para captar a água e jogou o líquido cheirando a terra sobre o rosto e o olho esquerdo. De novo e de novo, de novo e de novo, de novo e de novo, até não sentir mais cansaço no olho. Até não mais *senti-lo* completamente. Era apenas o seu olho novamente, quando ele espiou o espelho. Apenas seu rosto. Não havia nenhum sinal de outro sol ou uma íris preguiçosa. Gotas dos rios de Cabeswater apegavam-se úmidas aos cílios de Adam. Cabeswater murmurava e gemia. Videiras entremeavam-se por Adam, enquanto uma luz mosqueada brilhava por detrás dos seus olhos e pedras pressionavam por baixo da palma de suas mãos.

Cabeswater havia levado muito tempo para vir em sua ajuda. Apenas algumas semanas antes, uma pilha de telhas havia caído sobre ele, e Cabeswater interviera imediatamente para salvá-lo. Se isso acontecesse hoje, ele estaria morto.

A floresta sussurrou para Adam na própria língua, metade imagens, metade palavras, e o fez entender por que ela levara tanto tempo para vir socorrê-lo.

Algo havia atacado a ambos.

14

Como Maura havia dito, estar suspensa não significava estar de férias. Então Blue seguiu para seu turno no Nino's, como de costume. Embora o sol estivesse exageradamente intenso, o restaurante estava estranhamente escuro, um truque das nuvens de chuva, que escureciam o céu do oeste. As sombras debaixo das mesas de pernas de metal pareciam cinzentas e difusas, e era difícil decidir se estava escuro o suficiente para acender as luzes sobre cada mesa ou não. A decisão poderia esperar; não havia ninguém no restaurante.

Com nada para ocupar a mente, exceto varrer o queijo parmesão nos cantos do salão, Blue se lembrou de Gansey a convidando para uma festa de toga naquela noite. Para sua surpresa, sua mãe havia insistido que ela fosse. Blue havia dito que uma festa de toga em Aglionby ia contra tudo o que ela acreditava, e Maura havia respondido:

— Garotos de uma escola particular? Usando pedaços de tecido como roupa? Parece que isso é exatamente o que você acredita hoje em dia.

Shuf, shuf. Blue varria o chão agressivamente. Ela se sentia lançada na direção de seu autoconhecimento, e não tinha certeza se gostava disso.

Na cozinha, o gerente do turno soltava uma risadinha. Uma música dissonante e de batidas fortes brigava com a guitarra elétrica que tocava acima; ele estava vendo vídeos no celular com os cozinheiros. Um ruído de sino alto soou quando a porta da rua se abriu. Para sua surpresa, Adam entrou no restaurante e avaliou com cuidado as mesas vazias. Seu uniforme estava estranhamente sujo: as calças amarrotadas e enlameadas, a camisa branca manchada e úmida em alguns pontos.

— O combinado não era que eu ligaria para você mais tarde? — perguntou Blue. Ela olhou para o seu uniforme. Normalmente ele estaria impecável. — Você está bem?

Adam escorregou para uma cadeira e tocou a pálpebra cuidadosamente.

— Lembrei que tinha pesos e descobertas depois da escola e não queria que a gente se desencontrasse. Hum, educação física e um método científico extracurricular.

Blue caminhou a vassoura até a mesa de Adam.

— Você não me respondeu se estava bem.

Ele bateu de leve com os dedos irritadamente contra um dos pontos úmidos em sua manga.

— Cabeswater. Está acontecendo algo com ela. Não sei. Tenho de trabalhar nisso. Acho que vou precisar de alguém que me acompanhe. O que você vai fazer hoje à noite?

— Minha mãe disse para eu ir a uma festa de toga. Você vai?

O desdém escorreu da voz de Adam.

— Não vou a uma festa na casa de Henry Cheng, não mesmo.

Henry Cheng. As coisas faziam marginalmente mais sentido. Em um diagrama de Venn onde um círculo trazia as palavras *festa de toga* e outro as palavras *Henry Cheng*, quem sabe Gansey poderia terminar onde os dois se encontravam. Os sentimentos contraditórios de Blue voltaram com tudo.

— Qual é a real entre você e Henry Cheng? E você quer uma pizza? Alguém fez um pedido errado e temos uma sobrando.

— Você já o viu. Não tenho tempo para isso. E sim, por favor.

Ela buscou a pizza e se sentou do outro lado da mesa enquanto ele a cheirava da maneira mais educada possível. A verdade era que, até Adam entrar porta adentro, Blue havia esquecido que eles tinham combinado de se ligarem para conversar sobre Gansey e Glendower. Ela estava se sentindo bastante desprovida de ideias após discutir a questão com suas familiares na banheira.

— Realmente eu não tenho nenhuma sugestão para dar sobre Gansey fora encontrar Glendower, e não sei o que fazer depois com isso.

— Eu também não tive muito tempo para pensar nisso hoje, por causa... — disse Adam, gesticulando para seu uniforme amarrotado novamente, embora Blue não soubesse dizer se ele se referia à Cabeswater ou à escola.

— Então não faço ideia, apenas tenho uma pergunta. Você acha que Gansey poderia *ordenar* que Glendower aparecesse?

Algo a respeito dessa pergunta simplesmente revirou o estômago de Blue. A questão não era que ela não tivesse pensado no poder de comando de Gansey; era só que a voz incomumente autoritária de Gansey andava tão perto de sua voz mandona costumeira, que às vezes era difícil para Blue se convencer de que ela não a imaginara. E então, quando ela admitia que havia algo naquela voz — por exemplo, quando ele dissolvera de maneira mágica as falsas Blues durante sua última visita à Cabeswater —, ainda assim era de certa forma difícil pensar nela em um sentido mágico. No entanto, agora que ela pensava mais profundamente no fenômeno, atendo-se à sua inteireza, ela percebeu que ele era muito parecido com o aparecimento e o desaparecimento de Noah, ou com a lógica de sonho de Aurora aparecer de dentro das rochas. Sua mente estava bastante feliz em deixar que ela acreditasse que não havia nada de mágico a respeito dele; de imprecisamente reescrevê-lo como simplesmente Gansey sendo Gansey.

— Não sei — disse Blue. — Se ele pudesse, será que já não teria tentado?

— Para dizer a verdade... — começou Adam, e então parou. Seu rosto mudou. — Você vai à festa hoje à noite?

— Acho que sim. — Tarde demais, Blue teve a sensação de que a pergunta queria dizer mais do que as palavras que ela tinha ouvido. — Como eu disse, minha mãe falou para eu ir, então...

— Com o Gansey.

— Acho que sim. E o Ronan, se ele for.

— O Ronan não iria à casa do Henry.

Cuidadosamente, Blue disse:

— Então acho que sim, com o Gansey.

Adam franziu o cenho na beira da mesa e olhou para baixo, para a própria mão. Ele estava ponderando algo, medindo as palavras, testando-as antes de dizê-las.

— Sabe, quando conheci o Gansey, eu não conseguia dizer por que ele era amigo de alguém como o Ronan. O Gansey estava sempre na aula, sempre cumprindo seus deveres, sempre o favorito do professor. E então o Ronan, um ataque cardíaco que não cessava nunca. Eu sabia que não podia reclamar, porque eu não tinha chegado primeiro. O Ronan tinha. Mas um dia, ele fez uma bobagem estúpida que agora eu não lembro, e eu simplesmente não *aguentei* aquilo. Então eu perguntei por que o Gansey era amigo dele, se o Ronan era aquele imbecil o tempo todo. E eu lembro que o Gansey me disse que o Ronan sempre dizia a verdade, e a verdade era a coisa mais importante.

Não era difícil imaginar Gansey dizendo algo dessa natureza.

Então Adam olhou para Blue e a prendeu com seu olhar. Na rua, o vento lançava folhas contra o vidro.

— É por isso que eu quero saber por que vocês não me contam a verdade sobre vocês dois.

Agora o estômago de Blue deu uma reviravolta. Vocês dois. Gansey e ela. Ela e Gansey. Blue tinha imaginado essa conversa dezenas de vezes. Permutações infindáveis de como ela a trouxera à tona, como Adam reagira, como ela terminara. Ela podia fazer isso. Ela estava pronta.

Não, ela não estava.

— Sobre nós? — ela disse de maneira pouco convincente.

A expressão de Adam, se é que era possível, se tornou mais desdenhosa do que havia sido em relação a Henry Cheng.

— Você sabe o que mais me machuca? O que isso quer dizer a respeito do que você pensa de mim. Você não chegou nem a me dar uma chance de reagir bem a isso. Você estava simplesmente muito certa de que eu ficaria morrendo de ciúmes. É assim que você me vê?

Ele não estava *errado*. Mas ele havia sido uma versão bem mais frágil de si mesmo quando Blue e Gansey tomaram a decisão de não lhe contar. Dizer isso em voz alta parecia um tanto rude, no entanto, então ela apenas fez uma tentativa.

— Você... as *coisas*... eram diferentes então.

— "Então"? Há quanto tempo isso está rolando?

— *Rolando* não é exatamente o que está acontecendo — disse Blue. Um relacionamento que era espremido em olhares de relance roubados e telefonemas secretos era algo tão drasticamente menor do que ela desejava, que Blue se recusava a considerar isso um namoro. — E não é exatamente como começar um emprego novo. "O primeiro dia foi *x*!". Não sei precisar exatamente há quanto tempo está rolando.

— Você acabou de dizer "rolando" — disse Adam.

O estado mental de Blue surfava a crista de uma onda que dividia a empatia e a frustração.

— Não seja impossível. Desculpa. Não era para ser algo, e então foi, e então eu não sabia como dizer coisa alguma. Eu não queria arriscar estragar a nossa amizade.

— Então quer dizer que mesmo que eu fosse honesto a respeito disso, alguma parte de você achou que eu estaria competindo tão ridiculamente com o Gansey que você achou melhor simplesmente mentir?

— Eu não *menti*.

— Claro, *Ronan*. Mentir por omissão ainda é mentir — disse Adam. Ele exibia um meio sorriso no rosto, mas daquele jeito que as pessoas sorriam quando estavam incomodadas em vez de quando algo era engraçado.

Na rua, um casal parou junto à porta para ler o cardápio que estava pendurado ali; tanto Blue quanto Adam esperaram em um silêncio irritado até eles seguirem em frente, deixando o restaurante vazio. Adam abriu as mãos como se esperasse que Blue deixasse a gorjeta de uma explicação satisfatória nelas.

A parte justa de Blue estava bem consciente de que ela estava errada, e assim era dela a responsabilidade de apaziguar a mágoa legítima de Adam, mas a sua parte orgulhosa ainda teria preferido salientar quão difícil havia sido essa explicação quando ela e Gansey perceberam pela primeira vez que sentiam algo um pelo outro. Com algum esforço, ela optou pelo caminho do meio.

— Não foi algo calculado, como você faz parecer.

Adam rejeitou o caminho do meio.

— Mas eu *vi* vocês tentando esconder isso. O maluco é que eu... tipo, *eu estou bem aqui*. Eu estou junto com vocês todos os dias. Você acha que eu não vi? Ele é meu melhor amigo. Você acha que eu não o conheço?

— Então por que você não está tendo essa conversa com ele? Ele é metade disso, você sabe.

Ele abriu os braços para o restaurante ainda vazio, como se ele também estivesse impressionado com o rumo que aquela conversa havia tomado.

— Porque eu estava aqui para conversar com você sobre como salvar o Gansey da morte. Daí eu descobri que vocês estavam indo a uma festa juntos, e não pude acreditar como você estava sendo irresponsável.

Agora Blue também abriu os braços. Foi um gesto bem menos elegante do que o de Adam, mais como um punho fechado ao contrário.

— *Irresponsável?* Não entendi.

— Ele sabe da sua maldição?

As faces de Blue esquentaram.

— Ah, não diga isso.

— Você não acha que é um pouco relevante que o cara que supostamente vai morrer no próximo ano esteja *saindo* com a garota que supostamente vai matar seu verdadeiro amor com um beijo?

Ela estava brava demais para fazer qualquer coisa, exceto balançar a cabeça. Ele simplesmente ergueu uma sobrancelha em resposta, uma ação que aqueceu o sangue de Blue em um grau.

— Eu consigo me controlar, obrigada — ela disparou.

— Em qualquer situação? Você não vai se apaixonar por ele, ou ser induzida a isso, ou a mágica vai dar errado em Cabeswater... Você tem como garantir isso? Não acho que possa.

Agora Blue definitivamente descera da crista da onda para uma ira em ebulição.

— Sabe de uma coisa, droga, eu vivo com isso há bem mais tempo que você, e não acho realmente que você possa vir aqui e me dizer como eu deva agir...

— Eu posso quando ele é *meu melhor amigo*.

— Ele é o meu também!

— Se ele realmente fosse isso, você não seria tão malditamente egoísta.

— Se ele realmente fosse *o seu*, você ficaria feliz que ele tivesse alguém.

— Como eu poderia me sentir feliz a respeito disso *quando eu não deveria saber sobre vocês?*

Blue se pôs de pé.

— Incrível, realmente, como isso parece dizer respeito a você e não a ele.

Adam se pôs de pé também.

— Engraçado, porque eu ia dizer a mesma coisa.

Os dois se encararam, furiosos. Blue podia sentir palavras repletas de veneno fervilhando em uma linha escura como a seiva daquela árvore. Ela não iria dizê-las. Não iria. A boca de Adam se comprimiu, como se ele estivesse prestes a retrucar algo, mas, no fim, ele apenas passou a mão nas chaves sobre a mesa e deixou o restaurante.

Na rua, um trovão rosnou. Não havia sinal do sol; o vento havia arrastado as nuvens por todo o céu. Seria uma noite tempestuosa.

15

Muitos anos antes dessa tarde, uma médium havia contado a Maura Sargent que ela era uma "clarividente crítica demais, mas talentosa, e com um dom para tomar decisões erradas". As duas estavam paradas no acostamento de uma rampa de acesso da I-64, uns trinta quilômetros saindo de Charleston, Virgínia. Ambas levavam sacos de viagem nas costas e expunham os polegares ao ar. Maura viera de carona de lugares mais a oeste. A outra médium viera de carona de lugares ao sul. Elas não se conheciam. Ainda.

— Vou tomar isso como um elogio — disse Maura.

— Chocante — rosnou a outra médium, mas de um jeito que parecia outro elogio. Ela era uma arma mais contundente que Maura, mais impiedosa, já temperada pelo sangue. Maura gostou dela assim que a viu.

— Para onde você está indo? — perguntou Maura. Um carro se aproximou. Ambas estenderam o polegar. O carro desapareceu na interestadual; as duas baixaram o polegar. Elas não desistiriam; estava um dia verdejante e aprazível de verão, do tipo que tornava qualquer coisa possível.

— Para o leste, eu acho. E você?

— Também. Meus pés estão me caminhando até lá.

— Meus pés estão correndo — disse a outra médium fazendo uma careta.

— Até onde?

— Acho que vou saber quando chegar lá — disse Maura, pensativa.

— Nós poderíamos viajar juntas. Abrir um comércio quando chegarmos lá.

A outra médium ergueu uma sobrancelha esperta.

— Fazendo truques?
— Educação continuada.

As duas riram, e assim souberam que se dariam bem. Outro carro veio; elas estenderam o polegar; o carro passou.

A tarde continuou.

— O que é aquilo? — disse a outra médium.

Uma miragem havia aparecido no fim da rampa de acesso. Quando elas olharam um pouco melhor, viram que era uma pessoa real, comportando-se como uma pessoa irreal. Ela estava caminhando diretamente pelo meio do asfalto na direção delas, agarrando um saco cheio demais na forma de uma borboleta em uma mão. Ela calçava botas altas, antiquadas, atadas até bem em cima, além do fim do vestido peculiar. O cabelo era uma nuvem loira como algodão, e a pele, branca como giz. Exceto pelos olhos negros, tudo a seu respeito era tão pálido quanto a médium ao lado de Maura era escura.

Maura e a outra médium observaram essa terceira pessoa subir com esforço a rampa de acesso, aparentemente despreocupada com a possibilidade de veículos motorizados.

Bem quando a jovem pálida quase as alcançava, um Cadillac velho dobrou na rampa de acesso. A mulher tinha todo o tempo do mundo para saltar fora do caminho, mas não o fez. Em vez disso, parou e fechou o zíper do seu saco em forma de borboleta enquanto os freios do Cadillac guinchavam estrondosamente. O carro parou a centímetros de suas pernas.

Persephone espiou Maura e Calla.

— Acho que agora — ela disse às duas — essa dama vai nos dar uma carona.

⌁

Vinte anos haviam decorrido desde aquele encontro na Virgínia Ocidental, e Maura ainda era uma clarividente crítica demais, mas talentosa, e com um dom para tomar decisões erradas. Mas nos anos que se passaram, ela havia se acostumado a fazer parte de uma entidade de três cabeças inseparável que compartilhava a tomada de decisões igualmente. Elas haviam se deixado pensar que isso jamais terminaria.

Era muito mais difícil ver as coisas claramente sem Persephone.

— Pegou alguma coisa? — perguntou o sr. Cinzento.

— Dê a volta de novo — respondeu Maura. Eles tomaram o caminho de volta por Henrietta enquanto as luzes das lojas bruxuleavam coincidentemente com uma linha ley invisível. A chuva havia parado, mas a noite havia chegado, e o sr. Cinzento ligou os faróis antes de retrançar seus dedos aos dela. Ele atuava como motorista enquanto Maura tentava consolidar um pressentimento cada vez mais urgente, que começara essa manhã quando ela acordara, um sentimento sinistro como o que se tem após despertar de um sonho ruim. No entanto, em vez de desaparecer à medida que o dia passava, ele ficou mais agudo, concentrando-se em Blue e na Rua Fox, e em uma escuridão arrepiante que lembrava um desmaio.

Seu olho doía.

Mas ela sabia que não tinha nada de errado com ele. Havia algo de errado com o olho de outra pessoa, em algum ponto no tempo, e Maura estava simplesmente sintonizada na estação. Isso a irritava, mas não era caso de agir. Era um pressentimento. O problema de ir ao encalço de sentimentos ruins estava na dificuldade de saber se se estava correndo na direção do problema para resolvê-lo, ou correndo para um problema para criá-lo. Teria sido mais fácil se ainda fossem elas três. Normalmente, Maura começava um projeto, Calla o tornava algo tangível, e Persephone o lançava em um voo espacial. Nada funcionava do mesmo jeito com apenas as duas.

— Dê mais uma volta, quem sabe — disse Maura ao sr. Cinzento. Ela podia senti-lo pensando enquanto dirigia. Poesia e heróis, romance e morte. Algum poema sobre uma fênix. Ele era a pior decisão que ela já havia tomado até aquele momento, mas ela não conseguia deixar de tomá-la sempre de novo.

— Você se importa se eu falar? — ele perguntou. — Isso vai arruinar tudo?

— Não estou com nenhuma sorte. Pode falar. Em que está pensando? Pássaros renascendo das cinzas?

Ele olhou de relance para Maura anuindo de maneira apreciativa, e ela lhe devolveu um sorriso sagaz. Era um truque de salão, uma das coisas mais simples que ela sabia fazer — puxar um pensamento do momento de uma mente desguardada e compreensiva —, mas era legal ser apreciada.

— Eu andei pensando muito sobre Adam Parrish e seu bando de homens alegres — admitiu o sr. Cinzento. — E esse mundo perigoso que eles trilham.

— Essa é uma maneira estranha de colocar a questão. Eu teria dito Richard Gansey e seu bando de homens alegres.

Ele inclinou a cabeça como se pudesse vislumbrar o ponto de vista dela também, embora não compartilhasse dele.

— Eu só estava pensando quanto perigo eles herdaram. Colin Greenmantle deixando Henrietta não a torna mais segura, mas mais perigosa.

— Porque ele mantinha os outros distantes.

— Exatamente.

— E agora você acha que outros vão vir aqui, embora ninguém esteja vendendo nada? Por que eles ainda estariam interessados?

O sr. Cinzento indicou um poste de luz que zunia quando eles passaram pelo tribunal da cidade. Três sombras passavam sobre ele, projetadas por nada que Maura pudesse ver.

— Henrietta é um daqueles lugares que parece sobrenatural mesmo de longe. Vai ser uma parada eterna para pessoas no negócio, xeretando por coisas que possam ser a causa ou o efeito disso.

— Que é perigoso para os homens alegres porque há realmente algo para eles encontrarem? Cabeswater?

O sr. Cinzento inclinou a cabeça novamente.

— Humm. E a propriedade Lynch. Não esqueça minha parte nisso também.

Tampouco Maura a esquecia.

— Você não pode desfazer aquilo.

— Não. Mas... — Sua pausa nesse ponto na conversa era prova de que o Homem Cinzento estava regenerando seu coração. Era uma pena que sua semeadura tinha de nascer na mesma terra crestada que o havia matado em primeiro lugar. Consequências, como dizia Calla muitas vezes, são uma merda.

— O que você vê para mim? Vou ficar aqui? — Quando Maura não respondeu, ele a pressionou. — Vou morrer?

Ela tirou sua mão da dele.

— Você realmente quer saber?

— Simle þreora sum þinga gehwylce, ær his tid aga, to tweon weorþeð; adl oþþe yldo oþþe ecghete fægum fromweardum feorh oðþringeð. — Ele suspirou, o que disse a Maura mais a respeito do seu estado mental do que sua poesia anglo-saxã não traduzida. — Era mais fácil discernir o herói do vilão quando só a vida e a morte estavam em jogo. Todo o resto entre as duas ficava mais difícil.

— Bem-vindo a como a outra metade vive — ela disse. Com súbita clareza, Maura desenhou um símbolo de um laço no ar. — Qual é a empresa com um logo assim?

— Disney.

— HAR.

— Trevon-Bass. Estamos perto.

— Tem uma fazenda produtora de leite perto dela?

— Sim — respondeu o sr. Cinzento. — Sim, lá está.

Ele fez um retorno seguro, mas proibido. Em poucos minutos, eles passaram o monólito de concreto esmaecido da fábrica Trevon-Bass, viraram em uma estrada secundária e finalmente passaram por um acesso limitado por uma cerca de tábuas. Uma sensação de exatidão perpassou Maura, como quando você busca uma memória agradável e a encontra precisamente onde você a deixou.

— Como você sabia que ela ficava aqui? — perguntou Maura.

— Já estive aqui antes — disse o sr. Cinzento com um tom vagamente sinistro.

— Espero que você não tenha matado alguém.

— Não. Mas segurei uma arma na cabeça de uma pessoa, em plena luz do dia. — Uma placa de uma fazenda quase indistinta lhes dava as boas-vindas à propriedade de descanso. O acesso terminava em um estacionamento de cascalho; os faróis iluminaram um celeiro que havia sido claramente convertido em um espaço de moradia com estilo.

— É aqui que os Greenmantle ficavam quando estavam na cidade. A fazenda fica bem do outro lado.

Maura já estava abrindo a porta do carro.

— Você acha que eu posso entrar?

— Só aconselho que seja breve.

A porta lateral estava destrancada. Tanto a clarividência quanto o coração de Maura podiam sentir o sr. Cinzento logo atrás dela enquanto eles adentravam a propriedade, tensos e atentos. Perto dali, algumas vacas mugiam e grunhiam, soando maiores do que deveriam realmente ser.

O interior do espaço para alugar era muito escuro, todo sombras, sem cantos. Maura fechou os olhos, deixando-os se ajustar à ideia da escuridão total. O medo era indigno da sua devoção; a exatidão, sim.

Maura tateou em busca dela agora.

Abriu os olhos e avançou em direção a uma massa informe, provavelmente um sofá. A certeza vibrou através dela mais fortemente quando encontrou uma escada e começou a subi-la. No topo havia uma cozinha de plano aberto, mal iluminada por uma luz cinza-arroxeada que passava por enormes janelas novas e outra azul-esverdeada do relógio de micro-ondas.

Era desagradável. Maura não sabia dizer se era algo a respeito do próprio aposento, ou se eram somente as memórias do sr. Cinzento que pressionavam suas próprias memórias. Seguiu em frente.

Então deparou com um corredor escuro como o breu, sem janelas, sem luz alguma.

Estava mais do que escuro.

Enquanto Maura o adentrava cuidadosamente, a escuridão deixou de ser escuridão e se tornou ausência de luz. As duas condições são similares de muitas maneiras, mas nenhuma delas tinha importância quando se estava parada em uma em vez da outra.

Algo sussurrou *Blue* no ouvido de Maura.

Cada um dos seus sentidos estava absolutamente em estado de alerta; ela não sabia dizer se devia seguir em frente ou não.

O sr. Cinzento tocou as costas dela.

Só que não era ele. Maura só precisou virar a cabeça ligeiramente para a direita para se dar conta de que ele ainda estava no limiar do escuro líquido. Ela levou um instante para visualizar uma casca protetora em torno de si. Agora ela podia ver que o corredor terminava no vão de uma porta. Embora houvesse outras portas fechadas de cada lado, a que estava situada no fim era obviamente a fonte.

Maura olhou de relance para trás para o interruptor de luz ao lado do sr. Cinzento. Ele o acionou.

As luzes eram como perder uma discussão com a resposta correta. Elas deveriam estar acesas. Elas *estavam* acesas. Quando Maura mirou as lâmpadas, podia afirmar que elas estavam ligadas.

Mas o corredor ainda não estava iluminado.

Maura cruzou o olhar com os olhos estreitados do sr. Cinzento.

Eles avançaram até os metros finais, sem fazer ruído, empurrando a ausência de luz diante deles, e então Maura pairou a mão sobre a maçaneta. Ela parecia comum, que é como as coisas mais comuns parecem. Ela não lançava sombra alguma sobre a porta, pois nenhuma luz a alcançava.

Maura buscou a exatidão e encontrou o terror. Então buscou além dela e encontrou a resposta.

Virando a maçaneta, abriu a porta.

As luzes do corredor passaram sombriamente por ela, revelando um grande banheiro. Uma tigela de adivinhação encontrava-se ao lado da banheira. Três velas incolores haviam pingado por todo o fundo da pia. PIPER PIPER PIPER estava escrito de trás para frente no espelho, em uma substância que parecia muito com um batom rosa.

Havia algo grande no chão que se movia e arranhava o piso.

Maura disse para sua mão encontrar o interruptor, e ela o encontrou.

A coisa no chão era um corpo — não. Era um ser humano. Ele se retorcia de um jeito que um ser humano não deveria, os ombros se revelando. Dedos se agarravam como garras no ladrilho. Pernas se debatiam, correndo. Um som desumano lhe escapou da boca, e então Maura compreendeu.

Aquela pessoa estava morrendo.

Maura esperou até ele terminar, e então disse:

— Você deve ser o Noah.

16

Calla também andara tendo um palpite persistentemente negativo aquele dia, mas, diferentemente de Maura, estivera presa em um gabinete da Academia Aglionby, trabalhando em uma papelada, e não tivera a liberdade de tentar descobrir qual era a fonte do mau pressentimento. Mesmo assim, a sensação apenas cresceu, enchendo-lhe a mente como uma dor de cabeça sombria, até que ela desistira e pedira para ir para casa uma hora mais cedo. Calla estava deitada de barriga para baixo no quarto do andar de cima, que dividia com Jimi, quando a porta da frente bateu.

A voz de Maura ressoou claramente da entrada da casa.

— Trouxe gente morta para casa. Desmarquem todas as consultas! Desliguem os telefones! Orla, se você tem um garoto aqui, ele precisa ir!

Calla extraiu-se do seu acolchoado e resgatou os chinelos antes de seguir pelo corredor. Jimi, criatura agitada e bondosa que era, bateu o largo quadril na mesa de costura em sua pressa para ver o que estava acontecendo.

Ambas pararam a meio caminho, descendo a escada.

Para seu crédito, Calla apenas pensou em largar os chinelos quando viu Noah Czerny, parado ao lado de Maura e do sr. Cinzento.

Noah Czerny era um nome humano demais para dar a algo que não parecia muito humano aos olhos de Calla. Ela tinha visto muitos seres humanos vivos em sua vida, e tinha visto muitos espíritos em sua vida, mas jamais vira algo assim. Uma alma tão decaída não deveria ser... bem, não deveria ser nada. Deveria ser um resquício de um fantasma, uma assombração repetitiva irracional. Uma fragrância de cem anos em um corredor. Um calafrio ao parar perto de determinada janela.

Mas, de alguma forma, ela estava olhando para a ruína de uma alma, e nela ainda havia um garoto morto.

— Ah, querido — disse Jimi, cheia de uma compaixão imediata. — Pobre coitado. Deixe-me pegar algo para você... — Jimi, a eterna herborista, geralmente tinha a sugestão de uma erva para qualquer doença mortal possível.

— Algo o quê? — incitou Calla.

Jimi premiu os lábios e balançou um pouco de um lado para o outro. Ela estava claramente perplexa, mas não podia ficar mal na frente dos outros. Ela tinha um coração tediosamente bom, e não havia dúvida de que a existência de Noah a perturbava.

— Mimosa — terminou Jimi, triunfante, e Calla suspirou, relutantemente apreciativa. Jimi meneou um dedo na direção de Noah. — Flores de mimosa ajudam os espíritos a aparecer, e isso vai fazer com que você se sinta mais forte!

Enquanto ela subia a escada a passos largos, Maura pediu ao sr. Cinzento que levasse Noah à sala de leitura, e então ela e Calla conferenciaram na parte de baixo da escada. Em vez de lhe dizer como eles haviam passado a ter a companhia de Noah, Maura só estendeu o braço e deixou que Calla pressionasse a palma da mão contra a sua pele. A psicometria de Calla — adivinhação através do toque — era muitas vezes pouco específica, mas, nesse caso, o evento era recente e vívido o suficiente para que ela o pegasse facilmente, além de um beijo que Maura compartilhara com o sr. Cinzento anteriormente.

— O sr. Cinzento é talentoso — observou Calla.

Maura pareceu irritada e disse:

— Eis a questão. Acho que estavam me mostrando aquele espelho com o nome da Piper escrito de propósito, mas não acho que tenha sido a intenção de Noah. Ele não lembra como chegou lá ou por que estava fazendo aquilo.

Calla manteve a voz baixa:

— Será que ele era um augúrio?

Augúrios — avisos sobrenaturais de marés ruins que estavam por vir — não eram particularmente interessantes para Calla, principalmente porque, de modo geral, eram imaginários. As pessoas tendiam a ver augúrios onde não havia nenhum: gatos pretos que traziam azar, corvos que prometiam tristeza. Mas um verdadeiro augúrio — uma insinuação sinistra de uma presença cósmica pouco compreendida — não era algo a ser ignorado.

A voz de Maura também foi sussurrada:

— Pode ser. Não consegui me livrar desse sentimento terrível o dia inteiro. A única coisa é que eu não achava que um ser senciente pudesse ser um augúrio.

— Ele *é* senciente?

— Parte dele, de qualquer maneira. Nós estávamos conversando no carro. Nunca vi nada parecido. Ele está bastante decaído para parecer um augúrio irracional, mas, ao mesmo tempo, ainda há um garoto ali. Quer dizer, nós o tínhamos *dentro do carro*.

As duas mulheres refletiram sobre isso, e Calla disse:

— Ele é o que morreu na linha ley? Talvez Cabeswater o tenha feito forte o suficiente para continuar consciente durante tudo isso, além do ponto que ele deveria estar. Se ele é covarde demais para seguir em frente, aquela floresta maluca pode estar dando energia suficiente para ele seguir até aqui.

Maura lançou outro olhar irritado para Calla.

— Isso se chama *assustado*, Calla Lily Johnson, e ele é apenas um garoto. Meu Deus. Não esqueça que ele foi assassinado. E que é um dos melhores amigos de Blue.

— Então qual é o plano? Você quer que eu faça contato com ele e descubra as coisas? Ou vamos deixar que ele siga o seu caminho?

Sem jeito, Maura disse:

— Não esqueça dos sapos.

Alguns anos atrás, Blue havia pego dois sapinhos enquanto resolvia alguns assuntos no bairro. Ela havia armado triunfantemente um terrário improvisado para eles em uma das maiores jarras de chá gelado de Jimi. Tão logo ela fora para a escola, Maura havia imediatamente adivinhado — através de canais comuns, não mediúnicos — que aqueles sapinhos estavam destinados a uma morte lenta se cuidados por uma jovem Blue Sargent. Ela os havia soltado no quintal e desse modo começara uma das maiores discussões que ela e sua filha já haviam tido ou tiveram desde então.

— Tudo bem — sibilou Calla. — Não vamos soltar nenhum fantasma enquanto ela estiver na festa.

— Eu não quero ir.

Maura e Calla deram um salto.

É claro que Noah estava parado ao lado delas. Os ombros estavam caídos e as sobrancelhas apontavam para cima. Por baixo de tudo, havia traços e escuridão, poeira e ausência. Suas palavras eram suaves e arrastadas.

— Ainda não.

— Você não tem muito tempo, garoto — Calla disse a ele.

— Ainda não — repetiu Noah. — Por favor.

— Ninguém vai te obrigar a fazer nada que você não queira — disse Maura.

Noah balançou a cabeça tristemente.

— Eles... já fizeram. Eles... vão fazer de novo. Mas isso... eu quero fazer por *mim*.

Ele estendeu a mão para Calla, a palma para cima, como se fosse um mendigo. Era um gesto que lembrava a Calla uma outra pessoa morta em sua vida, uma pessoa que ainda pendurava a tristeza e a culpa em torno do seu pescoço, mesmo após duas décadas. Na realidade, agora que ela considerava a questão, o gesto era perfeitamente preciso demais, o punho molemente similar demais, os dedos delicada e intencionalmente abertos demais, um eco das memórias de Calla...

— Eu sou um espelho — disse Noah friamente, respondendo aos pensamentos dela. Ele olhou fixamente para os próprios pés. — Desculpe.

Então começou a baixar a mão, mas Calla finalmente se deixou levar por um sentimento de compaixão genuíno, mas relutante. Ela pegou seus dedos gelados.

Imediatamente um golpe acertou o rosto dela.

Ela deveria ter esperado, mas, mesmo assim, Calla mal teve tempo de se recuperar quando o golpe seguinte veio. O medo jorrou de dentro dela, então a dor, e então mais um golpe, que Calla agilmente bloqueou. Ela não precisava reviver todo o assassinato de Noah.

Ela andou em torno dele e encontrou... nada. Normalmente, sua psicometria funcionava excepcionalmente bem no passado, cavoucando através dos eventos recentes até quaisquer eventos distantes marcantes. Mas Noah estava tão decaído que o seu passado havia praticamente desaparecido. Tudo que restava eram teias finas de memórias. Havia mais beijos

— como foi que o dia de Calla terminou envolvendo viver através de tantas Sargent, com tantas línguas na boca? Havia Ronan, parecendo bem mais legal por meio das memórias de Noah. Havia Gansey, corajoso e firme, como Noah claramente invejava. E Adam — Noah o temia, ou temia por ele. Um temor que se emaranhava através de imagens dele em fios cada vez mais sombrios. Então havia o futuro, estendendo-se em imagens mais tênues, e mais tênues, e...

Calla afastou a mão de Noah e o encarou. Por um momento, ela não tinha nada inteligente a dizer.

— Tudo bem, garoto — ela disse por fim. — Bem-vindo a casa. Pode ficar aqui quanto tempo quiser.

17

Embora Gansey gostasse de Henry Cheng, concordar em ir a uma festa dele parecia um estranho deslocamento de poder. Não que ele se sentisse ameaçado por Henry — tanto Henry quanto Gansey eram reis em seus respectivos territórios —, mas a carga era maior ao encontrar Henry em sua própria casa do que no terreno neutro da Academia Aglionby. Os quatro garotos de Vancouver viviam todos fora do campus, na Mansão Litchfield, e jamais se ouvia falar de festas por lá. Era um clube exclusivo. Inegavelmente de Henry. Jantar na terra da fantasia significava ser forçado a ficar por lá para sempre ou ansiar por ela assim que você a deixasse, e tudo o que isso envolvia.

Gansey não tinha certeza se estava em condições de fazer novos amigos.

A Mansão Litchfield era um antigo prédio vitoriano do outro lado do centro da cidade em relação à Monmouth. Na noite fria e úmida, ela se erguia em meio a rolos de névoa, torreões, telhas de madeira e varandas, todas as janelas iluminadas com pequenas velas elétricas. O acesso estava tomado por quatro carros de luxo estacionados em fila dupla. O Fisker prateado de Henry era um fantasma elegante junto ao meio-fio na frente, logo atrás de um velho sedã de aparência respeitosa.

Blue estava com um mau humor terrível. Algo havia claramente acontecido enquanto ela estava em seu turno de trabalho, e as tentativas de Gansey de arrancar essa informação dela só diziam que não era algo que tivesse a ver com a festa, tampouco com ele. Agora, era ela quem dirigia o Pig, o que trazia um triplo benefício. Para começo de conversa, Gansey não conseguia imaginar ninguém cujo humor não melhorasse terrivelmente ao dirigir um Camaro. Segundo, Blue dissera que nunca tivera chance de dirigir o carro coletivo da Rua Fox. E terceiro, e mais importante, Gansey ficava extraordinária e eternamente louco pela imagem de Blue atrás da direção do seu carro. Ronan e Adam não estavam com eles, então não havia ninguém para pegá-los no que parecia ser um ato incrivelmente indecente.

Ele precisava lhes contar.

Gansey não tinha certeza se estava em condições de se apaixonar, mas havia se apaixonado de qualquer maneira. Ele não compreendia bem a mecânica do sentimento. Ele compreendia sua amizade com Ronan e Adam — ambos representavam qualidades que ele não tinha e admirava, e eles gostavam das versões do próprio Gansey que ele também gostava. Isso também era verdade em relação a sua amizade com Blue, mas era mais do que isso. Quanto melhor ele a conhecia, mais a sensação se parecia com aqueles momentos em que ele nadava sozinho. A existência de versões dissonantes dele mesmo cessava, e havia apenas Gansey, agora, agora e agora.

Blue parou o Pig no pequeno sinal de pare, do lado oposto da esquina da Mansão Litchfield, e avaliou a situação do estacionamento.

— Argh — ela disse desagradavelmente, olhando para os carros finos.

— O que foi?

— Eu tinha esquecido como ele era Aglionby.

— Nós realmente não precisamos ir — disse Gansey. — Quer dizer, só preciso enfiar a cabeça na porta para agradecer, mas é só isso.

Ambos espiaram a casa do outro lado da rua. Gansey pensou em como era estranho que ele se sentisse desconfortável fazendo isso, uma visita sem sentido com uma turma que ele quase certamente conhecia em sua totalidade. Ele estava prestes a admitir isso em voz alta quando a porta da frente se abriu. O ato criou um quadrado de amarelo, como um portal para outra dimensão, e Júlio César saiu para a varanda toda enfeitada com fitas de papel. Júlio acenou para o Camaro e gritou:

— Ei, ei, Dick Gansey!

Porque não era Júlio César; era Henry em uma toga.

As sobrancelhas de Blue desapareceram por entre as mechas de cabelo em sua testa.

— Você vai usar uma daquelas?

Isso seria terrível.

— É claro que não — Gansey lhe disse. A toga parecia mais real do que ele teria gostado, agora que olhava diretamente para ela. — Não vamos ficar muito.

Blue deu a volta na quadra, evitando atropelar um gato branco, e fez uma manobra lenta, mas digna de crédito, ao estacionar em paralelo, mesmo com Gansey a observando proximamente, mesmo com a correia da direção hidráulica gemendo um protesto.

Embora Henry soubesse que eles não demorariam para chegar, ele havia retornado para dentro de casa, a fim de poder atender a porta de maneira grandiosa quando eles tocassem a campainha. Então ele os fez entrar, fechando-os em um bolsão ligeiramente quente demais, cheirando a alho e rosas. Gansey esperara encontrar alunos se balançando de candelabros e esquiando em álcool, e, embora não tivesse necessariamente *desejado* isso, a discrepância era desconcertante. O interior estava exageradamente arrumado; um corredor escuro com espelhos entalhados e tomado de móveis antigos frágeis estendia-se obscuramente, invadindo as entranhas da casa. Não parecia nem remotamente um lugar onde se daria uma festa. Parecia um lugar onde senhoras idosas escolheriam para morrer, sem serem descobertas até os vizinhos notarem um cheiro estranho. Um lugar absolutamente contrário ao que Gansey esperaria de Henry.

Também era muito sossegado.

Gansey teve um pensamento súbito, terrível, de que era possível que a festa pudesse ser simplesmente Henry e os dois de toga em uma sala de estar elegante.

— Bem-vindos, bem-vindos — Henry lhes disse, como se não tivesse visto Gansey apenas um instante atrás. — Você acertou o gato?

Ele havia tomado um enorme cuidado com a aparência. Sua toga estava amarrada com mais cuidado do que qualquer gravata que Gansey já tivesse dado nó, e Gansey já tinha dado nó em muitas. Ele usava o relógio mais cromado que Gansey já vira, e ele já vira muitas coisas cromadas. Seu cabelo preto espigado se esforçava freneticamente para cima, e Gansey já tinha visto muitas coisas esforçando-se freneticamente para cima.

— Nós fomos para lá — disse Blue concisamente. — Ele foi para cá.

— A garota esperta veio! — exclamou Henry, como se só agora a tivesse visto. — Pesquisei na internet por togas para damas, caso você viesse.

Belo trabalho com o gato. A sra. Woo nos envenenaria dormindo se você o tivesse esmagado. Como é mesmo o seu nome?

— Blue — disse Gansey. — Blue Sargent. Blue, você se lembra do Henry?

Eles se encararam. Em seu breve encontro anterior, Henry conseguira ofender Blue por completo, zoando casualmente de si mesmo. Gansey compreendia meio por alto que Henry tirava sarro de maneira ofensiva e revoltante de si mesmo porque a alternativa seria invadir uma sala de jogos e virar as mesas dos cambistas. Blue, no entanto, havia claramente pensado que ele não passava de um principezinho imaturo da Aglionby. E em seu humor atual...

— Lembro — disse Blue friamente.

— Não foi meu melhor momento — disse Henry. — Meu carro e eu fizemos as pazes desde então.

— Seu carro elétrico — colocou Gansey com sutileza, caso Blue tivesse perdido as ramificações ambientais.

Blue estreitou os olhos na direção de Gansey, e então chamou atenção para um ponto:

— Você poderia ir de bicicleta para Aglionby daqui.

Henry meneou um dedo.

— Verdade, verdade. Mas é importante praticar o ciclismo seguro, e eles ainda não fizeram um capacete para acomodar o meu cabelo. — Para Gansey, ele disse: — Você viu o Cheng Dois por aí?

Gansey não conhecia realmente o Cheng2 — Henry Broadway, na realidade, confusamente apelidado não por ser o segundo de dois Chengs em Aglionby, mas por ser o segundo de dois Henrys —, exceto o que todos sabiam: que ele participava de rachas em alta velocidade, com bebidas energéticas bombeando uma voltagem contínua às suas extremidades.

— Não, a não ser que ele tenha pego um carrinho japonês enquanto eu não estava olhando.

Isso fez Henry rir alegremente, como se Gansey tivesse tocado em alguma conversa anterior.

— Aquele carrinho é da sra. Woo. Nossa minúscula senhoria. Ela está por aqui em algum lugar. Confiram seus bolsos. Ela pode estar aí. Às vezes ela cai entre as fendas no assoalho... Esse é o problema dessas casas grandes antigas. Onde estão o Lynch e o Parrish?

— Infelizmente, ambos ocupados.

— Isso é incrível. Eu sabia que o presidente nem sempre tinha de agir de comum acordo com o Congresso e a Suprema Corte; só achei que jamais viveria para ver o dia.

— Quem mais vem? — perguntou Gansey.

— Apenas os suspeitos de sempre — disse Henry. — Ninguém quer ver um conhecido qualquer enrolado num lençol.

— Você não me conhece — salientou Blue. Era impossível dizer o que a expressão facial dela queria dizer. Nada de bom.

— Richard Gansey Terceiro dá testemunho a seu favor, então você é conhecida o suficiente.

Uma porta se abriu no fim do corredor e uma mulher asiática muito pequena de qualquer idade avançou, pisando firme com uma braçada de lençóis dobrados.

— Olá, titia — disse Henry docemente. Ela o encarou antes de seguir marchando por outra porta afora. — A sra. Woo foi expulsa da Coreia por seu gênio difícil, pobrezinha; rá, ela tem o charme de uma arma química.

Gansey havia suposto vagamente que algum tipo de figura de autoridade vivia na Mansão Litchfield, mas ele não pensara muito mais no assunto. A educação ditava que ele trouxesse flores ou comida, no caso de um encontro mais íntimo.

— Eu deveria ter trazido algo para ela?

— Quem?

— Sua tia.

— Não, ela é tia do Ryang — disse Henry. — Cheguem mais, vamos entrar. O Koh está no andar de cima, catalogando as bebidas. Você não precisa ficar bêbado, mas eu vou. Já me disseram que não fico muito gritão, mas às vezes posso me deixar levar por meu lado filantropo. Quem avisa amigo é.

Agora Blue assumira uma expressão completamente crítica, o que se situava a dois graus de sua expressão comum e a um grau da expressão de Ronan. Gansey estava começando a suspeitar que esses dois mundos não fossem combinar.

Um estrondo ressoou quando Cheng2 e Logan Rutherford apareceram por outra porta, com sacolas plásticas nas mãos. Rutherford tinha o bom senso que Deus havia lhe dado para manter a boca fechada, mas Cheng2 jamais aprendera essa habilidade.

— Caraca, temos garotas? — ele disse.

Ao lado de Gansey, Blue cresceu quatro vezes em altura; todo o ruído sugado do ambiente preparado para a explosão.

Aquilo seria terrível.

18

Eram 6h21.

Não, eram 8h31. Ronan tinha lido errado o relógio do carro. O céu estava escuro, as árvores estavam escuras, a estrada estava escura. Ele estacionou junto ao meio-fio, na frente do prédio de Adam. Era em um apartamento que Adam vivia, no andar de cima do escritório da Igreja Católica de Santa Inês, uma combinação fortuita que concentrava a maioria dos objetos de adoração de Ronan, em uma quadra central. Como sempre, Ronan andara negligenciando seu celular e perdera uma ligação de Adam, de várias horas atrás. O correio de voz havia sido breve: "Se você não for ao Cheng com o Gansey hoje à noite, pode me ajudar com Cabeswater?"

Ronan não iria à casa de Henry Cheng sob hipótese alguma. Todo aquele sorriso e militância o deixavam com brotoejas.

Ele certamente iria até a casa de Adam.

Então desceu do BMW, cacarejando para Motosserra para que ela parasse de mexer em uma costura solta no assento do passageiro, e varreu com os olhos o estacionamento ao lado da igreja em busca do Hondayota tricolor. Ele o viu, os faróis ainda acesos, o motor desligado. Adam estava agachado na frente dele, olhando fixamente para o brilho dos faróis. Seus dedos estavam abertos sobre o asfalto, e os pés na posição de um corredor esperando pelo tiro da largada. Três cartas de tarô estavam abertas na sua frente. Ele havia pego um dos tapetes do assoalho do carro para se agachar, para evitar sujar as calças do uniforme. Se você combinasse essas duas coisas — o insondável e o prático —, você estava próximo de compreender Adam Parrish.

— Parrish — disse Ronan. Adam não respondeu. Suas pupilas eram câmeras com a abertura de um buraco de alfinete para outro mundo. — *Parrish*.

Uma das mãos de Adam se ergueu na direção da perna de Ronan. Seus dedos se contraíram como se dissessem *não me incomode*, com o menor movimento possível.

Ronan cruzou os braços para esperar, e apenas olhou. Para as maçãs do rosto delicadas de Adam, suas sobrancelhas claras franzidas, suas belas mãos, tudo banhado pela furiosa luz. Ele havia memorizado o formato das mãos de Adam em particular: a maneira como o polegar se projetava desajeitada e puerilmente; os caminhos das veias proeminentes; as articulações grandes que pontuavam seus dedos longos. Em sonhos, Ronan os colocava em sua boca.

Seus sentimentos por Adam eram um derramamento de petróleo; ele os deixara transbordar, e agora não havia um maldito lugar no oceano que não pegasse fogo se ele deixasse cair um fósforo.

Motosserra bateu asas até onde estavam dispostas as cartas de tarô, o bico entreaberto curiosamente, e, quando Ronan silenciosamente apontou para ela, Motosserra se amuou debaixo do carro. Ronan virou a cabeça de lado para ler as cartas. Algo com chamas, algo com uma espada. O Diabo. Mil imagens foram disparadas por aquela única palavra, *diabo*. A pele vermelha, os óculos escuros com aros brancos, os olhos aterrorizados de seu irmão Matthew no porta-malas de um carro. Pavor e vergonha juntos, espessos o suficiente para vomitá-los. Ronan se lembrou com apreensão de seus recentes pesadelos.

Os dedos de Adam se tensionaram, e ele se inclinou para trás. Ele piscou, e então piscou de novo, rapidamente, tocando o canto do olho apenas com a ponta do dedo anular. Isso não foi o suficiente, então ele esfregou a palma das mãos sobre os olhos, até que eles lacrimejaram. Finalmente, inclinou o queixo na direção de Ronan.

— Faróis? Isso é demais, Parrish. — Ronan estendeu a mão; Adam a pegou. Ronan o levantou, a mente toda concentrada naquela palma contra palma, naquele polegar cruzado sobre polegar, naqueles dedos pressionados contra ossos do punho — e então Adam o encarou, e ele soltou sua mão.

O oceano em chamas.

— Que merda está acontecendo com os seus olhos? — perguntou Ronan.

As pupilas de Adam ainda estavam minúsculas.

— Eu levo um tempo para voltar.

— Maldito horripilante. Qual é o esquema com o Diabo?

Adam olhou para cima, para o vidro escurecido da igreja. Ele ainda estava meio preso ao reino dos faróis.

— Não consigo entender o que ela está me dizendo. Parece que me mantém a um metro de distância. Preciso encontrar uma maneira de aprofundar minha vidência, mas não posso fazer isso sem alguém me cuidando, caso eu me afaste demais de mim mesmo.

Alguém nesse caso era Ronan.

— O que você está tentando descobrir?

Adam descreveu as circunstâncias cercando o olho e a mão com o mesmo tom uniforme que ele usaria para responder a uma pergunta na sala de aula. Ele deixou que Ronan se aproximasse para comparar os seus olhos — próximo o suficiente para Ronan sentir sua respiração no rosto — e deixou que Ronan estudasse a palma de sua mão. Essa ação não era estritamente necessária, e ambos o sabiam, mas Adam observou Ronan proximamente enquanto ele passava levemente o indicador sobre as suas linhas.

Isso era como caminhar sobre o limite entre o sonho e o sono. O equilíbrio distinto noturno de se estar dormindo o suficiente para sonhar e desperto o suficiente para se lembrar do que ele queria.

Ele sabia que Adam havia descoberto como ele se sentia. Mas Ronan não sabia se podia deixar esse caminho tênue como o fio de uma navalha, sem destruir o que ele tinha.

Adam manteve o olhar de Ronan enquanto ele soltava sua mão.

— Estou tentando descobrir o que está atacando Cabeswater. Só posso presumir que é a mesma coisa que estava atacando aquela árvore escura.

— Está na minha cabeça também — admitiu Ronan. Seu dia na Barns havia sido marcado por sonhos que ele havia tentado apressadamente despertar para si mesmo.

— Está? É por isso que você está com essa cara terrível?

— Obrigado, Parrish. Gosto da sua cara também. — Ele descreveu brevemente como a degeneração da árvore de sonho parecia idêntica à degeneração dos seus sonhos, escondendo seu relativo incômodo com o conteúdo dos sonhos e o fato de que isso era prova de um segredo maior em meio a um excesso de palavrões. — Então, simplesmente nunca mais vou dormir.

Antes que Adam pudesse responder a isso, um movimento no alto chamou a atenção dos dois. Algo leve e estranho batia asas entre as árvores escuras que alinhavam as ruas do bairro. Um monstro.

O monstro de Ronan.

Seu horror noturno albino raramente deixava os campos seguros da Barns, e, quando o fazia, era apenas para seguir Ronan. Não de uma maneira fiel, canina, mas de uma maneira descuidada, como enormes voltas de um gato. E agora ele voava pela rua, direta e intencionalmente. No espaço negro purpúreo, ele era tão visível quanto a fumaça, arrastando asas com as pontas esfarrapadas e a roupa do seu corpo. O som das suas asas era mais proeminente do que todo o resto: *zum, zum, zum*. Quando ele abria o par de bicos, eles tremiam com um guincho feroz, inaudível para os ouvidos humanos.

Ronan e Adam inclinaram a cabeça para trás. Ronan gritou:

— Ei! Aonde você está indo?

Mas ele planou sobre eles, sem sequer fazer uma pausa. Direto na direção das montanhas. Esse desgraçado feioso ainda levaria um tiro de algum fazendeiro aterrorizado.

Ronan não sabia dizer por que se importava. Provavelmente por ter salvo a sua vida aquela vez, ele achava.

— Maldito horripilante — disse Ronan de novo.

Adam franziu o cenho após ouvi-lo, e então perguntou:

— Que horas são?

— São 6h21 — respondeu Ronan, e Adam franziu o cenho. — Não, 8h40. Me enganei.

— Ainda tem tempo se não for longe, então.

Adam Parrish estava sempre pensando sobre seus recursos: dinheiro, tempo, sono. Em uma noite normal de escola, mesmo com ameaças sobrenaturais fungando em seu colarinho, Ronan sabia que Adam estaria preocupado com tudo isso; era assim que ele continuava vivo.

— Aonde estamos indo?

— Não sei. Quero descobrir onde está esse diabo... Estou pensando se consigo fazer minha divinação enquanto você dirige. Gostaria de poder dirigir e adivinhar ao mesmo tempo, mas isso é impossível. Realmente, tudo o que eu quero é mover meu corpo para onde minha mente diz para ele ir.

Lá no alto, um poste de luz zuniu e então se apagou. Não chovia havia várias horas, mas o ar ainda estava carregado como em uma tempestade. Ronan se perguntou para onde estava indo seu horror noturno. Ele disse:

— Tudo bem, mágico, se eu estiver dirigindo enquanto você está pirando, como vou saber para onde ir?

— Acho que vou tentar continuar presente o suficiente para te dizer aonde ir.

— Isso é possível?

Adam deu de ombros; as definições de *possível* e *impossível* eram negociáveis ultimamente. Ele se abaixou para oferecer o braço a Motosserra. Ela saltou sobre ele, batendo as asas para se equilibrar, enquanto a manga de Adam se torcia sob o seu peso, e inclinou a cabeça enquanto Adam acariciava cuidadosamente as penas finas perto do bico. E disse:

— Nunca vamos saber se não tentarmos. Vamos?

Ronan chacoalhou as chaves do carro. Como se jamais estivesse com vontade de dirigir. Ele acenou com o queixo para o Hondayota.

— Você não vai trancar a sua lata-velha?

— Tanto faz. Vagabundos já entraram nela de qualquer jeito.

O vagabundo em questão sorriu timidamente.

Eles partiram.

19

Adam acordou sobressaltado com o ruído de uma porta de carro se fechando.

Ele estava em seu carrinho terrível — e era para ele estar ali?

Persephone se ajeitou no assento do passageiro, sua nuvem de cabelo loiro caindo como uma cascata sobre o console e o assento do motorista. Ela colocou cuidadosamente a caixa de ferramentas que estivera no assento no chão, entre seus pés.

Adam estreitou os olhos contra o novo amanhecer incolor — era para ser dia? —, seus olhos ainda contraídos de exaustão. Parecia que tinham se passado apenas alguns minutos desde que ele emergira de seu turno noturno na fábrica. O trajeto até em casa parecera um empreendimento enorme demais sem alguns minutos de sono, e ele parecia mais viável agora.

Adam não conseguia compreender se Persephone estava realmente ali ou não. Devia estar; o cabelo dela fazia cócegas em seu braço nu.

— Pegue as cartas — ela ordenou em sua voz fina.

— O quê?

— Chegou a hora de aprender — disse Persephone suavemente.

O cérebro cansado de Adam escorregou por debaixo dele; algo a respeito de tudo isso lhe parecia inteiramente *verdadeiro*.

— Persephone... eu... estou cansado demais para pensar.

A luz fina da manhã iluminou o sorriso reservado de Persephone.

— É com isso que estou contando.

Quando Adam estendeu a mão para pegar as cartas, tateando o compartimento da porta onde ele costumava deixá-las, ele se deu conta:

— Você está morta.

Ela anuiu em concordância.

— Isso é uma lembrança — ele disse.

Ela anuiu novamente. Agora fazia sentido. Adam estava perambulando em uma memória de uma de suas primeiras lições com Persephone. As metas dessas sessões eram sempre as mesmas: escapar de sua mente consciente. Descobrir seu inconsciente. Expandir para o inconsciente coletivo. Buscar os fios que conectavam todas as coisas. E repetir. No começo, ele nunca passara das duas primeiras. Todas as sessões haviam sido usadas para atraí-lo para fora de seus próprios pensamentos concretos.

Os dedos de Adam rasparam o fundo vazio do compartimento da porta. A verdade de onde as cartas haviam estado em sua memória conflitava com o conhecimento de onde ele as havia guardado no presente. Aquela janela havia começado a vazar após a morte de Persephone, e ele passara a guardar as cartas no porta-luvas para evitar danificá-las.

— Por que você está aqui? Isso é um sonho? — ele perguntou, corrigindo-se. — Não. Estou fazendo uma divinação. Estou procurando algo.

E, de uma hora para outra, ele estava sozinho no carro.

Não só sozinho, como no assento do passageiro onde ela estivera, segurando uma única carta de tarô na mão. O desenho na carta era incompleto e rabiscado, e parecia um pouco com uma pilha de vespas. O que ele estava procurando? Era difícil navegar entre o consciente e o inconsciente. Foco demais, e ele perderia a meditação. Foco de menos, e ele perderia a finalidade.

Ele deixou a mente perambular ligeiramente para perto do seu momento presente.

Música eletrônica derramou-se sobre sua consciência, lembrando-lhe que seu corpo estava na realidade no carro de Ronan. Nesse outro lugar, era fácil dizer que a música era o som da alma de Ronan. Faminta e piedosa, ela sussurrava a respeito de lugares sombrios, lugares antigos, fogo e sexo.

Adam foi chamado à realidade pela batida pulsante e pela memória da proximidade de Ronan. O Diabo. Não, um demônio. O conhecimento não estava ali, e então estava.

Norte, ele disse.

Um anel branco incandescente cercava tudo. Era tão brilhante que cegava sua visão se o mirasse diretamente; Adam tinha de manter seu olhar focado à frente. Uma parte muito distante dele, uma parte que pulsava com a batida eletrônica, lembrou-se subitamente de que aquilo era a luz do carregador do seu celular. Essa era a parte do seu cérebro que ainda estava presente para sussurrar direções a Ronan.

Vire à direita.

Cabeswater murmurou em seu ouvido surdo. Ela sussurrou destruição, repúdio, violência, nada. Um passo atrás de incerteza, uma promessa mentirosa que o prejudicaria mais tarde, um conhecimento de que você se machucaria e provavelmente merecia. Demônio, demônio, demônio.

Vamos vamos vamos

Em algum lugar, um carro escuro corria por uma estrada noturna. Uma mão segurava a direção, pulseiras de couro davam voltas sobre os ossos do punho. O Greywaren. Ronan. Nesse lugar de sonho, todos os momentos eram o mesmo momento, e assim Adam teve um estranho e lúcido estalo de reviver o instante em que Ronan havia lhe oferecido a mão para erguê-lo do asfalto. Fora do contexto, as sensações explodiram: o choque surpreendente de calor daquele aperto pele com pele; o sussurro suave dos braceletes contra o punho de Adam; a mordida súbita da possibilidade...

Tudo em sua mente era envolto por uma luz branca abrasadora.

Quanto mais fundo Adam se movia através da música e da escuridão circundada de branco, mais próximo chegava de algum tipo de verdade escondida a respeito de Ronan. Ela estava escondida em coisas que Adam já sabia, meio vislumbradas por detrás de uma floresta feita de pensamentos. Por um breve momento, Adam achou que quase compreendia algo sobre Ronan e Cabeswater — sobre Ronan-e-Cabeswater —, mas a ideia lhe escapou. Adam se lançou atrás dela, cada vez mais fundo no que quer que fossem feitos os pensamentos de Cabeswater. Então Cabeswater jogou imagens em sua direção: uma hera estrangulando uma árvore, um tumor canceroso, uma putrefação rastejante.

Adam percebeu como um raio que o demônio estava ali *dentro*.

Ele podia sentir o demônio o observando.

Parrish.

Ele o estava vendo.

PARRISH.

Alguém roçou sua mão.

Ele piscou. Tudo era aquele círculo reluzente, e então ele piscou de novo, e o círculo se reduziu à íris brilhante do carregador do celular, conectado ao acendedor de cigarros.

O carro não estava se mexendo, embora só tivesse parado havia pouco. A poeira ainda redemoinhava junto aos faróis. Ronan estava absolutamente silencioso e parado. Uma mão em punho fechado repousava sobre o câmbio. A música havia sido desligada.

Quando Adam virou para ele, Ronan continuava olhando o para-brisa, premindo o maxilar cerrado.

A poeira baixou e Adam finalmente viu aonde ele os havia trazido. Suspirou.

Porque a direção em montanha-russa através da noite fria e do subconsciente de Adam os havia trazido não para algum desastre em Cabeswater, não para alguma fenda nas rochas ao longo da linha ley, não para qualquer ameaça que fosse que Adam tinha visto nos faróis reluzentes do seu carro. Em vez disso, Adam — liberto da razão e deixado solto em sua própria mente, instigado a dedicar-se à tarefa de encontrar um demônio — os conduzira de volta ao parque de trailers, onde seus pais ainda viviam.

Nenhum deles disse uma palavra sequer. As luzes focavam o trailer, mas não havia silhuetas nas janelas. Ronan não havia desligado os faróis, então elas brilhavam diretamente na frente do trailer.

— Por que estamos aqui? — ele perguntou.

— Diabo errado — respondeu Adam em voz baixa.

Não fazia tanto tempo assim que o caso contra o seu pai havia sido julgado. Ele sabia que Ronan continuava furioso com o resultado: Robert Parrish, réu primário aos olhos do tribunal, havia voltado para casa com uma multa e em liberdade condicional. O que Ronan não percebera era que a vitória não havia sido na punição. Adam não precisava que o seu pai fosse para a cadeia. Ele só precisava que alguém de fora da situação olhasse para ela e confirmasse que sim, que um crime havia sido cometido. Adam não o inventara, não o incitara, não o merecera. Isso estava dito na papelada do tribunal. Robert Parrish, culpado. Adam Parrish, livre.

Bem, quase. Ele ainda olhava para o trailer, o pulso batendo submissamente em seu estômago.

— Por que estamos aqui? — repetiu Ronan.

Adam balançou a cabeça, com os olhos ainda no trailer. Ronan não havia desligado os faróis ainda, e Adam sabia que parte dele desejava que Robert Parrish viesse até a porta para ver quem era. Parte de Adam também, mas do jeito trêmulo da espera pelo dentista para simplesmente arrancar o seu dente e terminar com aquilo.

Ele sentiu os olhos de Ronan sobre si.

— Por que estamos neste maldito lugar? — disse Ronan uma terceira vez.

Mas Adam não respondeu, porque a porta se abriu.

Robert Parrish estava parado nos degraus da entrada, os detalhes mais precisos de sua expressão perdidos pelos faróis. Mas Adam não precisava ver o seu rosto, porque muito do que o seu pai sentia era transmitido pelo seu corpo. A força de seus ombros, a inclinação de seu pescoço, a curvatura de seus braços, até as armadilhas insensíveis de suas mãos. Então Adam sabia que seu pai reconhecera o carro, e ele sabia precisamente como ele se sentia a respeito disso. Adam sentiu uma emoção curiosa de medo, completamente distinto dos seus pensamentos conscientes. A ponta dos dedos havia ficado insensível com um choque de adrenalina doente que sua mente jamais ordenara que seu corpo produzisse. Espinhos trespassavam seu coração.

O pai de Adam ficou ali, observando. E eles continuaram ali, observando de volta. Ronan se segurava, fervilhando, uma mão pousada sobre a porta.

— Não — disse Adam.

Mas Ronan acionou o botão da janela. O vidro escurecido sibilou, baixando. Ronan enfiou o cotovelo na beira da porta e continuou olhando para fora da janela. Adam sabia que Ronan tinha plena consciência de quão malévolo ele podia parecer, e não suavizou sua aparência enquanto mirava fixamente através da grama escura desigual para Robert Parrish. O olhar de Ronan Lynch era a cobra na calçada onde você queria caminhar. Era o fósforo deixado sobre o seu travesseiro. Era premir os lábios e sentir o próprio sangue.

Adam olhou para o seu pai também, mas de maneira vazia. Adam estava ali, e ele estava em Cabeswater e dentro do trailer ao mesmo tempo. Ele observou com uma remota curiosidade que não processava a situação corretamente, mas mesmo enquanto percebia isso, continuava a existir em três telas diferentes.

Robert Parrish não se mexeu.

Ronan cuspiu na grama — um gesto indolente, sem prenúncio. Então ele desviou o queixo lentamente, o desprezo se derramando e transbordando do carro, e silenciosamente subiu a janela de novo.

O interior do BMW ficou inteiramente em silêncio. Estava tão silencioso que, quando uma brisa soprou, o som das folhas secas se juntando nos pneus era audível.

Adam tocou o pulso onde normalmente ficava seu relógio.

— Quero ver a Garota Órfã — ele disse.

Ronan finalmente olhou para ele. Adam esperava ver paus e pedras em seus olhos, mas ele exibia uma expressão que Adam não tinha certeza se já vira um dia em seu rosto: algo pensativo e agradecido, uma versão mais deliberada, sofisticada, de Ronan. Ronan mais maduro. Isso fez com que Adam se sentisse... ele não sabia. Ele não tinha informação suficiente para saber como ele se sentia.

O BMW deu ré, em um show de terra e ameaça. Ronan disse:

— Tudo bem.

20

A festa de toga não foi nem um pouco terrível. Na realidade, foi maravilhosa.

Era isto: encontrar toda a turma de Vancouver recostando-se em móveis cobertos por lençóis, eles mesmos todos vestidos com lençóis, tudo preto e branco, cabelo preto, dentes brancos, sombras escuras, pele branca, chão negro, algodão branco. Eles eram garotos que Gansey conhecia: Henry, Cheng2, Ryang, Lee-ao-Quadrado, Koh, Rutherford, Steve Maluco. Mas aqui eram diferentes. Na escola, eles eram focados, quietos, invisíveis, estudantes-modelo, os onze-por-cento-do-nosso-corpo-discente-é-diverso-clique-no-link-para-saber-mais-sobre-o-programa-de-intercâmbio-internacional-da-Academia-Aglionby. Aqui, eles *relaxavam*. Eles não relaxariam na escola. Aqui, eram bravos. Eles não podiam se permitir ser bravos na escola. Aqui, eram barulhentos. Eles não confiavam em si mesmos para serem barulhentos na escola.

Era isto: Henry levando Gansey e Blue para um tour na Mansão Litchfield enquanto os outros garotos os seguiam em suas togas. Uma das coisas a respeito da Aglionby que sempre atraiu Gansey era o sentimento de uniformidade, de continuidade, de tradição, de imutabilidade. O tempo não existia ali... ou, se existia, era irrelevante. A escola havia sido povoada por alunos desde sempre, e sempre seria povoada por alunos; eles formavam uma parte de algo maior. Mas, na Mansão Litchfield, era o oposto. Era impossível não ver que cada um desses garotos tinha vindo de um lugar que não era Aglionby e seguiria para uma vida que também não era Aglionby. A mansão era uma bagunça de livros e revistas que não eram para a escola; laptops estavam abertos tanto em jogos quanto em sites de notícias. Ternos se penduravam como corpos nos vãos das portas, para um fácil acesso. Capacetes de motocicletas jogados contra bilhetes aéreos usados e caixas de revistas de agricultura. Os garotos da Mansão Litchfield já tinham vida. Tinham um passado e se lançavam além dele. Gansey se sentiu esquisito: parecia que olhava para um espelho de parque de diversões. Os detalhes errados, as cores, as mesmas.

Era isto: Blue, à beira da ofensa, falando: *Não entendo por que você vive dizendo coisas terríveis sobre os coreanos. Sobre si mesmo.* E Henry dizendo: *Eu faço isso antes que alguém faça. É a única maneira de não ficar com raiva o tempo inteiro.* E, subitamente, Blue era amiga dos garotos de Vancouver. Parecia impossível que eles a tivessem aceito tão facilmente e que ela tivesse deixado de lado sua verve irritadiça tão facilmente quanto, mas assim foi: Gansey viu o momento em que isso aconteceu. No papel, Blue não tinha nada a ver com eles. Na prática, ela tinha tudo a ver com eles. A turma de Vancouver não era como o resto do mundo, e era assim que eles queriam que fosse. Olhos famintos, sorrisos famintos, futuros famintos.

Era isto: Koh demonstrando como fazer uma toga de lençol e mandando Blue e Gansey para um quarto apinhado de coisas para se trocarem. Era Gansey educadamente virando as costas enquanto Blue se despia, e Blue virando as suas — talvez virando as suas. Era o seu ombro, e a sua clavícula, e as suas pernas, e a sua garganta, e a *sua risada, a sua risada, a sua risada*. Gansey não conseguia parar de olhar para ela, e ali isso não tinha importância, pois ali ninguém se importava que eles estivessem juntos. Ali ele podia brincar com seus dedos sobre os dedos dela enquanto eles paravam próximos, ela podia encostar o rosto no ombro nu de Gansey, ele podia enganchar o seu tornozelo divertidamente no tornozelo dela, ela podia se pegar com um braço em torno da cintura de Gansey. Ali ele era incrivelmente ganancioso por aquela risada.

Era isto: pop coreano, e ópera, e hip-hop, e baladas cheias de energia dos anos 80, saindo a todo o volume de um alto-falante ao lado do computador de Henry. Era Cheng2 ficando impossivelmente chapado e falando sobre seu plano de melhorar a economia nos estados do sul. Era Henry ficando bêbado, mas não espalhafatoso, e deixando que Ryang o convencesse a jogar sinuca no chão, com tacos de lacrosse e bolas de golfe. Era

Steve Maluco colocando filmes em um projetor com o volume desligado para permitir que pudessem dublá-los melhor.

Era isto: o futuro começando a pairar denso no ar, e Henry começando uma conversa ébria, tranquila, sobre se Blue gostaria ou não de viajar com ele. Blue respondendo suavemente que ela gostaria, que ela gostaria muito, e Gansey ouvindo o desejo na voz dela como se ele estivesse se desmanchando, como se os seus próprios sentimentos estivessem sendo insuportavelmente espelhados. *Não posso ir junto?*, perguntou Gansey. *Sim, você pode se encontrar com a gente em um avião vistoso*, disse Henry. *Não se deixe enganar pelo penteado bacana dele*, interrompeu Blue, *Gansey viria de carona*. E o calor encheu as cavernas vazias no coração de Gansey. Ele se sentiu *conhecido*.

Era isto: Gansey descendo a escada para a cozinha, Blue subindo, os dois se encontrando na metade do caminho. Era Gansey dando um passo para o lado para deixá-la passar, mas mudando de ideia. Ele pegou o braço dela, e então o resto. Ela estava quente, viva, vibrante por baixo do algodão fino; ele estava quente, vivo, vibrante por baixo do seu. Blue escorregou a mão sobre o ombro nu de Gansey, e então desceu até o peito, a palma da mão aberta sobre o esterno dele, os dedos pressionados curiosamente contra a sua pele.

Achei que você fosse mais peludo, ela sussurrou.

Desculpe te desapontar. As pernas têm um pouco mais de pelos.

As minhas também.

Era isto: rindo frouxamente contra a pele um do outro, brincando, até que abruptamente não era mais uma brincadeira, e Gansey se deteve com a sua boca perigosamente próxima à dela, e Blue se deteve com sua barriga bem junto à dele.

Era isto: Gansey dizendo, *Gosto muito de você, Blue Sargent.*

Era isto: o sorriso de Blue — curvo, retorcido, ridículo, aturdido. Havia muita felicidade escondida no canto daquele sorriso, e, embora seu rosto estivesse a centímetros do rosto de Gansey, um pouco dela se derramou e chegou até ele. Blue colocou o dedo no rosto dele, onde ele sabia que o seu próprio sorriso fazia uma covinha, e então eles deram as mãos e subiram de volta juntos.

Era isto: esse momento e nenhum outro, e pela primeira vez, até onde Gansey se lembrava, ele sabia como seria se sentir presente em sua própria vida.

21

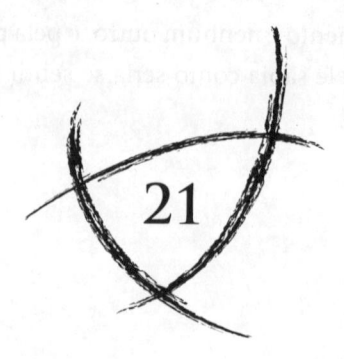

Ronan podia dizer sem dúvida alguma que algo não estava certo. Quando eles entraram em Cabeswater, Adam disse:

— Dia.

Ao mesmo tempo em que Ronan disse:

— *Fiat lux.*

Normalmente a floresta se harmonizava com os desejos de seus ocupantes humanos, particularmente quando esses ocupantes eram seu mágico ou seu Greywaren. Mas, nesse caso, a escuridão em torno das árvores seguia teimosamente presente.

— Eu disse, *fiat lux* — disparou Ronan, então, a contragosto — *Amabo te.*

Lentamente, a escuridão começou a ceder, como água exsudando através do papel. No entanto, em nenhum momento a floresta chegou a ficar completamente de dia, e o que eles conseguiam ver não estava... certo. Eles estavam parados em meio a árvores escuras, cobertas de líquens cinzentos e sombrios. A atmosfera era esverdeada e melancólica. Embora não restassem folhas nas árvores, o céu parecia baixo, um teto musgoso. As árvores ainda não tinham dito nada; era como o sussurro monótono antes de uma tempestade.

— Hum — disse Adam em voz alta, claramente inquieto. Ele não estava errado.

— Você ainda quer seguir em frente? — perguntou Ronan. Tudo o fazia lembrar-se de seus sonhos. Toda a noite o fazia lembrar-se disto: a corrida até o trailer, o espectro de Robert Parrish, essa escuridão doentia. A essa altura, Motosserra normalmente já teria partido em um voo exploratório, mas, em vez disso, ela estava encolhida sobre o ombro de Ronan, as garras cravadas em sua jaqueta.

E, como em um dos sonhos de Ronan, ele teve a sensação de que sabia o que aconteceria antes que acontecesse.

Adam hesitou. Então ele anuiu.

Era sempre impossível dizer nos sonhos se Ronan sabia o que aconteceria antes que acontecesse, ou se as coisas apenas aconteciam porque ele pensava nelas primeiro. Isso tinha alguma importância? Tinha quando você estava desperto.

Eles permaneceram um momento à beira da floresta para saber onde estavam. Para Ronan, a questão era apenas se mover por ali para que as árvores vissem que ele estava entre elas; elas fariam o possível para atender aos seus desejos, o que incluía não deixar que nada sobrenatural o assassinasse. Para Adam, isso significava conectar-se com a linha ley que pulsava por baixo da floresta, abrir-se e deixar o padrão maior apoderar-se dele. Era um processo ao mesmo tempo sinistro e extraordinário de se observar de fora. Adam; então Adam, vazio; então Adam, mais.

Ronan pensou a respeito da história do olho perambulante e da mão com vida própria de Adam. *Eu serei suas mãos. Eu serei seus olhos.*

Ele fatiou o pensamento para fora da cabeça. A memória de Adam negociando parte de si mesmo já era um visitante frequente demais em seus sonhos; ele não precisava relembrar isso de novo, intencionalmente.

— Você já terminou com o seu lance de mágico? — perguntou Ronan.

Adam anuiu.

— Hora?

Ronan lhe passou o telefone, contente por se livrar dele. Adam o estudou.

— 6h21 — ele disse, franzindo o cenho. Ronan franziu o cenho também. Não era algo enigmático por ser inesperado ali. A hora na linha ley era sempre incerta, pulando para frente e para trás, minutos levando horas, e vice-versa. O que era surpreendente era que a hora 6h21 já havia acontecido um número suficiente de vezes fora da linha ley para levantar suspeitas. Algo estava acontecendo, mas ele não sabia o quê.

— Você já terminou com o seu lance de Greywaren? — perguntou Adam.

— Ainda não — respondeu Ronan. Fechando as mãos em concha junto à boca, ele gritou para o silêncio: — Garota Órfã!

139

Bem ao longe, através da atmosfera esverdeada parada, um corvo guinchou de volta. *Ha ha ha.*

Motosserra sibilou.

— Está bem assim para mim — disse Ronan, e abriu caminho pelas árvores verdes. Ele não estava feliz com a escuridão, mas não se podia dizer que ele era um estranho ao trabalho em meio a pesadelos. A chave era aprender o mais rápido possível quais regras e medos estavam em jogo, e apoiar-se neles. O pânico era como você se machucava em pesadelos. Lembrar ao sonho que você era algo estranho a ele era uma boa maneira de ser expulso ou destruído.

Ronan era bom em ser uma coisa de sonho, especialmente em Cabeswater.

Eles seguiram em frente, e, durante o tempo todo, a floresta continuou *errada* em torno deles. Era como se caminhassem em um terreno inclinado, embora o chão estivesse bem nivelado.

— Fala de novo — disse Adam cuidadosamente, o alcançando — como os seus sonhos estavam equivocados. Use menos palavrões e mais informações específicas.

— Sem mudar Cabeswater à nossa volta?

Embora Cabeswater tivesse sido lenta em responder ao seu pedido por luz, isso não queria dizer que ela seria lenta em responder a uma incitação de um pesadelo. Não, quando tudo já parecia assim, um meio mundo cinzento-esverdeado de troncos sombrios.

— Obviamente.

— Eles estavam equivocados assim mesmo.

— Assim como?

— Bem assim — disse Ronan.

Ele não disse nada mais, e gritou:

— Garota Órfã!

Caw caw caw!

Dessa vez os guinchos soaram mais como uma garota e menos como um pássaro. Ronan acelerou um pouco o passo; agora eles estavam escalando. À sua direita, uma superfície de rocha exposta inclinava-se agudamente para baixo com apenas algumas árvores pequenas irrompendo das fendas na superfície nua. Eles abriram caminho cuidadosamente ao longo dessa borda precária; um passo em falso os arrastaria muitos metros abaixo, sem um meio rápido para escalar de volta.

Ronan olhou de relance para trás para se certificar de que Adam o seguia; ele o seguia e mirava Ronan com olhos estreitados.

— Você acha que o seu sonho está equivocado porque Cabeswater está equivocada? — perguntou Adam.

— Provavelmente.

— Então, se consertarmos Cabeswater, consertaríamos os seus sonhos.

— Provavelmente.

Adam ainda processava a questão, pensando com tamanho esforço que Ronan imaginou que podia senti-lo. Na realidade, em Cabeswater, com Adam tão próximo dele, era possível que ele realmente sentisse.

— Você conseguia tornar seus sonhos realidade antes de encontrarmos Cabeswater, certo? Você consegue fazer isso sem ela?

Ronan parou e semicerrou os olhos através da escuridão. A uns quinze metros abaixo, a descida rochosa inclinada na qual eles caminhavam terminava em uma pequena lagoa de água absolutamente translúcida. Ronan conseguia ver através dela até o seu fundo pedregoso. Ela era muito mais profunda do que larga, uma fenda cheia de água. Isso prendeu sua atenção.

— Por quê?

— Se você se desligar de Cabeswater até eu consertar tudo isso, os seus sonhos seriam normais?

Eis a questão. Adam estava fazendo as perguntas certas; as perguntas que significavam que ele provavelmente já sabia a resposta. Quanto mais tempo eles passavam em Cabeswater, mais eles trabalhavam juntos com os sonhos de Ronan, mais os pesadelos de Cabeswater eram refletidos nele, e vice-versa. Além de tudo, as evidências só aumentavam.

Mas agora que eles estavam nessa, Ronan não tinha certeza se ele queria estar do outro lado. Tantos dias em um banco de igreja com os nós dos dedos pressionados contra a testa, silenciosamente perguntando *o que eu sou, sou o único, o que isso quer dizer...*

— Eu consigo sonhar *melhor* com Cabeswater. Com a Garota Órfã também. Mas...

Ele parou e olhou para o chão.

— Pergunte — ele disse. — Vá em frente. Vamos...

— Pergunte o quê?

Ronan não respondeu, apenas olhou para o chão. A atmosfera verde moveu-se em torno dele, manchando sua pele pálida, e as árvores curvaram-se sombrias e reais à sua volta, tudo nesse lugar parecendo com os seus sonhos, ou tudo em seus sonhos parecendo com esse lugar.

Adam premiu os lábios, e então perguntou:

— Você sonhou Cabeswater?

Os olhos azuis de Ronan viraram-se rapidamente para Adam.

22

Eram 6h21.

— Quando? — perguntou Adam. — Quando você percebeu que tinha sonhado Cabeswater? Agora?

Eles se encararam no topo da face inclinada da rocha, o lago translúcido bem abaixo. O coração de Adam disparava, pela adrenalina ou pela simples proximidade da linha ley.

— Sempre.

Isso não deveria mudar a maneira como ele via Ronan. O seu sonhar sempre fora impressionante, incomum, um imprevisto de Deus, um truque da linha ley que permitia que um jovem transformasse seus pensamentos em objetos concretos. Mágica, mas uma mágica razoável. Mas isso — não apenas sonhar a realidade de uma floresta inteira, mas criar um espaço de sonho além da própria mente... Adam estava parado dentro dos sonhos de Ronan; era isso que essa compreensão significava.

Ronan se corrigiu:

— Mais ou menos sempre. A questão... no momento em que chegamos aqui, eu me dei conta. Minha caligrafia naquela rocha. Acho que percebi imediatamente. Só levei mais tempo para acreditar nisso.

Cada memória daquelas primeiras incursões na floresta estava lentamente se movendo dentro dele. Partes caindo em seus devidos lugares.

— É por isso que ela chama você de o Greywaren. É por isso que você é diferente para ela.

Ronan deu de ombros, mas foi um gesto por se preocupar demais e não de menos.

— É por isso que a gramática do latim dela é terrível. É a *sua* gramática.

Ronan deu de ombros novamente. Perguntas surgiam aos borbotões na cabeça de Adam, difíceis demais para dizer em voz alta. Ronan era humano mesmo? Meio sonhador, meio sonho, criador de corvos, garotas com cascos e terras inteiras. Não era de espantar que o uniforme da Aglionby o sufocasse, não era de espantar que seu pai o fizera jurar sigilo, não era de espantar que ele não conseguisse se concentrar na sala de aula. Adam havia se dado conta disso antes, mas agora ele o percebia novamente, de maneira mais absoluta, vigorosa, o ridículo que era Ronan Lynch em uma sala de aula para aspirantes políticos.

Adam se sentiu um pouco histérico.

— É por isso que ela fala latim, e não português ou galês. Meu Deus. Será que eu...

Ele havia feito uma barganha com essa floresta. Quando ele caiu no sono e Cabeswater estava em seus pensamentos, emaranhado em seus sonhos, era *Ronan*...

— Não — disse Ronan, rápido e em um tom espontâneo. — Não, eu não a *inventei*. Eu perguntei às árvores depois de ter percebido, por que diabos... como diabos isso aconteceu. Cabeswater existia, de certa maneira, antes de mim. Eu apenas a sonhei. Quer dizer, eu a fiz parecer desse jeito. Escolhi essas árvores, essa linguagem e toda aquela merda para ela, sem saber. Onde quer que ela tivesse existido na linha ley antes, ela foi destruída, e então ela não tinha um corpo, uma forma... Quando eu a sonhei, eu a trouxe de volta para uma forma física, só isso. Como elas chamam isso mesmo? Eu a *manifestei*. Eu só a manifestei do maldito plano onde ela estava. Não sou eu.

Os pensamentos de Adam giraram na lama, e ele não fez nenhum progresso.

— Cabeswater não sou eu — repetiu Ronan. — Você ainda é apenas você.

Uma coisa era dizer isso e outra coisa era ver Ronan Lynch parado em meio às árvores que ele havia sonhado como reais, parecendo fazer parte delas porque ele *era* parte delas. Mágico — não era de espantar que Ronan não tivesse problemas com a estranheza de Adam. Não era de espantar que ele *precisasse* que ele fosse.

— Não sei por que diabos eu te contei isso — disse Ronan. — Eu devia ter mentido.

— Só me dê um segundo com essa informação, tá? — pediu Adam.
— Tudo bem.
— Você não pode ficar bravo por eu refletir sobre isso.
— Eu disse tudo bem.
— Quanto tempo levou para você acreditar nisso? — demandou Adam.
— Ainda estou tentando — respondeu Ronan.
— Então você não pode... — Adam se calou. Subitamente sentiu como se tivesse despencado de um penhasco. Era a mesma sensação que ele tinha quando sabia que Ronan sonhava algo grande. Ele só teve tempo para se perguntar se fora verdadeiramente a linha ley, ou só o choque da revelação de Ronan quando aconteceu de novo. Dessa vez, a luz em torno deles caiu concomitantemente.

A expressão de Ronan se aguçou.

— A linha ley... — Adam começou e então se calou, incerto de como terminar seu pensamento. — Está acontecendo alguma coisa com a linha ley. Parece como quando você está sonhando algo grande.

Ronan abriu bem os braços, deixando claro: *não sou eu*.

— O que você quer fazer?

— Não sei se deveríamos permanecer aqui enquanto ela está desse jeito — disse Adam. — Definitivamente não acho que a gente deve tentar chegar à ravina das rosas. Só vamos chamar mais algumas vezes.

Ronan encarou Adam, avaliando suas condições. Vendo que Adam precisava ficar sozinho para refletir sobre o que acabara de ouvir, ele disse:

— Que tal só mais uma vez?

Juntos, eles gritaram:

— *Garota Órfã!*

A intenção cortou através das palavras compartilhadas de ambos, mais aguçada que a escuridão.

A floresta ouviu.

A Garota Órfã apareceu, o solidéu puxado baixo sobre os olhos enormes, mais suado e mais sujo do que antes. Ela não conseguia evitar parecer deslocada e diferente nessa mata verde-cinzenta, deslizando entre árvores escuras. Parecia pertencer a fotos antigas que Adam vira na Barns, uma criança imigrante, perdida, de um país destruído.

— Aqui está você, sua garotinha de rua — disse Ronan, enquanto Motosserra chilreava nervosamente. — Finalmente.

A garota ofereceu o relógio de Adam de volta para ele, relutantemente. A pulseira havia adquirido algumas marcas de dentes desde que ele a vira pela última vez. O mostrador dizia 6h21. Estava bastante encardido.

— Pode ficar com ele — disse Adam —, por enquanto. — Ele não podia realmente abrir mão do relógio, mas ela não tinha nada, nem mesmo um nome.

Ela começou a dizer algo na língua estranha e complicada que Adam sabia que era a língua antiga de qualquer que fosse aquele lugar — a língua que o jovem Ronan acreditara que fosse latim em seus sonhos distantes — e então se conteve. Por fim, disse:

— Cuidado.

— Com o quê? — perguntou Ronan.

A Garota Órfã gritou.

A luz obscureceu.

Adam sentiu no peito essa energia que o afundava. Era como se cada artéria em seu coração tivesse sido aberta com uma tesoura.

As árvores uivaram; o chão tremeu.

Adam se agachou, pressionando as mãos contra o chão em busca de ar, em busca de ajuda, para que Cabeswater lhe desse de volta o seu batimento cardíaco.

A Garota Órfã partira.

Não, não partira. Ela despencava pela face inclinada da rocha, os dedos como garras tentando se segurar, os cascos arranhando surdamente, pedrinhas caindo junto com ela. Ela não gritou socorro — apenas tentou se salvar. Eles a observaram escorregar direto no lago translúcido e, por ser tão transparente, viram quão fundo foi seu mergulho.

Sem hesitar, Ronan saltou atrás dela.

23

Eram 6h21.

Ronan acertou a água com tamanha força que viu estrelas. O lago era quente como sangue, e, quando pensou nisso, percebeu que se lembrava desse lago. Ele o havia sonhado antes.

Era ácido.

Ele sentia o calor porque o lago o devorava. Ao fim desse sonho, não sobrava nada dele, a não ser ossos, palitos brancos em um uniforme, como Noah.

Imediatamente, Ronan lançou toda a sua intenção na direção de Cabeswater.

Não ácido, ele pensou. *Torne esse lago não ácido.*

Ainda assim, sua pele esquentou.

— Não ácido — ele disse em voz alta para o lago enquanto seus olhos ardiam. O líquido fluiu para dentro de sua boca, sugado para dentro de suas narinas. Ele podia senti-lo borbulhando debaixo de suas unhas. Em algum lugar abaixo dele estava a Garota Órfã, em um mar esquisito por alguns segundos a mais que ele. Quanto tempo ela tinha? Ronan não conseguia se lembrar do sonho bem o suficiente para saber. Então expirou as palavras diretamente no ácido.

— *Torne o lago seguro.*

Cabeswater arfou à sua volta, estremecendo, encolhendo, tentando atender ao seu apelo. Agora ele podia ver a Garota Órfã afundando lentamente abaixo dele. Ela cobrira os olhos; não sabia que Ronan viera atrás dela. Provavelmente não esperava nenhuma ajuda. Garota órfã, garoto órfão.

Ronan lutou na direção dela — ele era um nadador razoável, mas não sem ar, não através do ácido.

O líquido resmungou contra a sua pele.

Ronan agarrou o enorme blusão da garota, e os olhos dela se arregalaram, estranhos e sobressaltados. Sua boca formou *Kerah?*, e então ela pegou o braço de Ronan. Por um momento ambos afundaram, mas ela não era estúpida, e começou a remar com a mão livre e a empurrar-se com os cascos contra as paredes rochosas.

Parecia que eles tinham afundado quilômetros abaixo da superfície.

— Cabeswater — disse Ronan, bolhas enormes escapando de sua boca. Seu cérebro não o ajudava a solucionar o problema. — Cabeswater, *ar*.

Normalmente, Cabeswater o manteria seguro. Normalmente, Cabeswater sabia o quão frágil era o seu corpo humano. Mas ela não o ouvia agora, ou, se o ouvia, não podia fazer nada a respeito.

O lago fervilhou à volta deles.

Ele morreria, e tudo em que conseguia pensar era que, se morresse, a vida de Matthew terminaria também.

Subitamente, algo acertou seus pés. Pressionou suas mãos. Esmagou seu peito. Sua respiração — ele só teve tempo de agarrar a Garota Órfã antes de tudo ficar escuro.

E então Ronan irrompeu para fora da água, arremessado por uma força vinda de baixo. Ele foi vomitado sobre a beira rochosa do lago. A Garota Órfã rolou de seus braços. Ambos tossiram e expeliram o líquido; ele estava rosado, das bolhas em sua língua. Havia folhas grudadas por toda parte nos braços de Ronan, por toda parte nos braços da Garota Órfã. Eram muitas folhas.

Ronan olhou confusamente sobre o ombro e percebeu que todo o lago estava cheio de videiras e arbustos. Gavinhas ainda cresciam lentamente para fora do lago. As partes submersas das plantas já estavam sendo comidas pelo ácido.

Fora isso que os salvara do afogamento. Eles haviam sido erguidos pelos galhos.

Adam estava agachado do outro lado do lago, a cabeça caída baixa, como se estivesse prestes a dar um *sprint* ou rezar, as mãos pressionadas de cada lado dele, com os nós dos dedos brancos sobre a rocha. Ele havia colocado algumas pedrinhas entre as mãos, em um padrão que deve ter feito sentido para ele. Uma das gavinhas que ainda crescia havia se enrolado em torno de seus tornozelos e punhos.

A verdade atingiu Ronan: as plantas não haviam salvo a vida deles. Adam Parrish havia salvo a vida deles.

— Parrish — disse Ronan.

A Garota Órfã caminhou com dificuldade em torno do lago, mantendo-se seguramente distante da beira, até o lado de Adam. Apressadamente, ela arremessou as pedrinhas para dentro do lago. Imediatamente, as videiras pararam de crescer. Adam se recostou com um calafrio, a expressão ainda distante e doente. Sua mão direita tremia de um jeito nem um pouco agradável de ver. A Garota Órfã pegou a mão esquerda dele e lhe beijou a palma — ele só fechou os olhos — e então ela virou seu olhar urgente para Ronan.

— Para fora! Nós precisamos que ele saia! — ela disse.

— De onde? — perguntou Ronan, escolhendo um caminho em torno do lago até eles. Ele examinou a parede rochosa, a encosta da montanha à sua volta, tentando encontrar um caminho para longe dali.

— Cabeswater — disse a Garota Órfã. — Algo está acontecendo. Ah!

Entre as folhas danificadas e submersas no lago, o líquido estava assumindo uma coloração negra. Era um pesadelo.

— Levanta, Parrish — disse Ronan, agarrando o braço de Adam. — Vamos sair daqui.

Adam abriu os olhos; uma pálpebra caindo.

— Não esquece que ela está vindo com a gente.

24

Eram 6h21.

Ninguém respondia ao telefone na Rua Fox há horas. Blue havia obedientemente usado o telefone de Gansey para ligar para casa a cada quarenta e cinco minutos, como sua mãe pedira, mas ninguém o atendia. Isso não lhe pareceu estranho da primeira vez; se a linha estava ocupada com uma consulta mediúnica de longa distância, chamadas de fora caíam no correio de voz. No entanto, era estranho que isso *continuasse* acontecendo. Blue tentou novamente depois de passados quarenta e cinco minutos, e aconteceu outra vez.

— Nós precisamos ir — ela disse para Gansey.

Gansey não questionou. Para o crédito de Henry Cheng, este também não o fez, embora estivesse bastante filantropicamente bêbado e preferisse que eles dormissem por lá. Em vez disso, Henry pareceu adivinhar no mesmo minuto que se tratava de uma questão particular e não se envolveu mais no assunto. Aceitou seus lençóis e se despediu deles, implorando mais uma vez que Blue o acompanhasse em sua viagem para a Venezuela.

No carro, eles se deram conta de que o relógio de Gansey seguia repetindo 6h21.

Algo estava errado.

Na Rua Fox, 300, Blue tentou a porta da frente. Embora fosse tarde — era tarde? Eram 6h20, agora 6h21, sempre 6h20, então 6h21 —, a porta não estava trancada. Ao lado dela, Gansey parecia ao mesmo tempo cauteloso e elétrico.

Fecharam a porta da frente atrás de si.

Algo estava errado.

Na casa escura, Blue não sabia dizer o que estava fora do lugar, mas tinha absoluta certeza de que algo estava errado. Congelou com a sensação, incapaz de se mover, até saber o que a incomodava. *É assim que deve ser viver como uma médium*, ela pensou.

Suas mãos tremeram.

O que estava errado? Estava mais escuro, talvez, do que de costume, e a luz ambiente da cozinha não conseguia penetrar a noite. Estava mais frio, talvez, do que era ordinariamente, mas isso podia ser a sua ansiedade. Estava mais silencioso, sem o tagarelar da televisão ou o retinir de xícaras de chá, mas isso podia ser simplesmente por causa da hora tardia. Uma lâmpada tremeluziu — não, eram apenas as luzes de um carro refletidas no visor de vidro do relógio do corredor. O relógio marcava 6h21.

Blue não conseguia se mexer.

Parecia impossível ficar ali, paralisada pelo medo e nada mais, mas ela estava. Blue disse a si mesma que ela havia rastejado através de cavernas misteriosas, suportado fagulhas de um dragão de pesadelo e que estivera na presença de um homem desesperado com uma arma, e então o mero fato de estar em sua própria casa, sem nada que a ameaçasse claramente, não deveria paralisá-la.

Mas ela não conseguia se mover, e Gansey também não se mexia. Um dedo pressionado de maneira ausente contra seu ouvido esquerdo. Seus olhos traziam o olhar vidrado que ela lembrava que seu ataque de pânico na caverna não fazia muito tempo.

Ela cogitou de relance que eles seriam as últimas duas pessoas vivas no mundo. Ela entraria na sala de estar e não encontraria nada, a não ser corpos.

Antes que pudesse se conter, uma única lamúria se lhe escapou:

Seja sensata!

Gansey pegou sua mão desajeitadamente. A palma dele estava suada, mas isso não importava — a dela também estava. Ambos estavam aterrorizados.

Agora que Blue pensou a respeito da situação, a casa não estava nem um pouco silenciosa. Sob o silêncio, ela ouviu algo crepitando e zunindo, como equipamentos eletrônicos desajustados.

Os olhos de Gansey viraram imediatamente para ela. Blue apertou os dedos dele firme e agradecidamente. Então, ao mesmo tempo, eles soltaram as mãos um do outro. Eles não tinham certeza se precisariam de ambas as mãos para se defender.

Mexa-se, Blue.

Eles começaram a caminhar devagar, com medo de que as tábuas do assoalho rangessem, até que tivessem certeza do que haviam encontrado.

Apenas: medo.

Na base da escada, Blue repousou a mão sobre a maçaneta do corrimão e prestou atenção. O zunido que ela tinha ouvido antes estava mais alto agora, mais dissonante e vivo. Era uma canção sem palavras, sussurrante, que entoava sinistramente uma nota antes de modular para outra, mais alta, em sua estranha escala.

Um baque surdo diretamente atrás deles sobressaltou Gansey. Mas Blue gostou de ouvir *esse* ruído, pois ela o conhecia. Era a batida do roçar dos tamancos gigantes de sua prima no assoalho irregular. Com alívio, ela se virou para encontrar Orla, agradavelmente familiar e boba em suas calças boca de sino de sempre. Seu olhar estava fixo em algum ponto acima da cabeça de Blue.

— Orla — disse Blue, e os olhos de sua prima se baixaram para encontrar os seus.

Orla deu um grito.

As mãos de Blue agiram sem o auxílio de sua mente, tapando os ouvidos como uma criança, e seus pés seguiram o exemplo, tropeçando para trás sobre Gansey. Orla pressionou as mãos sobre o coração e gritou novamente, o som estridente atingindo um tom mais agudo. Não era nada que Blue pensasse que ouvira um dia de sua prima. Alguma parte de Blue fugiu imediatamente dele, para que não fosse o rosto de Orla gritando, não fosse o corpo dela mesma observando, e que fosse um sonho em vez da realidade.

Orla ficou em silêncio.

Seus olhos, no entanto... ela ainda olhava para o nada além de Blue. Para algo dentro dela mesma. Seus ombros arfaram com horror.

E, atrás de tudo, aquele zunido continuava de alguma parte na casa.

— Orla — sussurrou Gansey. — Orla, você consegue me ouvir?

Orla não respondeu. Ela estava olhando para um mundo que Blue não conseguia ver.

Blue não queria dizer a verdade, mas ela o fez de qualquer forma.

— Acho que temos de encontrar o ruído.

Gansey anuiu sinistramente. Deixando Orla chorando em seu mundo invisível, eles avançaram lentamente casa adentro. Ao fim do corredor da frente, a luz da cozinha parecia prometer segurança e certeza. Mas entre eles e a cozinha havia a escuridão do vão da porta da sala de leitura. Embora o coração de Blue lhe dissesse que o interior da sala estava completamente escuro, seus olhos lhe mostravam que havia três velas na mesa. Elas estavam acesas. Mas isso não importava. Elas não afetavam a escuridão.

O zumbido estranho e multidirecional derramava-se para fora da sala de leitura.

Havia também um ruído de arrastar surdo, como se alguém estivesse passando uma vassoura sobre as tábuas do assoalho.

Os nós dos dedos de Gansey tocaram tentativamente a mão de Blue.

Dê um passo.

Ela deu um passo.

Entre.

Eles entraram.

No chão da sala de leitura, Noah se retorcia e tremia, seu corpo impossível. Em algum lugar, ele estava morrendo. Sempre morrendo. Embora Blue já o tivesse visto reencenar sua morte antes, ela nunca ficava mais fácil de ver. O rosto voltado para o teto, a boca aberta em uma dor irracional.

A respiração de Gansey se prendeu audivelmente.

Acima de Noah, Calla estava sentada na grande mesa de leitura, os olhos focados no vazio. As mãos repousavam sobre as cartas de tarô, espalhadas. Um telefone estava ao lado deles; ela estivera no meio de uma leitura a longa distância.

O zunido dissonante ressoava mais alto do que qualquer coisa.

Estava vindo de Calla.

— Você está com medo? — sussurrou Noah.

Tanto Blue quanto Gansey se sobressaltaram. Eles não haviam percebido que Noah havia parado de se contorcer, mas ele havia, e agora estava deitado de costas, os joelhos recolhidos, olhando para eles. Havia subitamente algo escarnecedor em sua expressão, algo que não combinava com ele. Os dentes de sua caveira sorriram através dos lábios.

Blue e Gansey olharam de relance um para o outro.

A coisa que era Noah subitamente olhou intensamente para cima, como se ouvisse algo se aproximando. Ele começou a zumbir também. Não era algo musical.

Cada célula no corpo de Blue lhe inflamava um aviso.

Então Noah se duplicou e se tornou um só.

Blue não tinha certeza de que outra forma colocar a questão. Havia um Noah, então outro bem ao lado dele, olhando para o outro lado, e então o único Noah novamente. Ela não conseguia decidir se havia um erro nele, ou um erro em como ela o via.

— Todos devemos temer — disse Noah, a voz fina através do zumbido. — Quando se brinca com o tempo.

Ele estava subitamente próximo deles, olho no olho, de pé, ou pelo menos só o seu rosto, e, num piscar de olhos, longe novamente. Ele havia jogado algo de sua *Noahcidade* — sua forma exterior de garoto — sobre si novamente. Trazia as mãos sobre os joelhos como um corredor, e toda vez que expirava, ofegante, o zumbido escapava dele relutantemente.

A respiração de Blue e de Gansey pairava em uma nuvem à frente deles, bruxuleando, como se *eles* fossem os mortos. Noah estava sugando energia deles. Muita energia.

— Blue, vá — disse Noah. Sua voz soava tensa, mas ele havia controlado o zumbido horroroso. — Gansey... vá. Não sou eu!

Ele deslizou para a direita e então para trás novamente, de um jeito diferente de como uma matéria deveria se comportar. Um sorriso invertido esgueirou-se em sua boca, completamente em desacordo ao seu cenho franzido, e desapareceu. Havia um ar desafiador em seu rosto, e então não havia mais.

— Nós não vamos embora — disse Blue, começando a lançar toda a sua proteção em torno de si. Ela não podia evitar que o que quer que estivesse possuindo Noah sugasse a energia de Gansey e Calla, mas podia isolar sua própria bateria, por sinal, bastante considerável.

— Por favor — sibilou Noah. — Desfazedor, desfazedor.

— Noah — disse Gansey —, você é mais forte que isso.

O rosto de Noah ficou negro. Do crânio ao borrão de um batimento cardíaco. Apenas os dentes reluziam. Ele se engasgou ou riu.

— VOCÊS TODOS VÃO MORRER.
— Saia dele! — rosnou Blue.
Gansey tremeu intensamente com o frio.
— Noah, você consegue.
Noah ergueu as mãos diante de si, as palmas e os dedos de frente uns para os outros, como uma dança de tenazes. Elas não eram as mãos de Noah, e então eram linhas rabiscadas.
— Nada é impossível — disse Noah, com uma voz grave e uniforme.
As linhas rápidas desenhadas assumiram o lugar de suas mãos novamente, depravadas e inúteis. Blue conseguia ver dentro da cavidade do seu peito, e não havia nada ali, exceto escuridão. — Nada é impossível. Estou vindo buscá-lo. Estou vindo buscá-lo. Estou vindo buscá-lo.
A única coisa que mantinha Blue de pé, a única coisa que a mantinha tão próxima dessa criatura, era a consciência de que ela estava testemunhando um crime. Aquilo não era Noah sendo intencionalmente aterrorizador. Aquilo era algo *em* Noah, *através* de Noah, sem permissão. A voz zunida seguiu em frente:
— Estou vindo buscá-lo... *Blue!* Estou vindo buscá-lo... *Por favor! Vá!* Estou vindo buscá-lo...
— Não vou abandoná-lo — disse Blue. — Não tenho medo.
Noah soltou uma risada desregrada, como o deleite de um duende. Em um tom de voz agudo, de canto, chilreou:
— Você que pediu!
E então ele se lançou contra ela.
Blue viu de relance Gansey tentando agarrá-lo, bem no momento em que as garras de Noah se cravaram no rosto dela.
A sala de leitura ficou tão iluminada quanto estivera escura. Dor e luminosidade, frio e calor...
Ele estava arrancando o olho de Blue.
Ela gritou, desesperada:
— *Noah!*
Tudo eram linhas retorcidas.
Ela levou as mãos ao rosto, mas nada mudou. Blue se sentia fisgada em garras, os dedos de Noah cravados em sua carne. O olho esquerdo de Blue via apenas branco; seu olho direito via apenas negro. Ela sentia os dedos suados; o rosto quente.

A luz explodia de Noah como uma labareda de sol.

Subitamente, mãos agarraram seus ombros, arrancando-a dele. Blue estava cercada por calor e menta. Gansey a segurava tão firmemente que ela podia senti-lo tremendo contra si. O zumbido estava por toda parte. Ela podia senti-lo em seu rosto, que queimava enquanto Gansey se torcia para se colocar entre ela e a fúria zumbidora que era Noah.

— Ah, Deus. Blue, preciso da sua energia — Gansey disse para ela, bem em seu ouvido, e ela ouviu o medo entrelaçado em suas palavras. — Agora.

A dor explodia a cada batida do coração de Blue, mas ela deixou que ele tomasse seus dedos suados.

Gansey agarrou a mão de Blue, e ela derrubou todas as barreiras em torno de sua energia.

Seco, convicto e alto, ele disse à coisa:

— *Seja. Noah.*

A sala ficou em silêncio.

25

Eram 6h21.
Um pouco menos de mil quilômetros linha ley adiante, um milhão de luzinhas piscavam sobre as pequenas ondulações frias e escuras do rio Charles. O ar cortante de novembro invadiu porta adentro pela sacada da casa de Colin Greenmantle, no bairro central de Back Bay. Ele não havia deixado a porta aberta, mas ela estava aberta mesmo assim. Apenas uma fresta.

Elas entraram rastejando.

O próprio Colin Greenmantle estava no andar térreo da casa, na sala sem janelas marrom-dourada, que ele havia reservado para a sua coleção. As caixas em si eram belas, vidro e ferro, trama e ouro, exibições adequadamente luxuosas para objetos adequadamente luxuosos. O assoalho debaixo das caixas era feito de carvalho retirado de uma velha fazenda na Pensilvânia; os Greenmantle sempre preferiam possuir coisas que costumavam ser de outras pessoas. Era impossível dizer qual o tamanho realmente da sala, pois as únicas luzes eram as luminárias que iluminavam individualmente cada artefato incomum. As lâmpadas brilhavam através da escuridão em cada direção, feito navios em um mar noturno.

Greenmantle parou em frente a um espelho antigo. A borda era toda entalhada com folhas de acanto e cisnes se deleitando sobre outros cisnes, e um relógio com um aro de bronze estava embutido na moldura mais alta. O mostrador do relógio lia 6h21 da tarde. Supostamente, o espelho moldurava lágrimas nos reflexos dos observadores se eles tivessem passado por uma morte recente na família. O reflexo dele mostrava olhos secos, mas Greenmantle achou que sua aparência era lamentável, de qualquer forma. Em uma mão, ele segurava uma garrafa de cabernet sauvignon, cujo rótulo prometia notas de cereja e grafite. Na outra, um par de brincos que obtivera da esposa, Piper. Ele usava um paletó com um belo corte e cuecas samba-canção. Greenmantle não esperava companhia.

Elas vieram de qualquer maneira, encontrando seu caminho através do friso em copa da biblioteca do segundo andar, engatinhando uma sobre o corpo da outra.

Ele deu um gole diretamente da garrafa — quando a escolhera da cozinha, pensara que isso pareceria mais esteticamente patético e desesperado do que carregar uma taça solitária, e parecia mesmo. Desejou que tivesse alguém ali para ver o quão esteticamente patético e desesperado ele parecia.

— Notas de pólvora negra e abandono — ele disse para o seu reflexo. Depois deu mais um gole; e esse bocado o engasgou. Um pouco de pólvora negra e abandono demais de uma só vez.

O seu reflexo arregalou os olhos; sua esposa estava ao seu lado, os dedos fechados em torno da garganta de Greenmantle. Alguns fios do cabelo loiro dela se perderam de seu penteado de outra forma arrumado, e as luminárias da coleção atrás dela criaram um efeito platinado flamejante nos fios. Seus olhos estavam escuros. Uma de suas sobrancelhas estava erguida, mas ela parecia pouco surpresa enquanto as pontas dos seus dedos pressionavam a pele do marido. O pescoço de Greenmantle arroxeou.

Ele piscou.

Ela não estava ali.

Ela jamais estivera ali. Ela o havia deixado para trás. Bem, para ser sincero, ele a havia deixado para trás, mas ela que havia começado. Fora ela quem havia escolhido perpetuar uma quantidade considerável de crimes violentos nas matas da Virgínia, bem quando ele decidira que estava pronto para pegar os seus brinquedos e partir.

— Estou sozinho — disse Greenmantle para o espelho.

Mas não estava. Elas zuniram escada abaixo, pousando sobre as molduras das fotos, e ricochetearam cozinha adentro.

Greenmantle se virou do espelho para mirar sua coleção. Uma armadura completa, um unicórnio empalhado do tamanho de uma cabra pigmeu, uma lâmina que continuamente pingava sangue no piso da sua caixa de vidro. Ela representava o que havia de melhor em quase duas décadas de coleção. Não realmente o melhor, ponderou Greenmantle, meramente os objetos que ele havia achado que teriam a maior chance de chamar a atenção de Piper.

Ele achou que tinha ouvido algo no corredor que dava para a sala. Um zumbido. Ou arranhado. Não bem um arranhado — era muito suave para isso.

— Após numerosas traições pessoais, Colin Greenmantle teve uma crise nervosa próximo dos quarenta anos — narrou Greenmantle, ignorando o ruído —, levando muitos a acreditar que ele desapareceria para sempre.

Ele considerou os brincos em sua mão. Ele havia tomado a iniciativa de adquiri-los mais de dois anos antes, mas levara todo esse tempo para que seus fornecedores os cortassem da cabeça de uma mulher na Gâmbia. Os rumores diziam que quem os usasse poderia ver através de paredes. Determinados tipos de parede, de qualquer maneira. Não tijolos. Não pedras. Mas adobe. Eles conseguiam ver através de adobe. Greenmantle não tinha orelhas furadas, então ele não colocara isso à prova. E com Piper buscando uma nova vida de crime, pelo visto ele jamais descobriria.

— Mas os espectadores haviam subestimado a resistência à adversidade pessoal de Colin — ele disse. — A sua capacidade de se recuperar de um colapso emocional.

Ele se virou para a porta bem quando as visitantes explodiram através dela.

Piscou.

Elas não desapareceram.

Piscou e piscou novamente, e algo ainda entrava pela porta, algo que não era nem a sua imaginação, tampouco uma imagem de espelho amaldiçoada. Foi necessário um momento para que sua mente processasse o ruído e a visão para se dar conta de que não era uma única visitante: eram muitas. Elas jorravam, tropeçavam e se debatiam.

Só quando uma se liberou da horda e voou em sua direção erraticamente que Greenmantle percebeu que eram insetos. Quando a vespa negra pousou em seu punho, ele disse a si mesmo para não lhe dar um tapa. Ela o picou.

— Cadela! — ele disse, e tentou acertá-la com a garrafa de vinho.

Outra vespa se juntou à primeira. Greenmantle balançou o braço e a desalojou, mas uma terceira voou em sua direção. Uma quarta, uma quinta, um corredor cheio delas. Elas estavam em toda a sua volta. Ele trajava um belo paletó, cuecas samba-canção e vespas.

Os brincos caíram no chão enquanto ele girava. No espelho, seu reflexo derramava lágrimas, e ele não via vespas, e sim Piper, seus braços e seu sorriso o abraçando.

— Terminamos — sua boca disse.

As luzes se apagaram.

Eram 6h22.

26

Você poderia dizer o que quisesse de Piper Greenmantle, mas ela não era uma pessoa que desistia fácil das coisas, mesmo quando não terminavam exatamente como ela havia imaginado. Ela seguiu indo ao Pilates muito tempo depois de o exercício lhe parecer fisicamente satisfatório, continuou comparecendo ao clube do livro após ter descoberto que era uma leitora muito mais rápida do que suas colegas, e persistiu em colocar cílios postiços *mink* costurados aos seus a cada duas semanas, mesmo após o salão mais próximo de onde ela morava ter fechado por violações sanitárias.

Então, quando saiu em busca de uma entidade adormecida mágica supostamente enterrada perto de sua casa alugada, ela não desistiu até encontrá-la.

Desfazedor.

Essa fora a primeira coisa que a entidade dissera quando a encontrara. Piper precisou de um momento mais para se dar conta de que estava respondendo à sua pergunta ("Mas que diabos?").

Em defesa de Piper, a adormecida era perturbadora. Ela estava esperando um ser humano, e, em vez disso, encontrara uma criatura de seis pernas, sombria como um assassinato que ela teria chamado de vespa se, em primeiro lugar, Piper não achasse vespas repulsivas e, em segundo, não visse nenhum sentido em uma vespa ter trinta centímetros de comprimento.

— Isso é um demônio — Neeve dissera. Neeve era a terceira perna do desconfortável tripé ali reunido. Ela era uma mulher atarracada, de voz suave, com belas mãos e um cabelo feio; Piper achava que ela era uma médium televisiva, mas não conseguia se lembrar como ela havia chegado a essa informação.

Neeve não parecera feliz de ter descoberto um demônio, mas Piper estava morrendo à época e era pouco exigente na hora de escolher seus amigos. Ela pulou todas as outras delicadezas sociais e disse para o demônio:

— Eu o despertei. Tenho direito a um favor? Conserte meu corpo.

Vou lhe conceder um favor.

E ele havia mesmo. O ar na tumba escurecida havia ficado um pouco agitado, e então Piper havia parado de sangrar até a morte. Ela achara que isso seria um ponto-final em sua relação com a entidade. Afinal, aquele favor fora um gesto único, mas a boa vontade seria para sempre.

Agora olhe para ela. Elas haviam saído da caverna, o sol brilhava em meio às nuvens, e Piper havia acabado de matar seu marido covardemente imbecil. A mágica revolvia através dela e, para falar a verdade, ela estava se sentindo bem durona. Ao seu lado, uma cascata caía para cima, às avessas, a água borrifando céu adentro, em grandes golfadas. A árvore mais próxima de Piper vertia sua casca em feixes úmidos.

— Por que o ar está desse jeito? — perguntou Piper. — É como se estivesse me arranhando. Ele vai nos beliscar assim o tempo inteiro?

— Acredito que esteja se acalmando — disse Neeve em sua voz fraca. — Quanto mais nos afastarmos do momento da morte do seu marido. São choques secundários. A floresta está tentando se livrar do demônio, que parece usar a mesma fonte de energia, focada através da floresta. Ela está reagindo ao seu uso para matar. Posso sentir que esse lugar tem a ver com a criação, e assim, qualquer passo que você der que vá contra isso, vai causar esse tipo de terremoto espiritual.

— Todos fazemos coisas que não queremos — disse Piper. — Não quer dizer que vamos matar um monte de gente. Isso foi apenas para provar para o meu pai que eu estava falando sério em fazer as pazes com ele.

O demônio perguntou: *E agora, o que você deseja?*

Ele estava se segurando à velha casca raiada de uma árvore, as costas curvas do jeito que as vespas ficam quando estão no frio, na umidade ou brisa de uma cascata. As antenas vibravam na direção de Piper, e ele ainda zumbia no mesmo compasso de um enxame que parecia não existir mais. No alto, o sol balançou; ocorreu a Piper que talvez nem fosse dia. Outro pedaço da casca se desprendeu da árvore.

— Você faz mal para o meio ambiente?

Piper sempre fora atenta à sua pegada de carbono. Parecia sem sentido que ela passasse duas décadas reciclando, se ela iria destruir um ecossistema inteiro.

Eu sou um produto natural desse meio ambiente.

Um galho se dobrou até o chão, ao lado de Piper. Suas folhas eram negras e delas escorria um líquido amarelo e grosso. O ar continuava a estremecer.

— Piper. — Neeve pegou a mão de Piper com carinho, parecendo tão serena quanto alguém poderia ser ao vestir trapos rasgados ao lado de uma cascata que escorria ao contrário. — Eu sei que quando você se jogou na tumba da entidade adormecida, me tirando do caminho, se assegurando que você e somente você teria o favor dela, você tinha a esperança de me tirar da jogada e continuar em um futuro onde você e somente você controlasse as suas próprias escolhas e gozasse do favor do demônio, provavelmente me deixando na caverna para perambular, na melhor das hipóteses, e morrer, na pior delas. Na época, admito que fiquei muito incomodada com você, e os sentimentos que eu tinha então não são sentimentos dos quais sinto orgulho agora. Vejo que você não só tem dificuldade em confiar nos outros, como não me conhecia. Mas se você quiser...

Piper perdeu grande parte do discurso enquanto observava as unhas bem formadas de Neeve. Elas eram moedinhas invejavelmente perfeitas de queratina. As unhas de Piper estavam comidas do esforço de arrastar-se para fora da caverna desabada.

— ... existem maneiras melhores de atingir as suas metas. Realmente, é fundamental que você aprenda a contar com a minha considerável experiência em mágica.

Piper concentrou sua atenção.

— Tudo bem. Eu perdi a cabeça lá dentro, mas e daí? Pule a parte dos sentimentos.

— Não acho que seja sábio se unir a um demônio. Eles são inerentemente negativos em vez de positivos. E tomam mais do que doam.

Piper se virou para o demônio; era difícil dizer o quão atento ele era. Vespas não tinham pálpebras, então era possível que ele estivesse dormindo.

— Quanto dessa floresta terá de morrer para que eu recupere a minha vida?

Agora que estou desperto, vou desfazer toda ela, de qualquer maneira.
— Tudo bem, então — disse Piper. Ela tinha a sensação de alívio que vinha de uma decisão ruim ter sido tomada por si. — Está decidido. Melhor aproveitar a oportunidade. Ei... aonde você está indo? Você não quer ficar... — Piper deu ouvidos, e o demônio atentou para os seus pensamentos. — ... famosa?

Neeve piscou.

— Respeitada.

— Mesmo lance — disse Piper. — Bem, não vá ainda. Eu meio que dei uma curva em você antes porque eu estava morrendo e tipo brava. Só um pouquinho? Mas vou dar um jeito nisso.

Neeve pareceu menos entusiasmada do que Piper havia esperado, mas pelo menos ela não tentou fugir novamente. Isso era positivo; Piper não queria realmente ficar sozinha com o demônio. Não porque ela estivesse com medo, mas porque ela se sentia mais energizada com uma plateia. Ela havia preenchido um questionário online que disse que ela era um tipo especial de pessoa extrovertida e que era provável que ela fosse desse jeito para o resto da vida.

— Isso vai ser um novo recomeço para nós duas — Piper assegurou a Neeve.

O demônio inclinou a cabeça, suas antenas ondulando novamente. Olhos de vespas não eram para ser tão grandes, pensou Piper. Eles pareciam aqueles óculos de sol marrom-escuros de aviadores. Possibilidades de vida e morte se moviam sombriamente neles.

E agora?

— Hora de ligar para o papai de novo — disse Piper.

27

Não eram 6h21.

Era tarde da noite ou cedo de manhã.

Quando Adam e Ronan chegaram ao Pronto-Socorro Mountain View, encontraram uma pequena sala de espera vazia, exceto por Gansey. Uma música desafinava no ambiente; as luzes fluorescentes brilhavam, indiferentes e inocentes. As calças cáqui de Gansey estavam ensanguentadas, e ele estava sentado em uma cadeira com a cabeça nas mãos, dormindo ou pranteando. Uma pintura de Henrietta estava pendurada na parede à frente dele, e água pingava dela, pois aparentemente era esse o mundo onde eles viviam agora. Em outro momento, Adam teria tentado compreender o que um sinal dessa natureza queria dizer; hoje à noite, sua mente já estava transbordando de pormenores de dados. Sua mão havia parado de se contrair, agora que Cabeswater havia recuperado parte de sua força, mas Adam não se iludia que isso quisesse dizer que o perigo havia passado.

— Ei, bostão — disse Ronan para Gansey. — Você está chorando? — Ele chutou o canto do sapato de Gansey. — Esfíncter. Você está dormindo?

Gansey tirou o rosto das mãos e ergueu o olhar para Adam e Ronan. Havia uma pequena mancha de sangue na linha do seu queixo. Sua expressão era mais dura do que Adam imaginara, e ficou ainda mais dura quando ele viu as roupas sujas de Ronan.

— Onde vocês estavam?

— Cabeswater — disse Ronan.

— Cabeswa... O que *ela* está fazendo aqui? — Gansey acabara de perceber a presença da Garota Órfã enquanto ela passava aos tropeços pela porta atrás de Adam. Ela parecia desajeitada em um par de botas enlameadas que Ronan havia tirado do porta-malas do BMW. Elas eram grandes demais para suas pernas e, é claro, inteiramente do formato errado para seus cascos, mas esse era o efeito desejado, de certa forma. — Qual o *sentido* de usarmos uma tarde inteira para levar essa garota até lá se você simplesmente ia trazer ela de novo?

— Como quiser, cara — disse Ronan, uma sobrancelha erguida diante da fúria de Gansey. — Foram duas horas.

— Talvez duas horas não signifiquem nada para você, mas tem gente que vai à escola, e duas horas é o que temos para nós mesmos — disse Gansey.

— Como quiser, papai.

— Sabe de uma coisa? — disse Gansey, pondo-se de pé. Havia algo estranho em seu tom de voz, uma corda de arco retesada. — Se você me chamar disso mais uma vez...

— Como está a Blue? — interrompeu Adam. Ele já havia presumido que ela não estava morta, ou Gansey não teria condições de estar discutindo com Ronan. Ele presumiu, na verdade, que a situação parecera pior do que fora na realidade, ou Gansey teria feito um relatório da situação.

A expressão de Gansey ainda era desafiadora e faiscante.

— Ela vai ficar com o olho.

— *Ficar com o olho* — ecoou Adam.

— Ela está recebendo pontos agora.

— *Pontos* — ecoou Ronan.

— Você acha que eu estava entrando em pânico por nada? Eu disse para você: o Noah estava possuído.

Possuído, como por um demônio. Possuído, como a mão de Adam. Entre aquela escuridão fervilhante em Cabeswater e esse resultado violento da possessão de Noah, Adam estava começando a ter noção do que sua própria mão seria capaz se Cabeswater não pudesse protegê-lo. Parte dele queria contar a Gansey a respeito disso, mas a outra jamais esquecera o grito agonizante de Gansey quando Adam celebrara a barganha com Cabeswater. Ele não acreditava realmente que Gansey diria *Eu disse para você*, mas Adam saberia que ele estava em seu direito de fazê-lo, o que era pior. Adam sempre fora a voz mais negativa em sua própria cabeça.

Incrivelmente, Ronan e Gansey ainda estavam brigando. Adam voltou a lhes dar atenção, enquanto Ronan dizia:

— Ah, por *favor*... e eu me importaria com um convite para uma festa vindo de Henry Cheng?

— A questão é que *eu* te convidei — disse Gansey. — E não o Henry. Ele não estava nem aí; eu estava.

— Ah — disse Ronan, mas não de um jeito atencioso.

Gansey deu um tapa em suas calças manchadas de sangue.

— E, em vez disso, você foi para Cabeswater. Você poderia ter morrido lá, e eu não iria saber onde você estava porque você não atendia o telefone. Você lembra daquela tapeçaria que o Malory e eu conversamos a respeito quando ele esteve aqui? A que trazia o rosto da Blue? Ah, é claro que você lembra, Adam, porque você dragou para a superfície aquelas Blues de pesadelo em Cabeswater. Quando o lance com o Noah terminou, a Blue estava daquele jeito. — Ele ergueu as mãos, as palmas expostas. — As mãos dela estavam todas vermelhas. Com o próprio sangue. Foi *você* que me disse, Ronan, que algo estava começando, todos esses meses atrás. Agora não é o momento de agir sozinho. Alguém vai morrer. Sem mais brincadeiras. Não há tempo para mais nada a não ser a verdade. Nós deveríamos estar nessa juntos, o que quer que *isso* seja.

Não havia nenhum motivo para protestar em relação a qualquer uma dessas colocações; era tudo inquestionavelmente verdadeiro. Adam poderia ter dito que ele havia estado em Cabeswater inúmeras vezes para fazer seu trabalho junto à linha ley e que ele havia achado que essa vez seria como qualquer outra, mas ele tinha plena consciência de que havia percebido que havia algo estranho a respeito da floresta e seguiu em frente.

A Garota Órfã derrubou o cabide para casacos atrás da porta da sala de estar e deslizou para longe do acidente.

— Pare de fazer bobagem por aí — disparou Ronan. De maneira contraintuitiva, o fato de Ronan perder a paciência significava que a discussão havia terminado. — Coloque as mãos nos bolsos.

Ela sibilou de volta algo para ele em uma língua que não era inglês nem latim. Ali, naquela sala de estar mundana, ficava especialmente claro que ela havia sido montada de acordo com regras de algum outro mundo. Aquele blusão fora de moda, aqueles olhos negros enormes, as pernas delgadas com os cascos escondidos em botas. Era impossível acreditar que Ronan a tivesse tirado dos seus sonhos, mas fora impossível acreditar em seus outros objetos de sonho bizarros também. Parecia óbvio agora que por algum tempo eles vinham andando rapidamente em direção a um mundo onde a existência de um demônio era algo plausível.

Todos viraram o olhar bruscamente quando a porta dos fundos se abriu. Blue e Maura entraram na sala de estar enquanto uma enfermeira começou a se inquietar atrás do balcão. Toda a atenção imediatamente se voltou para Blue.

Ela tinha dois pontos visíveis na sobrancelha direita, prendendo as bordas limpas de um corte que descia pelo rosto. Arranhões leves de cada lado do ferimento mais profundo contavam a história de dedos se cravando como garras na pele. Adam podia dizer que ela sentia dor.

Ele sabia que se importava com ela porque seu estômago formigava desconfortavelmente apenas de olhar para aquele ferimento, a sugestão de violência o arranhando como dedos em um quadro-negro. *Noah* tinha feito aquilo. Adam cerrou a mão em punhos, lembrando-se de como fora a sensação de tê-la se mexendo involuntariamente.

Gansey estava certo: qualquer um deles poderia ter morrido hoje à noite. Era chegada a hora de pararem de brincar.

Por um estranho segundo, nenhum deles falou.

Finalmente, Ronan disse:

— Meu Deus, Sargent. Você está com pontos no *rosto?* Dura. Na queda. Toca aqui, imbecil.

Com algum alívio, Blue ergueu o punho e tocou o dele.

— Abrasão da córnea — disse Maura. O tom sério, destituído de humor, traiu sua preocupação mais do que qualquer choro o teria. — Gotas antibióticas. Deve sarar.

Ela encarou a Garota Órfã, e esta a encarou de volta. Assim como Ronan, seu olhar atento ficava em algum lugar entre o taciturno e o agressivo, mas o efeito era ligeiramente mais estranho quando apresentado por uma garota abandonada usando botas enlameadas. Maura deu a impressão de que estava prestes a perguntar algo, mas, em vez disso, ela se retirou para o balcão para pagar pela consulta.

— Escuta — disse Gansey em uma voz baixa. — Preciso dizer uma coisa. É um momento estranho para dizer, mas eu... eu continuo esperando pelo momento certo e não consigo parar de pensar sobre como fazer isso.

Se hoje à noite tivesse terminado pior, talvez eu nunca teria essa oportunidade de novo. Então, a verdade é esta: não posso pedir para vocês que sejam sinceros, se eu mesmo não fui.

Gansey se aprumou na cadeira. Adam viu o seu olhar pousar em Blue. Julgando, talvez, se ela sabia ou não o que ele estava prestes a dizer, ou se ele deveria dizer. Ele tocou o polegar no lábio inferior, percebeu o gesto e baixou a mão.

— A Blue e eu estamos saindo — ele disse. — Não quero magoar ninguém, mas quero continuar saindo com ela. Não quero mais esconder isso. Está acabando comigo, e noites como esta, tendo que ficar aqui, olhar para a Blue com o rosto desse jeito e fingir que... — Gansey parou de falar, um silêncio tão intenso que ninguém ousou lhe acrescentar outro ruído. Então terminou o que estava dizendo, repetindo: — Não posso pedir para vocês que façam coisas que eu mesmo não fiz. Sinto muito por ter sido hipócrita.

Adam jamais acreditara realmente que Gansey reconheceria a relação de uma maneira tão direta, e agora que a confissão pairava no ar, ela era intensamente desagradável. Não havia alegria em ver Gansey parecendo tão miserável, nem satisfação em ver Gansey e Blue essencialmente pedindo permissão para continuarem a sair juntos. Adam gostaria de que eles tivessem simplesmente contado a verdade desde o início; se isso tivesse acontecido, eles jamais teriam chegado a esse ponto.

Ronan ergueu uma sobrancelha.

Blue recolheu os dedos em punhos pequenos e cerrados junto ao corpo.

Gansey não acrescentou mais nada, simplesmente esperou pelo julgamento, o olhar incerto focado em Adam em particular. Ele era uma versão muito maltrapilha da pessoa que Adam havia encontrado pela primeira vez, e Adam não sabia dizer se Gansey estava se tornando uma pessoa diferente, ou se ele estava voltando a ser alguém que ele já fora muito tempo atrás. Adam revolveu dentro de si em busca de alguma coisa que ele ainda desejasse ouvir de Gansey, mas nada se destacou. Respeito era tudo que ele quisera todo esse tempo, e respeito era o que ele estava encarando, mesmo que de forma tardia.

— Obrigado — disse Adam. — Por finalmente nos contar. — Ele queria dizer *por me contar*. Gansey sabia disso, e anuiu ligeiramente. Blue e

Adam trocaram um olhar. Ela mordeu o lábio; ele ergueu um ombro. Ambos lamentavam.

— Bom. Fico feliz que todos saibam — disse Gansey em um tom de voz altivo. Muito tempo atrás, Adam acharia essa reação animada insuportável, petulante até. Agora ele sabia que era o oposto. Quando pressionado por algo muito importante e pessoal, Gansey se esquivava para uma cordialidade jovial. Era algo tão fora do contexto nessa unidade de pronto-socorro, nessa noite tumultuosa, que era verdadeiramente perturbador, particularmente ao lado de sua expressão ainda perturbada.

Blue pegou a mão de Gansey.

Adam apreciou o gesto.

— Que nojo — disse Ronan, numa resposta infantil.

Mas Gansey disse:

— Obrigado pela opinião, Ronan — com uma expressão respeitável no rosto novamente, e Adam percebeu o quão inteligentemente Ronan havia aliviado a tensão do momento. Todos podiam respirar de novo.

Maura voltou do balcão até onde eles estavam. Adam teve a clara impressão de que ela se demorara por lá intencionalmente, dando espaço para todos eles. Então ela tirou as chaves do carro do bolso e disse:

— Vamos embora daqui. Esses lugares me deixam nervosa.

Adam se inclinou para bater os nós dos dedos contra o punho de Gansey.

Não havia mais tempo para brincadeiras. Só havia tempo para a verdade.

28

Dependendo por onde você começasse a história, ela dizia respeito a Declan Lynch.

Embora fosse difícil de acreditar, ele não havia nascido paranoico.

E, realmente, era paranoia quando não se estava necessariamente errado?

Ter cautela. Era assim que se dizia quando as pessoas queriam realmente matá-lo. Ele havia aprendido a ser cauteloso, não paranoico.

Declan havia nascido dócil e confiante, mas havia aprendido. Havia aprendido a suspeitar de pessoas que lhe perguntavam onde você morava. Havia aprendido a falar com seu pai apenas em telefones celulares descartáveis comprados em postos de gasolina. Havia aprendido a não confiar em ninguém que lhe dissesse que não era louvável desejar uma casa histórica no centro de uma cidade devassa, uma suíte master com um tapete de pele de tigre, uma caixa cheia de conhaques belamente cintilantes e um carro alemão que sabia mais a respeito do mundo que você. Havia aprendido que mentiras só eram perigosas se você às vezes contasse a verdade.

O mais velho e mais natural filho de Niall Lynch estava em sua casa na região central de Alexandria, Virgínia, e encostou a testa contra o vidro naquela manhã, mirando a rua tranquila abaixo. O tráfego de Washington, D.C., estava apenas começando a rugir para a vida, e esse bairro ainda precisava sair da cama.

Declan segurava um telefone. Ele estava tocando.

O aparelho era mais desajeitado que o telefone de trabalho que ele usava para seu estágio com Mark Randall, animal político e grande golfista. Ele havia escolhido intencionalmente um modelo com um formato decididamente diferente para o trabalho do seu pai. Declan não queria passar a mão na bolsa a tiracolo e pegar o telefone errado. Não queria tatear a mesinha ao lado da cama no meio da noite e falar casualmente com a pessoa errada. Não queria dar o telefone errado para Ashley segurar para ele. Qualquer coisa que ele pudesse fazer para se lembrar de ser paranoico — cauteloso — enquanto tocava os negócios de Niall Lynch ajudava.

Esse telefone não tocava havia semanas. Declan achou que finalmente se livrara daquilo.

Mas tocou.

Declan debateu por um longo tempo se era mais perigoso atendê-lo ou ignorá-lo.

Ele se reajustou. Ele não era mais Declan Lynch, insinuante fedelho político. Ele era Declan Lynch, o filho durão de Niall Lynch.

Tocou de novo.

Declan o atendeu.

— Lynch.

— Considere isso um telefonema de cortesia — disse a pessoa do outro lado da linha. Uma música tocava ao fundo; algum instrumento de corda queixoso.

Um filete fino e viscoso de suor frio escoou por seu pescoço.

— Não é possível que você espere que eu acredite que seja só isso — ele disse.

— De maneira alguma — respondeu a voz na outra linha. Ela era cortada, com sotaque, e invariavelmente acompanhada por alguma música. Declan a conhecia somente como Seondeok. Ela não comprava muitos artefatos, mas, quando comprava, não havia drama. O entendimento era claro: Declan apresentava um objeto mágico, Seondeok fazia uma oferta, Declan o entregava a ela, e cada um seguia o seu caminho até a próxima vez. Em momento algum, Declan achava que poderia ser caprichosamente enfiado no porta-malas do carro do seu pai enquanto era agredido, ou imobilizado com algemas e forçado a ver o celeiro de seus pais ser revirado, ou espancado cruelmente e deixado meio morto no quarto de seu dormitório em Aglionby.

Declan apreciava os pequenos gestos.

Mas nenhuma dessas pessoas era confiável.

Cautela, não paranoia.

— A situação está muito volátil lá em Henrietta — disse Seondeok. — Ouvi dizer que não é mais a loja de Greenmantle.

Volátil, sim. Essa era uma palavra. Em outros tempos, Niall Lynch vendia seus "artefatos" para negociantes mundo afora. De certo modo, isso havia sido reduzido a Colin Greenmantle, Laumonier e Seondeok. Declan presumiu que era uma questão de segurança, mas talvez ele estivesse dando crédito demais para o seu pai. Talvez ele simplesmente tivesse esquecido todos os outros.

— O que mais você ficou sabendo? — perguntou Declan, nem confirmando, nem negando.

— Bom saber que você não confia em mim — respondeu Seondeok. — O seu pai falava demais.

— Não aprecio o tom — disse Declan. Seu pai *havia* falado demais. Mas isso cabia a Lynch dizer, não a alguma negociante coreana de antiguidades mágicas ilegais.

A música ao fundo parecia lamentar, pedindo desculpas.

— Sim, foi rude de minha parte. O que ouvi por aí é que alguém talvez esteja vendendo algo especial em Henrietta — disse Seondeok.

O suor frio escorreu pelo colarinho de Declan.

— Não sou eu.

— Não achei que era. Como eu disse: telefonema de cortesia. Achei que você talvez quisesse saber se os lobos estavam vindo bater em sua porta.

— Quantos lobos?

A música parou e recomeçou.

— Podem ser matilhas e mais matilhas.

Talvez eles tivessem descoberto a respeito de Ronan. Os dedos de Declan apertaram o aparelho.

— Você sabe o que eles estão uivando, *seonsaengnim*?

— Hum — disse Seondeok, com um ruído evocativo que transmitia que ela sabia que tinha os ouvidos de Declan e que o aceitava mesmo assim. — Esse segredo ainda é muito novo. Eu te liguei com a esperança de que eu pudesse te dar tempo suficiente para agir.

— E como você acha que eu devo agir?

— Não cabe a mim dizer. Não sou sua mãe.

— Você sabe que eu não tenho pais — disse Declan.

A música sussurrou e suspirou atrás dela. Por fim, ela repetiu:

— Não sou sua mãe. Sou apenas outra loba. Não se esqueça disso.

Ele se afastou da janela.

— Desculpe. Agora fui eu que fui rude. Obrigado pela ligação.

Sua mente já estava analisando os piores cenários possíveis. Ele precisava tirar Ronan e Matthew de Henrietta — só isso importava.

— Sinto falta dos achados do seu pai, eles são muito belos. Ele era um homem com problemas, mas acho que tinha uma mente linda — disse Seondeok.

Ela estava imaginando Niall Lynch repassando armários embutidos, coleções e porões, fazendo uma curadoria cuidadosa dos objetos que ele havia encontrado. Declan imaginava algo mais próximo da verdade: seu pai sonhando na Barns, em quartos de hotel, em sofás, no banco de trás do BMW que agora era de Ronan.

— Sim — disse Declan. — Sim, eu penso assim também.

29

Sono, ligeiro. Café da manhã, pulado. Escola, presente.

Gansey não sabia dizer o quão próximo o momento tinha de estar do fim do mundo — o seu mundo — para que ele pudesse justificar faltar à escola para caçar Glendower, e assim ele continuava indo às aulas. Adam foi, porque Adam se agarraria aos seus sonhos de uma universidade prestigiosa, mesmo se eles estivessem sendo arrancados do chão pelas mandíbulas do Godzilla. E, para a surpresa de Gansey, Ronan também, quase atrasando aos dois enquanto vasculhava na bagunça do seu quarto por um uniforme completo. Gansey suspeitou que Ronan só estivesse indo à escola para compensar pela briga no pronto-socorro na noite anterior, mas ele não se importava. Gansey só queria que Ronan somasse horas-aula.

Henry alcançou Gansey no corredor do Prédio Borden quando deixava sua aula (francês, para substituir seus estudos de latim abandonados — Gansey preferia latim, mas era terrível em francês, então *n'y a pas de quoi fouetter un chat*). Henry se apressou até estar no mesmo passo que Gansey.

— Ei, calouro. Só alegria no mundo depois de ontem à noite?

— Dois graus abaixo da alegria. Nos divertimos muito ontem à noite em Litchfield. Foi uma indelicadeza da nossa parte cair fora àquela hora.

— Só ficamos vendo vídeo no celular depois que vocês foram embora. Baixou o astral. Enfiei as crianças na cama e li histórias para elas, mas não paravam de perguntar por vocês.

Isso fez Gansey rir.

— Estávamos nos aventurando por aí.

— Foi o que achei. Disse isso a elas.

Cuidadosamente, Gansey acrescentou:

— Um velho amigo não estava se sentindo bem.

Não era mentira. Apenas não era completamente verdade. Era uma parte da verdade.

Henry ergueu uma sobrancelha para demonstrar que ele claramente percebera essa parte, mas não a puxou.

— Vai ficar tudo bem?

O rosto de Noah assumiu um tom negro escuro. A irmã de Noah estava parada no palco do auditório. Ossos amarelecidos por baixo de um blusão da Aglionby.

— Nós continuamos otimistas — disse Gansey.

Ele achou que não tinha transmitido nada fora do comum em seu tom de voz, mas o olhar de Henry desviou-se rapidamente sobre ele. O cacoete naquela sobrancelha apareceu de novo.

— Otimistas. Sim, você é uma pessoa otimista, Gansey Boy. Você gostaria de ver algo interessante antes do almoço?

Um olhar de relance para o seu relógio disse a Gansey que Adam, pelo menos, o procuraria no refeitório. Henry rapidamente interpretou esse olhar.

— É bem aqui. No Borden. É bacana. Combina com o Gansey.

Isso soou como absurdo completo para Gansey. Ninguém sabia o que combinava com Gansey, nem mesmo ele. Professores e amigos da família estavam sempre juntando artigos e histórias que eles achavam que poderiam capturar a atenção dele, coisas que eles achavam que combinavam com Gansey. Os itens sempre abordavam as partes mais óbvias dele. Reis galeses, Camaros antigos ou outros jovens que tinham viajado o mundo por razões bizarras que ninguém mais compreendia. Ninguém explorava além disso, e ele não encorajava muito que o fizessem. Havia noite demais atrás de si naqueles dias, e Gansey preferia voltar seu rosto para o sol. Combinava com Gansey. O que combinava com Gansey?

— Esse sorriso quer dizer sim? Sim, bom, então me siga — disse Henry, imediatamente dobrando à esquerda por uma porta estreita com uma placa onde se lia USO EXCLUSIVO PARA FUNCIONÁRIOS. O Prédio Borden havia sido originalmente um dormitório, não um prédio acadêmico, e a porta se abria para uma escada estreita. Um castiçal exagerado iluminava o caminho, e a luz era engolida por um papel de parede excessivamente desenhado. Eles começaram a descer os degraus.

— Esse prédio é muito antigo, Dick Terceiro. Mil setecentos e cinquenta e um. Imagine as coisas que ele viu. Ou ouviu, tendo em vista que casas não têm olhos.

— Lei da Moeda — disse Gansey.

— O quê?

— Foi aprovada em 1751 — disse Gansey. — Banindo a emissão de moeda pela Nova Inglaterra. E George, o Terceiro, se tornou príncipe de Gales em 1751, se me lembro bem.

— E também — Henry estendeu a mão para um interruptor de luz, que mal iluminava um porão de teto baixo com um chão de terra. Um espaço para engatinhar bem arrumado, com nada, exceto caixas de papelão enfiadas contra uma das paredes da fundação — "a primeira apresentação de circo com um macaco nos Estados Unidos". — Ele havia abaixado a cabeça para evitar prender o cabelo nas vigas de madeira expostas que davam suporte ao assoalho acima deles. O ar cheirava a uma versão concentrada dos andares superiores do Prédio Borden — o que significava dizer, a mofo e tapete azul-marinho —, mas com a umidade adicional, a fragrância viva, peculiar às cavernas e aos porões muito antigos.

— Mesmo? — perguntou Gansey.

— Talvez — disse Henry. — Tentei encontrar fontes primárias, mas você conhece a internet, cara. Chegamos.

Eles haviam chegado ao canto mais distante do porão, e a única lâmpada junto à base da escada não iluminava bem para o que Henry apontava. Gansey levou um momento para perceber o que era o quadrado mais escuro no chão de terra já escuro.

— Será um túnel? — ele perguntou.

— Não.

— Um buraco para esconderijo? — perguntou Gansey, e se agachou. Parecia que era. O buraco não tinha mais do que um metro quadrado com as bordas gastas pelos séculos. Gansey tocou uma ranhura em uma borda.

— Acho que já teve uma porta aqui um dia. Eles os chamavam de buracos de padres na Inglaterra. Devem ter sido para escravos, ou para... estocar bebidas durante a proibição, quem sabe?

— Algo por aí. Interessante, não é?

— Hum — disse Gansey. Era histórico, e ele supôs que combinava com Gansey. Ele estava vagamente desapontado, o que devia significar que ele esperava algo mais, mesmo que não soubesse o que fosse esse algo mais.

— Não, a parte que combina com o Gansey está dentro — disse Henry. Para sua surpresa, Henry escorregou para dentro do buraco, pousando no fundo com um baque surdo. — Venha conferir.

— Presumo que você tenha um plano para nos tirar daqui se eu for.

— Tem alças. — Quando Gansey não se mexeu, Henry explicou: — Isso é um teste também.

— Do quê?

— Mérito. Não. Ma... não. Tem uma palavra com c para bravura, mas não consigo lembrar. Meu lobo frontal ainda está bêbado da noite passada.

— Caráter.

— Sim, sim, é isso. É um teste de caráter. Essa é a parte que combina com o Gansey.

Gansey sabia que Henry estava certo pelo *vigor* de sentimento em seu coração. Era muito similar à sensação que ele tivera na festa de toga. Aquele sentimento de ser conhecido. Não de uma maneira superficial, mas por algo mais profundo, mais verdadeiro. E perguntou:

— Qual é o meu prêmio se eu passar?

— Qual é o prêmio que sempre se dá a um teste de caráter? A sua honra, sr. Gansey.

Duplamente conhecido. Triplamente conhecido.

Gansey não tinha bem certeza de como lidar com a situação de ser tão precisamente compreendido por uma pessoa que era, afinal de contas, apenas um conhecido recente.

Então não havia nada mais a fazer a não ser entrar naquele buraco.

Ele estava quase completamente escuro, e as paredes confinavam o espaço. Gansey estava próximo o suficiente de Henry para sentir o cheiro forte de seu produto para cabelo, como para ouvir sua respiração ligeiramente acelerada.

— História, essa cadela complicada — disse Henry. — Você é claustrofóbico?

— Não, eu tenho outros vícios. — Se fosse Cabeswater, ela estaria rapidamente trabalhando com o medo de Gansey para produzir insetos com ferrões. Gansey se sentia grato pelo fato de que a intenção não era algo tão poderoso fora de Cabeswater. Esse buraco no chão podia continuar sendo simplesmente um buraco no chão. Nesse mundo, ele tinha de se preocupar somente em disciplinar o seu exterior, não o seu interior. — Você já imaginou ter que se esconder em um desses buracos? Passei no teste?

Henry arranhou a parede ou algo similar; o arranhão fez um ruído abafado, como um assovio, enquanto a terra caía no chão.

— Você já foi raptado alguma vez, Richard Gansey?

— Não. Estou sendo raptado agora?

— Não em uma noite com aulas. Eu fui raptado uma vez — disse Henry. Seu tom era tão leve e casual que Gansey não tinha certeza se ele estava brincando ou não. — Por um resgate. Meus pais não estavam no mesmo país, então a comunicação não era a melhor. Eles me colocaram em um buraco assim. Talvez um pouco menor.

Ele não estava brincando.

— Meu Deus — disse Gansey. Ele não conseguia ver o rosto de Henry na escuridão para saber como ele se sentia a respeito da história que ele estava contando; sua voz ainda soava leve.

— Deus não estava lá, infelizmente — disse Henry. — Ou talvez felizmente. Eu mal cabia no buraco.

Gansey podia ouvir Henry esfregando os dedos uns contra os outros, ou abrindo e fechando as mãos em punhos; cada ruído era amplificado nessa câmara poeirenta. E agora ele podia sentir aquela fragrância peculiar que vinha com o medo: o corpo produzindo químicos que exalavam ansiedade. Ele não sabia dizer, no entanto, se era a sua ou a de Henry. Porque a mente de Gansey sabia que aquele buraco não produziria um enxame súbito de abelhas para matá-lo. Mas o coração de Gansey se lembrava de estar pendurado na caverna em Cabeswater, ouvindo os enxames se desenvolvendo abaixo dele.

— Isso combina com o Gansey também, não é? — perguntou Henry.

— Qual parte?

— Segredos.

— É verdade — admitiu Gansey, porque admitir que você tinha segredos não era o mesmo que contá-los. — O que aconteceu?

— O que aconteceu, ele pergunta. Minha mãe sabia que pagar o resgate na mesma hora apenas encorajaria os outros a raptar os filhos dela enquanto ela não estivesse por perto, e assim ela pechinchou com meus captores. Eles não gostaram disso, como você pode imaginar, então me obrigaram a dizer para ela no telefone o que eles fariam comigo todos os dias em que ela não os pagava.

— Eles *te* obrigavam a dizer para ela?

— Sim, sim. Veja bem, isso faz parte da pechincha. Se os pais sabem que o filho está com medo, isso vai fazer com que paguem mais rápido, e mais, essa é a sabedoria.

— Não fazia ideia.

— Quem faz? Agora você faz. — As paredes pareciam mais próximas. Henry seguiu em frente com uma risadinha, uma *risada*. — Ela disse: "Não pago por bens danificados". E eles disseram que ela só receberia isso, e assim por diante. Mas minha mãe era muito boa com negociações. E assim, depois de cinco dias, fui devolvido para ela, ainda com todos os meus dedos e ambos os olhos. Por um bom preço, eles dizem. Eu estava um pouco rouco, mas isso foi culpa minha.

Gansey não sabia como ele se sentia a respeito disso. Ele havia recebido seu segredo, mas não fazia ideia por quê. Ele não sabia o que Henry queria dele. Ele tinha muitas reações em mãos para empregar — empatia, conselho, preocupação, apoio, indignação, tristeza —, mas ele não sabia qual combinação a situação pedia. Ele estava acostumado a saber. Ele não achava que Henry *precisasse* de qualquer coisa dele. Isso era uma paisagem sem mapa. Finalmente, ele disse:

— E agora estamos parados em um buraco igual àquele, e você parece muito calmo.

— Sim. Essa é a questão. Passei... passei muitos anos em busca de ser capaz de fazer isso — disse Henry. Ele inspirou curto, pouco, e Gansey tinha certeza de que seu rosto contava uma história bem diferente do que sua voz ainda relaxada.

— Em vez de me esconder, enfrentar o meu medo.

— Há quantos anos? Quantos anos você tinha?

— Dez. — O blusão de Henry fez um ruído amarfanhado; Gansey sentiu que ele se mexia. Sua voz soou um pouco diferente. — Quantos anos você tinha, *Whoop Whoop* Gansey Boy, quando você foi picado por aquelas abelhas?

Gansey sabia a resposta fatual, mas não tinha certeza se essa era a resposta que Henry queria. Ele ainda não fazia ideia do motivo pelo qual essa conversa estava acontecendo.

— Eu também tinha dez anos.

— E como esses anos passados te trataram?

Ele hesitou.

— Alguns melhores do que os outros. Acho que você viu.

— Você confia em mim? — perguntou Henry.

Era uma questão carregada ali no escuro e na escuridão maior que se estendia adiante. Ali no teste de caráter. Ele confiava? A confiança de Gansey sempre fora baseada no instinto. O seu subconsciente rapidamente reunindo todos os marcadores em um quadro que ele compreendia sem saber por que o fazia. Por que ele estava naquele buraco? Ele já sabia a resposta a essa pergunta.

— Sim.

—Me dê sua mão — disse Henry. Com uma das mãos, ele encontrou a palma de Gansey na escuridão. E, com a outra, colocou um inseto nela.

30

Gansey não respirou.

Em um primeiro momento, ele não achou que realmente fosse um inseto. No escuro, nessa proximidade, ele o estava imaginando. Mas então sentiu o inseto se acomodar na palma da mão. Familiar. Pernas finas dando apoio a um corpo mais vasto.

— Richard Man — disse Henry.

Gansey não respirou.

Ele não podia tirar a mão dali: era uma jogada perdida que ele já havia tentado antes. Então, terrivelmente, o inseto zuniu uma vez, sem levantar voo. Era um ruído que havia muito tempo Gansey parara de interpretar como tal. Era uma arma. Uma crise na qual aquele que recuasse primeiro morria primeiro.

— Dick.

Gansey não respirou.

Na realidade, a chance de ser picado por um inseto era incrivelmente baixa. *Pense nisso*, Gansey havia dito para um amigo preocupado da família enquanto os dois conversavam na rua com insetos brilhando no anoitecer. *Quando foi a última vez que você foi picado?* Ele não conseguia processar por que Henry havia feito isso. Ele não sabia dizer o que ele deveria estar pensando. Será que ele estava pensando em tudo o que aconteceu com ele? Toda a parte boa e a ruim também? Porque, se fosse isso, o gravador estava travado, tocando apenas esse momento.

— Gansey — disse Henry. — *Respire*.

Luzes minúsculas moviam-se no canto da visão de Gansey. Ele estava respirando, só que não o suficiente. Ele não podia arriscar se mover.

Henry tocou o dorso da mão de Gansey, e então tapou a mão de Gansey com a sua. O inseto ficou preso contra as mãos de Gansey e Henry, dentro de um globo de dedos.

— Eis o que aprendi — disse Henry. — Se você não consegue não ter medo...

Havia um lugar onde o terror terminava e se tornava nada. Mas hoje, nesse buraco, com um inseto na sua pele, com uma promessa de que ele morreria logo, o nada jamais veio.

Henry terminou:

— ... tenha medo *e* seja feliz. Pense na sua noivinha, Gansey, e nos momentos divertidos que passamos ontem à noite. Pense no que você tem medo. Aquele peso que diz para você que é uma abelha? Ele precisa ser algo que te mata? Não. É apenas uma coisinha. Poderia ser qualquer coisa. Poderia ser algo bonito em vez disso.

Gansey não conseguia mais segurar a respiração; ele tinha de desmaiar ou respirar direito. Então soltou um fluxo áspero de ar sem valor e sugou outro de volta. O escuro tornou-se apenas o escuro novamente; as luzes dançantes tinham desaparecido. Seu coração ainda fazia uma algazarra em seu peito, mas estava desacelerando.

— Aqui está — disse Henry, como havia dito no Dia do Corvo. — É uma coisa terrível ver outra pessoa assustada, não é?

— O que tem na minha mão?

— Um segredo. Vou confiar a você esse segredo — disse Henry. Agora ele soava um pouco indeciso. — Porque eu quero que você confie em mim. Mas para que isso aconteça, se for para nos tornarmos amigos, você precisa saber da verdade.

Henry respirou fundo, então tirou a mão de cima da palma de Gansey para revelar uma abelha enorme.

Gansey mal teve tempo de reagir quando Henry tocou seus dedos de novo.

— Calma, sr. Gansey. Olhe de novo.

Agora que Gansey havia se acalmado, ele podia ver que não se tratava de maneira alguma de uma abelha comum; era um belo inseto robótico. *Belo* talvez não fosse a melhor palavra, mas Gansey não conseguia pensar em outra. As asas, antenas e pernas eram feitas de metal, com juntas articuladas perfeitas e asas de arame finas, mas era tão delicado e elegantemente colorido quanto uma pétala de flor em qualquer outra parte. Ele não estava vivo, mas parecia vital. Ele podia vê-lo na escuridão, pois tinha um coração minúsculo que emitia um brilho âmbar.

Gansey sabia que a família de Henry estava no negócio de abelhas robóticas, mas ele não havia pensado *nisso* quando ele considerara abelhas robóticas. Ele tinha praticamente certeza de que já vira imagens de abelhas robóticas, e, embora elas fossem exemplares impressionantes de nanorrobótica, elas não eram nem um pouco parecidas com abelhas de verdade, tendo mais em comum com helicópteros minúsculos do que com insetos vivos. A abelha de Henry, no entanto, era temerosa e incrivelmente construída. Ela o fazia lembrar-se tão fortemente dos objetos de sonho de Ronan que era difícil se livrar da ideia, uma vez que ela lhe tivesse ocorrido.

Henry tirou subitamente o telefone do bolso. Digitando rapidamente, abriu uma tela coberta por um arco-íris que de certa forma era tão difícil de olhar quanto a abelha robótica.

— A AbelhaRobô usa esse aplicativo para fazer a interface com o Cheng-Fone. Ela reconhece a sua digital, então veja bem, eu pressiono meu dedo aqui e digo a ela o que eu quero encontrar... AbelhaRobô, encontre cabelo volumoso!... E olhe, lá vai ela.

Gansey se sobressaltou violentamente enquanto a abelha levantava voo com o mesmo ruído que antes, erguendo-se no ar e alinhando-se sobre o seu cabelo. O peso dela ali era pior ainda do que tê-la em sua palma. Rigidamente, ele disse:

— Você poderia tirar isso daqui? Ela me deixa muito desconfortável.

Henry pressionou o dedo contra a tela novamente, e a abelha levantou voo de novo, zunindo até o seu ombro.

— Você não falou nada dessa vez — disse Gansey.

— Não, não preciso dizer nada. Ela lê meus pensamentos através da minha digital — disse Henry. Ele não tirou os olhos da tela enquanto dizia isso, mas Gansey podia ver na luz que ele avaliava a sua reação. — Então eu apenas digo a ela o que fazer e... *whoosh!*... lá vai ela, obrigado, obrigado, abelhinha.

Henry estendeu a mão e a abelha zumbiu até ela como uma floração móvel; a luz se apagou. Ele a enfiou de volta no bolso. Era impossível, é claro, e Henry estava esperando que Gansey dissesse que era impossível. Essa era a razão por que era um segredo: ela não podia existir.

A rede caiu ao redor de Gansey; ele a sentiu.

— Os seus pais fazem abelhas robóticas — ele começou cuidadosamente.

— Meu pai. A empresa do meu pai, sim.

Havia uma linha traçada aqui, embora Gansey não a compreendesse.

— E ela produz abelhas como esta.

Gansey não se esforçou para soar como se acreditasse nisso.

— Gansey Boy, acho que temos de decidir se podemos confiar um no outro ou não — disse Henry. — Acho que esse é o momento em nossa amizade recente.

Gansey considerou suas palavras.

— Mas acreditar em uma pessoa e confiar em alguém não é a mesma coisa.

Henry riu de maneira aprovadora.

— Não. Mas já acreditei e já confiei em você. Mantive o segredo a respeito do que você tinha no porta-malas do seu Suburban e de como Adam Parrish não morreu por causa daquelas telhas. Isso é acreditar em alguém. E confiei em você: eu lhe mostrei a AbelhaRobô.

Tudo isso era verdade. Mas Gansey conhecia gente suficiente com segredos que não se deixavam deslumbrar em usá-los facilmente como moeda. E muito do que Gansey vivia colocava a vida de outras pessoas em risco, não somente a sua. Isso era muita confiança para uma festa de toga e um buraco no chão. Ele disse:

— Existe um princípio psicológico que os vendedores de carros usam. Eles compram uma Coca-Cola de uma máquina automática para você com o seu próprio dinheiro, e então você se sente obrigado a comprar um carro deles.

Havia humor na voz de Henry.

— Você está dizendo que os seus segredos estão para os meus segredos como um automóvel está para um refrigerante carbonado?

Agora havia humor na voz de Gansey.

— A empresa do seu pai não produziu aquela abelha, não é?

— Não.

Era melhor terminar com isso de uma vez.

— O que você quer que eu diga? A palavra *mágica*?

— Você já viu mágica como a minha AbelhaRobô antes — disse Henry.

— Não é o mesmo tipo de mágica que observar Parrish desviar uma tonelada de ardósia. Onde você viu esse tipo de mágica?

Gansey não podia responder.

— Não se trata de um segredo meu.

— Vou lhe poupar a agonia — disse Henry. — Eu sei. Declan Lynch. Ele vendeu duas dessas para a minha mãe.

Isso era tão inesperado que Gansey se sentiu grato por eles estarem na escuridão absoluta novamente; ele tinha certeza de que o choque se revelara em seu rosto. E lutou para digerir essa informação. Declan — então essa abelha era uma criação de Niall. Se a mãe de Henry era uma cliente, isso queria dizer que Declan estava vendendo para pessoas na escola? Certamente Declan não era tão estúpido.

— Como a sua mãe sabia como comprar essas abelhas? Você contou para ela?

— Você entendeu a situação de trás para frente. Ela não sabe por que eu estou aqui. Eu estou aqui porque ela sabe. Você não percebe? Eu sou a desculpa dela. Ela me visita. Compra algo de Declan Lynch. Volta para casa. Sem que ninguém perceba. Ah! Eu queria dizer isso em voz alta por dois anos. Segredos apodrecem.

— A sua mãe mandou você para Aglionby só para que ela pudesse ter cobertura para fazer negócios com Declan? — perguntou Gansey.

— Artefatos mágicos, cara. Um grande negócio. Um negócio assustador. Uma boa maneira de ter os seus joelhos estourados. Ou ser morto como o nosso amigo Kavinsky.

Gansey se sufocava com tantas revelações.

— Ela negociava com ele?

— De jeito nenhum. Ele apenas vendia drogas, mas ela disse que eram mágicas, também. E vamos lá. Você estava na festa da Independência esse ano. Explique os dragões.

— Não posso — disse Gansey. — Nós dois sabemos.

— Sim, sabemos — disse Henry, satisfeito. — Uma vez ele quase matou o Cheng Dois apenas para se divertir. Ele era terrível.

Gansey se recostou contra a parede empoeirada.

— Você está caindo? Você está bem? Achei que estávamos conversando.

Eles *estavam* conversando, apenas não como Gansey havia antecipado. Ele havia falado com um número suficiente de pessoas estranhas em sua busca por Glendower. De muitas maneiras, suas viagens não eram definidas por cidades ou países pelos quais ele havia passado, mas por pessoas e fenômenos. A diferença era que Gansey tinha ido atrás dessas pessoas e fenômenos. Eles jamais tinham vindo atrás dele. Gansey jamais encontrara alguém realmente como ele mesmo, e, embora Henry estivesse longe de ser seu irmão gêmeo, ele era o mais próximo que Gansey havia encontrado disso.

Ele não havia percebido a solidão dessa crença até ela ser testada. E perguntou:

— Existem outras pessoas mágicas em Aglionby sobre as quais eu deva saber?

— Tirando as que andam com você? Ninguém que eu saiba. Faz um ano que tento sacar o seu número.

— Está no diretório estudantil.

— Não, seu idiota. Idiomaticamente. Sacar qual é a sua. Saber se você era um verme como o K ou não. Sacar o seu número. Quem aqui fala o inglês como segunda língua? Dica: não é você.

Gansey riu, então riu mais um pouco, sentindo como se tivesse passado por todas as emoções conhecidas pelo homem nos últimos dias.

— Eu não sou um verme — ele disse. — Sou apenas um cara procurando um rei. Você disse que a sua mãe comprou duas dessas coisas. Onde está a outra?

Henry puxou o inseto adornado para fora do bolso. Seu coração âmbar aqueceu o poço com sua luz novamente.

— Lá no laboratório, é claro, enquanto meu querido pai tenta copiá-la com partes não mágicas. Minha mãe disse para eu ficar com esta, para que eu me lembre de quem sou.

— E o que é isso?

A abelha iluminou a si mesma e a Henry: as asas translúcidas e as sobrancelhas travessamente cortadas de Henry.

— Algo mais.

Gansey olhou para ele bruscamente. Em algum lugar ao longo do caminho, durante essa caçada por Glendower, ele havia deixado de perceber quanta mágica havia no mundo. Quanta mágica que não estava simplesmente enterrada em uma tumba. Ele o sentia agora.

— Eis a questão que eu preciso te contar antes que sejamos amigos — disse Henry. — Minha mãe vende mágica. Ela me disse para observar você para descobrir os seus segredos. Não pretendo te usar agora, mas era isso que eu deveria fazer. Não comecei esse jogo em busca de um amigo.

— O que você quer que eu diga?

— Nada ainda — disse Henry. — Eu quero que você pense a respeito disso. E então espero que você escolha confiar em mim. Porque estou lotado de segredos e faminto de amigos.

Ele segurou a abelha entre eles de maneira que Gansey o olhou através do brilho do magnífico corpo do inseto. Os olhos de Henry pareciam ferozes e cheios de vida. Ele jogou a abelha para cima.

— Vamos sair deste buraco.

31

O mundo não tinha palavras para mensurar o ódio. Havia toneladas, jardas, anos. Volts, nós, watts. Ronan podia explicar o quão rápido o seu carro ia. Podia explicar exatamente o calor que fazia no dia. Podia transmitir especificamente o seu ritmo cardíaco. Mas não havia como contar a ninguém mais como exatamente ele odiava a Academia Aglionby.

Qualquer unidade de medida teria de incluir tanto o volume quanto o peso do ódio. E teria também de incluir um componente de tempo. Os dias passados na sala de aula, desperdiçados, inúteis, habilidades de aprendizado para uma vida que ele não queria. Não havia uma única palavra, provavelmente, para conter o conceito. *Todo*, talvez. Ele tinha todo o ódio pela Academia Aglionby.

Ladra? Aglionby era a ladra. A vida de Ronan era o sonho, pilhado.

Ele havia dito a si mesmo que se permitiria abandonar a escola: esse era o seu presente de aniversário de dezoito anos para si mesmo.

E, no entanto, ali estava ele.

Abandonar. Simplesmente abandonar. Ele acreditava que podia fazê-lo ou não.

Ronan podia ouvir a voz de Gansey: *aguente só até a formatura; só faltam mais alguns meses. Certamente você consegue isso.*

Então agora ele tentava.

O dia na escola era como um travesseiro sobre sua cabeça. Ele sufocaria antes da sineta final. O único oxigênio era a faixa pálida de pele no punho de Adam onde seu relógio estivera e o olhar de relance para o céu entre as aulas.

Quatro meses mais.

Declan não parava de enviar mensagens. *Quando você tiver um minuto, mande um alô.* Ronan simplesmente não mandava alôs para as pessoas. *Ei, eu sei que você está na escola, mas, quem sabe entre as aulas, me dê um toque.* Isso era uma mentira, o superpoder de Declan. Ele presumia que Ronan não estivesse na escola. *Ei, estou na cidade, preciso falar com você.*

Isso chamou a atenção de Ronan. Agora que Declan tinha se formado, ele estava em segurança a duas horas dali, em Washington, D.C., uma distância que havia, na estimativa de Ronan, melhorado a relação deles de todas as maneiras possíveis. Ele vinha somente para a missa de domingo, uma extravagante viagem de ida e volta de quatro horas, que Matthew dava como certa sem questionamentos, e que Ronan só compreendia parcialmente. Certamente Declan tinha coisas melhores para fazer na D.eclan C.ity do que passar metade do dia em uma cidade que ele odiava, com uma família da qual nunca quisera fazer parte.

Ronan não se importava com nada disso. Isso lhe provocava uma sensação de que não conquistara nada no verão. De volta a Aglionby, com seus sonhos-coisas-temerosas, ele tentava evitar Declan.

Três horas mais para passar.

— Lynch — disse Jiang, passando por ele no refeitório. — Achei que você tinha morrido.

Ronan o encarou friamente. Ele não queria ver o rosto de Jiang a não ser que fosse atrás da direção de um carro.

Duas horas mais para passar.

Declan ligou durante a apresentação de um convidado. O telefone, no modo silencioso, zumbiu sozinho. O céu na rua tinha um tom azul rasgado por nuvens; Ronan desejava ardentemente estar lá fora. Sua espécie havia morrido no cativeiro.

Uma hora mais.

— Achei que eu estava tendo uma alucinação — disse Adam, junto aos armários, um anúncio transmitido em voz metálica, nos alto-falantes do corredor. — Ronan Lynch, na entrada da Aglionby.

Ronan bateu a porta do armário. Ele não tinha colocado nada dentro dele e não havia nenhum motivo para abri-lo ou fechá-lo, mas ele gostava do ruído da batida do metal no corredor, a maneira como abafava as chamadas. E o fez de novo para não deixar dúvidas.

— Essa conversa é real, Parrish?

Adam não perdeu tempo respondendo. Ele simplesmente trocou três livros por seu blusão de ginástica. Ronan soltou o nó da gravata.

— Você vai trabalhar depois da escola?

— Com um sonhador.

Ele manteve o olhar de Ronan sobre a porta do seu armário.

A escola havia melhorado.

Adam fechou seu armário suavemente.

— Vou estar pronto às quatro e meia. Se você quiser discutir umas ideias sobre como reparar a sua floresta de sonhos... a não ser que tenha lição para fazer.

— Imbecil — disse Ronan.

Adam sorriu alegremente. Ronan começaria guerras e queimaria cidades por aquele sorriso verdadeiro, franco e amigável.

O bom humor de Ronan durou apenas a distância do corredor e o lance de escada ao final dele, pois, na rua, o Volvo polido de Declan estava estacionado no meio-fio. O próprio Declan estava parado ao lado dele, conversando com Gansey. Gansey tinha sujeira nos cotovelos da camisa de seu uniforme — como ele havia conseguido sujá-la tanto durante o curso do dia na escola era algo que Ronan não sabia explicar. Declan trajava um terno, mas nunca parecia uma ocasião especial quando o fazia. Ele usava um terno do jeito que outras pessoas usavam calças de pijama.

Não havia palavras para mensurar o ódio de Ronan por seu irmão mais velho, ou vice-versa. Não havia uma unidade de medida para uma emoção que era igualmente ódio e traição, julgamento e costume.

Ronan cerrou as mãos em punhos.

Uma das janelas do banco de trás baixou, revelando os anéis dourados de Matthew e seu sorriso patologicamente ensolarado. Ele acenou contente uma única vez para Ronan.

Haviam se passado meses desde a última vez que os três haviam estado juntos no mesmo lugar, do lado de fora de uma igreja.

— Ronan — disse Declan. A palavra era carregada com um significado adicional: *vejo que você acabou de sair da escola e seu uniforme já está um horror; nada que me choque aqui.* Ele gesticulou para o Volvo. — Vamos conversar em meu escritório.

Ronan não queria conversar com ele em seu escritório. Ele queria parar de se sentir como se tivesse bebido ácido de bateria.

— O que você precisa conversar com o Ronan? — perguntou Gansey. O seu "Ronan" era carregado com um significado adicional também: *isso foi planejado, me diga o que está acontecendo e... você precisa da minha intervenção?*

— Apenas um papo de família — disse Declan.

Ronan olhou para Gansey de maneira suplicante.

— Um papo de família que poderia acontecer a caminho da Rua Fox? — perguntou Gansey, poderosa e educadamente. — Porque nós dois estamos indo para lá.

Normalmente, Declan teria se esquivado ao perceber a menor pressão de Gansey, mas ele disse:

— Ah, posso deixar meu irmão lá depois que terminarmos. Só vou levar uns minutos.

— Ronan! — Matthew estendeu a mão para fora da janela na direção de Ronan. Seu "Ronan" entusiasmado era outra versão de *por favor*.

Preso em uma armadilha.

— *Miseria fortes viros,* Ronan — disse Adam.

Quando ele disse "Ronan", ele queria dizer: *Ronan.*

— Imbecil — disse Ronan de novo, se sentindo um pouco melhor. E entrou no carro.

⚯

Assim que ambos entraram, Declan não dirigiu longe, apenas para o outro lado do estacionamento, fora do caminho dos carros e ônibus que partiam. Ele se reclinou em seu assento, os olhos em Aglionby, não lembrando em nada sua mãe, apenas um pouco como seu pai. Seus olhos tinham bolsas de cansaço.

Matthew tinha voltado a jogar em seu celular, a boca curvada em um sorriso desatento.

— Precisamos conversar sobre o seu futuro — começou Declan.

— Não — disse Ronan. — Não, não precisamos.

Ele já tinha metade do corpo fora do carro, as folhas estalando secas debaixo de seus sapatos.

— Ronan, espere!

Ronan não esperou.

— Ronan! Antes de ele morrer, quando nós dois estávamos juntos, o pai me contou uma história sobre você.

Era perversamente injusto.

Era perversamente injusto porque nada mais teria impedido Ronan de ir embora.

Era perversamente injusto porque Declan sabia disso, e, caso Ronan tentasse ir embora, ele teria a frase pronta, uma refeição rara de uma despensa vazia.

Os pés de Ronan queimaram no asfalto. A eletricidade na atmosfera crepitou debaixo de sua pele. Ele não sabia se estava mais furioso com seu irmão, por saber precisamente como passar a corda em torno do seu pescoço, ou consigo mesmo, por sua incapacidade de se esquivar do nó.

— Sobre mim — ecoou Ronan finalmente, com a voz tão indiferente quanto conseguia emitir.

Declan não respondeu. Apenas esperou.

Ronan entrou de volta no carro e bateu a porta com força. Depois a abriu e bateu com força de novo. Ele a abriu uma terceira vez e a bateu com força mais uma vez antes de lançar a base do crânio contra o apoio de cabeça e mirar as nuvens turbulentas através do para-brisa.

— Terminou? — perguntou Declan. Ele olhou de relance para Matthew, mas o Lynch mais novo ainda estava jogando alegremente no celular.

— Eu terminei meses atrás — respondeu Ronan. — Se for mentira...

— Eu estava bravo demais para contar para você antes. — Em um tom inteiramente diferente, Declan acrescentou: — Você vai ficar quieto?

Esse também era um golpe baixo, pois era o que o pai deles costumava dizer quando ia lhes contar uma história. Ronan já ia ouvir; isso o fez recostar a cabeça contra a janela e fechar os olhos.

Declan era diferente do pai de muitas maneiras, mas, assim como Niall Lynch, ele sabia contar uma história. Uma história, afinal de contas, é muito como uma mentira, e Declan era um excelente mentiroso. Ele começou:

— Era uma vez um antigo herói irlandês, muito tempo atrás, quando a Irlanda não era tanto um lugar de homens e cidades, e mais uma ilha de magia. O herói tinha um nome, mas só vou contar no fim. Ele era um deus-herói, aterrorizante, sábio e impetuoso. Ele ganhou uma lança, a história é sobre essa lança, que era sedenta por sangue e nada mais. Quem quer que tivesse essa lança dominava o campo de batalha, pois não havia nada que pudesse enfrentar a sua mágica mortal. Ela era tão vorazmente sedenta de sangue que tinha que ser coberta e esconder os olhos para parar com a matança. Só sossegava quando a cobriam.

Então Declan fez uma pausa, como se o peso da história fosse algo tangível e ele precisasse de um momento para recuperar a força. Era verdade que a memória do ritual era pesada. Ronan se sentia todo enredado em imagens mal formadas de seu pai sentado na ponta da cama de Matthew, os irmãos amontoados na cabeceira, sua mãe empoleirada naquela cadeira de escrivaninha andrajosa que ninguém mais usava. Ela também adorava essas histórias, especialmente as que fossem sobre ela.

Um ruído de unhas tamborilando soou no teto do carro, e, um segundo mais tarde, um floco de folhas secas escorregou pelo para-brisa. Elas lembravam as garras dos horrores noturnos para Ronan, e ele se perguntou se eles já haviam voltado para a Barns. Declan seguiu em frente:

— Quando a lança fosse descoberta, não importava se o verdadeiro amor do herói ou se sua família estivesse no aposento, a lança os mataria de qualquer maneira. Matar era o que ela fazia bem, e matar era o que ela fazia.

No banco de trás, Matthew inspirou dramaticamente para aliviar a tensão. Assim como Motosserra, ele não podia ver Ronan nervoso.

— Era uma bela arma, talhada para lutar e nada mais — disse Declan. — O herói, defensor da ilha, tentou usar a lança para o bem. Mas ela cortava inimigos e amigos, vilãos e amantes, e o herói viu que a lança com seu único propósito devia ficar isolada.

Ronan remexeu irritadamente suas pulseiras de couro. Ele se lembrou precisamente do sonho que tivera havia poucos dias.

— Achei que você tinha dito que a história era sobre mim.

— A lança, o pai me contou, era ele. — Declan olhou para Ronan. — Ele disse para eu me certificar que Ronan fosse o nome do herói, e não o nome de apenas outra lança.

Então deixou que as palavras surtissem efeito.

Da rua, os três irmãos Lynch pareciam extraordinariamente diferentes: Declan, um político vaselina; Ronan, um touro em um mundo de porcelanas; Matthew, um garoto ensolarado.

Por dentro, os irmãos Lynch eram extraordinariamente parecidos: todos amavam carros, a si mesmos e uns aos outros.

— Eu sei que você é um sonhador como ele — disse Declan com a voz baixa. — Eu sei que você é bom nisso. Sei que não faz sentido pedir que você pare. Mas o pai não queria que você fosse solitário como ele foi. Como ele escolheu ser.

Ronan puxou as faixas de couro cada vez mais apertadas.

— Ah, entendi — disse Matthew por fim, rindo suavemente de si mesmo.

— Dã.

— Por que você está me contando isso agora? — perguntou Ronan, finalmente.

— Fiquei sabendo que algo de grandes proporções está prestes a acontecer aqui em Henrietta — disse Declan.

— Quem?

— Quem o quê?

— De onde veio essa informação?

Declan o encarou intensamente.

— Como eles saberiam de ligar para você?

Declan respondeu:

— Você realmente acreditava que o pai tocava esse negócio sozinho?

Ronan acreditava, mas não disse nada.

— Você faz ideia por que eu fui para Washington?

Ronan achava que Declan estava lá para entrar para a política, mas essa hipótese era tão obviamente a resposta errada que ele manteve a boca fechada.

— Matthew, coloque seus fones de ouvido — disse Declan.

— Não estou com eles aqui.

— Finja que está com fones de ouvido — disse Ronan, e ligou o rádio para fazer um pouco de ruído de fundo.

— Quero que você me responda sem rodeios — disse Declan. — Você pensa em ir para a faculdade?

— Não.

Era algo que causava satisfação e também terrível de dizer em voz alta, um gatilho puxado, uma explosão de um segundo. Ronan olhou à sua volta em busca de corpos.

Declan balançou; a bala havia raspado o seu corpo, próximo de um órgão vital. Com esforço, ele controlou o fluxo arterial.

— Sim. Foi o que pensei. Então o objetivo é fazer disso uma carreira para você, não é?

Isso não era, na realidade, o que Ronan queria. Embora ele quisesse ser livre para sonhar e para viver na Barns, ele não queria sonhar para poder viver na Barns. Ele queria ficar sozinho para consertar todas as construções, acordar o gado do seu pai de seu sono sobrenatural, popular os campos com novos animais para abate e transformar o terreno mais ao fundo em uma enorme pista circular de lama, própria para dirigir carros. Para Ronan, isso representava um ideal romântico que ele faria muito para alcançar. Mas ele não sabia bem como contar isso ao irmão de uma maneira persuasiva e não embaraçosa, então ele disse, de forma hostil:

— Na verdade eu estava pensando em virar fazendeiro.

— Vá se foder, Ronan — disse Declan. — Será que poderíamos conversar a sério uma vez que fosse?

Ronan exibiu o dedo médio para ele com uma proficiência exemplar.

— Como quiser — disse Declan. — Pode parecer que Henrietta não está quente agora, mas a situação só está calma porque estou trabalhando duro para manter vocês distantes da cidade. Estou cuidando das vendas do pai já faz um tempo, então eu disse a todos que estaria atuando a partir de Washington.

— Se o pai não estava sonhando coisas novas para você, o que você estava vendendo?

— Você já viu a Barns. É só uma questão de parcelar as coisas antigas de maneira lenta o suficiente para que pareça que eu as estou conseguindo de outras fontes em vez de apenas as buscando no meu quintal. É por isso que o pai viajava o tempo inteiro, para fazer de conta que elas vinham de toda parte.

— Se o pai não estava sonhando coisas novas para você, *por que* você continuou vendendo?

Declan correu a mão sobre a direção.

— O pai cavou um túmulo para todos nós. Ele prometeu às pessoas coisas que ele não havia sonhado ainda. Ele fez negócios com pessoas que não se preocupavam sempre em pagar e que sabiam onde nós vivíamos. Ele mentia que tinha encontrado esse objeto, o Greywaren, que possibilitava que as pessoas tirassem coisas dos sonhos. Soa familiar? Quando as pessoas vinham até ele para comprá-lo, ele empurrava outro objeto para elas em vez disso. Isso se tornou lendário. Então, é claro que ele teve de jogar uns contra os outros e brincar com aquele psicopata do Greenmantle e terminar morto. E agora aqui estamos nós.

No início daquele ano, esse tipo de declaração teria sido suficiente para provocar uma briga, mas agora a dor amarga na voz de Declan se sobrepujava à raiva. Ronan podia dar um passo atrás para ponderar essas declarações contra o que ele sabia a respeito de seu pai. Ele poderia ponderá-las contra o que ele sabia a respeito de Declan.

Ele não gostava delas. Ele acreditava nelas, mas não gostava. Fora mais fácil simplesmente brigar com Declan.

— Por que você não me contou isso antes? — ele perguntou.

Declan fechou os olhos.

— Eu tentei.

— O diabo que você tentou.

— Eu tentei te contar que ele não era a pessoa que você acreditava que fosse.

Mas isso não era totalmente verdadeiro. Niall Lynch era exatamente o que Ronan acreditara, mas era também aquilo que Declan conhecera.

— Quer dizer, por que você não me contou que estava enfrentando todas essas pessoas?

Declan abriu os olhos. Eles eram brilhantemente azuis, como os de todos os irmãos Lynch.

— Eu estava tentando te proteger, seu bastardinho.

— Bom, seria muito mais fácil se eu soubesse mais — disparou Ronan. — Em vez disso, o Adam e eu tivemos que chutar o Greenmantle para fora da cidade sozinhos, enquanto você brincava de capa e espada.

Seu irmão o olhou de maneira aprovadora.

— Foi você? Como... ah!

Ronan gozou de um minuto inteiro do apreço de seu irmão.

— O Parrish sempre foi um filho da puta espertinho — observou Declan, soando um pouco como seu pai, a despeito de sua vontade. — Olha, o que rolou foi isso. Essa compradora me ligou esta manhã e me disse que alguém estava vendendo algo importante aqui, como eu disse. As pessoas vão vir de toda parte para conferir, o que quer que isso seja. Não vai ser preciso muito esforço para encontrar você, Matthew, a Barns e a floresta aqui.

— Quem é que está vendendo algo?

—Não sei. Não quero saber. Pouco importa. Você não compreende? Mesmo depois que esse negócio for fechado, eles vão aparecer porque Henrietta é esse farol sobrenatural gigantesco. E porque vai saber quais negócios do pai eu não resolvi ainda. Além do mais, se eles descobrirem que você pode sonhar... Deus te proteja, porque isso será o fim. Eu só... — Declan parou de falar e fechou os olhos; quando o fez, Ronan pôde ver o irmão com quem havia crescido junto e não o irmão de quem havia se tornado distante. — Estou cansado, Ronan.

O carro ficou em absoluto silêncio.

— Por favor... — começou Declan. — Apenas venha comigo, tudo bem? Você pode abandonar a Aglionby e o Matthew pode se transferir para uma escola em Washington. Eu vou jogar gasolina sobre tudo o que o pai construiu e podemos simplesmente deixar a Barns para trás. Vamos.

Aquilo não era nem de perto o que Ronan havia esperado que ele dissesse, e ele se viu sem resposta. Largar Aglionby; deixar Henrietta; largar Adam; deixar Gansey.

Uma vez, quando Ronan era bem novo, novo o suficiente para ir às aulas de domingo na igreja, ele havia acordado segurando uma espada de verdade em chamas. Seu pijama, que estava de acordo com rigorosos códigos de segurança que até então haviam parecido teoricamente interessantes, haviam-no fundido e salvo, mas seus cobertores e a maior parte de suas cortinas haviam sido inteiramente destruídos em um pequeno inferno. Fora Declan que arrastara Ronan do seu quarto e despertara seus pais; ele jamais dissera nada a respeito disso e Ronan jamais lhe agradecera.

Àquela altura, não havia outra opção. Se fosse preciso, os Lynch sempre salvariam a vida uns dos outros.

— Leva o Matthew — disse Ronan.

— O quê?

— Leva o Matthew para Washington e o mantenha seguro — repetiu Ronan.

— Mesmo? E você?

Eles se encararam, imagens refletidas distorcidas um do outro.

— A minha casa é aqui — disse Ronan.

32

O clima de tempestade espelhava perfeitamente a alma de Blue Sargent. Seu primeiro dia de volta à escola depois da suspensão havia sido interminável. Uma pequena parte disso se devia ao fato de que o tempo longe das aulas fora extraordinário: o oposto absoluto da experiência mundana na Escola Mountain View. Mas a parte muito mais significativa disso se devia à memória do elemento menos mágico da sua suspensão: a festa de toga de Henry Cheng. O encanto daquela experiência era mais impressionante pelo fato de que ele na realidade não continha nenhuma mágica. E sua afinidade instantânea com os estudantes ali apenas sublinhou como ela tinha fracassado absolutamente em viver qualquer coisa parecida com isso em seus anos na Mountain View. O que a fazia se sentir tão instantaneamente confortável com a turma de Vancouver? E por que aquela afinidade tinha de acontecer com pessoas que pertenciam a um mundo diferente? Na realidade, ela sabia a resposta para essa questão. A turma de Vancouver tinha os olhos nas estrelas, não treinados sobre o chão. Eles não sabiam de tudo, mas queriam saber. Em um mundo diferente, Blue poderia ser amiga de garotos como Henry durante toda a sua adolescência. Mas, neste mundo, ela continuava em Henrietta e observava essas pessoas seguirem em frente. Ela não estava indo para a Venezuela.

Blue se sentia extremamente frustrada por sua vida ser tão claramente demarcada.

Coisas que *não eram o suficiente*, mas que ela poderia ter.

Coisas que eram *algo mais*, que ela não poderia ser.

Então ela assumiu a postura de uma senhora birrenta — encolhida no blusão com capuz longo que ela transformara em vestido —, esperando que os ônibus partissem e liberassem sua bicicleta. Blue desejou ter um celular ou uma bíblia para poder fingir que estava muito ocupada como o punhado de adolescentes tímidos parados na fila do ônibus à sua frente. Quatro colegas de aula estavam parados perigosamente próximos dela, conversando sobre se a sequência daquela cena de roubo a banco naquele filme que todos tinham visto era realmente incrível ou não, e Blue temia que eles perguntassem a sua opinião a respeito dela. Ela sabia que não havia nada de errado com aquele assunto, mas também sabia que não havia como conversar sobre aquele filme sem soar como uma fedelha condescendente. Ela se sentia com mil anos de idade. E que talvez *fosse* uma fedelha condescendente. Ela queria sua bicicleta. Queria seus amigos, que também eram fedelhos de mil anos de idade. Queria viver em um mundo onde estivesse cercada por fedelhos condescendentes de mil anos de idade.

Ela queria ir para a Venezuela.

— Ei, ei, garota! Quer dar a volta de carro da sua vida?

Blue não percebeu imediatamente que as palavras estavam sendo dirigidas para ela. A ficha só caiu quando ela se deu conta de que todos os rostos à sua volta estavam apontados em sua direção. Ela girou lentamente e descobriu que havia um carro muito prateado e caro estacionado na pista exclusiva dos bombeiros.

Blue tinha conseguido passar meses ao lado de garotos da Aglionby sem *parecer* que estava saindo com garotos da Aglionby, mas ali estava o garoto corvo mais garoto corvo de todos, estacionado na pista exclusiva dos bombeiros, perto dela. O motorista usava um relógio que até Gansey teria considerado exagerado. Tinha o cabelo alto o suficiente para tocar o teto do carro. Usava grandes óculos escuros com aros negros, apesar da notável falta de sol. Era Henry Cheng.

— Uauuu — disse Burton, um dos garotos do roubo a banco, virando-se lentamente. — Não Sou sua Cadela tem um encontro? Foi ele quem bateu em você?

Cody, o segundo dos ladrões de banco, deu um passo na direção do meio-fio para olhar embasbacado para o carro esportivo. Ele perguntou a Henry:

— É uma Ferrari?

— Não, é um Bugatti, cara — disse Henry através da janela aberta do passageiro. — Ha-ha, estou brincando, cara. É totalmente uma Ferrari. Sargent! Não me deixe esperando!

Metade da fila do ônibus estava olhando para ela. Até aquele momento, Blue jamais havia empilhado realmente todas as suas declarações públicas contra o comercialismo gratuito, os namorados ofensivos e os estudantes da Aglionby em um único lugar. Agora que todos olhavam para Henry e então para ela, ela via a pilha e a achava enorme. Ela também via como cada aluno lentamente rotulava essa pilha de BLUE SARGENTE É UMA HIPÓCRITA.

Não havia uma maneira fácil de mostrar que Henry não era seu namorado, e, ademais, isso parecia de certo modo sem sentido diante do fato de que seu namorado secreto era apenas ligeiramente menos esmagadoramente Aglionby do que o espécime na sua frente nesse instante.

Blue estava tomada pela certeza desconfortável de que provavelmente ela precisava rotular a pilha BLUE SARGENT É UMA HIPÓCRITA com a própria caligrafia.

Ela avançou a passos largos até a janela do passageiro.

— Não chupe ele aqui, Sargent! — alguém gritou. — Faça ele pagar seu filé primeiro!

Henry sorriu descontraidamente.

— Ho! Os nativos estão agitados. Olá, meu povo! Não se preocupem, vou estabelecer um salário mínimo mais alto para todos vocês! — Olhando de volta para Blue, ou pelo menos virando os óculos escuros para ela, ele disse: — Oi, oi, Sargent.

— O que você está fazendo aqui? — demandou Blue. Ela estava se sentindo... ela não tinha certeza. Ela estava sentindo *muito*.

— Vim para conversar sobre os homens na sua vida. Para conversar sobre os homens na minha vida. Aliás, gostei do vestido. Bem chique boêmio, ou o que quer que seja. Eu estava a caminho de casa, e queria saber se você se divertiu na festa de toga e também me certificar de que os nossos planos para o Zimbábue ainda estão valendo. Vejo que você tentou arrancar o seu olho; está meio pendurado.

— Pensei... acho... que era a Venezuela.

— Ah, certo, a gente faz isso a caminho.

— Meu Deus — ela disse.

Henry inclinou a cabeça em um gesto de humilde reconhecimento.

— A formatura bafeja sobre nós, senhorita caipira — ele disse. — Agora é o momento de verificar se estamos com os barbantes para todos os balões que queremos ficar antes que eles voem.

Blue o encarou cautelosamente. Teria sido fácil responder que ela não voaria a parte alguma, que esse balão lentamente perderia o seu hélio e afundaria no chão no mesmo lugar em que havia nascido, mas pensou nas previsões de sua mãe para ela e não respondeu. Em vez disso, pensou em como queria viajar para a Venezuela, assim como Henry Cheng, e isso significava algo nesse minuto, mesmo que não o significasse na semana que vem. Um pensamento lhe ocorreu.

— Não preciso te lembrar que estou com o Gansey, certo?

— É claro que não. Eu sou Henrysexual, de qualquer maneira. Posso te levar em casa?

Fique longe dos garotos da Aglionby, porque eles são uns canalhas.

— Não posso entrar nesse carro. Você não está vendo o que está acontecendo atrás de mim? Não quero nem olhar — disse Blue.

— Que tal você me mostrar seu dedo médio, gritar comigo agora e se retirar com seus princípios? — disse Henry. Ele sorriu, vencedor, e ergueu três dedos. Em seguida mudou para dois, fazendo um chifre do diabo com a mão.

— Isso é incrivelmente desnecessário — Blue lhe disse, mas podia se sentir sorrindo.

— A vida é um show — ele respondeu. E contou um com o dedo médio, e então seu rosto se fundiu em uma expressão de choque exagerado.

— Vê se cai morto, filho da puta! — gritou Blue.

— ESTÁ BEM! — gritou Henry de volta, com um pouco mais de histeria do que o papel exigia. Ele tentou deixar o estacionamento guinchando os pneus, parou para soltar o freio de mão, e então arrancou aos trancos mais tranquilamente.

Ela nem tivera tempo para se virar para ver os resultados da sua peça em três atos antes de ouvir um ronco muito familiar. *Ah, não...*

Mas, com certeza, antes que Blue pudesse se reabilitar de seu último visitante, um Camaro laranja brilhante estacionou junto ao meio-fio na sua frente. O motor estava falhando um pouco; ele não estava tão feliz em estar vivo quanto o veículo que havia ocupado anteriormente a faixa exclusiva dos bombeiros, mas estava fazendo o melhor que podia. Ele também era, da mesma forma, obviamente um carro da Aglionby, contendo um garoto da Aglionby, exatamente como aquele que havia acabado de partir.

Antes, Blue tivera metade da atenção da fila do ônibus. Agora ela tinha toda ela.

Gansey se inclinou sobre o assento do passageiro. Diferentemente de Henry, pelo menos ele tivera as boas maneiras de reconhecer a atenção da escola com um largo sorriso.

— Jane, desculpe pela pressa. Mas o Ronan acabou de me ligar.

— Ele *ligou* para você?

— Sim. Ele quer falar com a gente. Você pode vir?

As letras BLUE SARGENT É UMA HIPÓCRITA estavam certamente rabiscadas com sua própria caligrafia. Ela achou que tinha um tanto de autoanálise para fazer depois.

Houve um silêncio relativo.

A autoanálise estava acontecendo agora.

— Garotos corvos estúpidos — ela disse, e entrou no carro.

33

Ninguém conseguia realmente acreditar que Ronan tinha usado seu celular.

Ronan Lynch tinha muitos hábitos que irritavam seus amigos e quem o amava — falar palavrões, beber, correr de carro nas ruas —, mas o que mais enlouquecia os seus conhecidos era a sua incapacidade de atender ligações ou mandar mensagens. Quando Adam conhecera Ronan, ele achara a aversão de Ronan ao seu aparelho moderno tão completa que presumira que devia haver uma história por trás disso. Devia haver alguma razão para isso, porque, mesmo diante de uma emergência, a primeira resposta de Ronan era passar o telefone para outra pessoa. Agora que Adam o conhecia melhor, ele se dera conta de que isso tinha mais a ver com o fato de que o telefone não permitia nenhum trejeito. Noventa por cento de como Ronan transmitia os seus sentimentos era através de sua linguagem corporal, e um telefone simplesmente não se importava com isso.

E, no entanto, ele o havia usado. Enquanto esperava que Declan terminasse o seu assunto com Ronan, Adam tinha ido à Boyd's se livrar de algumas trocas de óleo que tinha para fazer. Ele já estava lá havia algumas horas, quando Ronan ligou. Então Ronan mandara uma mensagem para Gansey e ligara para a Rua Fox. Disse a mesma coisa para cada um deles: *Venha à Barns. Precisamos conversar.*

E porque Ronan jamais havia realmente lhes pedido para fazer qualquer coisa pelo telefone, todos largaram o que estavam fazendo para atendê-lo.

Quando Adam chegou à Barns, os outros já tinham chegado — ou pelo menos o Camaro estava lá, e Adam presumiu que Gansey tinha trazido

Blue, especialmente agora que o segredo deles havia sido revelado. O BMW de Ronan estava estacionado de lado, com as rodas viradas de tal forma que sugeriam que ele havia deslizado até a sua posição atual. E, para o espanto de Adam, o Volvo de Declan já estava estacionado ali, encostado de ré, pronto para partir.

Adam desceu do carro.

A Barns exercia um estranho efeito sobre Adam. Ele não soubera diagnosticar esse sentimento das primeiras vezes em que a visitara, porque não acreditava verdadeiramente à época nos dois componentes dos quais a Barns era feita: mágica e amor. Agora que ele tinha pelo menos uma relação passageira com ambos, ela o afetava de uma maneira diferente. Ele costumava se perguntar o que teria sido dele se tivesse crescido em um lugar assim. Agora Adam pensava como — se assim o quisesse — ele poderia um dia viver em um lugar assim. Ele não compreendia bem o que havia mudado.

Lá dentro, encontrou os outros em vários estados de celebração. Precisou de um momento para se dar conta de que se tratava do aniversário de Ronan: a grelha soltava fumaça nos fundos e havia cupcakes comprados na mesa da cozinha, assim como alguns balões inflados rolando pelos cantos da sala. Blue estava sentada sobre os ladrilhos, amarrando barbantes aos balões, seu olho ruim fechado com o inchaço, enquanto Gansey e Declan estavam ao lado do balcão, cabisbaixos, falando em tons graves e sussurrados que os faziam parecer mais velhos do que eram. Ronan e Matthew entraram na cozinha se empurrando, vindos do quintal. Os dois eram barulhentos e camaradas, brincando um com o outro, impossivelmente físicos. Era assim que era ter irmãos?

Ronan ergueu a cabeça e cruzou com o olhar de Adam.

— Tira os sapatos antes de sair andando por aí, cabeçudo — disse Ronan.

Adam parou onde estava e se inclinou para desamarrar os cadarços.

— Você não... eu estava falando para o Matthew.

Ronan manteve o olhar de Adam um momento mais e então observou Matthew tirar os sapatos. Enquanto observava atentamente Matthew deslizando para a sala de jantar de meias, Adam compreendeu: tratava-se de uma festa para Matthew.

Blue pôs-se de pé para se juntar a Adam. Em voz baixa, ela explicou:

— O Matthew vai morar com o Declan. Ele está saindo da Aglionby.

O quadro ficou mais claro: era uma festa de despedida.

Lentamente, durante a hora seguinte, a história saiu aos solavancos, entregue em fragmentos por cada uma das pessoas ali. A conclusão era esta: a Barns estava mudando de comando por meio de uma revolução pacífica, a coroa passando do pai para o filho do meio à medida que o filho mais velho abdicara. E, se você acreditasse em Declan, estados rivais salivavam a um passo da fronteira.

Tratava-se ao mesmo tempo de uma festa de adeus e um conselho de guerra.

Adam não acreditava no que via; ele não sabia dizer se algum dia presenciara Ronan e Declan juntos no mesmo lugar sem brigar. Mas era verdade: Declan parecia aliviado e exausto; Ronan, intenso e poderoso, determinado e alegre; Matthew, inalterável e ebuliente como o sonho feliz que era.

Algo a respeito de tudo isso deixava Adam fora de prumo. Ele não compreendia bem a situação. Sentia a fragrância de madeira de buxo da janela aberta na cozinha, e isso o fazia pensar na divinação no carro de Ronan. Viu a Garota Órfã de relance, escondendo-se com Motosserra debaixo da mesa de jantar, com uma caixa de brinquedos de montar, e mais uma vez se lembrou do choque ao descobrir que Ronan havia sonhado Cabeswater. Ele havia mergulhado no sonho de Ronan Lynch; e Ronan refizera tudo nesse reino, como bem ditara a sua imaginação.

— Por que isso não está *aqui*?

A voz de Ronan veio da cozinha, exasperada.

Matthew resmungou uma resposta.

Um momento mais tarde, Ronan enganchou os dedos no vão da porta da sala de jantar e olhou para fora.

— Parrish. Parrish. Vê se encontra um maldito rolo de papel-alumínio em algum lugar! Talvez no quarto do Matthew.

Adam não se lembrava bem de onde ficava o quarto de Matthew, mas ficou contente de ter uma desculpa para dar uma volta. Enquanto a conversa continuava na cozinha, ele seguiu em frente pelos corredores, subiu escadas escondidas e entrou em outros corredores e outras escadas. Lá embaixo, Ronan disse alguma coisa e Matthew soltou uma risada tão sacana que deve ter sido algo terrível. Para a surpresa de Adam, ele também ouviu a risada de Ronan, algo real, do tipo sincero.

Então se viu no que talvez fosse o quarto de Niall e Aurora. A luz através da janela derramava-se sobre a colcha branca, delicada e sonolenta. *Desprenda-se, ó criança humana* dizia uma citação emoldurada ao lado da cama. Havia uma foto acima do roupeiro: Aurora, a boca aberta em um largo, surpreso e ingênuo sorriso, semelhante ao de Matthew. Niall a abraçando, belo e bem-vestido, o cabelo comprido até o queixo, enfiado atrás das orelhas. Seu rosto era o de Ronan.

Adam ficou parado, olhando para a foto por um longo tempo, sem saber ao certo por que ela chamava tanto sua atenção. Talvez pela surpresa, ele pensou, pois ele simplesmente presumira que Aurora era como uma paleta branca, meiga e calada como em Cabeswater. Ocorreu-lhe que talvez ela fosse feliz e irrequieta, para que Ronan acreditasse por tanto tempo que ela era real, e não um sonho.

O que era real?

Era possível que o motivo que o prendesse fosse Niall Lynch, aquela versão mais velha de Ronan. A semelhança não era perfeita, é claro, mas era próxima o suficiente para ver os maneirismos de Ronan nela. Esse pai insensato e feroz; essa mãe feliz e insensata. Algo dentro de Adam doía.

Ele não compreendia nada.

Então encontrou o quarto de Ronan. Ele sabia que era o quarto de Ronan pela bagunça e extravagância, um primo mais reluzente de seu quarto na Monmouth. Pequenos objetos estranhos estavam jogados por todos os cantos e enfiados debaixo da cama: os sonhos de um Ronan mais jovem, ou talvez os presentes de um pai. Havia coisas comuns também — um skate, uma mala com rodinhas toda arranhada, um instrumento de aparência complicada que devia ser uma gaita de foles largada, empoeirada em uma caixa aberta. Adam ergueu um carrinho polido da estante, que então começou a tocar uma canção esquisita e adorável.

Adam teve de se sentar.

Ele o fez na beirada da colcha branca felpuda, um quadrado de luz branca e pura derramado sobre seus joelhos. Ele se sentiu bêbado. Tudo naquela casa parecia tão certo da sua identidade, tão certo do seu lugar... Tão certo que era desejado. Ele ainda segurou o carrinho equilibrado sobre os joelhos, embora ele tivesse ficado em silêncio. Não era um tipo qualquer de carro — era todo-o-carro-esportivo-já-sonhado em uma forma que-nada-tinha-de-um-carro-esportivo —, mas que lembrava a Adam a primeira coisa que ele comprara para si na vida. Uma memória odiosa, o tipo de memória que às vezes costeava sua consciência quando ele estava caindo no sono, seus pensamentos rolando próximos dele e então recuando, queimados. Adam não conseguia se lembrar de quantos anos ele tinha; quando sua avó lhe enviara um cartão com dez dólares, na época em que ela ainda mandava cartões. Ele comprara um carrinho com o dinheiro, mais ou menos desse tamanho, um Pontiac. Ele não se lembrava de nenhum detalhe de onde comprara o modelo, ou do porquê daquele modelo, ou por que havia recebido o cartão. Tudo o que se lembrava era de estar deitado no chão do seu quarto, deixando marcas de pneu no tapete e ouvindo seu pai falar do outro quarto...

Os pensamentos de Adam revolveram próximos da memória e levaram um choque.

Ele tocou o capô do modelo de sonho e se lembrou do momento de qualquer forma. A antecipação temerosa de se lembrar da memória era pior do que ela em si, pois ela continuaria enquanto Adam lhe opusesse resistência. Às vezes era melhor simplesmente ceder de uma vez.

Eu me arrependo do instante em que esguichei ele em você, o pai de Adam havia dito. Ele não gritara isso. Ele não estava bravo. Era apenas um fato.

Adam se lembrou do momento em que percebera que *ele* era Adam. Ele não lembrava exatamente o que sua mãe havia dito depois, apenas o sentimento da resposta dela — algo como *Eu também não imaginava isso*, ou *Isso não é o que eu queria*. A única coisa que ele se lembrava com precisão era daquele carro, e da palavra *esguichei*.

Adam suspirou. Era incrível como algumas memórias jamais se apagavam. Antigamente — talvez mesmo alguns meses atrás — Adam teria se lembrado dessa memória sempre de novo, girando obsessiva e miseravelmente em sua cabeça. Assim que cedesse, ele não saberia como parar. Mas agora, pelo menos, ele podia simplesmente senti-la ferroar uma vez e então deixá-la de lado para outro dia qualquer. Ele sempre deixava aquele trailer, muito lentamente.

Uma tábua do assoalho rangeu; nós de dedos bateram uma vez na porta aberta. Adam ergueu o olhar para ver Niall Lynch parado no vão. Não, era Ronan, o rosto bem iluminado de um lado, na completa escuridão do outro, parecendo poderoso e à vontade com os polegares enfiados nos bolsos do seu jeans, pulseiras de couro dando voltas em seu punho, os pés descalços.

Sem dizer uma palavra, ele atravessou o quarto e se sentou ao lado de Adam sobre o colchão. Quando estendeu a mão, Adam colocou o carrinho nela.

— Este ferro-velho — disse Ronan. Ele girou o pneu da frente, e mais uma vez a música tocou do carrinho. Eles ficaram sentados assim por alguns minutos, enquanto Ronan examinava o carro e girava cada roda para tocar uma canção diferente. Adam observou o quão atentamente Ronan estudava as linhas de junção, os cílios baixos sobre os olhos claros. Ronan expirou, colocou o carrinho na cama ao lado dele e beijou Adam.

Uma vez, quando Adam ainda vivia no parque de trailers, ele empurrara o cortador de grama pelo jardim lateral estreito quando percebeu que estava chovendo a dois quilômetros dali. Ele podia cheirá-la, a fragrância de terra molhada sobre o campo, mas também o cheiro elétrico e agitado de ozônio. E ele podia vê-lo: um lençol cinzento brumoso de água bloqueando a sua visão das montanhas. Ele podia rastrear a linha de chuva se deslocando através do vasto campo seco em sua direção. Ela era pesada e escura, e Adam sabia que ele ficaria encharcado se ficasse na rua. Ela vinha de tão longe que ele tinha tempo suficiente para guardar o cortador e buscar abrigo. Em vez disso, no entanto, ele apenas ficou parado ali, observando-a se aproximar. Mesmo no último minuto, enquanto ouvia a chuva batendo no gramado, ele ficou ali. Adam fechou os olhos e deixou que a tempestade o encharcasse.

Assim foi esse beijo.

Eles se beijaram de novo. Adam sentiu esse beijo mais do que os próprios lábios.

Ronan se afastou, os olhos fechados, engolindo. Adam observou seu peito subir e descer, o cenho franzir. Ele se sentia tão reluzente, sonhador e imaginário quanto a luz através da janela.

Ele não compreendia nada.

Passou um longo momento antes que Ronan abrisse os olhos, e, quando o fez, sua expressão era confusa. Ele se levantou. Ainda olhava para Adam, e este o olhava de volta, mas nenhum dos dois disse nada. Provavelmente Ronan queria algo dele, mas Adam não sabia o que dizer. Ele era um mágico, Persephone havia dito, e sua mágica fazia conexões entre coisas distintas. Agora ele se sentia repleto de uma luz branca e etérea, para fazer qualquer tipo de conexão lógica. Adam sabia que de todas as opções no mundo, Ronan Lynch era a versão mais difícil de qualquer uma delas. Ele sabia que Ronan não era algo para ser experimentado junto. Ele sabia que a sua boca ainda estava quente. Ele sabia que ele havia começado o seu período inteiro na Aglionby, certo de que tudo o que ele queria fazer era se afastar ao máximo desse estado e de tudo o que isso implicava.

Ele tinha certeza de que aquele era o primeiro beijo de Ronan.

— Vou descer — disse Ronan.

34

Havia uma história que Niall contara certa vez a Ronan de que ele não conseguia se lembrar bem, mas da qual sempre gostara. Era algo a respeito de um garoto — que se parecia muito com Ronan, como acontecia muitas vezes com os garotos nas histórias de Niall — e de um velho — que se parecia muito com Niall, como acontecia muitas vezes com os homens nas histórias de Niall. O velho poderia ter sido um mago, na realidade, e o garoto poderia ter sido o seu aprendiz, embora Ronan talvez tivesse combinado a história com um filme que vira certa vez. Na história, havia um salmão mágico que conferiria felicidade à pessoa que o comesse. Ou talvez fosse sabedoria, não felicidade. De qualquer maneira, o velho andava preguiçoso, ocupado demais ou em uma viagem de negócios para desperdiçar o seu tempo tentando pescar o salmão, e assim havia mandado o garoto pescá-lo para ele. Quando o garoto o pescasse, ele deveria cozinhá-lo e trazê-lo para o velho. O garoto cumpriu o combinado, pois era tão esperto quanto o velho mago, mas, enquanto cozinhava o salmão, ele se queimara. Sem refletir a respeito, ele colocou o dedo queimado na boca e assim ficou com a mágica do salmão para si.

Ronan achou que havia conseguido a felicidade sem querer.

Ele podia fazer qualquer coisa.

— Ronan, cara, o que você está fazendo aí em cima? — chamou Declan. — O jantar está pronto!

Ronan estava no telhado de um dos pequenos galpões para equipamentos. Era o mais alto que ele podia chegar em um curto espaço de tempo sem asas. Ele não baixou os braços. Vagalumes, quinquilharias e sua flor de sonho reluziam e redemoinhavam à sua volta, e continuaram passando por seu campo de visão enquanto ele mirava o céu estriado com uma tonalidade rósea.

Após um momento, o telhado gemeu e Declan também, e então seu irmão mais velho se puxou para cima, ao lado de Ronan. Ele ficou olhando não para o céu, mas para as coisas que flutuavam à volta do irmão mais novo.

Suspirou.

— Com certeza você fez muitas coisas com esse lugar. — Estendeu a mão para pegar um vagalume. — Meu Deus, Ronan, não tem sequer mosquitos por aqui.

Ronan baixou os braços e olhou para a luz que Declan havia apanhado. Em seguida deu de ombros.

Declan soltou o vagalume de volta no ar. Ele flutuou bem à sua frente, iluminando os traços duros de um Lynch, o nó de preocupação entre suas sobrancelhas, o premir de desapontamento em sua boca.

— Ele quer ir com você — disse Ronan.

— Não posso levar uma bola reluzente comigo.

— Aqui — disse Ronan. — Espera.

Ele deslocou o peso do corpo para tirar algo do bolso e o ofertou a Declan, pousando-o na palma de sua mão. Parecia uma arruela de metal tosca para equipamentos pesados. Tinha aproximadamente quatro centímetros, um peso de papel de um filme de ficção científica, tirado de uma máquina esquisita.

— Você está certo, isso tem bem menos chance de chamar atenção — disse Declan, de esguelha.

Ronan deu um tapa brusco no objeto, e uma pequena nuvem de esferas flamejantes se espalhou com um sibilar cintilante.

— Uau, Ronan!

Declan desviou o queixo abruptamente.

— Fala sério, você acha que eu ia explodir o seu rosto?

Ele o demonstrou de novo, aquele tapa rápido, aquele estouro de esferas brilhantes. Depois largou o objeto na mão de Declan e, antes que Declan pudesse dizer alguma coisa, o acertou para ativá-lo mais uma vez.

Esferas expeliram-se no ar. Por um momento, ele viu como seu irmão ficou preso dentro delas, observando-as pairar furiosamente em torno de seu rosto, cada sol dourado disparando luzes douradas e brancas, e, quando viu o vasto desejo no rosto de Declan, percebeu quanto ele havia perdido ao não crescer, nem como sonhador, nem como objeto sonhado. Aquele jamais fora o seu lar. Os Lynch jamais haviam feito esforço algum para que isso acontecesse.

— Declan? — chamou Ronan.

O rosto de Declan se desanuviou.

— Essa é a coisa mais útil que você já sonhou na vida. Você deveria dar um nome para ela.

— Já dei. ORBMASTER. Tudo em letras maiúsculas.

— Mas tecnicamente você é o mestre, certo? E isso é só uma esfera.

— Qualquer pessoa que a segurar se torna um ORBMASTER. Você é um ORBMASTER agora mesmo. Toma, fique com ela, coloque-a no bolso. ORB-MASTER WASHINGTON.

Declan estendeu a mão e bagunçou a cabeça raspada de Ronan.

— Você é um fedelho de primeira.

A última vez que eles haviam estado nesse telhado juntos, seus pais ainda estavam vivos, o gado pastava lentamente, e o mundo era um lugar menor. Aquela época havia passado, mas, por uma vez que fosse, estava tudo bem.

Os irmãos olharam para trás, para o lugar que os havia feito e, juntos, desceram do telhado.

35

Dependendo por onde você começasse a história, ela dizia respeito a Neeve Mullen.

Neeve tinha o tipo de carreira que a maioria das médiuns desejava ter. Parte disso ocorria porque ela tinha uma variedade de clarividência que era muito fácil de transformar em dinheiro: ela era boa com números específicos, letras específicas, tirar números de telefone das carteiras das pessoas, aniversários da cabeça das pessoas, apontando precisamente os momentos de eventos futuros. E parte disso era porque ela era obstinadamente ambiciosa. Nada jamais era suficiente. Sua carreira era um copo que nunca parecia ficar cheio. Ela começou com uma linha telefônica, e então publicou alguns livros e conseguiu um programa na televisão, exibido de manhã bem cedo. Ela tinha respeito dentro da comunidade.

Mas.

Fora da comunidade, ela seria sempre só uma médium. Ultimamente, neste século, mesmo a melhor médium tinha o estigma que provocava o torcer de nariz de uma bruxa e nada da admiração.

Neeve podia colocar as mãos sobre o futuro, o passado e outros mundos, mas *ninguém se importava*. E assim ela fizera os feitiços, sonhara os sonhos e pedira aos seus guias espirituais por um caminho. *Me digam como me tornar poderosa de um jeito que as pessoas não ignorem.*

Henrietta, sussurrou um de seus guias. A tela de sua televisão se cobriu de mapas do tempo na Virgínia. Ela sonhava com a linha ley. Sua meia-irmã a chamou: "Venha a Henrietta e me ajude!". Espelhos lhe mostravam um futuro com todos os olhos nela. O universo apontava o caminho.

E ali estava ela, em uma floresta escurecida, com Piper Greenmantle e um demônio.

Neeve deveria ter adivinhado que sua fixação com o poder lhe proporcionaria a oportunidade de barganhar com um demônio, mas ela não fizera isso. Ela não era cem por cento eticamente correta, mas não era idiota: ela sabia que não havia um final feliz para uma barganha dessas. Então, era um beco sem saída. Literalmente.

A moral estava baixa.

Piper, em contrapartida, seguia entusiasmada. Havia trocado seus trapos rasgados por um vestido azul-celeste perfeito, com sapatos de salto para combinar; era um choque de cor em uma paisagem cada vez mais incolor. Ela disse a Neeve:

— Ninguém compra um objeto de luxo de uma mendiga pedindo carona.

— O que você está vendendo? — perguntou Neeve.

— O demônio — respondeu Piper.

Neeve não tinha certeza se isso fora uma falha de imaginação ou uma percepção mediúnica de sua parte, mas ela não havia antecipado isso *também*. Uma súbita sensação ruim acompanhou a resposta de Piper. Neeve tentou articulá-la.

— Tenho a impressão de que o demônio está ligado a essa localização geográfica e existe para um fim específico, isto é, desfazer todos os artefatos de energia associados a este lugar, no caso, e assim me parece improvável que você consiga movê-lo sem causar um dano consi...

— O tempo é esquisito aqui, não? — interrompeu Piper. — Não sei dizer se estamos aqui há alguns minutos ou não.

Neeve tinha bastante certeza de que elas haviam estado ali por bem mais tempo, mas aquela floresta manipulava o seu sentido de tempo para atrasar Piper. Mas Neeve não queria dizer isso em voz alta, pois temia que Piper usasse aquela informação de uma maneira terrível. Neeve se perguntou se ela poderia matar Piper — *o quê*? Não, ela não havia se perguntado. Era o demônio sussurrando em seus pensamentos, como sempre fazia.

Ela se perguntou o que ele estaria sussurrando para Piper.

Neeve olhou para o demônio. Ele a olhou de volta. Ele estava começando a parecer mais em casa ali, em meio à floresta, o que provavelmente era um mau sinal para as árvores. Em uma voz baixa, ela disse:

— Não vejo como você espera vender esse demônio. Isso é um exercício em arrogância. Você não pode controlá-lo.

A voz mais baixa não fazia sentido, à medida que o demônio estava bem ali, mas Neeve não conseguia deixar de usá-la.

— Ele está me concedendo um favor — disse Piper. — É isso que ele disse.

— Sim, mas no fim das contas, o demônio tem a sua própria agenda. Você só é uma ferramenta.

Os pensamentos do demônio sussurraram através das árvores, e elas estremeceram. Um pássaro cantou, mas era um som ao contrário. A alguns metros de Neeve, uma boca se abriu no chão. Ela se abria e fechava lentamente, de um jeito faminto e desatento. Não era possível, mas o demônio não se importava com *possível*. A floresta vivia agora segundo regras de pesadelo. Piper não parecia incomodada.

— E você é uma pessimista. Demônio, faça-me uma casa. Caverna casa. O que quer que você consiga fazer rápido por aqui. Desde que eu possa tomar um banho, estou nessa. Que assim seja, ou sei lá.

Assim foi, ou sei lá, de acordo com as palavras de Piper.

A mágica do demônio não lembrava em nada algo que Neeve já tivesse usado um dia. Ela era negativa, um cartão de débito mágico; uma prova mediúnica de energia não era nem criada, tampouco destruída. Se elas quisessem fazer um prédio, o demônio teria de desfazer parte da floresta. E não era um processo fácil de observar. Se tivesse sido um simples apagamento, Neeve talvez não tivesse tanta dificuldade com ele. Mas era uma corrupção. Videiras não paravam de crescer, florescendo e brotando com um crescimento incessante até que se estrangulavam e apodreciam. De espinheiros delicados cresciam lâminas e espinhos que se dobravam e se retorciam até cortarem o galho de onde pendiam. Pássaros vomitavam seus aparelhos digestivos, que se transformavam em cobras, que comiam os pássaros e então se devoravam, debatendo-se em agonia.

O pior eram as árvores grandes. Elas eram sagradas — Neeve *sabia* que elas eram sagradas — e resistiam à mudança mais que qualquer outra coisa viva na floresta. Primeiro elas sangravam uma seiva negra. Então, lentamente, suas folhas murchavam. Os galhos caíam uns contra os outros, desabando como um adubo escuro. A casca se soltava em lâminas, desprendendo-se como uma pele apodrecida. As árvores começaram a gemer. Não era um ruído que um ser humano poderia produzir. Não era uma *voz*.

217

Era uma versão tonal do ruído que um ramo faz, lamentando-se ao vento. Uma canção vinda de uma árvore caindo em uma tempestade.

Aquilo ia contra tudo o que Neeve defendia.

Ela se obrigou a observar, no entanto. Ela devia isso àquela floresta antiga e sagrada. Observá-la morrer. Neeve se perguntou se ela havia sido trazida para esta floresta para salvá-la.

Tudo era um pesadelo.

A casa nova de Piper preencheu uma fenda enorme e profunda nas rochas, suspensa e assegurada por meios mágicos. A estrutura era um casamento estranho dos desejos de Piper e da sensibilidade de ninho-de--vespa-de-estuque do demônio. Bem no centro da sala maior havia uma banheira profunda no formato de uma lágrima.

Como em qualquer bom acordo, ambas as partes ficaram vagamente insatisfeitas, mas não disseram nada a respeito. Piper deu uma risadinha zombeteira e disse simplesmente:

— Ótimo. Hora de falar com o meu pai.

— Em vez da possessão, você poderia usar a banheira para uma divinação e se comunicar com o seu pai — sugeriu Neeve rapidamente. O que ela não disse é que ela achava que a divinação usaria muito menos energia do que a possessão. Poderia não salvar uma árvore, mas poderia preservá-la por mais algum tempo.

O demônio contraiu as antenas na direção de Neeve. Ele sabia o que estava fazendo. Um segundo mais tarde, Piper olhou para a banheira de forma avaliadora; era claro que o demônio havia tagarelado diretamente em sua cabeça. Neeve esperou por uma réplica, mas Piper apenas correu os dedos em torno da borda da banheira, pensativa. Ela disse:

— Eles vão se emocionar mais se virem o meu rosto. Demônio, conecte o meu pai nessa coisa. Que assim seja, ou sei lá.

E assim foi, ou sei lá.

Laumonier estava em um banheiro público. Ele estava parado na frente do espelho, e também na frente da porta para o banheiro masculino para se certificar de que ninguém entrasse.

Piper estreitou os olhos, mirando a banheira.

— Vocês estão na Frutos do Mar da Hora? Não posso acreditar. Odeio tudo.

— Sim, nós queríamos ostras — disse Laumonier, sua voz emanando do demônio em vez da banheira. Seus olhos estavam estreitados, tentando conseguir uma visão melhor de onde quer que sua filha estivesse.

— Você está no ninho de uma vespa?

— É um santuário — disse Piper.

— Para o quê?

— Para mim. Ah, que bom que você perguntou desse jeito. Deixou bem apropriado para eu responder. Olha, vou apressar isso aqui, pois estou morrendo de vontade de tomar um banho. O que vocês fizeram aí do seu lado?

— Programamos uma exposição para o seu objeto — disse Laumonier, saindo de um dos cubículos. — Programamos para acontecer um dia depois de um evento para arrecadar fundos para uma congressista em uma escola para garotos aqui, para permitir que convidados de fora da cidade participem. O que estamos vendendo?

Piper descreveu o demônio, que levantou voo e deu uma volta na banheira. Pela expressão de Laumonier, Neeve sabia que o demônio *também* estava se descrevendo. Eles ficaram claramente impressionados com a desorientação de seus pensamentos.

— Belo achado — disse Laumonier. — Mantemos contato.

E desapareceram da banheira de divinação.

— Hora do banho — disse Piper triunfantemente. Ela não pediu que Neeve a deixasse sozinha, mas ela a deixou do mesmo jeito. Ela precisava sair. Ela precisava ficar só. Ela precisava ficar calma, para que pudesse ver as coisas com clareza.

Ela não sabia ao certo se um dia se sentiria calma novamente.

Na rua, no topo das escadas de vespa, Neeve agarrou os cabelos. Em retrospectiva, ela sabia que havia usado o poder do universo somente para o seu ganho pessoal. Fora assim que ela chegara ali. Ela não podia ficar brava com essa lição. Ela precisava tentar salvar a floresta. Era isso. Neeve não conseguiria viver consigo mesma, sabendo que deixara que um lugar sagrado fosse destruído.

Então começou a correr.

Normalmente, Neeve não corria, mas, assim que começou a correr, não pôde acreditar que tivesse demorado tanto para tomar essa atitude. Ela poderia ter feito isso no momento em que viu o demônio, até que ele estivesse longe demais para ser ouvido em sua cabeça. O medo e a revulsão subitamente a alcançaram, e, enquanto Neeve respirava ofegante pela floresta, o choro veio aos soluços. *Demônio, demônio, demônio.* Ela estava com muito medo. As folhas secas debaixo de seus pés se transformaram em cartas de tarô com seu rosto nelas. Neeve escorregou sobre as superfícies, mas tão logo elas deixavam a sola de seus sapatos, viravam folhas novamente.

Água, ela pensou para a floresta. *Eu preciso de um espelho se eu for ajudá-la.*

Folhas se mexeram indiferentemente sobre ela. Uma gota de chuva respingou sobre o seu rosto, misturando-se a suas lágrimas.

Chuva, não. Água para um espelho, pensou. Ela olhou sobre o ombro enquanto corria. Tropeçou. Ela se sentia observada, mas é claro que ela se sentiria observada. O lugar todo a observava. Escorregando por uma lomba, as mãos pegando apenas folhas secas que só a empurravam para mais longe, ela se viu olhando para o toco oco de uma árvore.

Água, água. Enquanto observava, a água borbotou e o encheu. Neeve mergulhou a mão e rezou para algumas deusas escolhidas, e então manteve as mãos sobre o toco para realizar a divinação. Sua mente se encheu com as imagens da Rua Fox. O sótão no qual ela tinha ficado, os rituais que fizera ali. Os espelhos que ela colocara para a impelir através de possibilidades que eventualmente a haviam trazido para ali.

Neeve queria muito olhar por sobre o ombro.

Mas não podia interromper sua concentração.

Então sentiu o momento em que a conexão se firmou. Ela não reconheceu o rosto, mas não importava. Se era uma mulher na Rua Fox, 300, a informação chegaria às pessoas que desejavam fazer algo a respeito disso. Neeve sussurrou:

— Você consegue me ouvir? Tem um demônio. Ele está desfazendo a floresta e tudo que está ligado a ela. Estou tentando...

— Sabe de uma coisa? — Piper perguntou. — Se você tinha um problema comigo, podia ter vindo até mim primeiro.

A conexão de Neeve se rompeu. A água no toco se agitou, apenas água, e então a casca escura e dura do demônio irrompeu pela superfície. Com um ligeiro balançar de antenas, ele rastejou até o braço dela. Pesado. Malevolente. Sussurrando possibilidades terríveis, cada vez mais terríveis probabilidades. Piper entrou no foco do outro lado do toco, caminhando pelas folhas até eles. Seu cabelo ainda estava úmido do banho.

Neeve não perdeu seu tempo implorando.

— Por favor, Neeve. Esses tipos da Nova Era como você são os piores. — Piper gesticulou para o demônio. — Desfaça-a.

36

Havia algo de *vivo* a respeito da noite.

Declan e Matthew tinham ido embora. Gansey, Blue, Ronan e Adam seguiram na Barns, sentados em um círculo na sala de estar que cheirava a madeira de nogueira. As únicas luzes eram as coisas que Ronan havia sonhado. Elas flutuavam sobre sua cabeça e dançavam na lareira. Parecia que a mágica pairava entre todos eles, mesmo nos lugares onde a luz não tocava. Gansey tinha consciência de que estavam todos mais felizes do que haviam estado em muito tempo, o que parecia estranho diante dos eventos assustadores da noite anterior e das notícias sinistras que haviam acabado de receber de Declan.

— Esta é uma noite para a verdade — disse Gansey, e, em outra ocasião, talvez eles tivessem rido dele por isso. Mas não hoje à noite. Hoje à noite, todos podiam perceber que faziam parte de uma máquina lenta que rodava, e a enormidade disso os desconcertava. — Vamos colocar isso no papel.

Lentamente, eles descreveram o que lhes havia acontecido no dia anterior, pausando apenas para que Gansey anotasse tudo em seu diário. Enquanto tomava nota dos fatos — a linha ley emperrando às 6h21, o ataque de Noah, a árvore que exsudava uma seiva negra, o olho de Adam se movendo sozinho —, ele começou a se dar conta dos papéis que eles representavam. Gansey praticamente podia ver o fim se se concentrasse bastante.

Eles discutiram se tinham responsabilidade de proteger Cabeswater e a linha ley — todos achavam que sim. Se Artemus sabia mais do que estava dizendo — todos achavam que sim. Se um dia ele abriria o jogo a respeito de tudo — todos pareciam pouco convencidos de que sim.

Em meio a essa discussão, Ronan se pôs a caminhar de um lado para o outro. Adam foi à cozinha e voltou com um café. Blue fez um ninho de almofadas do sofá ao lado de Gansey e pousou a cabeça no colo dele.

Isso não era permitido.

Mas era. A verdade deslizava para a luz.

Também falaram sobre a cidade. Se era mais sensato se esconderem dos forasteiros ou lutar com eles quando chegassem a Henrietta para escavar relíquias sobrenaturais. Enquanto lançavam ideias para defender sonhos e aliados perigosos, monstros armados e fossos ácidos, Gansey tocou o cabelo acima da orelha de Blue suavemente, cuidando para não tocar a pele próxima de sua sobrancelha por causa de seu ferimento e para não cruzar com os olhos de Ronan e Adam por causa da inibição.

Era permitido. Era permitido que ele quisesse isso.

Então conversaram sobre Henry. Gansey tinha consciência de que estava contando os segredos de Henry mantidos a sete chaves, mas também havia decidido ao final do dia na escola que contar algo para si era o mesmo que contar a Adam, Ronan e Blue. Eles eram um pacote; não se poderia esperar conquistar Gansey sem conquistar os outros também. Adam e Ronan fizeram piadas infantis à custa de Henry ("Ele é meio chinês", "Qual metade?") e riram baixinho, como conspiradores; Blue chamou a atenção deles ("Muita inveja"?); Gansey disse para colocarem de lado seus preconceitos e que pensassem nele.

Ninguém havia dito a palavra *demônio* ainda.

Ela pairava ali, sem ser dita, definida pelo formato da conversa à volta dela. A coisa que Adam e Ronan haviam perseguido de carro, a coisa que habitara Noah, a coisa que possivelmente estava atacando Cabeswater. Era bastante possível que eles tivessem passado a noite inteira sem abordar o assunto se Maura não tivesse ligado da Rua Fox, 300. Gwenllian tinha visto algo nos espelhos do sótão, ela disse. Levara todo esse tempo para descobrir o que ela tinha visto realmente, mas parecia que havia sido Neeve com um aviso.

Demônio.

Desfazedor.

Desfazendo a floresta e tudo que está ligado a ela.

Essa revelação fez Ronan parar de andar de um lado para o outro e Adam ficou absolutamente calado. Nem Blue nem Gansey interromperam esse silêncio curioso, e então, ao cabo dele, Adam disse:

— Ronan, acho que você precisa contar para *eles* também.

A expressão de Ronan, se era alguma coisa, era traída. Que cansativo; Gansey podia ver precisamente a discussão que isso provocaria. Adam lançaria algo frio e verdadeiro pelo arco, Ronan dispararia um canhão de palavrões de volta, Adam jogaria gasolina na trajetória do projétil, e então tudo estaria em chamas por horas.

Mas Adam simplesmente disse, no tom mais sério:

— Não vai mudar nada, Ronan. Estamos aqui com luzes de sonho à nossa volta, e posso ver uma garota com cascos que você sonhou comendo isopor no corredor. Nós andamos em um carro que você tirou dos seus sonhos. É surpreendente, mas isso não vai mudar a maneira que eles veem você.

E Ronan retrucou:

— *Você* não lidou bem com a revelação.

Em seu tom magoado, Gansey achou que ele finalmente compreendia algo a respeito de Ronan.

— Eu tinha outras coisas acontecendo na minha vida — respondeu Adam.

— Isso complicou um pouco mais as coisas.

Gansey achou que *definitivamente* ele compreendia algo a respeito de Ronan.

Blue e Gansey trocaram olhares. Blue tinha uma sobrancelha adentrando as mechas de seu cabelo; seu outro olho ainda estava fechado do inchaço. Isso a fazia parecer mais curiosa ainda do que ela pareceria normalmente. Ronan puxou as pulseiras de couro.

— Como quiser. Eu sonhei Cabeswater.

Mais uma vez a sala ficou absolutamente silenciosa.

Em um determinado nível, Gansey percebeu por que Ronan hesitara em lhes contar: a capacidade de tirar uma floresta mágica de sua cabeça acrescentava uma aparência de outro mundo à sua persona. Mas em todos os outros níveis, Gansey se sentia ligeiramente confuso, como se lhe contassem um segredo que já ouvira antes. Ele não sabia dizer se isso ocorria porque a própria Cabeswater talvez já tivesse sussurrado essa verdade para eles em uma de suas caminhadas por lá, ou se a questão era meramente que o peso da evidência já era tão conclusivo que o seu subconsciente aceitara a propriedade do segredo antes de o pacote ter sido oficialmente entregue.

— E pensar que você poderia sonhar a cura para o câncer — disse Blue.

— Escuta, Sargent — retrucou Ronan. — Eu ia sonhar para você um creme oftálmico uma noite dessas, já que pelo visto a medicina moderna não está fazendo merda nenhuma por você, mas eu quase fui morto por uma cobra assassina saída do quarto círculo do inferno dos sonhos, então de nada.

Blue pareceu apropriadamente tocada.

— Ah, obrigada, cara.

— Sem problemas, colega.

Gansey deu um piparote com a caneta em seu diário.

— Enquanto estamos sendo francos, você sonhou alguma outra locação geográfica que valha a pena nos contar? Montanhas? Lugares com água?

— Não — disse Ronan. — Mas eu sonhei o Matthew.

— Meu Deus — disse Gansey, em um estado contínuo de impossibilidade, ocasionalmente se agitando para um estado mais elevado, de mais impossibilidade ainda. Tudo isso era difícil de acreditar, mas havia meses as coisas vinham sendo difíceis de acreditar. Ele já havia chegado à conclusão de que Ronan era diferente de qualquer outra pessoa; e essa era apenas mais uma prova para corroborar sua opinião. — Isso significa que você sabe o que as visões naquela árvore querem dizer?

Ele se referia à árvore oca que proporcionava visões a quem quer que estivesse dentro dela; eles a haviam descoberto da primeira vez em que exploraram Cabeswater. Gansey havia tido duas visões nela: uma, onde ele parecera muito próximo de beijar Blue Sargent, e outra, onde ele parecera muito próximo de encontrar Owen Glendower. Ele tinha um ávido interesse em ambas as situações. Ambas haviam parecido muito reais.

— Pesadelos — respondeu Ronan como a encerrar a questão.

Blue e Adam piscaram. Blue ecoou:

— Pesadelos? Isso é tudo? Não são visões do futuro?

— Quando eu sonhei aquela árvore, foi o que ela fez. Os piores cenários possíveis. O que quer que ela achou que teria a maior chance de foder com a mente de vocês no dia seguinte — disse Ronan.

Gansey não tinha certeza de que ele teria classificado qualquer uma de suas visões como *pior cenário possível*, mas a verdade é que ambas haviam lhe proporcionado certa medida de fodeção em sua mente. A expressão estupidificada de Blue sugeriu que ela concordava. Adam, em contrapartida, soltou uma respiração tão grande que parecia que a estivera segurando durante meses. Isso não causava surpresa. A vida real de Adam já vinha sendo um pesadelo quando ele pisara naquela árvore. Uma fodeção acima e além da verdade em sua mente deve ter sido verdadeiramente terrível.

— Você conseguiria — começou Gansey e então parou, pensativo. — Você conseguiria sonhar alguma proteção para Cabeswater?

Ronan deu de ombros.

— Lances sombrios em Cabeswater significam lances sombrios nos meus sonhos. Eu já disse, não consegui tirar nem um cremezinho para o olho da Sargent na noite passada, e isso é o básico do básico. Uma criança poderia manifestar isso. Não consegui nada.

— Posso tentar te ajudar — disse Adam. — Eu poderia adivinhar enquanto você sonha. Eu poderia limpar a energia para você conseguir algo útil.

— Isso parece muito insubstancial — disse Gansey, realmente querendo dizer *o monstro parece enorme*.

Blue se endireitou e gemeu, segurando o olho.

— Não tenho problemas com *insubstancial*. Acho que não devemos fazer nada *substancial* até conversarmos com a minha mãe. E quero saber mais sobre o que a Gwenllian viu. Ugh. Acho que você precisa me levar para casa, Gansey. Meu olho está me deixando maluca e me dando uma sensação de cansaço maior do que estou na verdade. Desculpa, garotos.

Como não havia como surgirem mais ideias sem mais informações, os outros usaram a deixa como desculpa para se levantarem e se alongarem também. Blue se dirigiu para a cozinha e Ronan deu uma corridinha à sua frente, tirando-a do caminho intencionalmente com o quadril.

— *Idiota* — ela disse, e ele riu alegremente.

Gansey se sentiu profundamente emocionado com o som daquela risada, aqui de todos os lugares, aqui na Barns, aqui na sala que ficava a apenas cinquenta metros de onde Ronan havia encontrado seu pai morto e sua vida em pedaços. Era um som tão descartável agora, aquela risada. Um riso fácil que dizia que ele podia ser gasto facilmente porque havia mais de onde ele tinha vindo. O ferimento estava se curando contra todas as probabilidades; a vítima sobreviveria no fim das contas.

Ele e Adam continuaram na sala de estar, de pé, pensando. Uma janela dava para a área de estacionamento escura onde o BMW, o calhambeque de Adam e o glorioso Camaro estavam estacionados. O Pig parecia uma nave espacial na luz da entrada; o coração de Gansey ainda se sentia cheio de promessas e mágicas, ao mesmo tempo sombrias e triviais.

— Você sabe da maldição da Blue, não é? — perguntou Adam em voz baixa.

Se você beijar o seu verdadeiro amor, ele vai morrer.

Sim, ele sabia. Ele também sabia por que Adam estava lhe perguntando aquilo, e podia sentir a tentação de brincar e se esquivar com uma piada, porque era estranhamente embaraçoso falar dele e de Blue. Blue e ele. Gansey se transformou em um aluno da sétima série de novo. Mas essa era a noite da verdade, e a voz de Adam era séria, então ele disse:

— Sei.

— Você acha que ela se aplica a você? — perguntou Adam.

Cuidadosamente, Gansey respondeu:

— Acho que sim.

Adam olhou de relance para ver se Ronan e Blue ainda estavam na cozinha; estavam.

— E você?

— Eu o quê?

— A maldição diz que você é o amor verdadeiro *dela*. E você? *Você a ama?* — Adam pronunciou "ama" muito cuidadosamente, como se a palavra fosse um elemento estranho na tabela periódica. Gansey *estava* preparado para rebater essa resposta, mas um olhar de Adam lhe disse que seu amigo estava bastante interessado nela e que, provavelmente, na verdade, a pergunta dizia respeito a uma questão completamente diferente.

— Sim — respondeu Gansey simplesmente.

Agora Adam se virou para ele, intenso.

— O que isso *quer dizer*? Como você sabia que isso era diferente de ser apenas o amigo dela?

Agora ficara *realmente* óbvio que Adam estava pensando a respeito de uma coisa completamente diferente, e assim Gansey não tinha certeza de como responder. Isso o fez lembrar de estar no buraco com Henry mais cedo naquele dia, quando Henry não precisara de nada dele, a não ser que ele o ouvisse. A situação não era a mesma agora. Adam precisava de algo. Então ele procurou uma maneira de articulá-lo.

— Acho que... ela me tranquiliza. Como Henrietta.

Anteriormente, ele havia contado isso a Adam; que assim que ele encontrara a cidade, algo dentro dele havia parado — algo que sempre se agitara dentro dele e ele nem se dera conta. Adam não havia compreendido, mas então, novamente, Henrietta sempre significara algo diferente para ele.

— Só isso? Tão simples assim?

— Não *sei*, Adam! Você está me pedindo para definir um conceito abstrato que ninguém conseguiu explicar desde o início dos tempos. Você parece que jogou isso na minha cara — disse Gansey. — Por que nós respiramos ar? Por que nós amamos ar? Porque não queremos sufocar. Por que nós comemos? Porque não queremos morrer de fome. Como eu sei que eu a amo? Porque eu consigo dormir depois que converso com ela. Por quê?

— Por nada — disse Adam, uma mentira tão descarada que ambos olharam para o pátio na rua, em silêncio de novo. Ele tamborilou os dedos de uma mão na palma da outra.

Normalmente, Gansey teria dado espaço para Adam vagar; sempre fora duvidosamente produtivo pressionar Adam ou Ronan a falar antes de eles estarem prontos. Mas, nesse caso, era tarde, e Gansey não tinha meses para esperar que Adam voltasse ao tópico da discussão. Ele disse:

— Achei que esta noite era uma ocasião para a verdade.

— O Ronan me beijou — disse Adam imediatamente, as palavras em uma fila de espera. Então mirou atentamente o pátio da frente. Quando Gansey não disse nada, ele acrescentou: — Eu também o beijei.

— Jesus — disse Gansey. — Cristo.

— Você está surpreso?

Ele estava sobretudo surpreso que Adam tivesse lhe *contado*. *Gansey* levara vários meses de encontros furtivos com Blue para que fosse capaz de reunir coragem de contar aos outros, e mesmo assim apenas sob circunstâncias extremas.

— Não. Sim. Não sei. Encarei umas mil surpresas hoje, e então não sei mais dizer. *Você* ficou surpreso?

— Não. Sim. Não sei.

Agora que Gansey tivera mais de um segundo para pensar a respeito da situação, ele considerou todas as maneiras que uma situação dessas poderia implicar. Ele imaginou Adam, sempre o cientista. Ronan, feroz, leal e frágil.

— Não magoe ele, Adam.

Adam continuou espiando para fora da janela. O único detalhe que entregava o funcionamento furioso de sua mente era o lento torcer de seus dedos juntos.

— Não sou nenhum idiota, Gansey.

— Estou falando sério. — Agora a imaginação de Gansey havia disparado à frente para imaginar um futuro em que Ronan talvez tivesse de existir sem ele, sem Declan, sem Matthew, e com um coração partido. — Ele não é tão durão quanto parece.

— *Não sou nenhum idiota*, Gansey.

Gansey não achava que Adam fosse um idiota. Mas muitas vezes ele tivera seus sentimentos machucados por Adam, mesmo quando Adam não tivera essa intenção. Alguns dos piores estragos haviam surgido *porque* Adam não se dera conta de que os causara.

— Acho que você é o contrário de idiota — disse Gansey. — Não quero deixar subentendido de outra forma. Só queria dizer...

Tudo que Ronan já dissera um dia a respeito de Adam se reestruturou na mente de Gansey. Que constelação estranha eles formavam.

— Não vou detonar com a cabeça dele. Por que você acha que eu estou conversando com você? Nem sei como eu... — Adam não terminou a frase. Era uma noite para a verdade, mas ambos haviam encerrado seu estoque de coisas sobre as quais tinham certeza.

Olharam para fora da janela de novo. Gansey tirou uma folha de menta do bolso e a colocou na boca. A sensação de mágica que ele havia sentido no início da noite parecia mais pronunciada ainda. Tudo era possível, bom e ruim.

— Eu acho — disse Gansey lentamente — que a questão diz respeito a ser sincero consigo mesmo. Isso é tudo que você pode fazer.

Adam soltou uma mão da outra.

— Acho que era isso que eu precisava ouvir.

— Eu faço o melhor que posso.
— Eu sei.

No silêncio, eles ouviram Blue e Ronan conversando com a Garota Órfã na cozinha. Havia algo bastante reconfortante a respeito do murmúrio familiar e afetuoso da voz deles, e Gansey sentiu aquele puxão estranho do tempo. Que ele tinha vivido esse momento antes, ou o viveria no futuro. De desejar e ter, ambos ao mesmo tempo. Ele se sobressaltou ao perceber que desejava encerrar sua busca por Glendower. Ele queria o resto de sua vida. Até esta noite, Gansey não havia pensado realmente que *havia* qualquer coisa além disso para sua vida.

— Acho que chegou a hora de encontrarmos Glendower — ele disse.
— Acho que você está certo — disse Adam.

37

Dependendo por onde você começasse a história, ela dizia respeito a Henry Cheng.

Henry nunca fora bom com palavras. Caso em questão: no primeiro mês em que estivera em Aglionby, ele havia tentado explicar isso a Jonah Milo, o professor de inglês, e ouvira que ele estava sendo exigente demais consigo mesmo. *Você tem um ótimo vocabulário*, Milo dissera. Henry sabia que tinha um ótimo vocabulário. Não era a mesma coisa que ter as palavras necessárias para se expressar. *Você fala muito bem para um garoto da sua idade*, havia acrescentado Milo. *Diabos, ha, mesmo para um cara da minha idade.* Mas soar como se você estivesse dizendo o que sentia não era o mesmo que realmente consegui-lo. *Muitos estrangeiros quando falam uma segunda língua se sentem assim*, havia terminado Milo. *Minha mãe disse que ela jamais se sentia ela mesma em inglês.*

Mas a questão não era que Henry perdia um pouco de sua personalidade em inglês. Ele perdia um pouco de si mesmo *em voz alta*. Sua língua nativa era o *pensamento*.

Então ele não tinha como explicar para valer como ele se sentia quando tentava fazer amizade com Richard Gansey e com os membros da família real de Gansey. Ele não tinha palavras para articular suas razões para oferecer seu segredo mais rigorosamente guardado no porão do Prédio Borden. Não havia uma descrição possível para o quão difícil era esperar para ver se sua oferta de paz havia sido aceita.

O que significava que ele simplesmente tinha de matar o tempo.

Henry se manteve ocupado.

Ele impressionou Murs em história com seu estudo aprofundado sobre a disseminação de equipamentos eletrônicos pessoais através do primeiro mundo; ele incomodou Adler na administração com seu estudo aprofundado sobre a disparidade entre o orçamento de publicidade da Aglionby *versus* seu orçamento para bolsas de estudo. Ele gritou até ficar rouco na beira do campo do jogo de futebol de Koh (eles perderam). Ele grafitou as palavras PAZ, CADELAS no lixão ao lado da sorveteria.

Não havia muito dia mais sobrando. Ele estava esperando que Gansey ligasse? Henry não tinha palavras para o que estava esperando. Um evento no tempo. Não. Mudança climática. Uma diferença permanente na maneira como as safras eram cultivadas no noroeste.

O sol se pôs. A turma de Vancouver retornou para Litchfield para se recolher e obedecer à ordem-unida de Henry. Ele se sentia vinte por cento culpado por desejar tornar-se amigo de Gansey, Sargent, Lynch e Parrish. A turma de Vancouver era ótima. Eles só não eram o suficiente, mas lhe faltavam as palavras para dizer por quê. Por que eles sempre o admiravam? Por que eles não conheciam os seus segredos? Por que ele não queria mais seguidores, mas amigos? Não. Era algo mais.

— Leve o lixo para a rua — disse a sra. Woo para Henry.

— Estou muito ocupado, tia — respondeu Henry, embora estivesse assistindo de cuecas à abertura de um videogame.

Então ele se viu saindo pela porta dos fundos da Mansão Litchfield para o estacionamento de cascalho apenas com uma camiseta da Madonna e seus tênis pretos favoritos. O céu acima assumira um tom róseo-cinzento. Próximo dali, uma rolinha lamentosa chilreou sonhadoramente. Os sentimentos que não tinham palavras dentro de Henry subiram à sua cabeça de qualquer forma.

Sua mãe era a única que sabia o que Henry queria dizer quando ele dizia que não era bom com palavras. Ela sempre tentava explicar as coisas para o seu pai, especialmente quando ela havia decidido se tornar Seondeok em vez de sua esposa. *É isso*, ela sempre dizia, *mas também algo mais*. A frase passara a viver na cabeça de Henry. *Algo mais* explicava perfeitamente por que ele nunca conseguia dizer o que queria — *algo mais*, por sua definição, sempre seria algo diferente do que você já tinha na mão.

Ele deixou seus sentimentos saírem expirando através dos dentes e então avançou com cuidado pelo cascalho até as latas de lixo.

Quando se virou, viu um homem parado na porta pela qual acabara de passar.

Henry parou de caminhar. Ele não sabia o nome desse homem — magro, porém vigoroso, branco, confiante —, mas teve a sensação de que sabia que tipo de homem era. Mais cedo aquele dia, ele havia contado a Richard Gansey sobre a carreira de sua mãe, e agora, horas mais tarde, ele encarava uma pessoa que sem dúvida alguma estava ali por causa da carreira de sua mãe.

— Você acha que poderíamos bater um papo? — disse o homem.
— Não — respondeu Henry. — Acho que não.

Ele buscou o telefone no bolso de trás antes de se lembrar, no meio do caminho, que não estava usando calças. Em seguida olhou de relance para as janelas da casa. Não estava procurando ajuda — ninguém dentro dela sabia o suficiente a respeito de sua mãe para chegar a suspeitar do tipo de perigo que ele estava correndo, mesmo que olhasse diretamente a situação —, mas por qualquer janela com uma fresta que pudesse deixar a AbelhaRobô vir até ele.

O homem exibiu a palma das mãos para Henry em um gesto exagerado para que o garoto visse que ele não estava armado. Como se isso fizesse alguma diferença.

— Te garanto que temos os mesmos objetivos.
— Meu objetivo era terminar de assistir à introdução do *EndWarden II*. Não acredito que finalmente encontrei alguém que compartilha da mesma visão.

O homem o avaliou, parecendo considerar suas opções.

— Fiquei sabendo que está sendo negociado algo aqui em Henrietta. Não gosto de pessoas negociando coisas em Henrietta. E presumi que você também não gosta de pessoas se intrometendo na sua vida.

— E, no entanto — disse Henry alegremente —, eis você.
— Vamos fazer isso do jeito mais fácil? Me poupe o incômodo.

Henry balançou a cabeça.

O homem suspirou. Antes que Henry tivesse tempo de reagir, ele fechou a distância entre os dois, abraçou Henry de um jeito nem um pouco amigável e negligentemente aplicou um golpe que fez Henry emitir um gemido suave e tropeçar para trás segurando o ombro. Algumas pessoas teriam gritado, mas Henry era tão determinado quanto o homem a manter segredos.

— Não desperdice o meu tempo — disse o homem —, afinal eu comecei isso de uma maneira muito civilizada.

AbelhaRobô, pensou Henry. *Apareça.*

Tinha de haver uma janela com uma fresta aberta em alguma parte da casa; a sra. Woo sempre ligava o aquecimento quente demais.

— Se está tentando tirar um segredo de mim — respondeu Henry, tocando o ombro cautelosamente —, está desperdiçando o seu tempo.

— Pelo amor de Deus — disse o homem, inclinando-se para tirar a pistola do coldre em seu tornozelo. — Em outra situação eu teria achado isso muito honroso. Mas agora simplesmente entre no meu carro antes que eu atire em você.

A arma venceu, como normalmente acontece. Henry lançou um último olhar para a casa antes de seguir em direção ao carro do outro lado da rua. Ele reconheceu o carro branco, embora não compreendesse o que isso queria dizer. Henry fez menção de entrar no banco de trás.

— No assento do passageiro é melhor — disse o homem. — Já te disse, é só um bate-papo.

Henry obedeceu, olhando de relance para trás para a casa uma terceira vez enquanto o homem se ajeitava atrás da direção e se afastava do meio-fio. O homem baixou o volume do rádio (estava tocando "Yes, I'm a Lover Not a Fighter") e disse:

— Só quero saber quem eu devo esperar e se eles vão trazer problemas. Não tenho nenhum interesse de interagir com você de novo.

No assento do passageiro, Henry olhou para fora da janela antes de colocar o cinto de segurança. Puxou os joelhos e abraçou as pernas nuas. Estava começando a tremer um pouco. O homem aumentou o nível de aquecimento.

— Para onde você está me levando? — perguntou Henry.

— Estamos dando uma volta no quarteirão como pessoas razoáveis fazem quando estão querendo conversar.

Henry pensou a respeito de um buraco no chão.

— Nunca tive uma conversa razoável com uma pessoa segurando uma pistola.

Ele olhou para fora da janela novamente, esticando o pescoço para olhar atrás de si. Tirando as luzes da rua, estava escuro. Henry logo estaria longe demais da AbelhaRobô para se comunicar com ela. Mesmo assim, enviou um último apelo: *Conte para alguém que possa fazer isso parar.*

Não era um pedido que fazia sentido em palavras, mas que fazia sentido nos pensamentos de Henry, e isso era tudo que importava para a abelha.

— Escute — disse o homem. — Lamento pelo seu ombro. Foi puro hábito.

Um *clinc* metálico soou no topo do para-brisa. Enquanto o homem esticava o pescoço para ver o que havia batido no carro, Henry se endireitou atentamente. Inclinando-se para frente, ele viu três linhas negras delgadas na beirada da janela.

Um telefone tocou.

O homem fez um ruído antes de abrir o telefone sobre o console central. Quem quer que fosse, havia ganhado sua atenção, pois ele o pegou e o ajeitou no ombro para deixar a mão livre para trocar as marchas. Ao telefone, disse:

— É uma pergunta muito estranha de fazer.

Henry aproveitou a oportunidade para baixar minimamente a janela. A AbelhaRobô imediatamente deixou o para-brisa zunindo e entrou pela fresta.

— Ei... — disse o homem.

Ela voou para a palma de Henry. Ele a levou com cuidado, contente, ao peito. O peso dela transmitia segurança.

O homem franziu o cenho para ele, e então disse ao telefone:

— Não raptei ninguém durante anos, mas tenho um aluno no meu carro neste exato momento. — Uma pausa. — As duas declarações são precisas. Eu estava tentando esclarecer alguns rumores. Você gostaria de falar com ele?

As sobrancelhas de Henry dispararam para cima.

O homem passou o telefone para ele.

— Alô? — disse Henry.

— Bom — disse Gansey do outro lado do telefone —, pelo visto você foi apresentado ao sr. Cinzento.

38

Henry estava usando calças quando Blue e Gansey se encontraram com ele e o Homem Cinzento no Águia Nova. O supermercado estava quase vazio e tinha aquela atemporalidade reluzente que esses lugares começavam a assumir após determinada hora da noite. O som ambiente tocava uma canção sobre deixar os sonhos de outra pessoa e entrar em seu carro. Havia apenas uma moça no caixa, e ela não ergueu o olhar quando eles passaram pelas portas automáticas. Eles encontraram Henry parado no corredor de cereais olhando para o seu telefone, enquanto o sr. Cinzento permanecia parado no fim do corredor, lendo convincentemente a parte de trás de uma lata de aveia granulada. Nenhum dos dois chamava atenção. O sr. Cinzento se fundia ao ambiente porque a sua profissão o havia ensinado a fazer isso. Henry *não* se fundia ao ambiente — ele exalava a dinheiro, da jaqueta cheia de estilo à camiseta da Madonna, passando pelos tênis pretos —, e mesmo assim ele não conseguia chamar a atenção de nenhuma maneira extraordinária: Henrietta não era estranha a esse tipo de dinheiro jovem da Aglionby.

Henry estivera segurando uma caixa de cereal do tipo ruim para você, mas bom para marshmallows, e a colocou de volta na prateleira quando os viu. Parecia bem mais agitado do que estivera na festa de toga. Provavelmente, refletiu Blue, um efeito colateral de ter sido mantido refém com uma arma apontada para si.

— O que eu me pergunto — disse Gansey — é o que estou fazendo no supermercado Águia Nova às onze da noite.

— O que *eu* me pergunto — respondeu Henry — é por que eu estava no carro de um bandido às nem-sei-que-horas da noite. Sargent, me fala que você não faz parte dessa quadrilha sórdida de ladrões.

Com as mãos nos bolsos de seu blusão com capuz, Blue deu de ombros como que se desculpando e gesticulou com o queixo para o Homem Cinzento.

— Ele tá tipo... saindo com a minha mãe.

— Que rede emaranhada nós tecemos — disse Gansey de um jeito animado, recortado. Ele estava excitado após a noite na Barns, e a presença de Henry apenas encorajava isso. — No entanto, esse não era o próximo passo que eu queria dar na nossa amizade. Sr. Cinzento?

Ele teve de repetir o nome do sr. Cinzento, pois na realidade o Homem Cinzento não estivera fingindo olhar para a lata de aveia; ele estivera realmente lendo a parte de trás dela.

O sr. Cinzento se juntou a eles. Ele e Blue trocaram um abraço de lado e em seguida ele a virou pelos ombros para examinar os pontos acima de sua sobrancelha.

— Foram bem dados.

— Mesmo?

— Você provavelmente não vai ficar com cicatriz.

— Droga — disse Blue.

— O Águia Nova foi ideia sua ou do Henry?

— Achei que poderia ser reconfortante. É bem iluminado, tem câmeras, mas o áudio não é gravado. Protegido e seguro — respondeu o sr. Cinzento.

Blue jamais havia pensado no supermercado dessa maneira.

— Desculpe sobre o susto — acrescentou o sr. Cinzento cordialmente.

Henry acompanhava atentamente todo o diálogo.

— Você estava fazendo o seu trabalho. Eu estava fazendo o meu.

Era verdade. Enquanto Blue crescera aprendendo os princípios da energia interna e ouvindo histórias de ninar, Henry Cheng crescera contemplando quão longe ele suportaria para proteger os segredos de sua mãe. A ideia de que eles haviam tido alguma participação nisso a deixou tão desconfortável, que ela disse:

— Agora vamos parar de fazer suposições e começar a pensar em soluções. Podemos conversar sobre quem está vindo para cá e por quê? Não era esse todo o sentido dessa troca? Alguém está vindo de algum lugar para conseguir algo, e está todo mundo enlouquecendo com isso?

— Você é uma dama de ação. Agora eu sei por que R. Gansey incluiu você ao gabinete dele. Venha comigo, presidente — disse Henry.

Eles o seguiram. Seguiram pelo corredor de cereais, o corredor da padaria e o corredor dos enlatados. Enquanto o faziam, Henry descrevia o que lhe haviam dito sobre a venda que estava para acontecer, com todo o entusiasmo de um aluno que faz uma apresentação escolar sobre um desastre natural. O encontro dos vendedores de artefatos era para acontecer no dia após o evento para arrecadar fundos em Aglionby, a fim de disfarçar melhor a chegada de carros e pessoas estranhas a Henrietta. Vários grupos desceriam para inspecionar o objeto à venda — uma entidade mágica —, para que os potenciais compradores pudessem confirmar por si mesmos o caráter sobrenatural do produto. Então um leilão seria feito — pagamento e entrega de mercadoria, como sempre, a serem realizados em uma locação em separado, fora do alcance de olhos curiosos; afinal, ninguém queria ter sua carteira proverbial roubada por um colega comprador. Outros artigos talvez fossem disponibilizados para venda; informações, pessoalmente.

— Uma entidade mágica? — Blue e Gansey ecoaram ao mais tempo em que o Homem Cinzento disse: — Outros artigos?

— Entidade mágica. Essa era toda a descrição. A ideia é que seja um grande segredo. Vale a viagem! Eles falaram. — Henry traçou com o dedo um rosto sorridente sobre o exterior de uma caixa de macarrão e queijo para micro-ondas. O logotipo era um urso minúsculo com um monte de dentes; era difícil dizer se ele estava sorrindo ou fazendo uma careta. — Falaram para eu me manter ocupado e não aceitar doces de nenhum estranho.

— Entidade mágica. Será que é o Ronan? — perguntou Gansey ansiosamente.

— Nós acabamos de ver o Ronan; eles não tentariam vendê-lo sem que o tivessem em mãos, certo? Poderia ser um demônio? — disse Blue.

Gansey franziu o cenho.

— Certamente ninguém tentaria vender um demônio.

— Laumonier poderia — disse o sr. Cinzento, não soando afetuoso.

— Não gosto do som de "outros artigos". Não quando estamos falando de Laumonier.

— O que isso parece? — perguntou Gansey.

— Pilhagem — respondeu Henry por ele. — O que você quer dizer com o Ronan sendo uma entidade mágica? *Ele* é um demônio? Porque, se ele for, isso faz todo sentido.

Nem Blue nem Gansey se apressaram para responder a essa questão; a verdade de Ronan era um segredo tão enorme e perigoso que nenhum dos dois estava disposto a brincar com isso, mesmo com alguém que ambos gostavam tanto quanto Henry.

— Não exatamente — disse Gansey. — Sr. Cinzento, o que acha de todas essas pessoas vindo para cá? O Declan parecia preocupado.

— Não posso dizer que sejam as pessoas mais inocentes do mundo — disse o Homem Cinzento. — Elas vêm de todas as partes, e a única coisa que têm em comum é um determinado oportunismo e uma moral flexível. Imprevisíveis sozinhas, mas coloque-as juntas em um lugar com algo que elas realmente desejam, e é difícil dizer o que pode acontecer. Há uma razão para que tenham sido orientadas a não trazer dinheiro consigo. E se o Greenmantle decide partir para cima do Laumonier? A briga é feia entre eles e os Lynch.

— Colin Greenmantle está morto — disse Henry de maneira absolutamente precisa. — Ele não vai partir para cima de ninguém tão cedo, mas, se o fizer, vamos ter problemas maiores para considerar.

— Ele está morto? — disse o Homem Cinzento bruscamente. — Quem dis... espere.

Os olhos do Homem Cinzento viraram-se abruptamente para cima. Foi necessário um momento para que Blue percebesse que ele estava olhando para um espelho convexo colocado ali para evitar o roubo de produtos. O que quer que ele tenha visto no espelho instantaneamente o transformou em algo abrupto e poderoso.

— Blue — ele disse em voz baixa —, você tem a sua faca?

O pulso de Blue lentamente subiu o conta-giros; ela o sentiu em seus pontos.

— Sim.

— Dê a volta com os garotos até o próximo corredor. Não por ali. O outro. Sem fazer barulho. Não lembro se a entrada para a sala dos fundos é naquela parede, mas, se for, saiam por ali. Não saiam por uma porta que possa disparar um alarme.

O que quer que ele tenha visto no espelho havia desaparecido agora, mas eles não hesitaram. Blue seguiu na frente rapidamente até o fim do corredor dos enlatados, olhou de relance para ambos os lados e entrou no outro corredor. Sabão em pó. Caixas e mais caixas, em uma reunião agressiva de cores. Do outro lado deles havia uma grande caixa de manteiga e ovos. Nenhuma saída para um depósito. A parte da frente da loja parecia distante.

Do outro lado do corredor, eles ouviram a voz do Homem Cinzento, baixa, equilibrada e perigosa. Um tom mais frio do que havia usado há pouco com eles. Outra voz respondeu, e Henry ficou absolutamente imóvel ao lado deles. Seus dedos tocaram a borda de uma das prateleiras — *Desconto incrível de 3,99 dólares!* —, e ele virou a cabeça, ouvindo.

— É — ele sussurrou. — É o Laumonier.

Laumonier. Um nome que carregava mais emoção do que um fato. Blue o ouvira em conversas sussurradas sobre Greenmantle. *Laumonier*. Perigo.

Eles ouviram Laumonier dizer em sua voz, cheia de sotaque:

— Que surpresa vê-lo aqui em Henrietta! Onde está o seu dono, sabujo?

— Acho que nós dois sabemos a resposta a essa pergunta — disse o sr. Cinzento, com a voz tão equilibrada que nem parecia que ele ficara sabendo da notícia sobre Colin Greenmantle apenas poucos minutos atrás. — De qualquer maneira, andei trabalhando sozinho desde o verão. Achei que era do conhecimento de todos. Para mim, é mais interessante ver *você* aqui em Henrietta.

— Bem, a cidade não pertence a ninguém agora — disse Laumonier —, então estamos em um país livre, como dizem.

— Não tão livre — disse o Homem Cinzento. — Pelo que eu sei, você tem algo para vender aqui. Gostaria de te ver chegando e indo embora de novo: Henrietta é o meu lar agora, e não sou fã de hóspedes.

Havia certa graça na situação.

— Essa é a parte onde eu digo "ou o quê"? Porque parece que deveria ser assim.

Suas vozes se calaram por um momento — parecia que a situação estava ficando desagradável —, e Gansey começou a digitar furiosamente. Ele virou o telefone para Blue e Henry.

Ele está enrolando para dar tempo de a gente sair daqui. Henry a abelharobô consegue encontrar uma porta?

Henry pegou o telefone de Gansey e acrescentou ao texto:

Vou ter que esconder a abelharobô pq eles sempre a quiseram essa é uma das razões pq me pegaram

Blue arrancou o telefone dele e digitou mais lentamente, porque ela tinha bem menos prática do que eles:

Quem o sr Cinzento está tentando esconder deles? Todos nós ou só você Henry

Henry tocou o peito suavemente.

Blue digitou:

Vão assim q puderem. A gte se vê depois

Em seguida passou o telefone de Gansey de volta para ele, tirou rapidamente várias etiquetas de preços das prateleiras até ficar com um buquê delas, e deu a volta no fim do corredor. Blue levou um susto ao descobrir que não havia um homem com o sr. Cinzento, mas dois. Ela levou um bom tempo para perceber que a sensação desconcertante que tivera ao olhar para os estranhos se devia ao fato de eles parecerem esquisitamente parecidos um com o outro. Irmãos. Gêmeos, talvez. Ambos tinham uma aparência que ela passara a desprezar durante seu tempo trabalhando no Nino's. Clientes que não aceitavam um não como resposta, com os quais era difícil de negociar, que sempre terminavam tirando parte do seu pedido da conta. Além disso, eles tinham um jeito lento, mandão, que de certa maneira cheirava a uma vida inteira de traumas bruscos.

Eram ligeiramente aterrorizantes.

O sr. Cinzento piscou para Blue de um jeito vago, nenhum reconhecimento em seu rosto.

Os outros dois homens miraram o blusão com capuz de Blue primeiro — não parecia muito profissional — e então seu punhado de etiquetas de preços. Ela passou o polegar sobre as extremidades delas de um jeito entediado e casual, e disse:

— Senhores? Olá? Sinto muito pela inconveniência, mas vou precisar que vocês tirem seus carros.

— Desculpe, por quê? — perguntou o primeiro. Agora que ela podia ouvi-los melhor, seu sotaque era mais pronunciado. Francês? Talvez.

— Nós estamos fazendo compras — disse o outro, vagamente entretido.

Blue carregou em seu sotaque de Henrietta; ela havia aprendido de outros tempos que isso a tornava inofensiva e invisível para pessoas de fora da cidade.

— Eu sei. Sinto muito. Nós temos um varredor de rua para limpar o estacionamento, e ele quer a área toda liberada. Ele vai ficar possesso se ainda tiver carros quando chegar.

O sr. Cinzento procurou de maneira tão exagerada suas chaves, que levantou a perna de uma calça, revelando uma arma. Os irmãos resmungaram e trocaram olhares entre si.

— Sinto muito de novo — disse Blue. — Vocês podem levar os carros para o estacionamento da lavanderia se não tiverem terminado aqui.

— Varredor de rua — disse Laumonier, como se tivesse acabado de ouvir a frase.

— A empresa nos obriga a fazer isso para manter a franquia — disse Blue.

— Eu não faço as regras.

— Vamos manter a decência — disse o sr. Cinzento, com um sorriso fino para os outros dois. Ele não olhou para Blue. Ela continuou parecendo entediada e sitiada, correndo os polegares sobre as etiquetas de preços sempre que sentia o coração bater mais forte. — Nos falamos mais tarde.

Os três seguiram na direção da porta da frente, a formação inquieta de ímãs opostos se ampliando, e, quando partiram, Blue deslizou apressadamente pelo corredor, através das portas dos fundos, passando por banheiros sujos, entrando em um depósito cheio de caixas e latas, e saindo para a rua onde Gansey e Henry tinham acabado de chegar, repleta de latas de lixo, entupidas de papelões atrás da loja.

Sua sombra os alcançou primeiro, lançada fixa na parte de trás do supermercado, e ambos se encolheram diante do movimento antes de perceber a quem ela pertencia.

— Sua coisa mágica — disse Gansey, e abraçou a cabeça de Blue, livrando grande parte de seu cabelo dos prendedores. Os dois estavam tremendo no frio. Tudo parecia falso e inflexível sob o céu negro, com os dois rostos de Laumonier ainda na memória de Blue. Ela ouviu portas de carros se fechando, talvez do estacionamento da frente, cada som ao mesmo tempo distante e próximo na noite.

— Aquilo foi genial.

Henry estendeu a mão acima da cabeça, a palma aberta para o céu. Um inseto redemoinhou de sua mão, por um momento mal iluminado pelas luzes da rua, e então se perdeu na escuridão. Ele o observou ir e então buscou o telefone.

Blue perguntou:

— O que eles queriam? Por que o sr. Cinzento acha que eles estariam interessados em você?

Henry observou uma página de texto passar pela tela.

— A AbelhaRobô... o Gansey Boy te contou o que era? Bom... a AbelhaRobô foi uma das primeiras coisas que o Laumonier e o Greenmantle disputaram. O Lynch estava falando em vendê-la para um deles, mas ele a vendeu para a minha mãe, porque ela a queria para mim; ela nunca esqueceu isso; é por isso que eles a odeiam e ela os odeia.

— Mas o Laumonier não está aqui por sua causa, não é? — perguntou Gansey. Ele também estava lendo a tela do telefone de Henry. Ela parecia reportar de volta sobre o paradeiro de Laumonier.

— Não, não — disse Henry. — Eu aposto que eles reconheceram o carro do seu cara Cinzento dos velhos tempos e vieram conferir se tinha alguma coisa para conseguir de Kavinsky enquanto estavam por aqui. Não posso dizer que conheço o jeito dos franceses. Não sei se eles ainda me reconheceriam daquele buraco no chão; estou mais velho agora. Mas mesmo assim... Parece que o cara assassino de vocês achou que tinha uma chance de isso acontecer. Ele me fez um favor. Jamais vou esquecer.

Ele virou o telefone para que Blue visse a reportagem ao vivo das ações de Laumonier. O texto vinha aos trancos, era estranhamente coloquial, e descrevia o lento progresso de Laumonier saindo do estacionamento da mesma maneira que Henry havia descrito a venda de artefatos que estava para acontecer. Os pensamentos de Henry, na tela. Era uma mágica esquisita e específica.

Enquanto eles a observavam juntos, Gansey abriu o sobretudo e enfiou Blue dentro dele, de costas para si. Isso também era uma mágica esquisita e específica, o desembaraço dela, o calor de Gansey à sua volta, a batida do coração dele nas costas dela. Ele fechou uma mão em concha sobre o olho machucado dela como se para protegê-lo de algo, mas era apenas uma desculpa para as pontas de seus dedos a tocarem.

Henry não parecia afetado por essa exibição pública de proximidade. Ele pressionou os dedos contra a tela do celular; ela piscou algumas vezes e reportou algo para ele em hangul.

— Você gostaria... — Blue começou, e hesitou. — Você quer ficar com a gente hoje à noite?

A surpresa iluminou o sorriso de Henry, mas ele balançou a cabeça.

— Não, não posso. Preciso voltar para Litchfield, um capitão para o seu barco. Eu não me perdoaria se eles viessem atrás de mim e encontrassem Cheng Dois e os outros. Vou deixar a AbelhaRobô de vigília até que a gente possa... — Ele fez um círculo com um dedo em um gesto que significava algo como uma reunião em um local combinado.

— Amanhã? — perguntou Gansey. — Vou encontrar minha irmã no almoço. Apareçam, por favor.

Nem Henry nem Blue precisaram dizer qualquer coisa em voz alta; Gansey certamente devia saber que, só pelo convite, ele assegurara que ambos viessem.

— Acho que somos amigos agora — disse Henry.

— Certamente — respondeu Gansey. — A Jane diz que deve ser assim.

— Deve ser assim — concordou Blue.

Algo mais iluminou o sorriso de Henry nesse instante. Era algo genuíno e satisfeito, mas também *mais do que isso*, e não havia palavras que o descrevessem precisamente. Ele guardou o telefone no bolso.

— Bom, bom. O caminho está liberado; vou indo nessa. Até amanhã.

39

Aquela noite, Ronan não sonhou.

Após Gansey e Blue terem deixado a Barns, ele se recostou contra um dos pilares do terraço da frente e olhou para a rua, para os vagalumes piscando na escuridão fria. Ronan se sentia tão cru e elétrico que era difícil acreditar que ele estivesse acordado. Normalmente era preciso o sono para despi-lo para essa energia nua. Mas isso não era um sonho. Era sua vida, sua casa, sua noite.

Após alguns momentos, ele ouviu a porta se abrir devagar às suas costas, e Adam se juntou a ele. Silenciosamente, eles miraram as luzes dançantes nos campos. Não era difícil perceber que Adam lidava intensamente com seus próprios pensamentos. Palavras seguiam borbulhando dentro de Ronan e estourando antes de lhe escapar. Ele sentia que já havia feito a pergunta, e não poderia também dar a resposta.

Três cervos apareceram na linha das árvores, bem no limite do alcance das luzes do terraço. Um deles era um belo macho claro, os chifres como galhos ou raízes. Ele os observou, eles o observaram, e então Ronan não suportou mais.

— Adam?

Quando Adam o beijou, a sensação foi como se Ronan tivesse passado do limite de velocidade. Como cada direção noturna com as janelas abertas, os braços arrepiados e os dentes rilhando. Eram as costelas de Adam por baixo das mãos de Ronan, e a boca de Adam na sua boca, de novo, de novo, e de novo. Era o raspar da barba nos lábios, e Ronan tendo de parar para recuperar a respiração, para reiniciar o seu coração. Os dois eram animais famintos, mas Adam estivera faminto por mais tempo.

Por dentro, eles fingiram que sonhariam, mas não o fizeram. Eles se jogaram sobre o sofá da sala de estar, e Adam estudou a tatuagem que cobria as costas de Ronan: todas as bordas afiadas que se enganchavam, assombrosa e temerosamente, umas nas outras.

— *Unguibus et rostro* — disse Adam.

Ronan colocou os dedos de Adam na boca.

Ele jamais dormiria de novo.

40

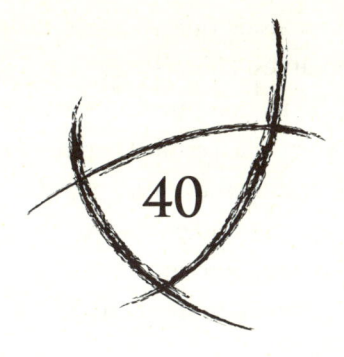

Aquela noite, o demônio não dormiu.
Enquanto Piper Greenmantle dormia agitadamente, sonhando com a venda vindoura e sua ascensão à fama na comunidade de artefatos mágicos, o demônio desfez.

Ele desfez as armadilhas físicas de Cabeswater — as árvores, as criaturas, as samambaias, os rios, as pedras —, mas também desfez as ideias sonhadoras da floresta. As memórias presas em bosques, as canções inventadas somente à noite, a euforia rastejante que fluía e refluía em torno das cascatas. Tudo que havia sido sonhado nesse lugar ele dessonhou.

O sonhador, ele desfaria por último.

Ele lutaria.

Eles sempre lutavam.

Enquanto o demônio desemaranhava e desfazia, ele seguia encontrando fios da própria história entremeados à vegetação rasteira. A sua história de origem. Esse lugar fértil, rico com a energia da linha ley, não era bom apenas para cultivar árvores e reis. Também era bom para cultivar demônios, se houvesse sangue ruim suficiente derramado nele.

Havia mais do que sangue ruim suficiente empoçado nessa floresta para se fazer um demônio.

Quase nada impedia o seu trabalho. Ele era o inimigo natural da floresta, e a única coisa que impediria o avanço do demônio não havia ocorrido a ninguém ainda. Apenas as árvores mais antigas resistiram, porque elas eram as únicas coisas que se lembravam de como fazer isso. Lenta e metodicamente, o demônio as desalinhou em seu interior. A escuridão exsudava dos seus ramos, em decomposição; elas caíam à medida que suas raízes apodreciam até o nada.

Uma árvore resistiu mais do que as outras. Ela era a mais velha e já tinha visto um demônio antes. Ela sabia que a questão às vezes não dizia respeito a salvar a si mesma, mas resistir por tempo suficiente até que alguém mais a salvasse. Então ela resistiu e se estirou na direção das estrelas, mesmo enquanto suas raízes estavam sendo arrancadas, e resistiu e cantou para as outras árvores, mesmo enquanto seu tronco se decompunha, e resistiu e sonhou com o céu, mesmo enquanto se desfazia.

As outras árvores lamentaram; se ela se desfizera, quem resistiria?

O demônio não dormiu.

41

Dependendo por onde você começasse a história, ela dizia respeito a Gwenllian.

Ela acordou com um grito aquela manhã, de madrugada. "Levante-se!", bradou para si mesma enquanto saltava da cama. Seu cabelo bateu no teto inclinado do sótão, e então seu crânio; ela pressionou a mão contra a cabeça. A luz na rua ainda tinha uma tonalidade cinza enfadonha, cedo de manhã, mas ela acionou interruptores, virou botões e puxou cordas até que toda luz se acendesse no lugar. Sombras projetavam-se nessa direção e naquela.

— Levante-se! — ela disse novamente. — Mãe, mãe!

Seus sonhos ainda se prendiam a ela, árvores fundindo-se escurecidas e demônios sibilando de destruição; Gwenllian acenou com as mãos em torno de si para afastar as teias de seu cabelo e ouvidos. Ela enfiou um vestido sobre a cabeça, e então enfiou outra saia, e suas botas, e seu blusão; ela precisava de sua armadura. Então avançou em meio às cartas que ela havia deixado espalhadas no chão e às plantas que ela havia queimado para meditação, e se dirigiu até os dois espelhos que sua predecessora havia deixado ali no sótão. Neeve, Neeve, adorável Neeve. Gwenllian saberia o seu nome mesmo se as outras não tivessem lhe contado, pois os espelhos o sussurravam, o cantavam e o sibilavam o tempo inteiro. Como eles a adoravam e a odiavam. Eles a julgavam e a admiravam. Eles a erguiam aos céus e a derrubavam com tudo. Neeve, Neeve, odiosa Neeve, quisera o respeito do mundo inteiro e fizera tudo para consegui-lo. Era Neeve, Neeve, adorável Neeve, que não se respeitara no fim.

Os espelhos de corpo inteiro estavam colocados um de frente para o outro, eternamente refletindo um reflexo. Neeve realizara um ritual complicado para assegurar que eles estivessem cheios de todas as possibilidades que ela poderia imaginar para si mesma e mais um pouco, e no fim um deles a devorara. Uma feitiçaria respeitável, diriam as mulheres de Sycarth. Elas teriam sido todas mandadas para a mata.

Gwenllian se posicionou entre os espelhos. A mágica deles a puxava e uivava. O vidro não era feito para mostrar tantas vezes ao mesmo tempo; a maioria das pessoas não era constituída para processar tantas possibilidades ao mesmo tempo. No entanto, Gwenllian era apenas outro espelho, e assim a mágica se desviou dela inofensivamente, enquanto ela pressionava a palma da mão contra qualquer um dos espelhos. Ela buscou todas as possibilidades e olhou à sua volta, voando de uma falsa verdade a outra.

— Mãe, mãe — disse Gwenllian em voz alta. Seus pensamentos desordenados se transmutariam se ela não os dissesse em voz alta imediatamente.

E lá estava a sua mãe: nesse presente real, nessa possibilidade atual, essa realidade onde a própria Neeve estava morta. Uma floresta se desfazendo, e a mãe de Gwenllian se desfazendo com elas.

Se desfazendo

Se desfazendo

Se des

Com um grito, Gwenllian jogou os espelhos no chão. Um chamado veio do andar de baixo; a casa estava despertando. Gritando novamente, Gwenllian olhou à volta de seu quarto em busca de uma ferramenta, uma arma. Havia pouco nesse sótão que pudesse fazer alguma diferença — ah. Ela arrancou uma luminária, o fio batendo na parede ao ser puxado, e desceu a escada com estardalhaço. *Tum tum tum tum,* cada pé nos degraus, duas vezes.

— Artemusssssssss! — ela arrulhou, sua voz estalando a meio caminho. Ela deslizou até a cozinha obscurecida, iluminada apenas por uma lâmpada sobre o forno e a luz cinza difusa que entrava pela janela acima da pia. Era apenas névoa, e nada de sol. —Artemusssss!

Ele estava desperto; provavelmente tivera o mesmo sonho que ela. Afinal de contas, eles tinham o mesmo material estrelado nas veias. Sua voz foi ouvida através da porta:

— Vá embora.

— Abra a porta, Artemussss! — disse Gwenllian, esbaforida, tremendo. A floresta estava desfeita, sua mãe estava desfeita. Esse mágico covarde estava se escondendo nessa despensa, tendo matado a todos com sua inatividade. Ela tentou a porta; ele a havia prendido com algo por dentro.

— Hoje não! — disse Artemus. — Não, obrigado! Aconteceu muita coisa nesses dez anos. Talvez mais tarde! Não tenho como resistir ao choque! Obrigado por seu tempo.

Ele fora um conselheiro de *reis*.

Gwenllian bateu com a luminária na porta. A lâmpada se partiu com um ruído argênteo; a extremidade da luminária abriu a lâmina fina da porta. Ela cantarolou:

— Coelhinho, coelhinho no buraco/ Raposinha, raposinha no buraco/ Sabujinho, sabujinho no buraco! Sai daí, coelhinho, eu tenho perguntas a fazer. Sobre *demônios*.

— Eu sou uma criatura que se desenvolve lentamente! — lamentou Artemus. — Não consigo me adaptar tão rápido!

— Se alguém está nos roubando, favor voltar depois do expediente! — ouviu-se a voz de Calla no andar de cima.

— Você sabe o que aconteceu com a minha mãe, galho podre? — Gwenllian livrou a lamparina da porta de maneira que ela pudesse quebrá-la contra a superfície mais uma vez. A fenda se alargou. — Vou te dizer o que eu vi no meu espelho espelhos!

— Vá embora, Gwenllian — disse Artemus. — Não posso fazer nada por você! Me deixe sozinho!

— Você poderia me dizer onde está o meu pai, arbustinho? Em que buraco você o jogou?

Bluum

A porta se rachou em dois pedaços; Artemus se recolheu na escuridão. Ele estava encolhido em meio aos potes plásticos, às sacolas de supermercado e aos sacos de farinha. Protegeu seu rosto longo do alcance de Gwenllian enquanto ela empunhava a lamparina.

— Gwenllian! — disse Blue. — O que você está *fazendo*? Portas custam *dinheiro*.

Ali estava a filhinha de Artemus — ele não a merecia, de qualquer maneira — vindo ao socorro dele. Blue tinha segurado o braço de Gwenllian para evitar que ela rachasse o crânio de covarde dele com a lamparina.

— Você não quer decifrá-lo, lírio azul? — gritou Gwenllian. — Não sou a única que quer respostas. Você ouviu o grito da minha mãe, Artemussss?

— Gwenllian, vamos lá, é cedo, estamos dormindo. Ou *estávamos* — disse Blue.

Gwenllian largou a lamparina, livrou o braço e pegou Artemus por uma mão e pelo cabelo. Ela o arrastou para fora da despensa enquanto ele se queixava como um cachorro.

— Mãe! — gritou Blue, uma mão protegendo o olho. Artemus se esparramou entre elas, espiando-as do chão.

— Me diga o quão forte é esse demônio, Artemus — sibilou Gwenllian.

— Me diga onde está o meu pai. Me diga, me diga.

Subitamente, ele estava de pé e correndo, enquanto Gwenllian tentava agarrá-lo e segurá-lo, escorregando e deslizando no vidro estilhaçado da lâmpada. Ela caiu de lado, duramente, e levantou-se com esforço. Artemus já tinha passado pela porta de correr para o pátio dos fundos antes que Gwenllian tivesse se recuperado completamente, e, quando ela entrou no pátio enevoado, ele já tinha alcançado o primeiro galho da faia.

— Ela não vai te aceitar, seu covarde! — gritou Gwenllian, embora temesse que ela o aceitasse. Gwenllian se lançou atrás dele e começou a escalar a árvore. Ela não era uma estranha às árvores e aos seus galhos, e Gwenllian era mais rápida do que Artemus. Ela rosnou: — Seu malandro, seu sonhador, seu...

O vestido de Gwenllian se prendeu em um galho, salvando-o por meio segundo. Artemus lançou as mãos para cima, encontrou um galho e subiu um nível. Quando ela começou a escalar novamente, as folhas farfalharam dramaticamente e ramos menores se quebraram.

— Socorro — disse Artemus, de um jeito estranho. E completou: — *Auxiril!* — A palavra saiu rápida e cheia de terror, aflita e desesperada.

— Minha mãe — disse Gwenllian. Pensamentos para palavras sem pausa. — Minha mãe, minha mãe, minha mãe.

As folhas mortas da faia estremeceram acima deles, chovendo à sua volta.

Gwenllian saltou até onde Artemus estava.

— *Auxiril!* — ele implorou novamente.

— Isso não vai te salvar!

— *Auxiril!* — ele sussurrou, e se abraçou à árvore.

O restante das folhas de outono caiu com estrépito. Galhos desabaram. O chão vergou enquanto as raízes crispavam-se dramaticamente no solo. O galho abaixo de Gwenllian se encolheu e corcoveou com uma rajada violenta. A terra sussurrava lá embaixo enquanto as raízes arfavam — eles estavam distantes demais do caminho dos mortos para isso, e Artemus seguiria em frente de qualquer jeito, típico, típico, típico — e então Gwenllian desabou em queda livre quando o galho abaixo dela se partiu.

Ela caiu com tudo sobre o ombro, toda a respiração lhe escapando. Olhou para cima e encontrou Blue e seu amigo morto a encarando. Outras pessoas estavam paradas no vão da porta para a casa, mas Gwenllian estava confusa demais por causa da queda para identificá-las.

— O quê? — demandou Blue. — O que acabou de acontecer? Ele está...?

— Na árvore? — terminou Noah.

— Minha mãe está em uma árvore e está morta — disparou Gwenllian.

— O seu pai está em uma árvore e é um covarde. Você é o azarado. Vou simplesmente matá-lo quando você sair daí, seu galho envenenado!

Isso foi dito em direção à árvore. Artemus podia ouvi-la, ela sabia disso, sua alma encolhida dentro daquela árvore que nem ele, maldita luz de árvore, maldito mágico. Saber que ele podia se esconder ali enquanto a faia sobrevivesse enfurecia Gwenllian. Não havia razão para o demônio se interessar por uma árvore tão longe de Cabeswater, e assim, após todo o mundo e todo o resto ter morrido, ele mais uma vez emergiria incólume.

Ah, a *fúria*.

Blue olhou para a faia, com a boca ligeiramente aberta.

— Ele está... ele está *dentro* dela?

— É claro! — disse Gwenllian. Ela se pôs de pé e agarrou grandes punhados da saia com as mãos para que não tropeçasse de novo. — É isso que ele é? Isso é o seu sangue. Você não sentiu raízes em suas veias? *Maldições!* Maldições.

Gwenllian voltou para casa pisando firme, tirando Maura e Calla do caminho aos empurrões.

— Gwenllian — disse Maura —, *o que* está acontecendo?

Gwenllian fez uma pausa no corredor.

— O demônio está vindo! Todo mundo vai morrer. Exceto o pai inútil dela. Ele viverá para sempre.

42

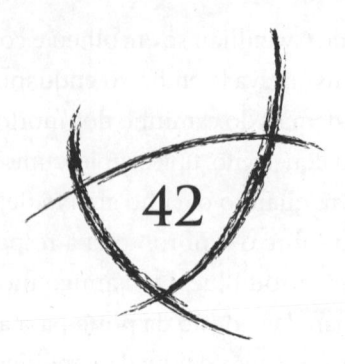

No sábado, Adam acordou diante de um perfeito silêncio. Ele havia esquecido como era isso. A névoa movia-se ligeiramente do lado de fora das janelas do quarto de Declan, emudecendo todos os pássaros. A fazenda ficava muito distante da estrada para ouvir qualquer ruído de carro que a alcançasse. Não havia nenhum escritório de administração da igreja funcionando a vapor atrás dele, ninguém levando cachorros para caminhar na calçada, nenhuma criança gritando estridente para entrar em um ônibus escolar. Havia apenas um silêncio tão profundo que parecia pressionar seus ouvidos.

Então Cabeswater arfou de volta sua existência dentro dele, e Adam sentou na cama. Se ela havia voltado, isso queria dizer que ela tinha ido.

Você está aí?

Ele sentiu os próprios pensamentos, e mais dos próprios pensamentos, e então, quase imperceptivelmente, Cabeswater. Algo não estava certo.

Mas Adam se deixou ficar por um momento após se livrar das cobertas e levantar. Ali estava ele, despertando na casa da família Lynch, usando as roupas da noite passada que ainda cheiravam a fumaça de grelha, tendo dormido além do horário da aula de peso que ele tinha aquela manhã por uma magnitude de horas. Sua boca lembrava a boca de Ronan Lynch.

O que ele estava fazendo? Ronan não era algo para se levar na brincadeira. Ele não achava que estava brincando.

Você está deixando essa propriedade, disse a si mesmo.

Mas há muito tempo ele não se sentia pressionado. Não havia mais a segunda metade da declaração subentendida: *e jamais voltará aqui.*

Ele desceu para o andar térreo e espiou em cada quarto pelo qual passava, mas parecia que estava sozinho. Por um breve momento viajante, imaginou que estava sonhando, caminhando por essa fazenda vazia em seu sonho. Então seu estômago roncou e ele encontrou a cozinha. Comeu dois pães de hambúrguer que haviam sobrado sem nada mais, pois não conseguiu encontrar a manteiga, e então bebeu o resto do leite diretamente da caixa. Tomou emprestada uma jaqueta de um cabide de casacos e saiu porta afora.

Na rua, a névoa e o orvalho sopravam nos campos. Folhas de outono grudavam em suas botas enquanto ele seguia pelo caminho entre os pastos. Prestou atenção se ouvia qualquer ruído em algum dos celeiros, mas, essencialmente, ele estava bem com o silêncio. Essa calma, essa calma absoluta, exceto o céu cinzento baixo e seus pensamentos.

Ele se sentia muito tranquilo por dentro.

O silêncio foi interrompido quando uma criatura se lançou em sua direção. Ela deslizava de maneira tão rápida e esquisita sobre seus cascos que só quando sua mão se enfiara na mão de Adam que ele percebeu que se tratava da Garota Órfã. Ela segurava um galho escuro e úmido, e, quando Adam olhou para baixo, percebeu que ela tinha pedaços de casca de árvore presos nos dentes.

— Você deveria comer isso? — ele lhe perguntou. — Onde está o Ronan?

A Garota Órfã pressionou a face contra o dorso da mão dele com afeição.

— *Savende e'lintes i firen...*

— Inglês ou latim — ele disse.

— Por aqui!

Mas, em vez de o guiar em qualquer direção em particular, ela soltou a mão de Adam e galopou em torno dele em círculos, batendo os braços como um pássaro. Ele seguiu caminhando, ela seguiu dando voltas, e, ao alto, um pássaro conteve seu avanço em pleno voo. Motosserra percebera o movimento da Garota Órfã, e agora ela grasnou, deu uma volta e retomou seu voo para os campos mais acima. Foi onde Adam encontrou Ronan, uma mancha escura no campo lavado pela névoa. Ele estivera observando outra coisa, mas Motosserra o havia alertado, e então ele se virou, as mãos nos bolsos da jaqueta escura, e observou Adam se aproximar.

— Parrish — disse Ronan, observando Adam. Ele não estava dando nada como certo.

— Lynch — disse Adam.

A Garota Órfã trotou no meio deles e cutucou Ronan com a ponta do galho.

— Remelinha — Ronan lhe disse.
— Ela deveria estar comendo isso?
— Não faço ideia. Não sei nem se ela tem órgãos internos.

Adam riu da resposta, do ridículo de tudo isso.

— Você comeu? — perguntou Ronan.
— Fora salgadinhos? Sim. Perdi a aula de pesos.
— Ah, por favor. Você quer carregar alguns fardos de feno? Isso vai fazer crescer pelos no seu peito. Ei. Se você me cutucar com isso mais uma vez... — Isso era para a Garota Órfã.

Enquanto eles brincavam de luta na relva, Adam fechou os olhos e inclinou a cabeça para trás. Ele quase podia fazer uma divinação desse jeito. A tranquilidade e a brisa fria em sua garganta o levariam embora, e a umidade dos dedos do pé em suas botas e a fragrância das criaturas vivas o manteriam ali. Dentro e fora. Adam não sabia dizer se estava se deixando idealizar aquele lugar ou Ronan, e não tinha certeza se havia diferença nisso.

Quando abriu os olhos, viu que Ronan estava olhando para ele, como ele estivera olhando para Ronan durante meses. Adam olhou de volta, como ele estivera olhando de volta durante meses.

— Preciso sonhar — disse Ronan.

Adam pegou a mão da Garota Órfã e corrigiu:

— *Nós* precisamos sonhar.

43

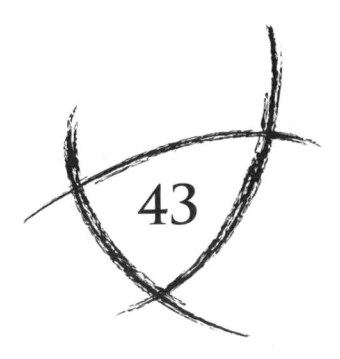

A vinte e cinco minutos dali, Gansey estava absolutamente desperto, metido em alguma encrenca.

Ele não sabia ainda por que isso tinha acontecido, e, conhecendo a família Gansey, talvez jamais soubesse. Ele podia sentir, no entanto, com a mesma certeza de que podia sentir a rede da história de Glendower baixando sobre si. Uma contrariedade no lar Gansey era como uma delicada essência de baunilha. Usada com moderação, raramente sozinha, e geralmente identificável somente em retrospectiva. Com prática, podia-se aprender a identificar o gosto dela, mas com que finalidade? *Há um quê de raiva nesse bolo de aveia, você não acha? Ah, sim, acho que um pouco de...*

Helen estava brava com Gansey. A conclusão era essa.

A família Gansey tinha se reunido na sua escola, um dos investimentos imobiliários dos Gansey. Era uma antiga escola de pedra, comodamente decadente, localizada nas colinas verdejantes e remotas entre Washington, D.C., e Henrietta, que rendia a própria manutenção com o aluguel de curtas temporadas. O restante da família havia passado a noite ali — eles haviam tentado convencer Gansey a vir passar a noite com eles, um pedido que ele poderia ter atendido se não fosse por Ronan e por Henry. Talvez fosse essa a razão por que Helen estava incomodada com ele.

De qualquer maneira, certamente ele tinha compensado sua ausência ao trazer amigos interessantes para interagir. Os Gansey adoravam encantar outras pessoas. Convidados significavam mais pessoas para eles exibirem suas elaboradas habilidades culinárias.

Mas ele ainda estava encrencado. Não com seus pais. Eles estavam encantados em vê-lo — *Como você está bronzeado, Dick* — e, como previsto, ainda mais encantados em ver Henry e Blue. Henry imediatamente passou em uma espécie de teste amigo-colega na qual Adam e Ronan sempre pareceram ter dificuldade, e Blue era — bem, o que quer que tenha sido o encanto que a expressão vivamente curiosa de Blue havia exercido sobre Gansey mais jovem claramente também havia atraído os Gansey mais velhos. Eles imediatamente começaram a questionar Blue sobre a profissão da sua família enquanto picavam uma beringela.

Blue descreveu um dia comum na Rua Fox, 300 com bem menos assombro e espanto do que acabara de usar no carro para contar a Gansey sobre a experiência incomum de seu pai desaparecer dentro de uma árvore. Ela listou a linha mediúnica especial, a limpeza das casas, os círculos de meditação e a colocação de cartas. Seu jeito descuidado de descrever apenas agradou mais ainda aos pais de Gansey; se ela tivesse tentado convencê-los de algo, jamais teria funcionado. Mas ela estava apenas lhes contando como era, e não pedindo nada em troca, e eles adoraram isso.

Com Blue ali, Gansey sentia-se dolorosamente consciente de como eles todos deviam parecer aos olhos de Blue — a velha Mercedes no acesso, as calças alinhadas, a pele lisa, os dentes alinhados, os óculos escuros Burberry, os cachecóis Hermes. Ele podia até ver a escola através das lentes dela agora. No passado, ele não teria achado que ela parecesse uma propriedade particularmente cara — ela era esparsamente decorada, e Gansey teria presumido que ela passava um ar austero. Mas agora que ele havia passado um tempo com Blue, ele podia ver que esse caráter esparso era exatamente o que a *fazia* parecer cara. Os Gansey não precisavam ter muitas coisas na casa porque cada objeto que eles *tinham* era exatamente a coisa certa para a sua finalidade. Não havia uma estante barata colocada em serviço para servir de depósito de louças extras. Não havia uma escrivaninha para guardar papelada, material de costura e brinquedos. Não havia potes e panelas empilhados em gabinetes ou desentupidores de privadas largados em baldes de plástico baratos. Em vez disso, mesmo nessa escola caindo aos pedaços, tudo era estético. Era isso que o dinheiro fazia: colocava desentupidores em potes de cobre, louças extras atrás de portas de vidro e brinquedos em baús entalhados. Ele pendurava frigideiras em armações para panelas de ferro.

Ele se sentia um tanto embaraçado com isso.

Gansey seguia tentando captar os olhares de Blue e Henry para ver se eles estavam bem, mas a dificuldade em tentar ser sutil em um ambiente cheio de Ganseys era que a sutileza era uma língua que todos eles falavam. Não havia como perguntar discretamente se o socorro era necessário; todas as mensagens seriam interceptadas. E assim o bate-papo prosseguiu até que o almoço fosse levado para a varanda dos fundos. Henry e Blue estavam sentados em cadeiras muito distantes para que ele enviasse ajuda aérea para eles.

Helen fez questão de se sentar ao seu lado. Ele experimentava baunilha de uma vasilha.

— O diretor Child disse que você se atrasou um pouco com o envio dos seus pedidos de admissão para as faculdades — disse o sr. Gansey, inclinando-se para frente para servir a quinoa com uma colher nos pratos.

Gansey estava ocupado tirando um mosquito do seu chá gelado. A sra. Gansey afastou um mosquito invisível com a mão, em solidariedade.

— Achei que estava frio demais para ter insetos. Deve haver alguma água parada por aqui.

Gansey tirou com cuidado o inseto morto da beira da mesa.

— Atualmente ainda mantenho contato com Dromand — disse o sr. Gansey. — Ele ainda tem influência em todo o departamento de história de Harvard, se é nisso que você está pensando.

— Jesus, não — disse a sra. Gansey. — Yale, certamente.

— O quê? Como o Ehrlich? — o sr. Gansey riu suavemente de alguma piada particular. — Que isso sirva de lição para *todos* nós.

— O Ehrlich é um dissidente — respondeu a sra. Gansey. E brindaram os copos em um brinde misterioso.

— Quais universidades você já contatou? — perguntou Helen. Havia perigo em sua voz. Imperceptível para não Gansey, mas suficiente para que seu pai lhe franzisse o cenho.

— Nenhuma, ainda — entreolhou Gansey.

— Não lembro as datas para essas coisas — disse a sra. Gansey. — Logo, no entanto, certo?

— Eu me perdi no tempo.

Era a versão mais simples possível de *teoricamente vou morrer antes que isso tenha importância, então usei minhas noites para outras coisas.*

— Li um estudo sobre períodos sabáticos — disse Henry. Ele sorriu para o prato quando a sra. Gansey o colocou na sua frente, e naquele sorriso havia uma compreensão de que ele era fluente nessa linguagem de sutileza. — Supostamente é algo bom para pessoas como nós.

— O que são pessoas como nós? — perguntou a mãe de Gansey, de uma maneira que sugeria que ela gostava da ideia de comunidade entre eles.

— Ah, você sabe, jovens excessivamente cultos que se provocam crises nervosas em busca da excelência — disse Henry. Os pais de Gansey riram. Blue pegou o seu guardanapo. Gansey havia sido socorrido; Blue havia sido pressionada.

Mas o sr. Gansey percebeu e pegou a bola antes que ela tocasse o chão.

— Eu adoraria ler algo escrito por você, Blue, sobre crescer em uma casa de médiuns. Você poderia escrever um texto acadêmico ou no estilo de uma memória, que seria fascinante do mesmo jeito. Você tem uma voz tão distinta, mesmo quando está falando.

— Ah, sim, eu notei isso também, a cadência de Henrietta — disse a sra. Gansey carinhosamente; eles eram excelentes jogadores de equipe. Boa defesa, ponto para os Gansey, vitória para a Equipe Alto-Astral.

— Eu quase esqueci a bruschetta; ela vai queimar. *Dick*, você me ajudaria a trazê-la?

A Equipe Alto-Astral se dispersou abruptamente. Gansey estava prestes a descobrir por que estava encrencado.

— Claro, certo — ele disse. — Alguém precisa de alguma coisa lá de dentro?

— Na verdade, se você puder trazer o meu cronograma em cima da escrivaninha da Ellie, seria ótimo, obrigada — disse a sua mãe. — Preciso ligar para a Martina para me certificar de que ela vai estar lá a tempo.

Os irmãos Gansey dirigiram-se para dentro da casa, onde Helen primeiro removeu os pães torrados e então se virou para o irmão. Ela demandou:

— Você lembra quando eu disse: "me conta que tipo de sujeira eu vou encontrar sobre os seus amiguinhos para que eu dê um tratamento no assunto antes que a nossa mãe apareça por aqui"?

— Acho que se trata de uma pergunta retórica — disse Gansey, enfeitando a bruschetta.

— Você não me retornou informação alguma a esse respeito — disse Helen.

— Eu mandei recortes das pegadinhas da Semana Turca para você.

— E, no entanto, você deixou de mencionar que tinha *subornado o diretor*.

Gansey parou de enfeitar a bruschetta.

— Você fez isso mesmo — disse Helen, lendo-o sem fazer esforço. Os irmãos Gansey estavam sintonizados na mesma frequência de rádio. — Para quem você fez isso? Que amigo? O garoto do parque de trailers.

— Não seja desrespeitosa — respondeu Gansey secamente. — Quem contou para você?

— Os papéis me contaram. Sabe, você ainda não tem dezoito anos. Como conseguiu mesmo convencer o Brulio a escrever aquele documento para você? Achei que ele deveria ser o advogado do papai.

— Isso não tem nada a ver com o papai. Não gastei o dinheiro dele.

— Você tem dezessete anos. Que outro dinheiro você tem?

Gansey olhou para ela.

— Então, pelo visto, você leu só a primeira página do documento.

— Isso é tudo que abriria no meu celular — disse Helen. — Por quê? O que diz a segunda página? *Meu Deus*. Você deu ao Child aquele seu armazém, não é?

A questão soava muito clara quando ela a colocava desse jeito. Gansey supunha que era mesmo. Um diploma da Aglionby em troca da Fábrica Monmouth.

Provavelmente você não estará aí para sentir a sua falta, ele disse a si mesmo.

— Em primeiro lugar, o que ele *pode* ter feito para merecer algo desse gênero? — demandou Helen. — Você está dormindo com ele?

A indignação gelou a voz de Gansey.

— Por que a amizade não tem valor suficiente?

— Dick, vejo que você está fazendo o possível para se manter por cima, mas vá por mim, você não está conseguindo. Você não precisa apenas de uma escada de moralidade para chegar lá, você precisa de uma cadeirinha de bebê para colocar a escada em cima. Você compreende que posição incrivelmente ruim você coloca a mamãe se essa sua estupidez for descoberta?

— Não é a mamãe. Sou eu.

Helen inclinou a cabeça de lado. Normalmente Gansey não notava a diferença de idade entre eles, mas, bem naquele instante, ela parecia muito obviamente uma adulta refinada, e ele... o que quer que ele fosse.

— Você acredita que a imprensa se importaria? Você tem dezessete anos. Era o advogado da família, pelo amor de Deus. Exemplo da corrupção de uma família, et cetera, et cetera. Não acredito que você não pode esperar ao menos a eleição passar para fazer isso.

Mas Gansey não sabia quanto tempo ele tinha. Ele não sabia se podia esperar a eleição passar. Isso lhe provocou um aperto no peito e sua respiração encurtou no mesmo instante. Então afastou o pensamento o mais rápido que pôde.

— Não pensei nas consequências — ele disse. — Para a campanha.

— Obviamente! Não faço a menor ideia no que você estava pensando. Eu vim o caminho todo até aqui tentando dar um sentido para isso, e simplesmente não consegui.

Gansey brincou com um pedaço de tomate sobre a tábua de corte. Seu coração ainda batia rápido no peito. Com uma voz muito menor, ele disse:

— Eu não queria que ele jogasse tudo fora porque o pai dele tinha morrido. Ele não quer agora, mas eu queria que ele tivesse o diploma mais tarde, quando ele percebesse que queria.

Helen não disse nada, e ele sabia que a sua irmã o estudava e o lia de novo. Ele apenas seguiu brincando com aquele pedaço de tomate, pensando sobre como realmente ele não tinha nem certeza de que Ronan precisasse do diploma no fim das contas, e como ele se arrependia de ter feito o acordo com Child mesmo que não conseguisse dormir até tê-lo feito. Ele estivera errado a respeito de muitas coisas, e agora era tarde demais para consertá-las. O tempo estava se esgotando. Fora um segredo solitário e cheio de culpa de manter.

Para sua surpresa, Helen o abraçou.

— Irmãozinho — ela sussurrou —, o que há de errado com você?

Os Gansey não eram dados a abraços, e Helen normalmente não arriscaria amassar a sua blusa, e seus braceletes de ouro finos pressionariam linhas em seu braço, e algo a respeito de todas essas coisas combinadas fizeram com que Gansey se sentisse perigosamente próximo das lágrimas.

— E se eu não o encontrar — disse Gansey por fim. — Glendower.

Helen soltou um suspiro e o soltou.

— Você e aquele rei. Quando isso vai terminar?

— Quando eu o encontrar.

— E então? E se você *realmente* o encontrar?

— Isso é tudo.

Não era uma boa resposta, e Helen não gostou dela, então só estreitou os olhos e desamassou uma e outra dobra de sua blusa.

— Sinto muito ter arruinado a campanha da mamãe — ele disse.

— Você não arruinou. Só vou ter que... não sei. Vou encontrar alguns esqueletos no armário do Child para me certificar de que ele seguirá na linha. — Helen não parecia inteiramente descontente com a tarefa. Ela gostava de organizar fatos. — Meu Deus. E pensar que eu achei que teria de lidar com questões envolvendo *bullying* e posse de maconha. Aliás, quem é aquela garota lá fora? Você a beijou?

— Não — respondeu Gansey verdadeiramente.

— Você deveria — ela disse.

— Você gosta dela?

— Ela é esquisita. Você é esquisito.

Os irmãos Gansey trocaram um sorriso.

— Vamos levar essa bruschetta daqui — disse Helen. — Para sobrevivermos a esse fim de semana.

44

Foi um erro.

Adam tinha certeza disso assim que caiu para dentro da boca negra da tigela de adivinhação, mas não havia como deixar Ronan ali em seu sonho sozinho.

O seu corpo físico estava sentado de pernas cruzadas na Barns, um prato de cerâmica para alimentar os cães servindo como sua tigela de adivinhação. O corpo de Ronan estava encolhido no sofá. A Garota Órfã estava sentada próxima de Adam, espiando a tigela junto com ele.

Aquilo era real.

Mas isto também era real: a sinfonia doentia que era Cabeswater. A floresta vomitava negro à volta dele. Árvores fundiam-se na escuridão, mas ao contrário — longos feixes negros de gosma pingando para cima em direção ao céu. O ar estremecia e voava. A mente de Adam não compreendia como processar o que via. Era o horror da árvore que sangrava um líquido negro que eles tinham visto antes, só que ele havia se espalhado para a floresta inteira, incluindo a atmosfera. Se não tivesse restado mais nada da verdadeira Cabeswater, teria sido menos assustador — algo mais fácil de descartar como um pesadelo —, mas ele ainda podia ver a floresta que ele passara a conhecer lutando para se manter.

Cabeswater?

Não houve resposta.

Ele não sabia o que aconteceria com ele se Cabeswater morresse.

— Ronan! — gritou Adam. — Você está aqui?

Talvez Ronan só estivesse dormindo, não sonhando. Talvez estivesse sonhando em outra parte. Talvez tivesse chegado antes de Adam e já tivesse sido morto em seus sonhos.

— *Ronan!*

— Kerah — lamuriou-se a Garota Órfã.

Quando ele a procurou, no entanto, ela não estava em parte alguma. Será que ela tinha vindo com ele, adivinhando tigela adentro atrás dele? Será que Ronan poderia sonhar outra como ela para dentro dos seus sonhos? Adam sabia a resposta para isso: sim. Ele havia observado um Ronan sonhado morrer na frente do Ronan real. Poderia haver infinitas Garotas Órfãs aqui nessa floresta. *Maldição.* Ele não sabia como chamar por ela. Tentou:

— Garota Órfã!

Tão logo havia gritado o nome dela, ele se arrependeu. As coisas eram o que você as chamava nesse lugar. De qualquer forma, não houve resposta.

Ele começou a se movimentar pela floresta, tomando o cuidado de não se desligar de seu corpo lá na Barns. Suas mãos sobre a tigela de adivinhação fria. Os ossos do quadril contra o assoalho de madeira. O cheiro da lareira atrás dele. *Lembre-se de onde você está, Adam.*

Ele não queria chamar Ronan de novo; ele não queria que esse pesadelo forjasse uma duplicata. Tudo que ele via era terrível. Aqui uma cobra dissolvendo-se viva, ali um cervo macho caído no chão, lentamente quicando as patas, videiras crescendo através da carne ainda com vida. E então uma criatura que não era Adam, mas, mesmo assim, de alguma forma, se vestia como ele. Adam recuou, mas o garoto estranho não lhe deu atenção. Em vez disso, estava lentamente comendo as próprias mãos.

Adam estremeceu.

— *Cabeswater*, onde ele está?

Sua voz destoou, e Cabeswater arfou, tentando acalmar o seu mágico. Uma rocha havia se manifestado na frente de Adam. Ou melhor, ela sempre estivera ali, do jeito dos sonhos, do jeito que Noah aparecia e desaparecia. Adam já vira esse rochedo antes; sua superfície estriada estava coberta com as letras púrpuro-negras na caligrafia de Ronan.

Adam passou por ela enquanto algo gritava atrás dele.

Ali estava Ronan. Finalmente. Finalmente.

Ronan estava dando voltas em torno de algo na relva queimada entre árvores arruinadas; quando Adam se aproximou, ele viu que era uma carcaça. Era difícil dizer como era sua aparência originalmente. Ela parecia ter uma pele branca como giz, mas cortes profundos rasgavam a carne; as bordas dos cortes dobravam-se sobre si mesmas em um tom róseo. Uma confusão de intestinos pendurava-se para fora sob uma aba cinzenta gordurosa e se enganchava em uma garra de ponta avermelhada. Cogumelos irrompiam por toda parte na carcaça, e havia algo terrivelmente errado a respeito deles; era difícil de mirá-los.

— Não — disse Ronan. — Ah, não. Seu imbecil.

— O que é isso? — perguntou Adam.

As mãos de Ronan correram sobre dois bicos abertos, lado a lado, ambos orlados em negro e algo rubro-púrpura que Adam não queria considerar muito profundamente.

— Meu horror noturno. Meu Deus. Merda.

— Por que ele estaria aqui?

— Não sei. Ele se importa com o que eu me importo — disse Ronan, erguendo o olhar para Adam. — Isso é um pesadelo, ou é real?

Adam manteve o olhar. Esta era a situação em que eles se encontravam agora: pesadelos *eram* reais. Não havia diferença entre os sonhos e a realidade quando eles estavam juntos ali em Cabeswater.

— O que está fazendo isso? — perguntou Ronan. — Não consigo ouvir as árvores. Ninguém está falando comigo.

Adam manteve o olhar. Ele não queria dizer *demônio* em voz alta.

— Eu quero acordar. Podemos? Não quero trazer nada disso de volta. E não consigo controlar meus pensamentos... Não consigo... — disse Ronan.

— Sim — interrompeu Adam. Ele não conseguia também. — Precisamos falar com os outros. Vamos...

— Kerah!

O chamado agudo da Garota Órfã imediatamente chamou a atenção de Ronan; ele esticou o pescoço para ver entre os galhos escuros e os pequenos lagos.

— Deixa a Garota Órfã — disse Adam. — Ela está com a gente na vida real.

Mas Ronan hesitou.

— *Kerah!* — ela se lamuriou novamente, e dessa vez Adam ouviu a dor em sua voz. Ela era fraca, como de uma criança, inspirava pena, e tudo que havia nela fora codificado para responder a isso. — *Kerah, succurro!*

Era impossível dizer se aquela era a Garota Órfã que eles tinham lá na Barns, se era uma cópia, ou um pássaro diabólico monstruoso com a voz dela. Ronan não se importava. Ele correu de qualquer forma. Adam seguiu logo atrás dele. Tudo que ele passava era hediondo: uma floresta de salgueiros vergada, uma árvore sobre a outra, um pássaro cantando uma nota de trás para frente, um punhado de insetos negros rastejando sobre a ponta de uma carcaça de coelho.

A voz não pertencia a um pássaro diabólico monstruoso. Era a Garota Órfã, ou algo com uma aparência idêntica à dela. Ela estava ajoelhada em um tufo de relva seca. Não estivera chorando, mas caiu no choro quando viu Ronan. Quando ele a alcançou, ofegante, ela estendeu os braços para ele, suplicantemente. Adam não achou que ela era uma cópia; ela usava o seu relógio com suas marcas de mordida na pulseira, e, de qualquer modo, essa Cabeswater enferma não tinha a força para produzir uma versão tão íntegra dela.

— *Succurro, succurro* — ela chorou. — *Socorro, socorro...*

Os braços que ela estendeu para Ronan estavam cobertos e respingados de sangue até o cotovelo.

Ronan se largou de joelhos, os braços em torno dela, e machucou Adam, de certa forma, ver quão ferozmente ele abraçava a sua pequena e estranha criatura de sonho, e como ela enterrava o rosto no ombro dele. Ele se levantou com ela nos braços, a segurou proximamente, e ele a ouviu dizer:

— Não, você agiu bem, vai ficar tudo bem, nós estamos acordando.

Então Adam *o* viu. Ele o viu antes de Ronan, porque Ronan ainda não havia olhado além da Garota Órfã. *Não, não.* A Garota Órfã não havia parado ali por ser o lugar mais distante que havia conseguido chegar correndo. Ela havia se ajoelhado ali porque fora a maior distância através da qual conseguira arrastar o corpo. *Corpo* era uma palavra branda para aquilo. Longos fios de cabelo prendiam-se aos pedaços maiores que se ligavam como um colar de pérolas viscosas. Fora assim que os braços da Garota Órfã haviam ficado tingidos de sangue; esse esforço de socorro fútil.

— Ronan — avisou Adam, enquanto o horror tomava conta dele.

Ao ouvir o tom da voz de Adam, Ronan se virou.

Houve um breve momento em que ele olhou apenas para Adam, e Adam desejou que ele pudesse manter a sua atenção para sempre. *Acorda*, ele pensou, mas ele sabia que Ronan não faria isso.

O olhar de Ronan baixou.

— Mãe?

45

Dependendo por onde você começasse a história, ela dizia respeito ao Homem Cinzento.

O Homem Cinzento gostava de reis.

Ele gostava de reis oficiais, do tipo que tinha o título, a coroa e tudo o mais, mas também gostava de reis não oficiais, que governavam, lideravam e administravam sem nenhuma descendência nobre ou trono de verdade. Ele gostava de reis que viviam no passado e reis que viviam no futuro. Reis que haviam se tornado lendas somente depois da sua morte, reis que haviam se tornado lendas durante a sua vida, e reis que haviam se tornado lendas sem nem ter vivido. Seus favoritos eram os reis que usavam o seu poder na busca do conhecimento e da paz em vez do status e da propriedade, que usavam a violência somente para criar um país que não precisava viver pela violência. Alfred, o rei que o Homem Cinzento mais idealizava, representou o epítome disso, tendo conquistado os reinos querelantes menores da Inglaterra anglo-saxônica para criar um país unificado. Quão intensamente o Homem Cinzento admirava um homem desses, mesmo tendo se tornado um assassino em vez de um rei.

Não deixava de ser interessante que ele não conseguisse lembrar bem a respeito de sua decisão de se tornar um assassino.

O Homem Cinzento se lembrava das porções acadêmicas de sua vida como um historiador lá em Boston: as palestras, as dissertações, as festas, os arquivos. Reis e guerreiros, honra e *wergild*.* Ele se lembrava dos Green-

---

* Dinheiro que era pago na Inglaterra anglo-saxã e outros países germânicos aos parentes de uma vítima de assassinato como forma de compensação e para evitar a violência de represálias. (N. da T.)

mantle, é claro. Mas todo o resto era difícil de recordar. Era difícil discernir o que era uma memória verdadeira e o que era meramente um sonho. Na época, ele havia enfileirado um dia cinzento no outro, e parecia provável que ele tivesse perdido semanas, meses ou anos a essa dissociação brumosa. Em algum lugar por aqueles tempos, alguém havia sussurrado a palavra *mercenário*, e, em algum lugar por aqueles tempos, alguém havia descartado a sua identidade e se tornado o Homem Cinzento.

— O que nós queremos encontrar aqui? — Maura lhe perguntou.

Eles estavam no carro juntos, dirigindo-se para Singer's Falls. A presença de apenas duas partes de Laumonier no supermercado estivera corroendo o Homem Cinzento por dentro desde que ele os havia deixado, e ele passara boa parte da noite em uma busca dedicada pelo terceiro e mais desagradável irmão. Agora, embora tivessem perdido de vista o seu carro de aluguel, eles continuavam na direção da Barns.

— Não *queremos* encontrar nada — disse o Homem Cinzento. — Mas temos esperança de encontrar Laumonier revirando os armários de Niall Lynch.

A parte do Homem Cinzento que costumava ser um assassino não se entusiasmava com a ideia de Maura insistir em acompanhá-lo; a parte dele que estava bastante apaixonada por ela sentia-se profundamente satisfeita.

— Ainda nenhuma resposta do Ronan — disse Maura, espiando o telefone do Homem Cinzento. Blue havia dito a eles naquela manhã que Ronan Lynch e Adam Parrish estavam trabalhando na Barns.

— É possível que ele não atendesse o meu número — contestou o Homem Cinzento. Também era possível que ele estivesse morto. Laumonier podia ser muito difícil quando pressionado.

— É possível — ecoou Maura, franzindo o cenho.

Eles encontraram a Barns parecendo idílica como sempre, com apenas dois carros na área de cascalho — o BMW Lynch e o calhambeque tricolor Parrish. Não havia sinal do carro alugado de Laumonier, mas isso não significava que ele não estivesse estacionado próximo e tivesse chegado a pé.

— Não me fala para ficar no carro — disse Maura.

— Não sonharia isso — ele respondeu, abrindo a porta lentamente para evitar prendê-la em uma ameixeira ainda dando ameixas bem à vista. — Um carro estacionado é um local vulnerável.

Ele trouxe a arma consigo e Maura colocou o telefone no bolso de trás. Eles tentaram a porta da frente — destrancada. Levou muito pouco tempo para descobrirem Adam e Ronan na sala de estar.

Eles não estavam mortos.

Mas também não estavam bem vivos. Ronan Lynch estava desacordado no sofá de couro esmaecido, e Adam Parrish estava desmaiado ao lado da lareira. Uma garota jovem estava sentada absolutamente ereta na frente de uma tigela de cachorro, sem piscar. Ela tinha cascos. Nenhum dos ocupantes da sala respondeu à voz de Maura.

O Homem Cinzento percebeu-se estranhamente afetado pela visão deles nesse estado, o que parecia contraditório, levando-se em consideração que ele havia matado o pai de Ronan. Mas era precisamente *por* ter matado Niall que ele agora sentia a responsabilidade e a culpa uivando nos corredores do seu coração. Ele era o seu próprio homem agora, e, em sua posição como a ferramenta de outra pessoa, ele havia deixado Ronan e a Barns sem um protetor.

— Isso é mágica ou veneno? — perguntou o Homem Cinzento a Maura.

— Laumonier adora venenos.

Maura se inclinou sobre a tigela de adivinhação antes de se encolher para longe dela.

— Acho que é mágica. Não que eu saiba mexer em qualquer tipo de mágica em que eles estejam envolvidos.

— Será que devemos sacudir esses dois? — ele perguntou.

— Adam, Adam, volte. — Ela tocou o rosto dele. — Não quero despertar o Ronan, caso ele esteja mantendo a alma do Adam por perto. Acho que... Vou entrar e buscar o Adam. Segure a minha mão. Não me deixe ir por mais do que, vamos ver, noventa segundos.

— É perigoso?

— É como a Persephone morreu. O corpo não pode viver com a alma muito distante dele. Não pretendo perambular por aí. Se ele não estiver próximo, vou voltar.

O Homem Cinzento confiava que Maura conhecesse seus próprios limites, assim como ele presumia que ela confiasse nele. Ele colocou a arma no chão ao lado do pé — fora do alcance fácil da garota, se é que ela era isso — e pegou a mão de Maura.

Ela se inclinou para dentro da tigela de adivinhação, e, quando seus olhos ficaram vazios, ele começou a contar. *Um, dois, três...*

Adam arfava e se contorcia. Uma mão se estendeu agitada para cima, tentando agarrar um apoio que não estava ali, as unhas arranhando contra o reboco em um ataque insuficiente. Seu olhar se direcionou para o Homem Cinzento com um esforço evidente.

— Acorde-o — ele disse em uma voz arrastada. — Não deixe que ele fique por lá sozinho! — A garota com cascos saltou de sua posição sem preguiça alguma. (Talvez, pensou o Homem Cinzento em retrospectiva, na realidade ela não estivesse adivinhando nada, e, em vez disso, permanecera absolutamente imóvel como uma camuflagem quando Maura e o Homem Cinzento chegaram a casa, um pensamento sombrio, mas perfeitamente plausível). Ela lançou os braços em torno de Ronan, onde ele estava esparramado, então começou a agitá-lo, as mãos abertas contra as suas faces, batendo em seu peito e falando o tempo inteiro em algo que soava como latim, mas não era.

Então algo peculiar aconteceu. Em princípio, o Homem Cinzento sabia o que estava acontecendo, mas era uma situação muito diferente ver o fato ocorrer diante de seus olhos.

Ronan Lynch trouxe algo de volta dos seus sonhos.

Nesse caso: sangue.

Em um momento, ele estava adormecido, e no seguinte, desperto, as mãos banhadas de sangue ressecado. O cérebro do Homem Cinzento se deslocou com dificuldade entre esses momentos, e ele sentiu que havia removido a imagem mais difícil, a que ficava no meio.

Adam havia se colocado cambaleante de pé.

— *Traga a Maura de volta!* Você não faz ideia...

Sim, noventa segundos, tinham se passado noventa segundos. O Homem Cinzento usou a mão de Maura para puxá-la para longe da tigela de adivinhação, e, como havia feito apenas uma imersão superficial, ela retornou para ele imediatamente.

— Ah, não — ela disse. — É terrível. É tão terrível! O demônio... ah, não.

Ela olhou imediatamente para Ronan sobre o sofá. Ele não havia se movido nem um milímetro, embora suas sobrancelhas tivessem assumido uma expressão mais intencional sobre seus olhos fechados. Não havia muito sangue em seu exterior, em comparação com a quantidade de sangue que um ser humano geralmente carregava dentro de si, mas, mesmo assim, havia algo de fatal a respeito dessa exibição. Era a combinação de sangue e lama, pedaços de ossos e vísceras grudados nos punhos das mãos.

— *Puta merda* — disse Adam veementemente. Ele tinha começado a tremer, embora seu rosto não tivesse mudado.

— O Ronan está machucado? — perguntou Maura.

— Ele não se mexe logo em seguida — disse Adam. — Quando ele traz algo de volta. Dê um segundo para ele. *Puta merda!* A mãe dele está morta.

— Olha! — gritou a garota. E foi isso, e somente isso, que evitou que o Homem Cinzento morresse quando Laumonier apareceu em um canto com uma arma.

Laumonier não hesitou nem por um segundo quando viu o Homem Cinzento: vê-lo nesse contexto era atirar nele.

O som foi maior do que a sala.

A garota soltou um guincho que não tinha nada a ver com o som que uma garota humana faria e tudo com o som que um corvo faria.

O Homem Cinzento tinha se lançado ao chão imediatamente, levando Maura consigo. Ele percebeu, naquele mero segundo sobre as tábuas desgastadas do assoalho, que estava diante de uma escolha.

Ele poderia tentar desarmar essa parte do Laumonier, tornando a área segura, e agora que Greenmantle estava morto, não deveria haver disputa alguma entre os dois. Não era algo tão impossível quanto soava: o Homem Cinzento tinha uma arma bem à mão também, e Adam Parrish já havia provado ser um sujeito extremamente frio e engenhoso. Uma negociação como essa deixaria a Barns aberta ao interesse de Laumonier, é claro, e assim que ele colocasse os olhos na garota com os cascos, esse interesse seria imorredouro. Essa parte do mundo — e com ela a Rua Fox, 300, Maura e Blue — estaria para sempre vulnerável à ameaça, a não ser que eles fugissem como Declan e Matthew haviam fugido. Se escolhesse esse caminho, ele seria obrigado a andar constantemente vigilante para protegê-las das partes interessadas. Constantemente na defensiva.

Ou o Homem Cinzento poderia atirar em Laumonier.

Seria uma declaração de guerra. As outras duas partes de Laumonier não deixariam que isso passasse incólume. Mas talvez uma guerra fosse o que esse negócio desvirtuado precisava. Ele vinha se degenerando em uma perigosa anarquia de becos, porões, raptos e assassinos desde há algum tempo antes dele, e havia se tornado somente mais ingovernável. Talvez o negócio precisasse de alguém para impor algumas regras de cima para baixo, para colocar esses reis enxovalhados na linha. Mas não seria fácil, levaria anos e não havia uma versão que permitisse que o Homem Cinzento ficasse com Maura e a sua família. Ele teria de levar o perigo para outra parte, e mais uma vez teria de se jogar naquele mundo.

Ele queria muito ficar nesse lugar onde ele havia começado a colocar a violência de lado. No lugar onde ele havia aprendido a sentir novamente. Nesse lugar que ele amava.

Apenas um segundo havia se passado.

Maura suspirou.

O Homem Cinzento atirou em Laumonier.

Ele era um rei.

46

Não era nem um pouco impossível para Blue acreditar que um demônio havia matado a mãe de Ronan e estava matando Cabeswater também. Quando eles voltaram do almoço na escola dos Gansey — tendo recebido dezenas de chamadas tanto do celular de Ronan quanto da Rua Fox, 300 —, parecia o fim do mundo. Nós de nuvens emaranhavam-se sobre a cidade e dentro da casa, onde o Homem Cinzento colocava em uma mala os poucos pertences que ele havia deixado para ali.

— Matem o demônio — ele disse a todas elas. — Vou fazer o meu melhor para cuidar do resto. Será que um dia eu vou voltar?

Maura simplesmente colocou a mão no rosto dele.

O Homem Cinzento a beijou, abraçou Blue, e não estava mais ali.

Jimi e Orla, surpreendentemente, não estavam mais ali também. Elas não mereciam estar na linha de fogo, disse Maura, e haviam partido para ficar com velhas amigas na Virgínia Ocidental até que tivessem certeza do que aconteceria a Henrietta e às médiuns na cidade.

Todas as consultas haviam sido canceladas, então não havia clientes, e a linha especial de atendimento estava configurada para mandar todas as pessoas que ligassem direto para o correio de voz.

Apenas Maura, Calla e Gwenllian permaneceram ali.

Parecia o fim de tudo.

— Onde o Ronan está? — Blue perguntou a Adam.

Adam tirou Blue e Gansey da Rua Fox para o dia frio, movendo-se cuidadosamente para evitar derrubar Motosserra, que havia se empoleirado de cabeça baixa em seu ombro. O carro de Ronan estava estacionado junto ao meio-fio, a algumas casas dali.

Ronan estava sentado imóvel atrás da direção do BMW, os olhos fixos em algum ponto mais adiante na estrada atrás deles. Parecia haver um truque de luz no assento do passageiro — não, não era um truque. Noah estava sentado ali, quase ausente, também imóvel. Ele já estava se encurvando, mas, quando viu os pontos de Blue, se encurvou ainda mais.

Blue e Gansey caminharam até o lado do motorista e esperaram. Ronan não baixou a janela nem olhou para eles, então Gansey tentou a porta, encontrou-a destrancada e a abriu.

— Ronan — ele disse. A maneira carinhosa como ele o disse quase fez Blue chorar.

Ronan não virou a cabeça. Seus pés repousavam sobre os pedais; suas mãos repousavam sobre a parte de baixo da direção. Seu rosto parecia bastante contido.

Quão miserável era imaginar que ele era o último Lynch que restava na cidade.

Ao lado de Blue, Adam estremeceu violentamente. Blue o enlaçou com um braço. Era terrível imaginar que, enquanto Gansey e ela almoçavam, Ronan e Adam perambulavam juntos através de uma paisagem infernal. Os mágicos galantes de Gansey, ambos derrubados pelo horror.

Adam tremeu novamente.

— Ronan — disse Gansey de novo.

Em uma voz muito baixa, Ronan respondeu:

— Estou esperando que você me diga o que fazer, Gansey. Para onde eu devo ir.

— Não podemos desfazer isso — disse Gansey. — Não consigo desfazer.

Isso não fez a menor diferença na expressão de Ronan. Era terrível vê-lo sem fogo ou ácido nos olhos.

— Vem para a minha casa — disse Blue.

Ronan pareceu não tê-la ouvido.

— Eu sei que não posso desfazer. Não sou burro. Eu quero *matá-lo*.

Um carro passou zunindo por eles, tomando cuidado para passar ao largo de onde eles estavam parados, ao lado da porta aberta de Ronan. O bairro parecia próximo, atento e presente. Dentro do carro, Noah se inclinou para frente para olhá-los nos olhos. Seu rosto parecia miserável; ele tocou a própria sobrancelha, onde a de Blue estava esfolada.

Não foi sua culpa, Blue lhe dirigiu o pensamento. *Não estou brava com você. Por favor, pare de se esconder de mim.*

— Não vou deixar que ele pegue o Matthew — disse Ronan, inspirando pela boca e expirando pelas narinas, de maneira lenta e intencional. Tudo era lento e intencional, nivelado para um estado de tênue controle.

— Eu podia senti-lo no sonho. Eu podia sentir o que ele queria. Ele está desfazendo tudo que eu já sonhei. Não vou deixar que isso aconteça. Não vou perder mais ninguém. Você sabe como matar essa coisa.

— Não sei como encontrar Glendower — disse Gansey.

— Você sabe, Gansey — respondeu Ronan, a voz instável pela primeira vez. — Eu sei que você sabe. E, quando você estiver pronto para pegá-lo, vou estar bem aqui, esperando para ir aonde você me disser.

Ah, Ronan.

Os olhos de Ronan ainda estavam focados na estrada à frente deles. Uma lágrima correu por seu nariz e se prendeu ao queixo, mas ele não chegou nem a piscar. Quando Gansey não disse mais nada, Ronan estendeu a mão para a maçaneta da porta sem olhar, o gesto impensado da familiaridade. Ele livrou a porta da mão de Gansey. Ela se fechou com uma batida menor do que Blue achava que Ronan era capaz.

Eles ficaram ali, parados do lado de fora do carro do amigo, sem dizer uma palavra ou se mover. A brisa embaralhava folhas secas pela rua na direção da linha de visão de Ronan. Em alguma parte lá fora, havia um monstro comendo o seu coração. Blue não conseguia se concentrar nas árvores de Cabeswater sendo atacadas, ou se sentia agitada demais para ficar parada.

— Aquilo ali no banco de trás é a caixa quebra-cabeça de línguas? Vou precisar dela. Vou falar com Artemus.

— Ele não está em uma árvore? — perguntou Adam.

— Sim — disse Blue. — Mas já faz um tempo que conversamos com árvores.

☿

Alguns minutos mais tarde, Blue abria caminho pelas raízes expostas da faia até o seu tronco. Gansey e Adam haviam se juntado a ela, mas haviam recebido ordens estritas para ficarem no pátio do lado de fora da porta dos fundos e não se aproximarem. Isso dizia respeito a ela, seu pai e a sua árvore.

Assim Blue esperava.

Ela não sabia dizer quantas vezes havia se sentado debaixo daquela faia. Onde outros tinham um blusão favorito, uma canção favorita, uma cadeira favorita ou uma comida favorita, Blue sempre tivera a faia no quintal. Não era apenas essa árvore, é claro — ela adorava todas as árvores —, mas essa árvore fora uma constante durante toda a sua vida. Ela conhecia as cavidades da sua casca, quanto ela crescia a cada ano e até o cheiro particular das suas folhas quando elas começavam a florescer nos primeiros dias de primavera. Blue a conhecia tão bem quanto qualquer pessoa na Rua Fox, 300.

Agora ela estava sentada de pernas cruzadas em meio às raízes arrancadas da árvore com a caixa quebra-cabeça repousando sobre as panturrilhas e um notebook repousando sobre a caixa. O chão remexido estava úmido e frio contra suas coxas; provavelmente, se ela estivesse sendo *realmente* prática, ela teria trazido algo para se sentar.

Ou talvez fosse melhor sentir o mesmo chão que a árvore.

— Artemus — ela disse —, você consegue me ouvir? É a Blue. Sua filha. — Assim que disse isso, ela achou que talvez tivesse sido um engano. Talvez fosse melhor não lembrá-lo desse fato. Ela corrigiu. — A filha da Maura. Peço desculpas pela minha pronúncia, mas eles realmente não dão livros para isso.

Ela começara a ter a ideia de usar a caixa quebra-cabeça do Ronan pela primeira vez mais cedo naquele dia enquanto conversava com Henry. Ele havia lhe explicado como a abelha traduzia os seus pensamentos mais puramente do que as palavras, como a abelha era mais essencialmente *Henry* do que qualquer coisa que realmente saía de sua boca. Isso a fez pensar como as árvores de Cabeswater haviam sempre lutado para se comunicar com os seres humanos, primeiro em latim, então em inglês, e como elas tinham outra língua que elas pareciam usar para conversar umas com as outras — a língua de sonhos trazida nessa caixa de tradução de Ronan. Artemus não parecia remotamente capaz de se expressar. Talvez isso ajudasse. Pelo menos poderia parecer que Blue estava se esforçando.

Então ela girou a roda para traduzir as coisas que ela queria dizer para a língua de sonhos, e anotou as palavras que apareciam. Leu as frases escritas em voz alta, lentamente e com convicção. Ela tinha consciência da presença de Adam e Gansey, mas isso era reconfortante, não embaraçoso. Ela já fizera rituais mais ridículos na frente deles. Em voz alta, as frases soavam um pouco como latim. Na cabeça de Blue, elas queriam dizer:

— A minha mãe sempre me disse que você se interessava pelo mundo, pela natureza, e pela maneira como as pessoas interagiam com ela, igual a mim. Achei que poderíamos conversar sobre isso, na sua língua.

Ela queria perguntar sobre o demônio direto, mas vira como isso dera errado com Gwenllian. Então simplesmente esperou. O quintal parecia o mesmo de sempre. Suas mãos estavam frias e úmidas. Ela não tinha inteiramente certeza do que esperava que acontecesse.

Lentamente, moveu o disco sobre a caixa quebra-cabeça para traduzir outra frase do inglês. Tocando a casca suave da faia, perguntou em voz alta:

— Por favor, você poderia ao menos dizer se está me ouvindo?

Não se ouvia nem um farfalhar das folhas secas restantes.

Quando Blue era bem mais nova, ela passara horas montando versões elaboradas dos rituais mediúnicos que vira sua família realizar. Ela lera incontáveis livros sobre tarô; observara vídeos na internet sobre quiromancia; estudara folhas de chá; conduzira sessões espíritas no banheiro no meio da noite. Enquanto suas primas conversavam sem esforço algum com os mortos e sua mãe via o futuro, Blue lutava por ao menos um indício do sobrenatural. Ela passava horas forçando os ouvidos para uma voz de outro mundo. Tentando prever qual carta de tarô estava prestes a abrir. Esperando para sentir algo morto tocar sua mão.

O momento era exatamente isso.

A única coisa que era ligeiramente diferente era que Blue havia começado esse processo de certa forma otimista. Já se passara um longo tempo desde que ela se enganara em pensar que tinha alguma conexão com o outro mundo. Se ela não estava sendo amarga a respeito disso, era porque ela não acreditava que isso tivesse algo a ver com o outro mundo.

— Eu adoro essa árvore — disse Blue por fim, em inglês. — Você não tem nenhum direito em relação a ela. Se alguém tinha o direito de viver dentro dela, essa pessoa deveria ser *eu*. Eu a amei há muito mais tempo do que você.

Com um suspiro, ela se pôs de pé, limpando o lodo da parte de trás de suas pernas. Em seguida lançou um olhar pesaroso para Gansey e Adam.

— Espere.

Blue congelou. Gansey e Adam olharam bruscamente atrás dela.

— Diga o que você acabou de dizer.

A voz de Artemus emanava da árvore. Não como a voz de Deus, mas como uma voz que vinha de algum ponto logo atrás do tronco.

— O quê? — perguntou Blue.

— Diga o que você acabou de dizer.

— Que eu adorava essa árvore?

Artemus saiu da árvore. Exatamente como quando Aurora saíra da rocha em Cabeswater. Havia uma árvore, então um homem-e-árvore, e por fim só um homem. Ele se deixou cair no chão com a caixa no colo, dobrando as longas pernas e braços em torno dela, virando os discos lentamente e olhando para ambos os lados. Observando seu longo rosto, a boca cansada e os ombros caídos, Blue ficou impressionada em quão diferentemente Artemus e Gwenllian portavam a sua idade. Gwenllian havia ficado jovem e irada com seiscentos anos de marcação. Artemus parecia derrotado. Ela se perguntava se isso se devia pelos seiscentos anos no total, ou apenas pelos últimos dezessete.

— Você parece cansado — ela disse simplesmente.

Ele a espiou, os olhos pequenos brilhantes em seu longo rosto, as rugas profundas em torno deles.

— Estou cansado.

Blue se sentou de frente para ele. Ela não disse nada enquanto ele continuava testando a caixa. Era estranho identificar a origem de suas mãos nas mãos dele, embora seus dedos fossem mais longos e nodosos.

— Eu sou uma das *tir e e'lintes* — disse Artemus por fim. — Essa é a minha língua.

Ele virou os discos do lado da língua desconhecida para soletrar *tir e e'lintes*. A tradução apareceu no lado inglês, que ele mostrou para Blue.

— Luzes de árvores — ela leu. — Por que você consegue se esconder em árvores?

— Elas são nossas... — Ele gaguejou. Então girou os discos e lhe mostrou a caixa novamente. *Casa-pele*.

— Você vive em árvores?

— Em? Com. — Artemus considerou a questão. — Eu era uma árvore quando a Maura e as outras duas mulheres me tiraram dela muitos anos atrás.

— Não compreendo — disse Blue, carinhosamente. Ela não se sentia desconfortável por causa da verdade dele. Ela se sentia desconfortável porque a verdade dele sugeria uma verdade nela. — Você era uma árvore ou estava em uma árvore?

Ele olhou para ela, melancólico, cansado, estranho, então abriu sua mão para ela. Com os dedos da outra mão, traçou as linhas na própria palma.

— Elas lembram as minhas raízes.

Artemus pegou a mão de Blue e a colocou aberta sobre a superfície da faia. Seus dedos longos e nodosos eclipsaram inteiramente a pequena mão de Blue.

— Minhas raízes são as suas raízes também. Você sente saudades de casa?

Ela fechou os olhos. Podia sentir a casca fria familiar por baixo de sua pele, e sentiu mais uma vez o conforto de estar debaixo dos seus galhos, sobre as suas raízes, pressionada contra o seu tronco.

— Você amava essa árvore — disse Artemus. — Você já me disse isso.

Blue abriu os olhos e anuiu.

— Às vezes nós, *tir e e'lintes,* usamos isso — ele continuou, deixando cair a mão de Blue para que pudesse gesticular para si mesmo. Então ele tocou a árvore novamente. — Às vezes nós usamos isso.

— Eu gostaria — disse Blue, então parou. Ela não precisava terminar a frase.

Ele anuiu uma vez, então disse:

— Foi assim que a história começou.

Ele contou exatamente como uma árvore cresce, começando com uma semente. Então cavoucou as raízes finas para dar suporte a ela enquanto o tronco principal começava a se desenvolver para cima.

— Quando o País de Gales era jovem — contou Artemus para Blue —, havia árvores. O país não é mais tomado somente por árvores, ou não era quando eu parti. Em um primeiro momento, não havia problemas. Havia mais árvores do que *tir e e'lintes*. Algumas árvores não podem conter uma *tir e e'lintes*. Você conhece essas árvores; até o homem mais ignorante conhece essas árvores. Elas são... — Ele olhou de relance à sua volta. Seus olhos encontraram as alfarrobeiras de crescimento rápido como ervas daninhas do outro lado da cerca, assim como a ameixeira decorativa no jardim do vizinho. — Elas não têm alma própria, e não são feitas para conter a alma de ninguém mais.

Blue correu os dedos sobre uma raiz exposta da faia próxima da sua perna. Sim, ela sabia.

Artemus espalhou mais raízes para a sua história:

— Havia árvores suficientes para nos alojar no País de Gales. Mas, à medida que os anos se passavam, o País de Gales se transformou de um lugar de florestas em um lugar de fogos, arados, barcos e casas; ele se tornou um lugar para todas as coisas que as árvores poderiam ser, exceto vivas.

As raízes foram cavoucadas, e ele começou a trabalhar o tronco.

— Os *amae vias* estavam falhando. As *tir e e'lintes* só podem existir nas árvores próximas a elas, mas nós alimentamos os *amae vias* também. Nós somos *oce iteres*. Como o céu e a água. Espelhos.

Apesar do calor, Blue colocou os braços em torno de si, tão gelada quanto estaria com a presença de Noah.

Artemus olhou pensativamente para a faia, ou para algo além dela, algo mais velho.

— Uma floresta de *tir e e'lintes* é algo, realmente, espelhos apontados para espelhos apontados para espelhos, os *amae vias* se revolvendo abaixo de nós, sonhos guardados entre nós.

— E que tal um deles? O que é um deles? — perguntou Blue.

Ele analisou suas mãos pesarosamente.

— Cansado. — Então analisou as mãos de Blue. — Outra coisa.

— E o demônio?

Isso era pular à frente. Artemus balançou a cabeça e recuou.

— Owain não era como os homens comuns — ele disse. — Ele podia conversar com os pássaros. Ele podia conversar conosco. Ele queria que o seu país fosse um lugar selvagem de mágica, um lugar de sonhos e canções, cruzado por *amae vias* poderosos. Então nós lutamos por ele. Todos nós perdemos tudo. Ele perdeu tudo.

— Toda a família dele morreu — disse Blue. — Fiquei sabendo.

Artemus anuiu.

— É perigoso derramar sangue em um *ama via*. Mesmo um pouco pode semear coisas sombrias.

Blue arregalou os olhos.

— Um demônio.

As sobrancelhas de Artemus inclinaram-se bem mais na direção do lado triste das coisas. Seu rosto era um retrato chamado *preocupação*.

— O País de Gales foi desfeito. Nós fomos desfeitos. As *tir e e'lintes* que sobraram deveriam esconder Owain Glyndŵr até o momento em que ele pudesse ascender novamente. Nós deveríamos escondê-lo por um tempo. Torná-lo lento como somos lentos nas árvores. Mas não restavam lugares suficientes de poder nos *amae vias* galeses após o trabalho do demônio. Então fugimos para cá; nós morremos aqui. É uma dura jornada.

— Como você encontrou a minha mãe?

— Ela foi até o caminho dos espíritos com a intenção de se comunicar com as árvores, e foi isso que ela fez.

Blue se sobressaltou, então parou, para se sobressaltar de novo.

— Eu sou humana?

— A Maura é humana. — Ele não disse *e eu também*. Ele não era um mago, um ser humano que podia estar em árvores. Ele era algo mais.

— Me diga uma coisa — sussurrou Artemus. — Quando você sonha, você sonha com as estrelas?

Era demais: o demônio, o luto de Ronan, o episódio das árvores. Para sua surpresa, uma lágrima brotou em seu olho e escapou; outra estava na fila atrás dela.

Artemus a acompanhou cair de seu queixo, e então disse:

— Todas as *tir e e'lintes* são cheias de potencial, sempre se movendo, sempre agitadas, sempre procurando por possibilidades para se lançar e estar em outra parte, ser algo mais. Essa árvore, aquela árvore, essa floresta, aquela floresta. Porém, mais do que qualquer outra coisa, nós adoramos as estrelas. — Ele focou os olhos para cima, como se as pudesse ver durante o dia. — Se pudéssemos alcançá-las, talvez pudéssemos sê-las. Qualquer uma delas poderia ser a nossa casa-pele.

Blue suspirou.

Artemus olhou para as próprias mãos de novo; elas sempre o faziam parecer ansioso.

— Essa não é a forma mais fácil para nós. Eu gostaria... eu só quero voltar para uma floresta no caminho dos espíritos. Mas o demônio a desfaz.

— Como nos livramos dele?

Muito relutantemente, Artemus disse:

— Alguém deve morrer voluntariamente no caminho dos corpos.

A escuridão caiu tão rapidamente nos pensamentos de Blue que ela estendeu um braço para se equilibrar na faia. Então, em sua mente, viu o espírito de Gansey caminhando na linha ley. E se lembrou abruptamente que Adam e Gansey estavam ao alcance da voz deles; ela havia esquecido completamente que não eram somente Artemus e ela.

— Existe outra maneira? — perguntou Blue.

A voz de Artemus ficou mais baixa ainda.

— A morte voluntária para pagar pela morte involuntária. Esse é o caminho.

Houve silêncio, então mais silêncio, e finalmente Gansey perguntou, sua voz elevada de um local próximo da casa.

— E quanto a despertar Glendower e usar esse favor?

Mas Artemus não respondeu. Blue tinha perdido o momento de sua partida: ele estava na árvore e a caixa quebra-cabeça de lado nas raízes. Blue foi deixada com essa verdade terrível e nada mais, nem mesmo uma sobra de heroísmo.

— Por favor, volte! — ela disse.

Mas havia apenas a agitação de folhas secas acima de sua cabeça.

— Bem — disse Adam, com a voz tão cansada quanto a de Artemus. — Isso é tudo.

47

A noite caiu; com isso, pelo menos, ainda se podia contar.
Adam abriu a porta do passageiro do BMW. Ronan ainda não tinha se movido um centímetro desde que ele o vira pela última vez; ele ainda mirava adiante, os pés nos pedais, as mãos repousando sobre a direção. Pronto para partir. Esperando por Gansey. Não era luto; era um lugar mais seguro, mais vazio além dele. Adam disse a Ronan:

— Você não pode dormir aqui.

— Não — concordou Ronan.

Adam estava parado na rua escura, tremendo no frio, pisando de um pé a outro, procurando por qualquer evidência de que Ronan pudesse ceder. Era tarde. Adam havia ligado para Boyd havia uma hora para dizer que não cuidaria do Chevelle com vazamento no escapamento que ele prometera ver. Mesmo se ele pudesse se forçar ficar acordado — Adam quase sempre conseguia isso —, ele não seria capaz de seguir trabalhando na garagem sabendo que Cabeswater estava sendo atacada, Laumonier estava conspirando, e Ronan, de luto.

— Você vai entrar e pelo menos comer algo?

— Não — disse Ronan.

Ele era impossível e terrível.

Adam fechou a porta e bateu levemente com o punho três vezes sobre o teto. Então seguiu para o outro lado do carro, abriu a porta, certificou-se de que Noah não estava ali, e entrou.

Enquanto Ronan o observava, Adam se atrapalhou com os controles do assento até encontrar aquele que o fazia reclinar completamente, e então buscou com a mão o blusão da Aglionby de Ronan. Tanto o blusão quanto a Garota Órfã estavam irremediavelmente enrolados entre as outras coisas no banco de trás — a Garota Órfã fungou e empurrou o blusão na direção da sua mão. Ele o enfiou por baixo do pescoço como um travesseiro, largando a manga sobre os olhos para bloquear a luz da rua.

— Me acorde se precisar — ele disse, e fechou os olhos.

⟜

Na Rua Fox, 300, Blue observou Gansey se deixar convencer a ficar ali em vez de retornar à Monmouth à noite. Embora houvesse um número mais do que suficiente de camas vazias na casa agora, ele escolheu o sofá, aceitando apenas uma colcha e um travesseiro com uma fronha rosa-clara. Seus olhos não estavam fechados quando ela subiu para o andar de cima e foi para a cama em seu próprio quarto. Tudo parecia silencioso demais dentro da casa, com todo mundo fora, e ruidoso demais lá fora, com tudo ameaçador.

Blue não dormiu. Ela pensou em seu pai se tornando um com uma árvore, e em Gansey sentado no Camaro de cabeça baixa, e a voz sussurrada do sonhador sombrio que ela encontrara na caverna. As coisas pareciam se desenrolar para o fim.

Durma, disse a si mesma.

Gansey dormia em uma sala a quatro metros abaixo dela. Não deveria ter nenhuma importância — não tinha importância. Mas ela não conseguia parar de pensar na proximidade dele, na impossibilidade dele. A promessa de sua morte.

Blue estava sonhando. Estava escuro. Seus olhos não se acostumaram com a escuridão; seu coração, sim. Não havia luz em parte alguma. Estava tão completamente escuro que os olhos não tinham importância. Agora que ela pensava a respeito disso, e não tinha certeza se possuía olhos. Era uma ideia estranha. O que ela tinha?

Umidade fria em seus pés. Não. Suas raízes. Estrelas pressionando acima dela, tão próximas que elas certamente seriam alcançáveis se ela crescesse apenas alguns centímetros. Uma pele de casca quente, vital.

Aquela não era a forma da sua alma. Era do que estivera sentindo falta. Era como se sentia em sua pele humana, sentimentos na forma de uma árvore em um corpo humano. Que alegria lenta, ampliando-se.

Jane?

Gansey estava ali. Ele deveria estar ali o tempo inteiro, porque, agora que pensava a respeito, ela não conseguia parar de senti-lo ali. Ela era algo mais; ele ainda era humano. Ele era um rei roubado de longe para essa árvore, pela *tir e e'lint* que era Blue. Ela estava por toda a volta dele. A alegria de sua revelação anterior se sobrepôs lentamente nessa alegria. Gansey ainda estava vivo, Blue o tinha consigo. Ela estava tão próxima dele quanto poderia estar.

Onde estamos?

Estamos em uma árvore. Eu sou uma árvore. Você... haha. Não posso dizer. Seria sujo.

Você está rindo?

Sim, porque estou feliz.

Lentamente, a alegria de Blue se arrefeceu, enquanto ela sentia o pulso rápido de Gansey contra ela. Ele estava com medo.

Do que você tem medo?

Não quero morrer.

Isso parecia verdade, mas era difícil reunir pensamentos. Essa árvore era tão inadequada para sua Blueacidade essencial quanto o seu corpo humano. Ela seguia metade uma, metade a outra.

Você consegue ver se o Ronan deixou o carro e entrou em casa?

Posso tentar. Não tenho olhos realmente.

Ela se estendeu com todos os sentidos disponíveis para ela. Eles eram sempre tão melhores quanto os seus sentidos humanos, mas estavam interessados em coisas muito diferentes. Era excepcionalmente difícil concentrar-se nas questões dos humanos em torno da base do tronco. Blue não havia apreciado adequadamente quanto esforço fora exigido das árvores para atender às necessidades deles até agora.

Não sei. Blue o segurou firmemente, amando-o e guardando-o. *Podemos simplesmente ficar aqui.*

Eu te amo, Blue, mas sei o que preciso fazer. Eu não quero. Mas sei o que preciso fazer.

48

Todos os ruídos e cheiros da Rua Fox eram ampliados após o cair da noite, quando todos os seus ocupantes humanos estavam em silêncio. Todos os chás, velas e condimentos fragrantes se tornavam mais distintos, cada um declarando sua origem, quando durante o dia eles se misturavam em algo que Gansey só havia identificado como *Rua Fox*. Agora essa atmosfera lhe passava a impressão de algo poderoso e caseiro, secreto e deliberado. Essa casa era um lugar de mágica, como Cabeswater, mas era preciso lhe dar mais atenção. Gansey deitou no sofá e se cobriu com uma colcha, os olhos fechados no escuro, os ouvidos atentos ao estrepitar de uma brisa que soprava de alguma fresta, ao arranhar de folhas ou unhas de alguma janela, ao baque surdo de galhos se quebrando ou de passos em outro aposento.

Abriu os olhos, e lá estava Noah.

Noah sem nenhuma luz do dia para anuviar o que ele realmente havia se tornado. Ele estava muito próximo, porque havia esquecido que os vivos não conseguiam focar bem coisas que estivessem mais próximas do que um palmo de distância. Ele estava muito frio, pois agora precisava de quantidades enormes de energia para continuar visível. Ele estava com muito medo, e porque Gansey também estava com medo, seus pensamentos se emaranhavam.

Gansey afastou a colcha com um chute. Amarrou os cadarços dos sapatos e colocou seu blusão. Silenciosamente, tomando todo cuidado para pisar de leve nas tábuas velhas, Gansey seguiu Noah para fora da sala de estar. Ele não acendeu nenhuma luz, pois sua mente ainda estava embrulhada com a de Noah, e ele usava os olhos de Noah, que não se importavam mais se estava escuro ou não. O garoto morto não o levou para rua, como ele imaginara, mas escada acima, até o segundo andar. Nos primeiros degraus da escada, Gansey achou que estava sendo levado para a ronda habitual de Noah pela casa, e nos últimos achou que estava sendo levado para Blue. Mas Noah passou pela porta do quarto dela e esperou na base da escada do sótão.

O sótão era um lugar carregado, que fora ocupado primeiramente por Neeve e então por Gwenllian, duas pessoas difíceis de diferentes maneiras. Gansey não teria considerado nenhuma delas como possíveis caminhos que representassem um avanço, mas Noah o levara até ali, e assim Gansey hesitou com a mão sobre a maçaneta. Ele não queria bater, pois despertaria o restante da casa.

Noah empurrou a porta.

Ela se abriu sem nenhuma resistência — não havia sido trancada —, e Noah seguiu escada acima. Uma luz descorada veio de cima deles, acompanhada por um frio cortante cheirando a carvalho. Parecia que havia uma janela aberta.

Gansey seguiu Noah.

Uma janela *estava* aberta.

Gwenllian havia transformado o aposento em uma bagunça enfeitiçada, e ele estava cheio de toda sorte de objetos estranhos fora ela mesma. Sua cama estava vazia. O ar frio da noite entrava por uma portinhola redonda.

Quando Gansey passara escalando por ela, Noah havia desaparecido.

— Olá, reizinho — cumprimentou Gwenllian. Ela estava distante, sentada em um dos ângulos de telhado pequenos e desproporcionais da casa, as botas apoiadas contra as telhas, uma silhueta escura e estranha na luz ambiente e bruxuleante dos postes da rua assombrada abaixo. No entanto, havia algo nobre a respeito dela, uma inclinação brava e arrogante de seu queixo. Ela deu um tapinha no telhado, bem ao seu lado.

— É seguro?

Ela aprumou a cabeça.

— É assim que você vai morrer?

Gansey se juntou a ela, escolhendo seu caminho cuidadosamente, terra e folhas decompostas das árvores esmigalhando-se debaixo dos sapatos, e então se sentou ao lado dela. Desse ponto alto, havia árvores e mais árvores. Os carvalhos, meramente troncos indistintos ao nível do chão, transformavam-se em mundos complicados de galhos em ascensão ao nível do telhado, seus padrões mais complexos pelas sombras jogadas pelo brilho laranja abaixo.

— Hi ho hi ho — cantarolou Gwenllian em uma voz baixa e desdenhosa.

— Você está *me* procurando em busca de sabedoria?

Gansey balançou a cabeça.

— Coragem.

Ela o avaliou.

— Você tentou parar a guerra do seu pai — disse Gansey. — Esfaqueando o poeta dele na mesa do jantar. Você tinha certeza de que isso não terminaria bem para você. Por que continuou?

Seu ato de bravura havia acontecido centenas de anos atrás. Glendower já não combatia em solo galês há séculos agora, e o homem que Gwenllian tentara matar estivera morto por gerações. Ela estivera tentando salvar uma família que não existia mais; Gwenllian perdera tudo para sentar-se sobre esse telhado da Rua Fox, 300, em um mundo inteiramente diferente.

— Você não aprendeu ainda? Um rei age para que os outros ajam. Nada vem do nada vem do nada. Mas *algo* faz *algo*. — Ela desenhou no ar com seus dedos longos, mas Gansey não achou que ela estivesse desenhando algo com a intenção de chamar a atenção do olhar de alguém, exceto o seu. — Eu sou Gwenllian Glen Dŵr, filha de um rei e irmã de uma luz de árvore, e fiz *algo* para que os outros fizessem *algo*. Isso é nobre.

— Mas como? — perguntou Gansey. — Como você conseguiu isso?

Ela fingiu esfaqueá-lo nas costelas. Então, quando Gansey olhou para ela pesarosamente, Gwenllian riu de maneira livre e selvagem. Após a alegria de um minuto inteiro, ela disse:

— Eu parei de perguntar como. Eu simplesmente *fiz*. A cabeça é sábia demais. O coração é todo fogo.

Ela não disse mais nada, e Gansey não perguntou mais nada. Eles estavam sentados um ao lado do outro no telhado, Gwenllian dançando os dedos pelo ar, ele observando as luzes de Henrietta dançarem similarmente no ritmo de alguma linha ley escondida e intermitente. Finalmente, ele disse:

— Você tomaria a minha mão?

Os dedos de Gwenllian pararam de se mover, e ela olhou para ele astutamente, segurando o seu olhar por um longo minuto, como se apostasse com ele para desviar o olhar ou mudar de ideia. Gansey não o fez.

Gwenllian se inclinou para perto, cheirando a cigarros de cravo-da-índia e café, e, para sua grande surpresa, o beijou no rosto.

— Vá com Deus, rei — ela disse, e tomou a sua mão.

No fim das contas, era uma questão muito ínfima e simples. Ele não sentira flashes disso antes na vida, a certeza absoluta. A verdade é que ele seguira se afastando dela. Era uma ideia muito mais aterrorizante imaginar quanto controle ele realmente tinha sobre sua vida. Era mais fácil acreditar que ele era um barco vistoso jogado pelo destino do que capitaneá-lo em pessoa.

Ele o conduziria agora, e, se houvesse rochas próximas da margem, que assim fosse.

— Me diz onde está Owen Glendower — ele disse para a escuridão. Seco e certo, com o mesmo poder que havia usado para comandar Noah e os esqueletos na caverna. — Me mostre onde está o rei corvo.

49

A noite começou a se lamentar.
O som vinha de todas as partes — um grito selvagem. Um grito primal. Um brado de batalha.

Ele ficou cada vez mais alto, e Gansey se pôs de pé, as mãos cobrindo parcialmente os ouvidos. Gwenllian gritou algo de prazer e fervor, mas o som abafou sua voz. Abafou o estrepitar das folhas de carvalho secas que restavam nas árvores, assim como o ruído do arrastar dos sapatos de Gansey sobre o telhado enquanto ele andava cuidadosamente até a beirada para ter uma visão melhor. Abafou as luzes, e a rua mergulhou na escuridão. O grito abafou tudo e, quando parou e as luzes retornaram, uma fera sombria e de chifres brancos estava parada de lado, no meio da rua abaixo, os cascos desajeitados sobre o asfalto.

Em alguma parte por ali havia o mundo ordinário, um mundo de semáforos e centros comerciais, de luzes fluorescentes em postos de gasolina e tapetes azul-claros em uma casa suburbana. Mas aqui, agora, havia apenas o momento antes e depois do grito.

Os ouvidos de Gansey retiniam.

A criatura ergueu a cabeça para olhar para ele com olhos brilhantes. Era o tipo de animal que todos achavam que sabiam o seu nome até o verem, e então o nome os fugia e deixava para trás somente a sensação de tê-lo visto. Ele era mais velho do que qualquer coisa, mais adorável do que qualquer coisa, mais terrível do que qualquer coisa.

Algo decisivo e assustado se manifestou no peito de Gansey; era exatamente o mesmo sentimento que havia lhe ocorrido da primeira vez que vira Cabeswater. Gansey percebeu que já tinha visto algo como essa criatura antes: a manada de feras brancas que havia estourado através de Cabeswater. No entanto, agora que olhava para essa fera, ele se deu conta de que aquelas eram cópias dessa, descendentes dessa, memórias sonhadas dessa.

A fera contraiu uma orelha. Então mergulhou na noite.

— Bem, você não vai segui-la? — perguntou Gwenllian a Gansey.

Sim.

Ela apontou para os galhos do carvalho, e ele não a questionou. Gansey se dirigiu rapidamente para onde um grande galho pairava sobre o telhado, subiu nele, segurando-se aqui e ali em esporões verticais. Escorregou para baixo de galho em galho e então saltou os dois ou três metros até o chão, sentindo o choque do pouso dos calcanhares até os dentes.

A fera tinha desaparecido.

Não houve nem tempo para Gansey registrar o seu desapontamento, por causa dos pássaros.

Eles estavam por toda parte: a atmosfera bruxuleava e fascinava com penas e penugens de animais. Os pássaros redemoinhavam, mergulhavam e precipitavam-se em torno da rua, as luzes pegando asas, bicos, garras. A maioria deles eram corvos, mas havia outros também. Pequenos chapins, rolinhas lamentosas aerodinâmicas, gaios compactos. Esses pássaros menores pareciam mais caóticos que os corvos, como se tivessem sido pegos no espírito da noite sem compreender o propósito. Alguns deles soltavam pequenos guinchos ou lamentos, mas, na maior parte, o som era de *asas*. O sopro zunido, esvoaçado, do voo frenético.

Gansey pisou no jardim e, imediatamente, o bando denso voou em sua direção. Eles redemoinhavam à sua volta, asas raspando nele, penas tocando seu rosto. Ele não podia ver nada a não ser pássaros, de todas as formas e cores. Seu próprio coração parecia ter asas. Gansey não conseguia respirar.

Ele estava com muito medo.

Se você não consegue não ter medo, disse Henry, *tenha medo e seja feliz*.

O bando mergulhou e se foi. Eles queriam ser seguidos, e eles queriam sê-lo *agora*. Redemoinharam em uma grande coluna sobre o Camaro.

— Abram caminho! — gritaram. — Abram caminho para o rei corvo!

O grito era tão alto agora que as luzes começaram a se acender nas casas. Gansey entrou no carro e virou a chave — *vamos, Pig, vamos*. Ele ligou aos resmungos. Gansey era tudo isso ao mesmo tempo: entusiasmado, aterrorizado, dominado, saciado.

Com um guinchar de pneus, saiu em busca do seu rei.

50

Ronan operava com a energia da bateria de emergência. Navegando em velocidade de cruzeiro. Ele era como uma gota d'água parada sobre um para-brisa. O menor choque seria o suficiente para mandá-lo ladeira abaixo.

Como ele estava praticando um ato de equilíbrio tão delicado entre o estado desperto e o sono, foi só quando a porta do lado do motorista do BMW foi escancarada que ele percebeu que algo havia acontecido. O ruído foi terrível, particularmente porque Motosserra voou para dentro do carro tão logo a porta fora aberta. A Garota Órfã deu um grito agudo no banco de trás e Adam despertou, sobressaltado.

— Eu não *sei* — disse Blue.

Ronan não sabia ao certo o que isso queria dizer, até que percebeu que ela não se dirigia a ele, mas às pessoas atrás dela. Maura, Calla e Gwenllian estavam paradas na estrada, em vários estados de desarranjo noturno.

— Eu disse, eu disse — guinchou Gwenllian. Seu cabelo era um emaranhado de penas e folhas de carvalho.

— Você estava dormindo? — Blue perguntou a Ronan. Ele não estivera dormindo. Mas também não estivera desperto, não realmente. Ele a encarou. Ronan havia se esquecido do ferimento dela até o encarar novamente; era uma assinatura muito violenta, escrita em sua pele. Tão contra tudo que Noah ordinariamente faria. Tudo de trás para frente. *Demônio, demônio.*

— Ronan. Você viu aonde o Gansey foi?

Agora ele estava acordado.

— Ele está na caçada! — Gwenllian esganiçou alegremente.

— Cala a *boca* — disse Blue, com inesperada rispidez. — O Gansey saiu em busca de Glendower. O Pig não está aí. A Gwenllian disse que ele seguiu uns pássaros. Você viu para onde ele foi? Ele não está atendendo o telefone!

Ela acenou dramaticamente para trás de si a fim de demonstrar essa verdade. O meio-fio vazio na frente da Rua Fox, 300, a rua tomada de penas de todas as cores, as portas dos vizinhos se abrindo e fechando de curiosidade.

— Ele não pode ir sozinho — disse Adam. — Ele vai fazer alguma coisa idiota.

— Tenho certeza disso — respondeu Blue. — Eu liguei para ele. Eu liguei para o Henry, para ver se poderíamos usar a AbelhaRobô. Ninguém está atendendo o telefone. Eu nem sei se o celular dele está funcionando.

— Você tem como localizá-lo? — Adam perguntou à Maura e à Calla.

— Ele está amarrado à linha ley — disse Maura. — De alguma maneira. Em algum lugar. Então não consigo vê-lo. É tudo que eu sei.

A mente de Ronan oscilava enquanto a realidade começava a acotovelá-lo. O horror de todos os pesadelos tornando-se verdade deixava seus dedos irrequietos na direção.

— Talvez eu possa fazer uma divinação — disse Adam. — Mas não sei dizer se vou saber onde ele está. Se ele estiver em alguma parte que eu nunca estive, não vou reconhecer o lugar e vamos ter que montar um quebra-cabeça de pistas.

Blue rodopiou em um círculo irado.

— Isso vai levar uma eternidade.

As penas espalhadas pela rua atingiram Ronan. Cada borda fina delas parecia afiada, real e importante quando comparada aos eventos obscuros dos dias anteriores. Gansey partira atrás de Glendower. Gansey partira sem eles. Gansey partira sem *ele*.

— Vou sonhar uma coisa — disse ele. Ninguém o ouviu da primeira vez, então Ronan repetiu.

— O quê? — perguntou Blue, ao mesmo tempo em que Maura disse: — Que tipo de coisa? — e Adam disse: — Menos o *demônio*.

A mente de Ronan ainda trazia a imagem fresca do horror de ver o corpo de sua mãe. A memória recente mesclava-se sem nenhum esforço com a memória mais antiga de encontrar o corpo de seu pai, criando uma flor tóxica e em expansão. Ele não queria voltar para sua cabeça nesse instante. Mas ele faria isso.

— Algo para encontrar o Gansey. Como a AbelhaRobô do Henry Cheng. Ele só precisa ter uma finalidade. Algo pequeno. Posso fazer isso rápido.

— Você poderia ser morto rápido, você quer dizer — disse Adam.

Ronan não respondeu. Ele já estava tentando pensar em qual forma ele poderia investir agilmente uma habilidade dessas. O que ele poderia criar de maneira mais confiável, mesmo com o furacão do demônio o distraindo? O que ele tinha certeza de que o demônio não corromperia mesmo se o manifestasse?

— Cabeswater não pode ajudar — pressionou Adam. — Ela só pode atrasar. Você teria que tentar criar algo que não fosse terrível em meio a tudo isso, o que parece impossível para começo de conversa, e então você teria que trazer isso de volta, *e apenas isso,* do sonho, o que parece ainda *mais* impossível.

Ronan foi para trás do volante.

— Eu sei como funcionam os meus sonhos, Parrish.

Ele não disse *Não consigo suportar a ideia de encontrar o corpo do Gansey também.* Ele não disse *Se eu não posso salvar a minha antiga família, eu posso salvar a minha nova família.* Ele não disse *Não vou deixar o demônio ficar com tudo.*

Ele não disse que o único verdadeiro pesadelo era não ser capaz de fazer algo e que isso, ao menos, era *algo.*

Ele apenas disse:

— Vou tentar — e desejou que Adam já soubesse de todo o resto.

Adam sabia. Assim como os outros.

Maura disse:

— Vamos fazer o possível para sustentar sua energia e segurar alguma coisa do pior.

Adam colocou o assento de volta em sua posição totalmente ereta e travada. Ele disse:

— Vou adivinhar — ele disse.

— Blue — disse Ronan —, acho melhor você segurar a mão dele.

51

O Camaro quebrou.
Ele estava *sempre* quebrando e revivendo, mas hoje à noite — hoje à noite, Gansey precisava dele.

Mas quebrou de qualquer forma. Gansey só tinha conseguido chegar às cercanias da cidade quando ele tossiu, e as luzes dentro do carro obscureceram. Antes que Gansey tivesse tempo de reagir, o carro havia morrido. O freio e a direção desapareceram, e ele teve de lutar para pará-lo no acostamento. Gansey tentou a chave, olhou no espelho, tentou ver se os pássaros estavam esperando. Não estavam.

— *Abram caminho para o rei corvo!* — eles gritaram, seguindo em frente.
— *Abram caminho!*
Maldito seja este carro!

Não fazia muito tempo, o carro tinha morrido exatamente da mesma maneira em uma noite escura como o breu, deixando-o preso no acostamento da estrada, quase o matando. A adrenalina o atingiu da mesma maneira que aquela noite, imediata e completa, como se o tempo jamais tivesse avançado.

Ele bombeou a gasolina, deixou-a repousar, bombeou a gasolina, deixou-a repousar.

Os pássaros estavam se afastando. Ele não tinha como segui-los.
— Por favor — ele suplicou. — *Por favor.*

O Camaro não *fez o favor*. Os corvos guincharam furiosamente; eles pareciam não querer deixá-lo, mas também pareciam ser puxados por uma força além de sua vontade. Com um praguejar suave, Gansey saiu com dificuldade do carro e bateu a porta com força. Ele não sabia o que fazer. Talvez continuasse a perseguição à pé, até perdê-los. Ele...

— Gansey.

Henry Cheng. Ele estava parado diante de Gansey, seu Fisker estacionado de lado na rua atrás dele, a porta deixada aberta.

— O que está acontecendo?

A impossibilidade da presença de Henry atingiu Gansey mais duramente do que qualquer coisa aquela noite, embora, na realidade, fosse o fato menos impossível. Eles não estavam longe do lado de Litchfield da cidade, e Henry havia chegado a esse lugar por meios automotivos, em vez de mágicos. Mas, mesmo assim, a oportunidade estava claramente do lado de Gansey, e Henry, diferentemente dos corvos, não poderia ter aparecido somente porque Gansey o havia solicitado.

— Como você está aqui? — demandou Gansey.

Henry apontou para o céu. Não para os pássaros, mas para o corpo minúsculo e piscante da AbelhaRobô.

— A AbelhaRobô recebeu ordens de me dizer se você precisasse de mim. Então pergunto novamente à Vossa Excelência: o que está acontecendo?

Os corvos ainda guinchavam para que Gansey os seguisse. Eles estavam se distanciando ainda mais; logo ele não seria capaz de vê-los. Seu pulso agitava-se em seu peito. Com grande esforço, Gansey forçou-se a se concentrar na pergunta de Henry.

— O Camaro não dá partida. Aqueles pássaros. Eles estão me levando para Glendower. Eu preciso *ir*, eu preciso segui-los ou eles serão...

— Pare. Pare. Entre no meu carro. Sabe de uma coisa? Você dirige. Eu morro de medo dessa coisa.

Henry jogou as chaves para ele.

Ele entrou.

Havia uma correção doentia em relação à situação, como se, de alguma forma, Gansey sempre soubera que seria assim que a perseguição continuaria. Enquanto eles deixavam o Camaro para trás, o tempo se esvaía e ele estava dentro dele. Ao alto, os corvos irrompiam e se revolviam através da escuridão. Às vezes contrastavam contra os prédios, às vezes tornavam-se invisíveis contra as árvores. Eles brilhavam e tremeluziam antes das últimas luzes de rua da cidade, como pás de ventilador. Gansey e Henry dirigiam através dos últimos vestígios da civilização campo adentro. Henrietta era tão grande na mente de Gansey que ele se sentia de certa forma surpreso em ver, quando não estava dando atenção a isso, quão rapidamente as luzes da pequena cidade desapareciam em seu espelho retrovisor.

Fora de Henrietta, os corvos fluíam e emergiam subitamente para o norte. Eles voavam mais rápido do que Gansey achou que seriam capazes de voar, esquivando-se de árvores e vales. Segui-los não era uma tarefa fácil; os corvos voavam absolutamente certeiros de sua direção, enquanto o Fisker tinha de se ater às estradas. Seu coração gritava para ele: *Não os perca. Não os perca. Não agora.*

Gansey não conseguia se livrar da ideia de que essa era a sua única chance.

Sua cabeça não pensava. Seu coração pensava.

— Vamos, vamos, vamos — disse Henry. — Eu cuido da polícia. *Vamos, vamos, vamos.*

Ele digitou algo no telefone e então enfiou a cabeça na janela para olhar para fora do carro e observar a AbelhaRobô partir rodopiando para cumprir a sua ordem.

Gansey foi foi foi.

A nordeste, através de estradas emaranhadas que Gansey provavelmente já estivera, mas não se lembrava. Ele não havia rastejado por todo esse estado? Os corvos os levaram até as montanhas, em estradas que serpenteavam, levantavam pó e voltavam para o asfalto. Em determinado ponto, o Fisker se aferrou à beira de uma montanha e olhou para baixo, para uma queda abrupta com nenhuma barreira de segurança à vista. Então a estrada voltou para o asfalto e as árvores esconderam o céu.

Os corvos ficaram instantaneamente invisíveis por trás dos galhos escuros como a noite, voando em alguma direção sem eles.

Gansey pisou com tudo nos freios e baixou a janela. Sem fazer nenhuma pergunta, Henry fez o mesmo. Os dois garotos inclinaram a cabeça e ouviram. Árvores de inverno estalavam na brisa; caminhões distantes rodavam na autoestrada abaixo; corvos chamavam um ao outro com urgência.

— Lá — disse Henry. — À direita.

O Fisker se lançou à frente. Eles se dirigiam ao longo da linha ley, pensou Gansey. Até onde os corvos voariam? Washington? Boston? Por todo o Atlântico? Ele precisava acreditar que eles não seguiriam para um lugar onde ele não pudesse segui-los. Isso terminava hoje à noite, porque Gansey havia dito que terminava hoje à noite, e ele falara sério.

Os pássaros seguiram em frente, sem desvios. O sinal de uma estrada interestadual pairava no escuro.

— O sinal ali diz 66? — disse Gansey. — Aquele é o acesso para a 66?

— Não sei, cara. Os números me confundem.

Era a I-66. Os pássaros se precipitaram em frente; Gansey entrou na interestadual. Ela era mais rápida, mas um pouco arriscada. Não havia opções para seguir se os corvos alterassem o seu caminho.

Os pássaros não hesitaram. Gansey acelerou mais e mais.

Os pássaros se dirigiam ao longo da linha ley, levando Gansey de volta para Washington, D.C., e a casa de sua infância. Ocorreu-lhe um pensamento súbito, terrível, que esse era precisamente o destino para o qual eles o estavam levando. De volta para a casa de Gansey, em Georgetown, onde ele aprendera que o seu fim era o seu início, e ele finalmente aceitou que tinha de crescer para ser apenas outro Gansey com tudo o que isso acarretava.

— O que você disse que isso era? A I-66? — perguntou Henry, digitando em seu celular de novo enquanto outro sinal passava voando por eles proclamando que era realmente a I-66.

— Como quiser. Você dirige?

— Não. Você dirige. Marcador de quilometragem?

— Onze.

Henry estudou o celular, seu rosto azul pela luz do aparelho.

— Ei. Ei. Mais devagar. Policial daqui a um quilômetro.

Gansey deixou o Fisker planar, reduzindo a velocidade para algo próximo do limite permitido. Com certeza, a pintura escura de um carro de polícia sem marcações brilhou na faixa central um pouco menos de um quilômetro de onde Henry o notara. Henry o saudou ao passarem por ele.

— Obrigado por seu serviço, AbelhaRobô.

Gansey soltou uma risada ofegante.

— Tudo bem, agora você... espera. A AbelhaRobô pode encontrar uma saída para a gente?

Os corvos se afastavam ligeiramente da interestadual a cada quilômetro percorrido, e agora ficava bastante claro que se desviavam de uma maneira permanente. Henry consultou seu celular.

— Três quilômetros. Saída 23.

Três quilômetros em um triângulo cada vez mais amplo colocaria um espaço enorme entre os corvos e o carro.

— A AbelhaRobô consegue acompanhar os pássaros?

— Vou descobrir.

Então eles seguiram acelerando em frente enquanto o bando ficava cada vez mais difícil de ver na escuridão, até desaparecer. O pulso de Gansey disparou. Ele tinha de confiar em Henry; Henry tinha de confiar na AbelhaRobô. Na saída, Gansey deixou a interestadual com o Fisker a toda a velocidade. Não havia nenhum sinal dos corvos: apenas a noite ordinária da Virgínia à volta deles. Gansey se sentiu estranho quando reconheceu onde eles estavam, próximos de Delaplane, bastante distantes de Henrietta agora. Esse era um mundo de dinheiro antigo, fazendas de cavalos, políticos e bilionários de companhias de pneus. Não era um lugar para a mágica extraordinária arcaica. Durante o dia a cidade se revelaria um lugar de encanto refinado, há tanto tempo amado e cultivado que era impossível imaginá-lo saindo de controle.

— Para onde agora? — perguntou Gansey. Eles estavam dirigindo para lugar nenhum, para o de sempre, para uma vida que Gansey já vivera.

Henry não respondeu imediatamente, a cabeça inclinada sobre o telefone. Gansey queria pisar no acelerador, mas não fazia sentido se eles estivessem seguindo na direção errada.

— Henry.

— Desculpe, desculpe. Achei! Pé na tábua, vire à direita assim que puder.

Gansey obedeceu com tanta eficiência que Henry colocou uma mão no teto para se segurar.

— Uau — disse Henry. — Ho-ho também.

E então, subitamente, lá estavam os corvos novamente, o bando redemoinhando e se formando de novo acima da linha das árvores, um tom negro perfeito contra a cor púrpura profunda do céu. Henry soqueou o teto em uma comemoração silenciosa. O Fisker entrou em uma autoestrada larga de quatro faixas, vazia nas duas direções. Gansey havia acabado de começar a acelerar de novo quando os corvos se redemoinharam em um tornado de pássaros, lançados ao ar por uma corrente ascendente invisível, mudando o curso abruptamente. Os faróis do Fisker encontraram a propaganda de uma imobiliária ao final de um acesso.

— Lá. Lá! — disse Henry. — Pare!

Ele estava certo. Os pássaros tinham saído da formação no acesso. Gansey já passara por ele. Ele perscrutou a estrada à frente; não havia um retorno imediatamente à vista. Ele não perderia os pássaros. Ele *não* os perderia. Baixando a janela, Gansey esticou a cabeça para fora para se certificar de que a estrada noturna atrás dele ainda estava escura, então deu ré, a transmissão chiando de empolgação.

— Argh — disse Henry.

O Fisker subiu o acesso íngreme. Gansey não chegou nem a fazer uma pausa enquanto considerava que alguém poderia estar em casa. Era tarde, ele parecia estranho e notável nesse carro vistoso, e tratava-se de um canto privado de um mundo antiquado. Não tinha importância. Ele pensaria em algo para dizer para os proprietários da casa se fosse esse o caso. Ele não deixaria os corvos. Não dessa vez.

Os faróis iluminaram um esplendor malconservado: os dentes grandes demais de pedras de paisagismo correndo ao longo do acesso, a relva crescendo entre elas; uma cerca de quatro tábuas com uma pendurada solta; o asfalto com fendas cuspindo ervas daninhas mortas.

A sensação do tempo se esvaindo era ainda maior agora. Ele estivera ali antes. Ele fizera isso, ou vivera essa vida antes.

— Esse lugar, cara — disse Henry, esticando o pescoço, tentando vê-lo.

— É um museu.

O acesso subia até passar da linha das árvores e chegava a um cimo. Havia um grande círculo ao final dele, e, atrás, pairava uma casa escura. Não, não era uma casa. Gansey, que havia crescido em uma mansão, conhecia uma mansão quando via uma. Essa era muito maior do que a casa atual de seus pais, adornada com colunas, terraços com vista panorâmica, pórticos e estufas, uma entidade derramando-se de tijolos e cor creme. Diferentemente da casa de seus pais, no entanto, os buxos dessa mansão estavam tomados por alfarrobeiras altas e ervas daninhas, e a hera havia avançado das paredes de tijolos para a escada que levava à porta da frente. As roseiras tinham crescido desiguais e feias.

— De fora não parece muito legal — observou Henry. — Está meio caída. Mas serviria para umas boas festas de zumbis em cima do telhado, não é?

Enquanto o Fisker estacionava lentamente em torno do círculo, os corvos os observavam do telhado e das balaustradas das varandas. A sensação de já ter vivido aquilo passou pela mente de Gansey, como olhar para Noah e ver ambas as versões dele, a viva e a morta.

Gansey tocou o lábio inferior, pensativo.

— Eu já estive aqui.

Henry espiou os corvos, que o espiaram de volta, sem se mexer. Esperando.

— Quando?

— Foi aqui que eu morri.

52

Ronan soubera antes de cair no sono que Cabeswater seria insuportável, mas ele não havia percebido ainda o quão insuportável.

O pior não eram as visões; eram as emoções. O demônio ainda estava trabalhando nas árvores, no chão e no céu, mas também corrompia o sentimento da floresta, as coisas que fazem um sonho um sonho, mesmo que não exista um cenário nele. Agora era toda a inspiração culpada feita após alguma mentira. Era o aperto no estômago após descobrir um corpo. Era a suspeita angustiante de que você era descartável, que incomodava demais, que era melhor que estivesse morto. Era a vergonha de querer algo que você não deveria; a emoção vil de quase estar morto. Eram todas essas coisas ao mesmo tempo.

Os pesadelos de Ronan costumavam ser uma ou duas dessas coisas. Apenas raramente eram todas. Isso era na época em que o queriam morto.

A diferença é que ele estivera sozinho naqueles. Agora Maura e Calla o apoiavam no mundo desperto — Calla sentada no capô, e Maura no banco de trás. Ele podia sentir a energia delas como mãos em torno de sua cabeça, bloqueando algum ruído pavoroso. E ele tinha a mente de Adam aqui no sonho com ele. No mundo real, ele estava adivinhando no assento do passageiro de novo, e, nesse mundo, estava parado nessa floresta arruinada, os ombros caídos, o rosto inseguro.

Não. Ronan tinha de admitir para si mesmo que, embora eles tivessem tornado a situação mais fácil, sua presença não era a diferença real entre os seus antigos pesadelos e este. A diferença real era que, à época, os pesadelos o queriam morto, e da mesma forma Ronan.

Ele olhou à sua volta em busca de algum lugar seguro no sonho, algum lugar que a sua criação tivesse alguma chance de se desenvolver em segurança. Não havia um lugar assim. As únicas coisas não corrompidas no sonho eram Adam e ele mesmo.

Então ele o seguraria em suas próprias mãos. Ronan pressionou as palmas juntas, imaginando uma bola minúscula de luz se formando ali. O demônio não se importava com isso. Em seu ouvido, ele ouviu um arfar. Sem dúvida, o seu pai. Sem dúvida, com dor. Morrendo sozinho.

Culpa sua.

Ronan empurrou o pensamento para longe e seguiu imaginando o objeto minúsculo brilhante que estava formando para encontrar Gansey. Imaginou o seu peso, o seu tamanho, o padrão das suas asas em miniatura.

— Você realmente achou que eu ficaria nesse lugar para você? — disse Adam em seu outro ouvido, todo repúdio frio.

O Adam real estava parado com a cabeça virada para o lado enquanto um fac-símile irracional de seu pai gritava em seu rosto, a cadência de sua voz casando perfeita e sinistramente com o Robert Parrish real. Havia uma expressão firme na boca de Adam que denotava menos medo e mais teimosia. Ele estivera lentamente se desvencilhando de seu pai real durante semanas; essa duplicata era mais fácil de resistir.

Abandonável.

Não vou pedir que ele fique, pensou Ronan. *Apenas que volte.* Ele queria muito conferir se o objeto em suas mãos era o que ele intencionava que fosse, mas Ronan podia sentir como o demônio desejava corromper o objeto, virá-lo do avesso, torná-lo vil e o oposto. Melhor mantê-lo escondido de vista por ora, confiando apenas que ele estava criando algo positivo. Ele tinha de se ater à ideia do que o objeto deveria fazer quando ele o trouxesse de volta à sua vida acordado, e não à ideia do que o demônio queria que o objeto fizesse quando fosse trazido de volta.

Algo arranhava o pescoço de Ronan. Leve, inofensiva, repetida e incansavelmente, até que ele trabalhou o seu caminho através da camada mais superior de sua pele e encontrou sangue.

Ronan o ignorou e sentiu o objeto em sua mão se agitar para a vida contra os seus dedos.

O sonho cuspiu um corpo na sua frente. Escuro e virado, rasgado e corrompido. Gansey. Os olhos ainda vivos, a boca se movendo. Arruinado e indefeso. Uma garra de um dos horrores noturnos de Ronan ainda estava enganchada no canto de sua boca, atravessando o seu rosto.

Impotente.

Não. Ronan não achava isso. Ele sentia o sonho vibrando contra a palma das mãos.

Adam cruzou com o olhar de Ronan, mesmo enquanto a versão duplicada do seu pai seguia gritando com ele. A tensão de qualquer que fosse o equilíbrio de energia que ele estava conseguindo era visível em seu rosto.

— Você está pronto?

Ronan esperava que sim. A verdade era que eles não saberiam realmente quem vencera esse round até ele abrir os olhos no BMW. E disse:

— Me acorda.

53

Gansey já estivera ali antes — sete anos e pouco. Por incrível que pareça, para outro evento para arrecadar fundos de campanha. Gansey lembrou que estivera empolgado para ir. Washington no verão era abafado e opressivo, seus habitantes, reféns relutantes, sacos enfiados na cabeça. Embora os Gansey tivessem acabado de voltar de uma viagem para o exterior para visitar fazendas produtoras de menta em Punjab (uma viagem política que Gansey ainda não havia compreendido completamente a sua finalidade), ela só servira para deixar o Gansey mais novo mais inquieto. O único pátio que a sua casa em Georgetown tinha estava cheio de parede a parede com flores mais velhas do que Gansey, e ele estava proibido de entrar nele durante o auge do verão, pois o pátio dormitava com abelhas. E, embora os seus pais o levassem para exposições de antiguidades e museus, corridas de cavalos e eventos artísticos, Gansey se sentia cada dia mais ansioso. Ele já vira todas essas coisas. E se sentia ávido por novas curiosidades e assombros, por coisas que ele nunca vira antes e que não podia compreender. Ele queria partir.

Então embora a política não o entusiasmasse, ele se sentia entusiasmado com a ideia de partir.

— Vai ser divertido — seu pai havia dito. — Vai ter outras crianças lá.

— Os filhos de Martin — sua mãe havia acrescentado, e os dois trocaram um risinho privado sobre um pequeno deslize de tempos atrás.

Gansey levara um momento para perceber que eles estavam oferecendo isso como um incentivo em vez de meramente reportar o fato como uma atualização do tempo. Gansey nunca achara crianças divertidas, incluindo a criança que ele fora. Ele sempre ansiara por um futuro onde pudesse mudar o próprio endereço conforme sua vontade.

Agora, anos mais tarde, Gansey estava postado na escada coberta pela hera e olhava para uma placa junto à porta. A CASA VERDE, lia-se nela. EST. 1824. De perto, era difícil dizer precisamente por que a propriedade parecia grotesca em vez de tomada pela vegetação. A presença dos corvos sobre cada superfície horizontal da casa também não prejudicava. Ele tentou a porta da frente: trancada. Ligou a função de lanterna do seu telefone e se inclinou contra as janelas laterais para tentar ver dentro da casa. Ele não sabia o que estava procurando. Talvez soubesse quando visse. Talvez uma porta dos fundos estivesse destrancada, ou uma janela pudesse ser aberta. Embora não houvesse uma razão em particular pela qual o interior da casa negligenciada devesse conter algum segredo relevante a Gansey, a parte dele que era boa em encontrar coisas batia silenciosamente contra o vidro, querendo entrar.

— Olhe para isso — chamou Henry a alguns metros dele. Sua voz soava teatralmente chocada. — Descobri que algum tempo atrás essa porta lateral foi arrombada por um vândalo adolescente coreano.

Gansey teve de abrir caminho por um canteiro de lírios mortos para se juntar a ele em uma entrada lateral menos elaborada. Henry havia terminado o trabalho de uma vidraça rachada para enfiar a mão e abrir a fechadura.

— Os garotos de hoje em dia. "Cheng" não é coreano, é?

— Meu pai não é — disse Henry. — Eu sou. Herdei isso e a parte do vândalo da minha mãe. Vamos entrar, Dick, eu já arrombei a porta.

Mas Gansey hesitou, do lado de fora.

— Você deixou que a AbelhaRobô cuidasse de mim.

— Era algo amigável. Coisa de amigo.

Ele parecia ansioso que Gansey acreditasse que os seus motivos eram puros, então Gansey disse rapidamente:

— Eu sei disso. Só que... eu não encontro muitas pessoas que fazem amigos como eu faço. Tão... rápido.

Henry fez diabinhos malucos com as mãos para ele.

— *Jeong*, cara.

— O que isso quer dizer?

— Vá saber — disse Henry. — Significa ser Henry. Significa ser Richard Man. *Jeong. Você* nunca diz a palavra, mas você a vive, de qualquer forma.

Vou ser sincero, eu nunca esperava encontrar isso em um cara como você. É como se tivéssemos nos encontrado antes. Não, não realmente. Nós ficamos amigos imediatamente, e faríamos instantaneamente o que amigos fazem uns pelos outros. Não apenas camaradas. Amigos. Irmãos de sangue. Você simplesmente sente isso. *Nós* em vez de *você e eu*. Isso é *jeong*.

Gansey tinha consciência de que a descrição era melodramática, exagerada, ilógica. Mas, em um nível mais profundo, ela soava verdadeira e familiar, e parecia que explicava grande parte da vida de Gansey. Era como ele se sentia a respeito de Ronan, Adam, Noah e Blue. Com cada um deles, a sua relação parecera instantaneamente certa: como um alívio. Finalmente, ele tinha pensado, ele os tinha encontrado. *Nós* em vez de *você e eu*.

— Tudo bem — ele disse.

Henry sorriu brilhantemente, e então abriu a porta que tinha acabado de arrombar.

— Então, o que estamos procurando?

— Não tenho certeza — admitiu Gansey. Ele foi capturado pela fragrância familiar da casa: o que quer que fizesse todas essas antigas casas coloniais errantes terem esse cheiro. Mofo, buxo e algum produto velho para polir o assoalho. Ele foi atingido não por uma memória precisa, mas por uma era mais livre.

— Suponho que algo incomum. Acho que é óbvio.

— Devemos nos dividir, ou isso é um filme de terror?

— Grite se algo comer você — disse Gansey, aliviado que Henry tenha sugerido que se dividissem. Ele queria estar sozinho com os seus pensamentos. Gansey desligou a lanterna ao mesmo tempo em que Henry ligava a sua. Henry parecia que estava prestes a perguntar por quê, e então Gansey seria forçado a dizer *Deixa meus instintos mais aguçados*, mas Henry simplesmente deu de ombros e cada um partiu para um lado.

No silêncio, Gansey perambulou pelos corredores obscuros da Casa Verde, os fantasmas o seguindo logo atrás. Aqui houvera um bufê; ali um piano; aqui um grupo de políticos estagiários que pareciam muito viajados. Ele parou exatamente no centro do que fora o salão de baile. Uma luz de movimento foi acionada na rua enquanto Gansey avançava pelo salão, sobressaltando-o. Havia uma larga lareira com uma fornalha obsoleta, ameaçadora, e uma boca negra sinistra. Moscas mortas enchiam os peitoris das janelas. Gansey tinha a sensação de ser o último homem vivo.

O salão parecera enorme antes. Se semicerrasse os olhos, ele ainda podia ver a festa. Ela estava sempre acontecendo em algum ponto no tempo. Se isso fosse Cabeswater, talvez ele pudesse repassar aquela festa, pulando de volta no tempo para observá-la de novo. O pensamento era ao mesmo tempo melancólico e desagradável: ele fora mais jovem e mais acessível então, liberto de qualquer coisa como responsabilidade ou sabedoria. Mas ele tinha feito muita coisa entre agora e então. A ideia de viver tudo isso de novo, de aprender todas as duras lições de novo, de lutar para mais uma vez assegurar que ele encontrasse Ronan, Adam, Noah e Blue — era exaustivo e esgotante.

Deixando o salão de baile, ele seguiu por corredores, esquivando-se por baixo de braços que não estavam mais ali, pedindo licença enquanto passava através de conversas que há muito tempo haviam terminado. Havia champanhe; havia música; havia o cheiro penetrante de colônia. *Como você está, Dick?* Ele estava ótimo, excelente, muito bem, as únicas respostas possíveis àquela pergunta. O sol sempre brilhava sobre ele.

Ele entrou em uma varanda protegida por telas e olhou para fora, para o novembro escuro. A grama mal cortada parecia cinzenta na luz de movimento; as árvores sem folhas pareciam negras; o céu tinha um tom sombriamente arroxeado da ameaça distante de Washington. Tudo estava morto.

Será que ele ainda conhecia alguma das crianças com as quais havia brincado naquela festa? Esconde-esconde: Gansey havia se escondido tão bem que o deram como morto, e, mesmo quando fora ressuscitado, ele ainda fora ocultado deles. Ele havia tropeçado por acaso em uma estrada diferente.

Ele abriu a porta de tela e pisou sobre a grama morta e úmida do quintal. A festa havia ocorrido ali também, as crianças mais velhas jogando um jogo frustrado de *croquet*, os arcos enganchados nos dedos dos pés dos jogadores.

A luz de movimento cinzenta que Gansey havia acionado antes brilhava através do quintal. Ele cruzou o gramado até a beira das árvores. A luz da varanda se infiltrava por todo o terreno até ali e penetrava mais longe do que ele teria esperado. As árvores não eram tão desarranjadas quanto ele se lembrava, embora ele não soubesse dizer se isso ocorria por ele ser mais velho e ter vagueado por mais matas, ou simplesmente por ser uma época do ano com menos folhagem. Não parecia um lugar onde se pudesse se esconder agora.

Quando Gansey fora ao País de Gales procurar por Glendower, ele ficara à beira de muitos campos como esse, lugares onde batalhas haviam sido combatidas. Ele tentara imaginar como fora estar ali naquele momento, espada na mão, cavalo debaixo dele, homens suando e sangrando. Como fora ser Owen Glendower, sabendo que eles lutavam porque ele os havia convocado.

Enquanto Malory se demorava no caminho ou passava ao largo de carro, Gansey havia caminhado a passos largos para o meio dos campos, o mais longe possível que pudesse chegar de qualquer coisa moderna. Ele havia fechado os olhos, se desligado do ruído de aviões distantes, tentado ouvir os sons de seiscentos anos atrás. A versão mais jovem dele carregava uma pequena esperança de que ele pudesse ser assombrado; de que o campo pudesse ser assombrado; de que ele pudesse abrir os olhos e ver algo mais do que vira antes.

Mas Gansey não tinha a menor inclinação mediúnica, e o minuto que começou com Gansey sozinho no campo de batalha terminou com Gansey sozinho no campo de batalha.

Agora ele estava parado à beira de uma mata na Virgínia por talvez um minuto, até que o próprio ato de estar de pé parecia esquisito, como se suas pernas tremessem, embora não fosse o caso. Então ele a adentrou.

Os galhos desfolhados acima estalavam na brisa, mas as folhas abaixo de seus pés estavam úmidas e silenciosas.

Sete anos antes ele havia pisado nas vespas ali. Sete anos antes ele havia morrido. Sete anos antes ele havia nascido de novo.

Gansey tivera muito medo.

Por que eles o haviam trazido de volta?

Ramos se prenderam às mangas do seu blusão. Ele ainda não estava no lugar onde o ataque havia acontecido. Gansey disse a si mesmo que o enxame não estaria mais ali; a árvore caída onde ele havia desmaiado ao lado teria se decomposto; estava escuro demais nessa luz fantasma; ele não a reconheceria.

Mas ele a reconheceu.

A árvore não havia apodrecido. Ela estava inalterada, tão robusta como antes, mas escura com a umidade e a noite.

Fora ali que ele sentira a primeira picada. Gansey estendeu o braço, examinando o dorso da própria mão, em um gesto de assombro chocado. Deu mais um passo trôpego. Fora ali que ele as sentira na nuca, rastejando ao longo da linha de seu cabelo. Ele não deu um tapa na sensação; isso nunca o ajudara a espaná-las. Seus dedos, no entanto, crisparam-se para cima, resistindo.

Gansey deu mais um passo incerto. Ele estava a meio metro daquela velha e inalterada árvore escura. Aquele Gansey de vários anos atrás havia tropeçado e caído de joelhos. Elas haviam rastejado sobre o seu rosto, sobre suas pálpebras fechadas, ao longo dos lábios trêmulos.

Ele não havia corrido. Não havia como correr delas, e, de qualquer forma, a arma já havia feito o seu trabalho. Ele se lembrou de ter pensado que o seu ressurgimento coberto de vespas apenas arruinaria a festa.

Gansey aparou a queda com as mãos, apenas por um momento, e então rolou sobre o cotovelo. O veneno destruía suas veias. Ele estava de lado. Encolhido. Folhas molhadas contra o seu rosto enquanto todas as partes do seu corpo pareciam sufocar. Ele estava tremendo e acabado, e com medo, muito medo.

Por quê?, ele se perguntou. *Por que eu? Qual o sentido disso?*

Abriu os olhos.

Ele estava de pé, os punhos fechados, olhando para o lugar onde o ataque havia acontecido. Ele deve ter sido salvo para encontrar Glendower. Ele deve ter sido salvo para matar esse demônio.

— Dick! Gansey! Dick! Gansey! — a voz de Henry atravessou o jardim.

— Você vai querer ver isso.

54

Havia uma abertura de caverna debaixo da casa. Não uma abertura grande, acima do nível do chão, como a caverna onde eles haviam entrado em Cabeswater. E não a entrada protegida como um buraco no chão que eles haviam usado para entrar na caverna onde Gwenllian havia sido enterrada. Essa era uma abertura voraz, úmida, com rampas desmoronadas de terra espalhadas sobre ossos de concreto e pedaços de móveis, o chão abrindo-se e parte de um porão caindo dentro do poço resultante. O frescor dela fez com que Gansey suspeitasse desconfiadamente de que ela tivesse sido aberta como resultado de seu comando para Motosserra, lá na Rua Fox.

Ele havia pedido para ver o rei corvo. Estavam lhe mostrando o caminho até ele, não importa quanto céu e terra precisassem ser movidos para que isso acontecesse.

— Ela realmente está meio caída mesmo — disse Henry, porque alguém precisava dizer isso. — Acho que deveriam fazer uma reforma nesse porão se quiserem conseguir um bom preço de venda. Assoalhos com madeira de lei, trocar as maçanetas, *talvez colocar a parede de volta.*

Gansey se juntou a ele na beirada da fenda e espiou para dentro. Os dois focaram as lanternas dos telefones no poço. Diferentemente do ferimento fresco da abertura, a caverna abaixo parecia usada, seca e empoeirada, como se sempre tivesse existido debaixo da casa. Era meramente essa entrada que havia sido inventada em resposta ao seu pedido.

Gansey olhou para fora, para o Fisker estacionado na frente, mentalmente se alinhando com a autoestrada, com Henrietta, com a linha ley. É claro, ele já sabia que essa casa estava sobre a linha ley. Não havia sido dito bem no início que ele somente sobrevivera à sua morte sobre a linha ley porque outra pessoa estava morrendo em outra parte nela?

Ele se perguntou se já existira um dia uma maneira mais fácil de chegar a essa caverna. Haveria outra abertura natural em outra parte ao longo da linha, ou ela estivera esperando por sua ordem esse tempo todo para que ela se revelasse?

— Bem — disse Gansey por fim. — Vou entrar.

Henry riu, e então percebeu que ele estava falando sério.

— Você não deveria ter um capacete e um acompanhante para expedições desse tipo?

— Provavelmente. Mas acho que não tenho tempo de voltar à Henrietta e buscar meu equipamento. Terei de ir devagar.

Ele não pediu para Henry ir junto, pois não queria que Henry passasse pelo constrangimento de dizer que não iria acompanhá-lo. Ele não queria que Henry tivesse a impressão de que Gansey sempre esperara que ele o acompanhasse em uma jornada dessas, entrando em um buraco no chão quando a única coisa que Henry realmente temia eram buracos no chão.

Gansey tirou o relógio e o colocou no bolso para que ele não se prendesse em nada se ele tivesse de escalar. Então enfiou as calças nas meias e avaliou a entrada mais uma vez. Não era uma queda tão terrível assim, mas ele queria se certificar de que conseguiria sair dela se retornasse e não houvesse mais ninguém para ajudá-lo. Franzindo o cenho, Gansey buscou uma das cadeiras que não havia sido destruída no desmoronamento. Ele a baixou na escuridão; assim que ele a endireitasse, ela lhe proporcionaria os poucos centímetros a mais de que precisaria para escalar para fora do buraco. Henry observou tudo e então disse:

— Espere. Você vai estragar o seu belo casaco, homem branco. Pegue isso.

Ele pegou o seu blusão da Aglionby que carregava nos ombros e o ofereceu.

— Então você está literalmente me dando a sua própria camisa — disse Gansey, passando-lhe em troca o seu casaco. Ele se sentiu agradecido. Gansey ergueu o olhar para Henry.

— Vejo você do outro lado. *Excelsior.*

55

Enquanto Gansey caminhava pelo túnel, ele sentia uma espécie de alegria e tristeza insana crescendo dentro de si, cada vez mais intensas. Não havia nada à sua volta, a não ser um caminho de pedras desinteressante, mas, mesmo assim, ele não conseguia se livrar do sentimento de integridade em relação a isso. Ele havia imaginado esse momento tantas vezes e, agora que estava nele, não conseguia se lembrar da diferença entre imaginá-lo e vivê-lo. Não havia dissonância entre a expectativa e a realidade, como sempre houvera antes. Ele quisera encontrar Glendower, e agora estava encontrando Glendower.

Alegria e tristeza, grandes demais para o seu corpo conter.

Ele podia sentir a sensação de esvaimento do tempo novamente. Ali embaixo, ela era palpável, como uma corrente de água correndo por seus pensamentos. Gansey pensou que não era apenas o tempo que se esvaía à sua volta, mas a distância também. Era possível que esse túnel estivesse dobrando-se sobre si mesmo e levando-o para um ponto inteiramente diferente ao longo da linha ley. Gansey mantinha um olho na bateria do seu telefone celular enquanto caminhava; ela drenava rapidamente com a função da lanterna. Toda vez que olhava de relance para a tela, a hora havia mudado de alguma maneira impossível: às vezes adiantando-se a uma velocidade duas vezes mais rápida, às vezes dando um salto para trás, às vezes parando no mesmo minuto por quatrocentos passos. Às vezes a tela bruxuleava e se apagava completamente, levando a lanterna consigo e deixando-o em um segundo de escuridão, dois segundos, quatro.

Gansey não sabia ao certo o que fazer, uma vez deixado na escuridão. Ele já havia descoberto em missões em cavernas anteriores que era muito fácil cair em um buraco, mesmo com uma lanterna. Embora a caverna agora parecesse mais com um corredor do que com uma caverna, não havia como dizer onde ela terminaria.

Ele não tinha nada em que confiar, fora os corvos e o sentimento de integridade. Todos os seus passos o haviam levado para esse momento, não havia dúvida quanto a isso.

Ele tinha de acreditar que a luz não se apagaria antes que ele saísse dali. Essa era a noite, essa era a hora; todo esse tempo ele deveria estar sozinho para isso.

Então Gansey caminhou e caminhou, enquanto sua bateria piscava, ligando e desligando. Na maior parte do tempo desligando.

Quando restava apenas um traço de aviso vermelho, hesitou. Gansey poderia voltar agora e ter luz por um pouco mais de tempo. O resto da caminhada seria na escuridão, mas pelo menos ele sabia que não havia armadilhas no caminho até ali. Ou poderia seguir em frente até o último resquício de luz ter desaparecido, na esperança de encontrar algo. Esperando que precisasse dela quando chegasse seja lá onde fosse.

— Jesus — Gansey suspirou em voz alta. Ele era um livro, segurando as páginas finais. Ele queria chegar ao fim para descobrir como terminava, apesar de não querer que ele terminasse.

Gansey seguiu caminhando.

Em algum momento mais tarde, a luz se apagou. Seu telefone tinha morrido. Ele estava na escuridão absoluta.

Agora que estava parado imóvel, ele percebeu que também estava com frio. Uma gota fria de água pingou bem no topo de sua cabeça, e outra escorregou pelo colarinho de sua camiseta. Ele podia sentir os ombros do blusão emprestado de Henry ficando molhados. A escuridão era como um fato real a comprimi-lo.

Ele não sabia o que fazer. Será que forçava seu caminho para frente? Agora que estava na escuridão absoluta, ele se lembrava bem da sensação do chão ser roubado dele na caverna dos corvos. Não havia Adam para evitar que ele escorregasse mais para longe ainda. Não havia Ronan para dizer aos enxames zumbidores que fossem corvos em vez de vespas. Não havia Blue para lhe sussurrar até que ele estivesse bravo o suficiente novamente para conseguir se salvar.

A escuridão não era somente no túnel; ela estava dentro dele.

— Você não quer que eu te encontre? — ele sussurrou. — Você está aqui?

O túnel ficou em silêncio, exceto pela batida ligeira da água pingando do teto até o chão de pedra.

O medo cresceu dentro dele. O medo, quando se tratava de Gansey, tinha uma forma muito específica. E, diferentemente do buraco debaixo do Prédio Borden, o medo tinha poder em um lugar assim.

Ele percebeu que o túnel não estava mais em silêncio. Em vez disso, um ruído havia começado a tomar forma ao longe: uma nota intensamente familiar.

Um enxame.

Não era um único inseto deslocando-se pelo corredor. Não era a AbelhaRobô. Era o lamento de centenas de corpos rebatendo nas paredes enquanto se aproximavam.

E, embora estivesse escuro no túnel, Gansey podia sentir a escuridão que havia sangrado daquela árvore em Cabeswater.

Gansey podia ver a história inteira abrir-se em sua cabeça: como ele havia sido salvo de uma morte por picadas havia pouco mais de sete anos, enquanto Noah morria. E agora, enquanto o espírito de Noah se decompunha, Gansey morreria por picadas novamente. Talvez nunca houvera um propósito para tudo isso, exceto retornar para o *status quo*.

O zumbido se aproximou. Agora as falhas no zumbido eram pontuadas por batidas quase inaudíveis, insetos ricocheteando através do escuro em sua direção.

Ele se lembrou do que Henry havia dito quando colocou a abelha em sua mão. Ele havia lhe dito para não pensar nela como algo que poderia matá-lo, mas como algo que poderia ser belo.

Ele podia fazer isso. Ele achou que podia fazer isso.

Algo belo, disse a si mesmo. *Algo nobre*.

O zumbido e o ricochetear contra as paredes perto dele. O ruído era terrivelmente alto.

Elas estavam ali.

— Algo que não vai me machucar — ele disse em voz alta.

Sua visão ficou vermelha, e então escura.

Vermelha, então escura.

Então apenas escura.

— Folhas — disse a voz de Ronan Lynch, cheia de intenção.

— Poeira — disse Adam Parrish.

— Vento — disse Blue Sargent.

— Merda — acrescentou Henry Cheng.

Uma luz passou por Gansey e se distanciou, vermelha, e então escura novamente. Uma lanterna.

No primeiro varrer da luz, Gansey achou que as paredes tremiam com vespas, mas, no segundo, viu que eram apenas folhas, poeira e uma brisa que as tinha precipitado pelo túnel. E, nessa nova luz, Gansey viu seus amigos tremendo no túnel onde as folhas haviam estado.

— Seu bosta — disse Ronan. Sua camisa estava encardida e o lado do seu rosto exibia sangue ressecado, embora fosse impossível dizer se era dele mesmo.

Gansey não conseguiu encontrar imediatamente sua voz e, quando a encontrou, disse:

— Achei que você ficaria para trás.

— Pois é, eu também — disse Henry. — Então pensei: não posso deixar o Gansey Três perambular pelo poço misterioso sozinho. Nos restam tão poucos tesouros antigos; seria um descuido muito grande deixá-los serem destruídos. Além disso, alguém tinha que trazer o restante da sua corte.

— Por que você iria sozinho? — perguntou Blue. Ela jogou os braços em torno dele, e Gansey sentiu que ela tremia.

— Eu estava tentando ser heroico — disse Gansey, segurando-a firme. Ela era real. Todos eles eram reais. Todos tinham vindo ali por ele, no meio da noite. A inteireza do seu choque dizia a Gansey que nenhuma parte dele realmente acreditara que eles fariam algo dessa natureza por ele. — Eu não queria que vocês se machucassem mais.

— Seu bosta — disse Adam.

Eles riram inquieta e apreensivamente, porque precisavam. Gansey pressionou o rosto contra o topo da cabeça de Blue.

— Como vocês me encontraram?

— O Ronan quase morreu tentando fazer algo para rastrear você — disse Adam. Ele apontou, e Ronan abriu a mão para mostrar um vagalume aninhado em sua palma. Quando seus dedos deixaram de ser uma gaiola para ele, o vagalume voou para Gansey e se prendeu sobre o seu blusão.

Gansey o puxou cuidadosamente do tecido e o aninhou na própria mão. Ele olhou de relance para Ronan. Ele não disse *sinto muito*, mas ele sentia, e Ronan sabia. Em vez disso, ele disse:

— E agora?

— Me diga para pedir à AbelhaRobô para encontrar o seu rei — respondeu Henry imediatamente.

Mas Gansey só atuara até hoje no ramo de dar ordens a magias e nunca no ramo de dar ordens a pessoas. Não era o jeito Gansey de *comandar* ninguém a fazer coisa alguma. Eles pediam, e esperavam. Faziam aos outros e silenciosamente esperavam que os outros o fizessem para eles.

Eles tinham vindo aqui por ele. Eles tinham vindo aqui por ele.

Eles tinham vindo aqui por ele.

— Por favor — disse Gansey. — Por favor, me ajude.

Henry jogou a abelha para o alto.

— Achei que você jamais pediria.

56

Gansey não tinha certeza de há quanto tempo estivera caminhando quando finalmente o encontrou.

No fim, era isto que eles viam: uma porta de pedra com um corvo entalhado e uma abelha sonhada rastejando sobre a hera. O túnel atrás deles viera de uma casa da juventude pouco mágica de Gansey, e não do seu presente extraordinário. Não lembrava em nada o que ele havia sonhado acordado.

Parecia exatamente certo.

Ele ficou parado diante da figura entalhada, sentindo o tempo se esvaindo à sua volta enquanto seguia imóvel em meio à sua correnteza.

— Vocês estão sentindo? — ele perguntou aos outros. *Ou sou só eu?*

— Chegue mais perto com a lanterna — disse Blue.

Henry se deixara ficar um pouco para trás, um recém-chegado a essa busca, esperando educadamente. Em vez de se aglomerar em torno deles, ele passou a lanterna para ela. Blue a segurou perto da pedra, iluminando os detalhes delicados. Diferentemente da tumba anterior que eles haviam encontrado, que era entalhada com a figura de um cavaleiro, esta era entalhada com corvos sobre corvos. Ronan havia arrombado com um chute a tumba anterior que eles haviam descoberto, mas tocou essa cuidadosamente. Adam apenas olhou para ela de maneira distante, as mãos juntas como se estivesse com frio. Gansey procurou o telefone para tirar a foto de sempre a fim de documentar a busca, lembrou-se de que o telefone estava sem bateria, e então se perguntou se havia algum sentido nisso se aquela fosse realmente a tumba de Glendower.

Não. Esse momento era para ele, não para o público.

Ele colocou a mão na porta, aberta, os dedos bem separados, tateando. Seu balançar fácil indicava que ela se abriria com facilidade.

— Existe alguma chance de esse cara ser diabólico? — perguntou Henry.

— Eu sou jovem demais mesmo para morrer. Jovem demais mesmo.

Gansey tivera tempo suficiente em sete anos para contemplar toda opção possível para o rei atrás daquela porta. Ele lera os relatos da vida de Glendower o suficiente para saber que ele podia ser herói ou vilão, dependendo do ponto de vista. Gansey tirara a filha de Glendower da tumba e descobrira que ele a havia deixado maluca. Ele lera lendas que prometiam favores e lendas que prometiam a morte. Algumas histórias tinham Glendower sozinho; outras o tinham cercado por dezenas de cavaleiros adormecidos que acordavam com ele.

Algumas histórias — a história deles — tinham um demônio nelas.

— Você pode esperar lá fora se está preocupado, Cheng — disse Ronan, mas a sua advertência era tão fina quanto uma teia de aranha, e Henry a afastou tão facilmente quanto uma.

— Não posso garantir nada sobre o que está do outro lado disso. Estamos todos de acordo que o favor é matar o demônio, certo? — disse Gansey.

Eles estavam.

Gansey pressionou as mãos contra a pedra fria como a morte. Ela se deslocou facilmente debaixo do seu peso, algum mecanismo inteligente que permitia que a pedra pesada virasse. Ou talvez nenhum mecanismo, pensou Gansey. Talvez algo sonhado, alguma criação elaborada que não tinha de seguir as regras da física.

A lanterna iluminou o interior da tumba.

Gansey a adentrou.

As paredes da tumba de Gwenllian haviam sido ricamente pintadas, pássaros sobre pássaros perseguindo mais pássaros, em tons vermelhos e azuis não esmaecidos pela luz. Armaduras e espadas estavam penduradas nas paredes, esperando que o sonhador fosse acordado. O caixão havia sido elevado e coberto com uma tampa intricadamente entalhada, exibindo uma efígie de Glendower. Toda a tumba havia sido adequada à realeza.

Essa tumba, em contrapartida, era simplesmente um aposento.

O teto era baixo e talhado na rocha: Gansey tinha de baixar a cabeça um pouco; Ronan tinha de baixar a cabeça bastante. As paredes eram pura rocha. O feixe de luz da lanterna encontrou uma tigela larga e escura sobre o chão; havia um círculo mais escuro no fundo dela. Gansey sabia o suficiente a essa altura para reconhecer uma tigela de adivinhação. Blue iluminou mais adiante com a lanterna. Bem no meio do aposento havia uma laje quadrada; um cavaleiro de armadura estava deitado sobre ela, descoberto e não enterrado. Havia uma espada ao lado da sua mão esquerda, um copo ao lado da direita.

Era Glendower.

Gansey vira esse momento.

O tempo se esvaiu mais generosamente à sua volta. Ele podia senti-lo redemoinhando em torno dos tornozelos, pesando as pernas. Não havia ruído. Não havia nada para fazer ruído, exceto os cinco adolescentes atentos no aposento.

Ele não parecia particularmente real.

— Gansey — sussurrou Adam. O aposento engoliu o som.

A lanterna de Blue apontou além da figura de armadura para o chão mais adiante. Era um segundo corpo. Todos trocaram um olhar sombrio antes de começar a avançar lentamente em sua direção. Gansey tinha ciência absoluta do ruído de raspar seco de seus passos. Todos fizeram uma pausa e olharam para trás, para a porta da tumba. Em um mundo normal, seria fácil se convencerem da irracionalidade do medo de a porta se fechar. Mas eles não viviam em um mundo normal há muito tempo.

Blue continuava iluminando o corpo com a lanterna. Ele era composto de botas, ossos e algum tipo de tecido que se desintegrava em uma cor indeterminada. Estava parcialmente estatelado contra a parede, o crânio apoiado como se mirasse os próprios pés.

O que eu estou fazendo?, pensou Gansey.

— Eles morreram tentando fazer o que nós estamos fazendo? — perguntou Adam.

— Se despertar reis fosse um passatempo histórico — respondeu Henry —, porque esse cara estava bem armado.

Gansey e Ronan se ajoelharam ao lado dos ossos. O corpo carregava uma espada. Bem, *carregava* era um verbo inadequado para descrever a situação. As costelas carregavam a espada, que haviam sido perfuradas. A ponta dela ficara presa evocativamente em uma omoplata.

— Típico para a época de Glendower — disse Gansey, mais para se sentir como si mesmo.

Houve um silêncio pesado. Todos observavam Gansey. Ele se sentia como se estivesse prestes a dar um discurso para uma multidão.

— Tudo bem — ele disse. — Vou fazer isso.

— Rápido — sugeriu Blue. — Estou virada em um calafrio só.

Esse era o momento, então. Gansey se aproximou do corpo de Glendower, em sua armadura.

Suas mãos pairaram apenas sobre o capacete. Seu coração disparava de tal forma que ele não conseguia respirar.

Gansey fechou os olhos.

Estou pronto.

Em seguida abriu suavemente o fecho de couro no queixo do metal frio, e então tirou cuidadosamente o capacete.

Adam inspirou.

Gansey não. Ele simplesmente não respirava. Só ficou parado, congelado, as mãos cerradas em torno do capacete do rei. Ele disse a si mesmo para inspirar, e inspirou. Ele disse a si mesmo para expirar, e expirou. No entanto ele não se movia, nem falava.

Glendower estava morto.

57

Ossos.

Poeira.

— É assim... é assim que ele deveria parecer?

Gansey não respondeu.

Não era como Glendower deveria parecer e, no entanto, não parecia inverossímil. Tudo naquele dia parecia que tinha sido vivido antes, sonhado, refeito. Quantas vezes Gansey temera que encontraria Glendower, apenas para descobri-lo morto? O único detalhe era que Gansey sempre temera que encontraria Glendower apenas um pouco tarde demais. Minutos, dias, meses após a morte. Mas esse homem estava morto há séculos. O capacete e o crânio eram somente metal e osso. O acolchoado de couro por baixo da cota de malha virara farrapos e poeira.

— Nós vamos... — Adam começou e então parou, incerto. Colocou a mão na parede da tumba.

Gansey cobriu a boca com a mão; ele achou que sua respiração jogaria o restante de Glendower para longe. Os outros ainda estavam parados em círculo, chocados. Ninguém sabia o que dizer. A busca fora mais longa para Gansey, mas eles haviam se sentido tão esperançosos quanto.

— Será que devemos despertar os seus ossos? — perguntou Blue. — Como os esqueletos na caverna de ossos?

— Era isso que eu ia dizer, mas... — disse Adam.

Ele não terminou a frase novamente, e Gansey sabia por quê. A caverna de ossos estivera cheia de esqueletos, mas mesmo assim parecera inerentemente *vital*. A mágica e a possibilidade crepitavam no ar. A ideia de despertar aqueles ossos parecera incrível, mas não impossível.

— Não tenho meu amplificador de sonhos — disse Ronan.

— Despertar. Os seus. Ossos — ecoou Henry. — Eu realmente não quero soar como o estraga-prazeres aqui, já que vocês são claramente os especialistas, mas...

Mas.

— Então vamos em frente. Vamos rápido. Eu odeio este lugar. Parece que está consumindo a minha vida — disse Ronan.

Essa veemência serviu para focar os pensamentos toldados de Gansey.

— Sim — ele disse, embora não se sentisse remotamente certo disso. — Vamos em frente. Talvez a caverna dos ossos tenha sido um treino para agora, e é por essa razão que Cabeswater nos levou para lá.

Os ossos não haviam permanecido vivos muito tempo naquela caverna, mas isso não importava, ele supôs. Eles só precisavam que Gansey ficasse desperto por tempo suficiente para conceder um favor.

O coração de Gansey dava saltos dentro dele diante da ideia de tentar extrair um favor e um propósito para sua existência antes que Glendower virasse poeira.

Melhor do que nada.

Então os adolescentes tentaram se reunir como haviam feito na caverna dos ossos, com Henry ficando de fora, curioso ou cauteloso. Adam alargou os dedos contra as paredes da tumba, tentando sentir alguma semelhança de energia para projetar. Deu voltas e mais voltas na tumba, claramente infeliz com o que estava encontrando. Então parou onde havia começado e colocou a mão na parede.

— Aqui é tão bom quanto qualquer lugar — ele disse, sem soar esperançoso. Blue pegou a mão dele. Ronan cruzou os braços. Gansey pôs a mão cuidadosamente sobre o peito de Glendower.

Parecia pretensioso. Ridículo. Gansey tentou concentrar sua intenção, mas ele se sentia vazio. Seus joelhos batiam, não de medo ou raiva, mas alguma emoção mais vasta que ele se recusava a reconhecer como luto.

Luto significava que ele desistira.

— Acorde — ele disse. Então, novamente, com um pouco mais de veemência. — Acorde.

Mas eram apenas palavras.

— Vamos — disse Gansey novamente. — Acorde.

Uma voz e nada mais. *Vox et praeterea nihil.*

O primeiro momento de percepção deu lugar a um segundo e terceiro, e cada novo minuto revelava alguma faceta que Gansey ainda não se deixara considerar. Não haveria o despertar de Glendower, então não haveria favor. Não haveria uma súplica pela vida de Noah, o demônio não seria negociado para longe. Talvez nunca tivesse havido mágica envolvida com Glendower; talvez seu corpo tivesse sido trazido para o Novo Mundo apenas para ser enterrado fora do alcance dos ingleses; era possível que Gansey precisasse notificar a comunidade historiadora desse achado, se ele fosse mesmo encontrável através de meios normais. Se Glendower sempre estivera morto, não poderia ter sido ele quem poupara Gansey.

Se Glendower não salvara a vida de Gansey, ele não sabia a quem agradecer, como viver ou como se definir.

Ninguém disse nada.

Gansey tocou o crânio, a maçã do rosto pronunciada, a face do seu rei prometido e arruinado. Tudo era seco e cinzento.

Estava acabado.

Esse homem jamais seria coisa alguma para Gansey.

— Gansey? — chamou Blue.

Cada minuto cedia espaço para outro e então outro, e lentamente o desfecho se entranhou em seu coração, até o centro dele:

Acabou.

58

Gansey havia esquecido quantas vezes haviam lhe dito que ele estava destinado à grandeza.

Isso era tudo?

Eles tinham saído para o sol. A linha ley traiçoeira havia roubado horas deles sem que de fato sentissem isso, e agora eles estavam sentados na decadente Casa Verde a apenas algumas centenas de metros de onde Gansey havia morrido. Gansey estava sentado no salão de bailes, encostado na parede, todo ele contido em um quadrado de luz do sol que entrava pelas janelas empoeiradas e de múltiplos caixilhos. Ele passou uma mão sobre a testa, embora não estivesse cansado — ele se sentia tão desperto que era certo que a linha ley havia provocado isso de alguma forma também.

Estava acabado.

Glendower estava morto.

Destinado para a grandeza, os médiuns haviam dito. Uma em Stuttgart. Uma em Chicago. Uma em Guadalajara. Duas em Londres. Onde ela estava, então? Talvez ele a tivesse consumido completamente. Talvez a grandeza se referia somente à sua capacidade de encontrar quinquilharias históricas. Talvez a grandeza estivesse somente no que ele poderia ser para os outros.

— Vamos embora daqui — disse Gansey.

Eles partiram de volta para Henrietta, os dois carros viajando juntos.

Foram necessários apenas alguns minutos para o telefone de Gansey recuperar a carga após ter sido conectado ao acendedor de cigarros, e foram necessários apenas alguns segundos para as mensagens começarem a entrar como um dilúvio — todas que haviam entrado enquanto eles estavam debaixo da terra. Um zunido soou para cada uma delas; o telefone não parava de zunir.

Eles tinham perdido o evento para arrecadar fundos.

A linha ley não havia tomado horas deles. Ela havia tomado um *dia* deles.

Gansey pediu que Blue lesse as mensagens para ele até ele não conseguir mais ouvi-las. Elas começavam com questionamentos educados, perguntando se ele estava alguns minutos atrasado. Passavam para a preocupação, contemplando por que ele não estava atendendo o telefone. Desciam para a irritação, incertos da razão que ele teria para considerar apropriado chegar tarde a um evento na escola. E então pulavam direto à ira e caíam na mágoa.

Eu sei que você tem a sua vida, disse sua mãe para o correio de voz. *Eu só queria fazer parte dela por algumas horas.*

Gansey sentiu a espada passar bem no meio de suas costas e sair do outro lado.

Antes, ele estivera repassando o fracasso de despertar Glendower. Agora ele não conseguia parar de repassar a imagem da sua família esperando por ele em Aglionby. Sua mãe pensando que ele estava simplesmente atrasado. Seu pai pensando que ele estava machucado. Helen... Helen sabendo que ele estaria fazendo algo para si mesmo, em vez disso. A única mensagem dela viera no fim da noite: *Suponho que o rei sempre vai vencer, não é?*

Ele teria de ligar para eles. Mas o que diria?

A culpa crescia em seu peito, garganta e atrás dos olhos.

— Sabe de uma coisa? — disse Henry por fim. — Pare o carro. Ali.

Gansey silenciosamente encostou o Fisker na área de repouso que Henry havia indicado; o BMW encostou atrás dele. Eles estacionaram na única fileira de vagas na frente do prédio de tijolos elegante com banheiros; eram os únicos carros ali. O sol tinha dado lugar às nuvens; parecia que vinha chuva.

— Agora sai — disse Henry.

Gansey olhou para ele.

— Como?

— Para de dirigir — ele disse. — Eu sei que você está precisando. Você estava precisando desde que partimos. Sai. Do. Carro.

Gansey estava prestes a protestar, mas descobriu que suas palavras pareciam um tanto vacilantes em sua boca. Era como os seus joelhos trêmulos na tumba; sorrateiramente, a instabilidade havia tomado conta dele.

Então ele não disse nada e saiu do carro. Muito tranquilamente. Gansey pensou em caminhar até os banheiros, mas no último momento se desviou para o canto de piquenique, ao lado da área de repouso. Fora da vista dos carros. Muito calmamente. Foi até um dos bancos de piquenique, mas não se sentou nele. Em vez disso, lentamente se sentou logo à frente dele e trançou as mãos sobre a cabeça. Ele se curvou tanto para baixo que sua testa raspou a grama.

Gansey não conseguia se lembrar da última vez em que havia chorado.

Não era apenas Glendower que ele lamentava. Eram todas as versões de Gansey que ele fora nos últimos sete anos. Era o Gansey que o havia perseguido com um otimismo e um propósito joviais. Era o Gansey que o havia perseguido cada vez mais preocupado. E era esse Gansey que teria de morrer. Porque fazia uma espécie de sentido fatal. Eles exigiam uma morte para salvar Ronan e Adam. O beijo de Blue deveria ser mortal para o seu verdadeiro amor. A morte de Gansey havia sido prevista para este ano. Seria sempre ele.

Glendower estava morto. Ele sempre estivera morto.

E Gansey queria tipo viver.

Finalmente, Gansey ouviu passos se aproximando nas folhas. Isso era terrível também. Ele não queria se levantar e mostrar a eles seu rosto com lágrimas e receber piedade de todos; a ideia dessa amabilidade bem-intencionada era um pensamento quase tão insuportável quanto sua morte, que se avizinhava. Pela primeira vez, Gansey compreendeu Adam Parrish perfeitamente.

Ele se endireitou e pôs-se de pé com a maior dignidade possível. Mas era só a Blue, e de certa maneira não havia humilhação no fato de ela ver que ele fora arrasado. Ela apenas o observou enquanto ele tirava as agulhas de pinheiro das calças, e então, após ele se sentar em cima da mesa de piquenique, ela se sentou ao seu lado até que os outros deixaram os carros para ver o que eles estavam fazendo.

Eles se postaram em um meio círculo, em torno do seu trono de mesa de piquenique.

— Sobre o sacrifício — disse Gansey.

Ninguém disse nada. Ele não sabia dizer nem se havia falado em voz alta.

— Eu falei alguma coisa? — perguntou Gansey.

— Sim — respondeu Blue. — Mas não queríamos falar a respeito disso.

— Desculpa se essa for uma pergunta elementar — interpôs Henry —, considerando que cheguei atrasado à aula. Mas acho que o seu pai-árvore não te passou outro conselho sobre como matar um demônio, não é?

— Não, apenas o sacrifício — disse Blue. Cautelosamente, ela acrescentou:

— Acho... que ele talvez soubesse sobre Glendower. Não o tempo inteiro, quem sabe. Talvez ele tenha ficado sabendo dele enquanto perambulava lá por baixo, depois de ficar com a minha mãe, ou talvez desde o início. Mas acho que ele era um dos mágicos de Glendower. Talvez também aquele... outro cara.

Ela se referia ao outro corpo na tumba. Não era difícil seguir a história que Blue imaginava, de Artemus tentando colocar Glendower para dormir e fazendo algo errado.

— Então nos sobrou o sacrifício — pressionou Gansey. — A não ser que você tenha alguma ideia melhor, Adam?

Adam estivera observando os pinheiros esparsos que cercavam a área de piquenique com o cenho franzido. Ele disse:

— Estou tentando pensar o que mais satisfaria a mágica da linha ley, mas a *morte voluntária pela morte involuntária* não sugere substituições.

Gansey sentiu um comichão de pavor no estômago.

— Bem, então...

— Não — disse Ronan. Ele não disse isso como se estivesse protestando, bravo ou incomodado. Ele simplesmente disse *não*. Factual.

— Ronan...

— Não. — *Factual.* — Eu não vim te tirar desse buraco simplesmente para você morrer de propósito.

Gansey correspondeu ao seu tom.

— A Blue viu o meu espírito na linha ley, então eu já sei que vou morrer este ano. A navalha de Occam sugere que a explicação mais simples é a certa: decidimos que sou eu.

— A Blue fez *o quê?* — demandou Ronan. — Quando você ia me contar isso?

— Nunca — disse Blue. Ela não disse isso como se estivesse protestando, brava ou incomodada. Apenas *nunca*. Factual.

— Não me olhem desse jeito — disse Gansey. — Eu não *quero* morrer. Na verdade, estou aterrorizado. Mas não vejo outra opção. E o fato é que eu quero fazer algo antes de morrer, e achei que seria algo a respeito de Glendower. Obviamente não é. Então por que não fazer algo significativo? E... nobre. — A última parte foi um pouco melodramática, mas se tratava de uma situação melodramática.

— Acho que você está confundindo *nobre* com *mártir* — disse Henry.

— Estou aberto a outras opções — disse Gansey. — Na realidade, eu as prefiro.

— Nós somos os seus mágicos, certo? — disse Blue abruptamente.

Sim, seus mágicos, sua corte, e ele seu rei sem sentido, sem nada para oferecer a não ser o próprio pulso. Como parecera *certo* cada momento que ele encontrara todos eles. Quão indubitável que eles se lançavam na direção de algo maior até aquele momento.

— Sim — ele disse.

— Eu só... eu sinto que deve ter algo que nós todos possamos fazer, como na caverna dos ossos — ela disse. — Estava errado na tumba porque não havia vida ali, pra começo de conversa. Ou alguma coisa. Não havia energia. Mas e se tivéssemos mais peças certas?

— Não entendo o suficiente de mágica — disse Gansey.

— O Parrish entende — disse Ronan.

— Não — protestou Adam. — Acho que não.

— Melhor do que qualquer um de nós aqui — disse Ronan. — Nos dê uma ideia.

Adam deu de ombros. Ele segurava as mãos tão firmemente que os nós dos dedos estavam brancos.

— Talvez — ele começou, então parou. — Talvez você pudesse morrer e então voltar. Se nós usássemos Cabeswater para matar você de alguma maneira que não ferisse o seu corpo, então isso provocaria a parada no tempo como 6h21. Um minuto sendo repassado sempre de novo, de maneira que você não teria como, não sei, se afastar demais do seu corpo. Ficar morto por tempo demais. E então... — Gansey podia sentir que Adam formulava a sua ideia enquanto falava, delineando um conto de fadas plausível para Ronan. — Teria de ocorrer em Cabeswater. Eu poderia fazer uma divinação no espaço de sonho enquanto a Blue a amplificava, e durante um dos espasmos de tempo nós poderíamos dizer para a sua alma retornar para o seu corpo antes que você estivesse realmente morto. Então você cumpriria as exigências do sacrifício para morrer. Em nenhum lugar está dito que você precisa continuar morto.

Houve uma longa pausa.

— Sim — disse Gansey. Factual. — Parece correto. Isso seria nobre o suficiente para você, Ronan? Não um martírio, Henry?

Eles não pareciam empolgados, mas pareciam dispostos, o que era a única coisa que importava. Eles só precisavam querer acreditar naquilo, não realmente acreditar.

— Vamos para Cabeswater — disse Gansey.

Eles haviam apenas começado a retornar na direção dos carros quando Adam atacou Ronan.

59

Ronan levou um tempo para se dar conta de que Adam o estava matando.

As mãos de Adam estavam em torno do pescoço de Ronan, os polegares pressionados contra suas artérias até deixar os nós dos dedos brancos, os olhos revirados para trás. A visão de Ronan produzia flashes de luz; seu corpo estava há apenas um minuto sem ar e ele já sentia falta dele. Ele podia sentir o pulso na órbita dos olhos.

— Adam? — demandou Blue.

Parte de Ronan ainda achava que houvera um erro.

Sua respiração voltou aos solavancos quando os dois tropeçaram para trás através dos pinheiros em torno da área de piquenique. Os outros os rodeavam, mas Ronan não conseguia se concentrar no que eles estavam fazendo.

— Lute — rosnou Adam para Ronan, uma voz fina, desesperada, um animal arrastado pelo pescoço. Ao mesmo tempo em que sua voz protestava, seu corpo comprimia as costas de Ronan contra o tronco de um pinheiro. — Me acerte. Me derrube!

O demônio. O demônio havia possuído suas mãos.

Cada batida do coração de Ronan era uma parte articulada em um trem que desmoronava. Ele agarrou os punhos de Adam. Eles pareciam frágeis, quebráveis, frios. A escolha era morrer ou machucar Adam, o que não era realmente uma escolha.

Adam subitamente perdeu o controle que tinha sobre Ronan, caindo de joelhos antes de se pôr de pé rapidamente de novo. Henry deu um salto para trás quando Adam tentou agarrar o seu rosto de um jeito aterrorizante em seu erro. Nenhum ser humano lutaria desse jeito, mas a coisa que possuía suas mãos e olhos não era humana.

— Me façam parar! — implorou Adam.

Gansey segurou os dedos de Adam, mas ele os livrou com facilidade. Então ele enfiou os dedos na orelha de Ronan e a arrancou, e, com a outra mão, agarrou o queixo de Ronan e o puxou para o outro lado. Seus olhos miravam fixamente para a esquerda, esperando que intrusos o parassem.

— Me parem...

A dor era um pedaço de papel rasgado. Ronan pensou sobre como isso doía, e então se permitiu uma medida mais profunda de dor. Ele se livrou do domínio de Adam. Sentindo a oportunidade, Blue se lançou para frente e agarrou um punhado de cabelo de Adam. No mesmo instante, Adam deu um giro e, com a precisão de uma navalha, arrancou os pontos dela.

Blue expirou em choque enquanto o sangue começava a pingar escuro sobre a sua pálpebra de novo. Gansey a arrastou para trás antes que Adam pudesse arranhá-la de novo.

— Batam em mim — disse Adam miseravelmente. — Não me deixem fazer isso.

Parecia algo simples de fazer: eles eram quatro, Adam um. Mas nenhum deles queria ferir Adam Parrish, não importa o quão violento ele havia se tornado. E o demônio que operava os membros de Adam tinha um poder extraordinário: ele não se importava com as limitações do ser humano a que eles pertenciam. Ele não se importava com a dor. Ele não se importava com a longevidade. Então os nós dos dedos de Adam erravam Ronan e se chocavam contra o tronco de um pinheiro sem a menor hesitação, mesmo enquanto Adam arfava. A respiração de todos soprava branca por toda a sua volta, feito nuvens de poeira.

— Ele vai quebrar as malditas mãos do Adam — disse Ronan.

Blue agarrou um dos punhos de Adam. Houve um estalo terrível quando Adam girou na direção oposta e pegou o canivete dela do bolso solto de seu blusão. A lâmina abriu com um clique.

Ele tinha toda a atenção deles.

Seus olhos revirados, controlados pelo demônio, concentraram-se em Ronan.

Mas Adam — o Adam real — também estava prestando atenção. Ele soergueu o corpo para longe do grupo, jogando-se contra o banco de piquenique, então se jogando novamente, tentando abalar o braço que segurava a faca. Quando conseguiu prendê-lo debaixo do próprio peso, sua outra mão assumiu a forma de uma garra. Rápida como um gato, ela arranhou-arranhou-arranhou o próprio rosto. O sangue exsudou no mesmo instante. Ela estava escalavrando mais fundo. Punindo.

— Não — disse Gansey. Ele não podia suportar, e correu até Adam. Enquanto deslizava até ele, agarrando aquela mão irada, Henry se lançou logo atrás dele. Então, quando Adam ergueu o canivete sobre Gansey, Henry estava ali para aparar os punhos de Adam em suas mãos, pressionando todo o seu peso contra a força do braço direito de Adam. Os olhos de Adam dardejavam furiosamente, ponderando o seu próximo passo. O próximo passo do demônio.

Adam desejava recuperar sua autonomia.

Quando Adam livrou o punho do aperto de Henry — Pare, seu idiota, você vai quebrar o meu pulso! — e acertou os dentes de Gansey — Está tudo bem, Adam, nós sabemos que é você! —, Ronan abraçou Adam, prendendo-lhe os braços.

Ele estava contido.

— *Forsan et haec olim meminisse juvabit* — disse Ronan no ouvido bom de Adam, e o corpo dele se largou contra o de Ronan, o peito arfando. Suas mãos ainda tinham espasmos e se contraíam violentamente. Ele respirou, ofegante:

— Seu imbecil — mas Ronan podia ouvir o quão próximo ele estava das lágrimas.

— Vamos amarrar as mãos dele enquanto vemos o que podemos fazer — disse Blue. — Você poderia... ah, como você é inteligente.

Isso porque a Garota Órfã já tinha antecipado como isso poderia terminar e havia conseguido uma longa faixa vermelha de origem desconhecida. Blue a aceitou e então se apertou entre Henry e Gansey.

— Me deem um espaço... Juntem os punhos dele.

— Não, presidente — disse Henry, ofegante —, cruze eles assim. Você nunca viu um filme policial?

Blue trançou os dedos de Adam, o que exigiu algum esforço uma vez que eles ainda tinham vida própria, e então amarrou seus punhos ainda rebeldes. Os ombros de Adam ainda tinham espasmos, mas ele não conseguia soltar os dedos, porque eles estavam trançados e amarrados.

Finalmente, silêncio.

Com um grande suspiro, ele deu um passo para trás. Gansey tocou a testa ensanguentada de Blue com cuidado e então olhou para os nós dos dedos de Henry, que haviam ficado esfolados na briga.

As mãos de Adam pararam de ter espasmos, já que o demônio percebeu que elas estavam bem presas. Sua cabeça repousava miseravelmente sobre o ombro de Ronan, todo o seu corpo tremia, de pé somente porque Ronan não permitia que ele desmoronasse. O horror da situação seguia crescendo dentro dele. A permanência desse horror, a corrupção de Adam Parrish, a morte de Glendower.

A Garota Órfã rastejou até eles. Ela tirou cuidadosamente o relógio sujo do seu punho e o prendeu em um dos braços de Adam, com folga, acima de onde ele estava amarrado. Então beijou o seu braço.

— Obrigado — ele disse, desanimadamente. Então, para Gansey, em voz baixa: — *Eu* bem que poderia ser o sacrifício. Estou arruinado.

— *Não* — Blue, Gansey e Ronan disseram ao mesmo tempo.

— Não vamos perder a cabeça só porque você acabou de tentar matar alguém — esclareceu Henry, sugando um de seus nós dos dedos ensanguentados.

Adam finalmente ergueu a cabeça.

— Então é melhor que vocês cubram os meus olhos.

Gansey pareceu não entender.

— O quê?

— Porque senão eles vão trair vocês — disse Adam amargamente.

60

Dependendo por onde você começasse a história, ela dizia respeito a Seondeok.

Ela não quisera ser uma negociante de arte internacional ou uma líder criminosa de menor importância. A história começara como um mero desejo por *algo mais*, e então uma lenta percepção de que esse *algo mais* jamais seria alcançado em sua trajetória atual. Ela estava casada com um homem inteligente que encontrara em Hong Kong e tivera várias crianças brilhantes que seguiram o exemplo do pai, exceto por um, e assim ela vira como a sua vida se desenrolaria.

E daí ela enlouquecera.

Não fora uma loucura de longa duração. Um ano, talvez, de crises, visões e perambulações pelas ruas. E, quando saíra do outro lado, descobrira que tinha os olhos de uma médium e o toque de um xamã, e que faria uma carreira disso. Ela se renomeou Seondeok, e a lenda nascera.

Ela lidava com o assombro todos os dias.

A abelha robótica foi o momento em que ela percebeu que estava em um caminho predestinado. Henry, seu filho do meio, brilhava intensamente, mas ele jamais parecia capaz de direcionar a luz para fora de si mesmo. E então, quando Niall Lynch se ofereceu para encontrar para ela uma quinquilharia, uma lembrança, um brinquedo mágico que ajudaria o garoto, Seondeok lhe deu ouvidos. A bela abelha chamou sua atenção no momento em que ela a viu. É claro que ele também a mostrara para Laumonier, Greenmantle, Valquez, Mackey e Xi, mas isso era de se esperar, pois ele era um patife e não tinha como evitar. No entanto, quando conhecera Henry, ele deixara Seondeok ficar com a abelha por quase nada, e ela não esqueceria isso.

É claro, fora um presente e uma penalidade, pois, mais tarde, Laumonier raptara Henry por causa dela.

E ela se vingaria por isso.

Ela não se arrependia do caminho que escolhera. Ela não conseguia se arrepender dele, mesmo quando ele ameaçava os seus filhos, mesmo quando era difícil.

Quando Seondeok se viu ao lado do Homem Cinzento, o velho capanga de Greenmantle, em um estacionamento do lado de fora do campus da Aglionby, e descobriu que o sangue nos seus sapatos era de Laumonier, ela ficou instantaneamente interessada no que ele tinha para dizer.

— Um jeito novo, corajoso, de fazer negócios — disse o Homem Cinzento em voz baixa, à medida que o estacionamento começava a encher-se rapidamente com um número pequeno, mas poderoso, de pessoas com aparência ameaçadora. Não que elas parecessem perigosas, necessariamente. Apenas esquisitas de um jeito que sugeria que elas viam o mundo de uma maneira bem diferente da sua. Elas formavam um grupo bem diferente das pessoas que tinham vindo para a escola na noite anterior. Tecnicamente, ambos os encontros tinham muito a ver com política. — Um jeito ético. Não há guardas armados do lado de fora de lojas de móveis para evitar que as pessoas ameacem os empregados e saíam carregando sofás. Esse é o negócio que eu quero.

— Não vai ser algo fácil — disse Seondeok, com a voz também baixa. Ela mantinha os olhos nos carros que estacionavam, e também no seu telefone. Ela sabia que Henry recebera ordens para ficar longe dali, e ela confiava que ele mantivesse a cabeça baixa, mas também não confiava nem um pouco em Laumonier. Não fazia sentido tentá-los mostrando que Henry — e, por extensão, sua abelha — estava bem próximo deles. — As pessoas se acostumaram a sair carregando sofás, e ninguém gosta de parar de roubar sofás quando os outros ainda não concordaram com isso.

— A persuasão pode ser necessária no início — admitiu o Homem Cinzento.

— Você está falando de anos.

— Estou determinado — ele respondeu. — Desde que eu consiga um número decente de pessoas que estejam interessadas nessa visão. Pessoas que eu gosto.

Ali estava Laumonier, finalmente, um deles ao telefone. Seu rosto sugeria que ele estava tentando contatar o terceiro, mas o terceiro não estava em condições de responder. O Homem Cinzento discutiria isso com eles depois de terminada a venda. De maneira persuasiva, ajudado por algumas armas verdadeiramente fantásticas que encontrara na fazenda Lynch.

— Eu não sou uma pessoa que você gosta — disse Seondeok.

— Você é uma pessoa que eu respeito, o que é quase o mesmo.

O sorriso dela mostrava que ela sabia que o Homem Cinzento a estava bajulando, e ela o aceitava mesmo assim.

— Talvez, sr. Cinzento. Isso está de acordo com os meus interesses.

Foi quando Piper Greenmantle chegou.

Bem, não era ela, em um primeiro momento. Foi o terror primeiro, então Piper. O sentimento os atingiu como uma onda de náusea, sacudindo-os dos pés à cabeça, mandando mãos, gargantas e joelhos para o chão. Era início da tarde, mas o céu subitamente parecia mais escuro. Era o primeiro sinal de que essa venda seria algo extraordinário.

Assim, primeiro o medo, então Piper. Ela havia chegado voando, o que era o segundo sinal de que as coisas seriam de certa forma incomuns.

Quando pousou, ficou claro que ela havia chegado em um tapete de minúsculas vespas que se dissolveram quando tocaram o asfalto.

Ela parecia bem.

Isso era surpreendente por várias razões: primeiro porque os rumores diziam que ela havia morrido antes de o seu marido puxa-saco ter sido morto por vespas em seu apartamento, e ela claramente não estava morta. E, em segundo, porque ela estava segurando uma vespa negra que tinha quase meio metro de comprimento, e a maioria das pessoas não parecia tão serena e composta quanto ela segurando um inseto venenoso de qualquer tamanho.

Ela caminhou a passos largos até Laumonier, com a intenção de cumprimentá-los com um beijo no rosto, mas ambos se inclinaram para trás do inseto. Esse foi o terceiro sinal de que as coisas seriam de certa forma incomuns, porque Laumonier normalmente fazia questão de jamais parecer alarmado.

— Isso não é bom — sussurrou o Homem Cinzento.

Porque agora era óbvio que o terror estava vindo ou de Piper ou da vespa. A sensação seguia atingindo Seondeok em ondas doentias, lembrando-lhe dolorosamente do ano em que enlouquecera. Foi preciso um momento para que ela percebesse que estava sendo *verbalmente* lembrada daquele fatídico ano — ela podia ouvir as palavras em sua cabeça. Em coreano.

— Obrigada a todos por terem vindo — disse Piper grandiosamente. Ela inclinou a cabeça, os olhos estreitados, e Seondeok sabia que algo estava sendo sussurrado para ela também. — Agora que estou solteira, pretendo atuar de forma independente no negócio de objetos mágicos de luxo, com a curadoria de somente as merdas malucas mais extraordinárias e sobrenaturais. Espero que todos vocês comecem a confiar em mim como sendo uma fonte de qualidade. E a nossa peça que vai dar início aos trabalhos... a coisa que vocês vieram até aqui para ver... é isto. — Ela ergueu o braço, e a vespa avançou um pouco mais em direção à sua mão. As pessoas tiveram calafrios ao mesmo tempo; havia algo muito errado a respeito dela. O terror, mais o tamanho, o peso real dela movendo o tecido da manga de Piper. — Um demônio.

Sim. Seondeok acreditava nisso.

— Ele me concedeu favores, como vocês podem ver, pelo meu cabelo e minha pele incríveis, mas estou pronta para passá-lo adiante para o próximo usuário, para que eu possa encontrar o grande objeto seguinte! O que importa é a jornada, certo? Certo!

— Ele é... — começou um dos homens no grupo. Rodney, Seondeok achava que esse era o nome dele. Ele não parecia saber como terminar a sua pergunta.

— Como ele funciona? — perguntou Seondeok.

— Na maioria das vezes eu simplesmente peço as coisas — disse Piper —, e ele as busca. Não sou realmente religiosa, mas acho que alguém com alguma formação religiosa poderia realmente fazê-lo realizar alguns truques bacanas. Ele me fez uma casa e essas sapatilhas. O que ele poderia fazer para vocês? Coisas. Vamos começar com as ofertas, pai?

Laumonier ainda não havia se recuperado bem. A questão era que a proximidade da presença do demônio se tornava mais desagradável em vez de melhorar. O oposto de se acostumar a ela — essa era a sensação. Um ferimento que aumentava da dor contínua para a punhalada. Os sussurros eram difíceis de suportar, pois não eram realmente sussurros. Eram pensamentos que se misturavam irremediavelmente com seus próprios pensamentos, difícil de estabelecer uma prioridade. Mas Seondeok havia sobrevivido a um ano de loucura, e ela podia suportar isso. Não era impossível de dizer quais pensamentos eram do demônio: só que eram os mais sombrios, os mais às avessas, aqueles que desfariam o pensador.

Alguns dos compradores estavam indo embora, retirando-se sem dizer uma palavra, em direção aos seus carros antes que as coisas ficassem feias. Mais feias. As mais feias.

— Ei! — disse Piper. — Não me *deixem*. Demônio!

A vespa contorceu as antenas e as pessoas se contorceram com ela. Elas deram um rodopio, os olhos arregalados.

— Estão vendo? — disse Piper entre os dentes cerrados. — Ele é realmente bastante prático.

— Eu acho — disse Laumonier cuidadosamente, olhando para os compradores congelados, então para o rosto dos seus pares e em seguida para a sua filha — que esse talvez não seja o melhor método para exibir esse produto em particular.

O que ele queria dizer era que o demônio estava apavorando a todos, e era difícil se livrar da ideia de que todos ali poderiam morrer a qualquer momento, o que era ruim para os negócios presentes e futuros.

— Não use esse tom passivo-agressivo comigo — disse Piper. — Eu li um artigo sobre como você tem basicamente minado a minha personalidade durante a minha vida inteira, e isso é um exemplo *perfeito*.

— Isso é um exemplo perfeito de você passando por cima do seu conhecimento — disse Laumonier. — A sua ambição está constantemente atropelando a sua educação! Você não faz nem ideia de como transferir um demônio.

— Vou *desejar* a sua transferência, você não está entendendo? — disse Piper. — Ele tem que fazer o que eu digo.

Mas Seondeok não tinha certeza de que isso era a mesma coisa.

— Você pensa? — perguntou Laumonier. — Você o controla, ou ele a controla?

— Ah, por favor — disse Piper. — Demônio, descongele aquelas pessoas! Demônio, torne o dia ensolarado! Demônio, mude todas as minhas roupas para o branco! Demônio, faça o que eu disse, faça o que eu disse!

As pessoas descongelaram; o céu assumiu um tom bem claro e brilhante por apenas um segundo; as roupas dela branquearam; o demônio zumbiu para o ar. O sussurro na cabeça de Seondeok havia se tornado furioso. Laumonier atirou em sua filha.

O disparo fez um ligeiro ruído *oonff* por causa do silenciador. Laumonier parecia chocado. Os dois ficaram calados, apenas olhando fixamente para o corpo de Piper, então para cima, para o demônio que havia sussurrado para eles.

E então todos fugiram. Se Laumonier atirara em sua filha, qualquer coisa podia acontecer.

O demônio havia pousado sobre o ferimento no pescoço de Piper, as pernas afundando no sangue, a cabeça baixada no buraco.

Ele estava mudando. Ela estava mudando. Tudo estava se desfazendo. Tudo era violência e perversão.

— Me liga — disse Seondeok para o Homem Cinzento —, e cai fora daqui.

O grito de Piper soou de trás para frente. Seondeok não havia percebido que ela ainda estava viva.

O sangue em torno do seu pescoço era negro.

Ambição ganância ódio violência desdém ambição ganância ódio violência desdém

Ela estava morta.

O demônio começou a se levantar.

Desfazedor, desfazedor, eu ressuscito, eu ressuscito, eu ressuscito

61

Adam não conseguia decidir se essa fora a pior coisa que havia lhe acontecido, ou se ele se sentia assim porque estivera tão recente e insensatamente feliz que a comparação lhe causava essa impressão.

Ele estava no banco de trás do BMW, as mãos ainda amarradas, os olhos cobertos, um ouvido surdo. Ele não se sentia real. Sentia-se cansado, mas não sonolento, debilitado pelo esforço de ser incapaz de comandar seus sentidos. E, ainda assim, o demônio trabalhava contra a faixa — como sua pele chiava de dor — e revirava os olhos contra a sua vontade. Blue estava sentada ao seu lado, e a Garota Órfã do outro, a pedido seu. Adam não sabia se conseguiria escapar da faixa, mas sabia que o demônio só machucaria Blue, em um esforço para chegar até Ronan ou a Garota Órfã. Então pelo menos eles teriam um aviso se isso acontecesse de novo.

Deus, Deus. Ele quase matara Ronan. Ele o *teria* matado. Não fazia muito ele beijara Ronan, e suas mãos mesmo assim o teriam assassinado enquanto Adam observava.

Como ele iria para a escola? Como ele faria *qualquer coisa*...

Sua respiração o traiu, pois Blue recostou contra o seu ombro.

— Não... — ele avisou.

Ela ergueu a cabeça, mas então Adam sentiu os dedos dela em seu cabelo, acariciando-o suavemente e tocando a pele do seu rosto onde ele havia se ferido. Blue não disse nada.

Adam fechou os olhos por trás da venda, ouvindo ao lento bater da chuva no para-brisa, o varrer dos limpadores. Ele não fazia ideia de quão próximos eles estavam de Cabeswater.

Por que ele não conseguia pensar em outra maneira sobre o sacrifício? Gansey só estava se apressando para fazer isso por causa dele, por causa de como essa barganha havia transformado isso em uma emergência. No fim das contas, Adam o estava matando do mesmo jeito, bem como em sua visão. Uma versão às avessas, oblíqua da culpa, mas com Adam dirigindo o timão do mesmo jeito. Contudo, era inegável que fora Adam que transformara isso tudo em uma emergência.

Um mau pressentimento sibilava dentro de Adam, mas ele não sabia dizer se era culpa ou aviso de Cabeswater.

— O que é aquilo? — ouviu-se a voz de Gansey do banco de passageiros. — Na estrada?

Blue se afastou de Adam; ele a ouviu se posicionar entre os assentos do motorista e do passageiro. Ela parecia em dúvida.

— Será que é... sangue?
— Do quê? — perguntou Ronan.
— Talvez de nada — disse Gansey. — Será que é real?
— A chuva está caindo em cima dele — disse Ronan.
— Será que devemos... passar por cima? — perguntou Gansey. — Blue, qual a expressão no rosto do Henry? Você consegue ver?

Adam sentiu o corpo de Blue o abalroar enquanto ela se virava para olhar para o Fisker atrás deles. As mãos de Adam se crispavam e tinham espasmos, eternamente famintas. O demônio parecia... próximo.

— Me passa seu telefone. Vou ligar para a minha mãe — disse Blue.
— O que está acontecendo? — perguntou Adam.
— A estrada está alagada — disse Blue. — Mas parece sangue... E tem alguma coisa flutuando nele. O que é aquilo, Gansey? São... pétalas? Pétalas azuis?

Houve um silêncio pesado no carro.

— Vocês não acham que as coisas estão voltando ao ponto de partida? — disse Ronan em voz baixa. — Vocês...

Ele não terminou a frase. O carro estava em silêncio novamente, parado — aparentemente ele não havia decidido se deveria passar ou não pelo trecho alagado. A chuva salpicava. Os limpadores suspiraram com ruído mais uma ida e vinda.

— Acho que nós... Jesus — interrompeu Gansey. — *Jesus*. Ronan?

O terror revestia suas palavras.

— *Ronan?* — repetiu Gansey. Houve uma batida metálica. O ranger de um assento. Confusão. O carro balançou debaixo deles com a ferocidade do deslocamento do peso de Gansey. Ronan ainda não havia respondido. Um rugido ressoava grave por trás de suas palavras. O motor: Ronan estava apertando o acelerador com o carro no ponto morto.

O aviso doentio em Adam havia se transformado em alarme.

O rugir cessou subitamente; o carro havia sido desligado.

— Ah, não — disse Blue. — Ah, não, a garota também!

Ela se afastou de Adam, rápido; ele a ouviu abrir a porta do outro lado do carro. O ar frio e úmido foi sugado para dentro do BMW. Outra porta se abriu, e mais outra. Todas elas, exceto a de Adam. A voz de Henry chegou da rua, grave, séria e completamente destituída de humor.

— O que está acontecendo? — demandou Adam.

— Será que podemos... — A voz de Blue estava a meio caminho do choro, vindo do lado de fora da porta do motorista. — Será que podemos o recolher?

— Não — arfou Ronan. — Não toque nele... não...

O assento do motorista bateu de volta com tanta força que atingiu os joelhos de Adam. Ele ouviu um som que era inequivocamente Ronan inspirando com dificuldade.

— Ah, Jesus — disse Gansey de novo. — Me diga o que eu devo fazer.

Mais uma vez o assento corcoveou. As mãos de Adam cerraram-se como garras contra o assento atrás dele, absolutamente contra a sua vontade. O que quer que estivesse acontecendo, eles queriam fazer com que acontecesse mais rápido. Do assento da frente, o telefone de Ronan começou a tocar e tocar e tocar. Um toque baixo, monótono, que Ronan havia programado para quando o número de Declan ligava.

O pior era que Adam sabia o que isso queria dizer: algo estava acontecendo com Matthew. Não, o pior era que Adam *não podia fazer nada a respeito de nada*.

— Ronan, Ronan, não feche os olhos — disse Blue, agora chorando.

— Estou ligando... estou ligando para a minha mãe.

— Uau, se afastem! — gritou Gansey.

O carro todo balançou.

— O que foi *isso?* — demandou Henry.

— Ele o trouxe de volta dos seus sonhos — disse Gansey. — Quando ele apagou. Não vai nos machucar.

— O *que está acontecendo?* — demandou Adam.

A voz de Gansey soou baixa e miserável. Ficou muito aguda e se fendeu.

— Ele está se desfazendo.

62

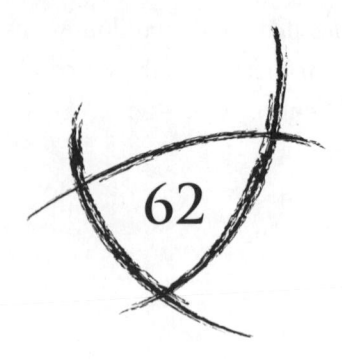

Era impossível acreditar que Adam havia pensado que o momento anterior fora o pior.

Isto era o pior: estar vendado e amarrado no banco de trás de um carro, sabendo que o ruído arfado e suave era Ronan Lynch tentando respirar, sufocado, toda vez que ele vadeava de volta à consciência.

Tanto de Ronan era bravura, e não sobrara nada dela.

E Adam não passava de uma arma para matá-lo mais rápido.

Parecia que fazia anos que ele tinha feito essa barganha com Cabeswater. *Serei suas mãos. Serei seus olhos.* Quão horrorizado Gansey ficara, e talvez ele estivesse certo. Porque ali estava Adam despido de todas as opções. Tornado tão fácil e simplesmente impotente.

Seus pensamentos eram um campo de batalha agora, e Adam fugiu para a escuridão da venda. Era um jogo perigoso fazer uma divinação quando Cabeswater corria tamanho perigo, quando todos os outros estariam ocupados demais se ele também começasse a morrer no banco de trás, mas essa era a única maneira que ele tinha para sobreviver estando tão próximo do arfar dolorido de Ronan.

Ele rodou para longe e rápido, lançando seu inconsciente para bem distante de seus pensamentos conscientes, o mais longe que ele poderia chegar da verdade do carro o mais rápido possível. Restava muito, muito pouco de Cabeswater. Na maior parte, escuridão. Talvez ele pudesse encontrar seu caminho de volta para seu corpo corrompido. Talvez ele se perderia, como

Persephone

Persephone

Tão logo Adam pensou o seu nome, percebeu que ela estava com ele. Adam não sabia dizer como ele sabia disso, tendo em vista que ele não podia vê-la. Na realidade, ele não conseguia ver nada. Na realidade, ele descobriu que estava mais uma vez intensamente ciente do tecido da venda em seus olhos, assim como da dor surda de seus dedos entrelaçados e presos uns nos outros. Mais uma vez intensamente ciente de sua realidade física; mais uma vez encarcerado dentro de seu corpo inútil.

— Você me empurrou de volta para cá — ele a acusou.

Psss, ela respondeu. *Foi você que se deixou ser empurrado.*

Adam não sabia o que lhe dizer. Ele estava dolorosamente contente de sentir sua presença novamente. Não era que Persephone, a vaga Persephone, fosse uma criatura dada a proporcionar conforto. Mas sua sensibilidade, sabedoria e regras o haviam confortado enormemente quando ele era um caos, e, embora ela não tivesse dito nada realmente para ele, a mera lembrança daquele conforto lhe causara um impulso de felicidade desmedida.

— Estou arruinado.

Humm.

— A culpa é minha.

Humm.

— Gansey estava certo.

Humm.

— Pare com esse *humm!*

Então talvez você devesse parar de dizer coisas que cansou de dizer para mim semanas atrás.

— Minhas mãos, no entanto. Meus olhos.

Quando ele os nomeou, Adam os sentiu. As mãos em garras. Os olhos revirados. Eles estavam empolgados com a destruição de Ronan. Esse era o seu propósito. Como eles desejavam ajudar naquela tarefa pavorosa.

Com quem você fez aquele trato?

— Cabeswater.

Quem está usando as suas mãos?

— O demônio.

Isso não é a mesma coisa.

Adam não respondeu. Mais uma vez Persephone estava lhe dando um conselho que soava bom, mas era impossível de usar no mundo real. Era sabedoria. Não um item leiloável.

Você fez o seu trato com Cabeswater, não com um demônio. Embora eles pareçam a mesma coisa e você os sinta da mesma maneira, eles não são a mesma coisa.

— Eu os sinto da mesma maneira.

Eles não são a mesma coisa. O demônio não tem direito algum sobre você. Você não escolheu o demônio. Você escolheu Cabeswater.

— Não sei o que fazer — disse Adam.

Sim, você sabe. Você tem que continuar fazendo suas escolhas.

Mas Cabeswater estava morrendo. Talvez em breve não houvesse Cabeswater para escolher. Talvez em breve só restasse a mente de Adam, o corpo de Adam e o demônio. Ele não disse isso em voz alta. Não tinha importância. Nesse lugar, seus pensamentos e suas palavras eram a mesma coisa.

Isso não o torna um demônio. Você será um daqueles deuses sem poderes mágicos. Como eles são chamados?

— Não creio que exista uma palavra.

Rei. Provavelmente. Estou indo agora.

— Persephone, por favor... Eu... — sinto sua falta.

Ele estava sozinho; ela havia partido. Adam fora deixado, como sempre, com partes iguais de conforto e incerteza. O sentimento de que ele sabia como avançar; a dúvida de que ele fosse capaz de executá-lo. Mas, dessa vez, ela fizera um esforço enorme para lhe dar a sua lição. Adam não tinha certeza se ela ainda podia vê-lo agora, mas ele não queria decepcioná-la.

E a verdade era que, se pensasse a respeito das coisas que ele adorava sobre Cabeswater, não havia a menor dificuldade em dizer a diferença entre ela e o demônio. Eles cresciam do mesmo solo, mas não tinham nada a ver um com o outro.

Esses olhos e essas mãos são meus, pensou Adam.

E eram. Ele não precisava provar isso. Era um fato tão logo ele acreditasse nele.

Adam virou a cabeça e se livrou da venda, esfregando-a.

Então viu o fim do mundo.

63

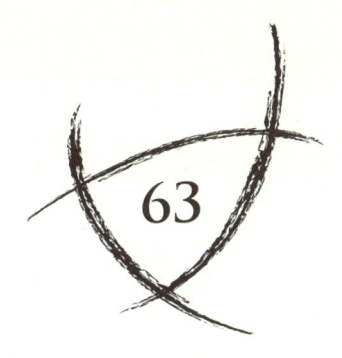

O demônio trabalhava lentamente as fibras do sonhador.
Eles eram coisas difíceis de desfazer, os sonhadores. Muito de um sonhador não existia dentro de um corpo físico. Muitas partes complicadas deles se emaranhavam nas estrelas e se prendiam nas raízes das árvores. Muito deles fugia pela correnteza dos rios e explodia através do ar, entre gotas de chuva.

Esse sonhador lutava.

O demônio dizia respeito ao desfazer e ao nada, e sonhadores diziam respeito ao fazer e à plenitude. Esse sonhador era tudo isso até um extremo, um novo rei em seu reino inventado.

Ele lutou.

O demônio continuava deixando-o inconsciente, e, naquelas breves rupturas de escuridão, o sonhador arrebatava a luz e, quando nadava de volta à consciência, impelia o sonho sobre a realidade. Ele lhes atribuía o formato de criaturas com asas, estrelas presas à terra, coroas flamejantes, notas douradas que cantarolavam por si mesmas, folhas de menta dispersas através do pavimento estriado de sangue e de pedaços de papel escritos com uma caligrafia entalhada: *Unguibus et rostro*.

Mas ele estava morrendo.

64

Querer viver, mas aceitar a morte para salvar os outros: isso era coragem. Essa era a grandeza de Gansey.

— Tem que acontecer agora — ele disse. — Tenho que fazer o sacrifício agora.

Agora que o momento tinha chegado, havia certa glória em relação a ele. Gansey não queria morrer, mas pelo menos estava fazendo isso por essas pessoas, sua família encontrada. Pelo menos estava fazendo isso por pessoas que ele sabia que realmente *viveriam*. Pelo menos ele não estava morrendo inutilmente, picado por vespas. Pelo menos dessa vez importaria.

Ali era onde ele morreria: em um campo inclinado, salpicado de folhas de carvalho. O gado escuro pastava colina acima, longe deles, os rabos batendo e balançando enquanto a chuva caía em trovoadas esparsas. A relva estava extraordinariamente verde para outubro, e o choque da cor contra as folhas brilhantes da estação fazia a paisagem parecer uma foto de calendário. Não havia mais ninguém há quilômetros dali. A única coisa fora do lugar era o rio de sangue polvilhado de flores através da estrada sinuosa, e o rapaz morrendo em seu carro.

— Mas não estamos nem perto de Cabeswater! — disse Blue.

O telefone de Ronan tocava de novo: *Declan, Declan, Declan*. Tudo ruía por toda parte.

Ronan oscilou brevemente de volta à consciência, seus olhos tomados de escuridão, uma chuva de seixos bruxuleantes espalhando-se de sua mão e deslizando até uma parada sórdida sobre o chão ensanguentado. Terrivelmente, a Garota Órfã só observava com uma expressão vazia do banco de trás, a escuridão lentamente escorrendo de seu ouvido mais próximo. Quando ela percebeu que Gansey a olhava, simplesmente fez *Kerah* com a boca, sem emitir nenhum som.

— Nós estamos na linha ley?

Tudo que importava era que eles estivessem na linha, para que o sacrifício contasse para matar o demônio.

— Sim, mas não estamos nem perto de *Cabeswater*. Você simplesmente vai *morrer*.

Uma grande coisa a respeito de Blue Sargent era que ela jamais realmente desistira. Ele teria dito isso a ela, mas sabia que isso só a deixaria mais incomodada. Então ele falou:

— Não posso ver o Ronan morrer, Blue. E Adam... e Matthew... e tudo isso? Não temos mais nada. Você já viu o meu espírito. Você já sabe o que nós escolhemos!

Blue fechou os olhos e duas lágrimas correram deles. Ela não chorou ruidosamente, ou de uma maneira que lhe pedia para dizer qualquer coisa diferente. Ela era uma criatura esperançosa, mas também sensível.

— Me desamarrem — disse Adam do banco de trás. — Se vocês forem fazer isso agora, pelo amor de Deus, me desamarrem.

Adam não tinha mais a venda nos olhos e olhava para Gansey, seus olhos mesmo em vez dos olhos do demônio. O peito se movia rápido. Se tivesse outro jeito, Gansey sabia que Adam o diria.

— É seguro? — perguntou Gansey.

— Tão seguro quanto a vida — respondeu Adam. — *Me desamarrem*.

Henry só estivera esperando por algo para fazer — ele claramente não sabia como processar essa situação sem ter uma tarefa para realizar —, então deu um salto para desamarrar Adam. Balançando os punhos avermelhados livres da faixa, Adam tocou primeiro o topo da cabeça da Garota Órfã e sussurrou:

— Vai ficar tudo bem.

E então saiu do carro e parou na frente de Gansey. O que eles poderiam dizer?

Gansey tocou seu punho fechado contra o de Adam e eles anuíram um para o outro. Era estúpido, inadequado.

Com esforço, Ronan voltou brevemente à consciência; flores transbordavam do carro em tons de azul que Gansey jamais vira. Ronan estava congelado no mesmo lugar, como ele sempre ficava após um sonho, e a escuridão exsudava de uma de suas narinas.

Gansey jamais compreendera realmente o que significava para Ronan ter de viver com seus pesadelos.

Agora ele compreendia.

Não havia mais tempo.

— Obrigado por tudo, Henry — disse Gansey. — Você é um príncipe entre os homens.

O rosto de Henry estava vazio.

— Eu odeio isso — disse Blue.

Estava certo, no entanto. Gansey sentiu que o tempo se esvaía — uma última vez. Sentiu que já fizera isso antes. Encostou suavemente o dorso das mãos nas faces de Blue e sussurrou:

— Vai ficar tudo bem. Estou pronto. Blue, me beije.

A chuva salpicava à volta deles, levantando borrifos de um líquido rubro-negro e fazendo com que as pétalas em torno deles se contorcessem. Objetos de sonho da recentemente curada imaginação de Ronan se empilhavam aos seus pés. Na chuva, tudo cheirava a essas montanhas no outono: folhas de carvalho e campos de feno, ozônio e terra revirada. Era bonito aqui, e Gansey adorava o lugar. Levara um longo tempo, mas ele terminara onde quisera, afinal.

Blue o beijou.

Ele havia sonhado muitas vezes com esse beijo, e ei-lo, de desejado para a vida. Em outro mundo, seria apenas isto: uma garota pressionando suavemente seus lábios contra os lábios de um garoto. Mas, neste mundo, Gansey sentiu os efeitos imediatamente. Blue, um espelho, uma amplificadora, uma alma estranha, metade árvore, com a mágica da linha ley correndo por ela. E Gansey, revigorado imediatamente pelo poder da linha ley, tendo recebido um coração de linha ley, outro tipo de espelho. E, quando eles apontaram um para o outro, o mais fraco cedeu.

O coração de linha ley de Gansey fora doado, não desenvolvido.

Ele se afastou dela.

Em voz alta, com intenção, com a voz que não deixava espaço para dúvidas, Gansey disse:

— Que seja para matar o demônio.

Assim que ele disse isso, Blue jogou os braços apertadamente em torno de seu pescoço. Assim que ele disse isso, ela pressionou o rosto contra a face de Gansey. Assim que ele disse isso, ela o segurou como uma palavra gritada. *Amor, amor, amor.*

Ele desabou silenciosamente de seus braços.

Ele era um rei.

65

Dependendo por onde você começasse a história, ela dizia respeito a Noah Czerny.

O problema de estar morto era que suas histórias paravam de ser linhas e começavam a ser círculos. Elas passavam a iniciar e terminar no mesmo momento: o momento da morte. Era difícil se concentrar em outras maneiras de contar histórias e lembrar que os vivos estavam interessados na ordem de especificados eventos. *Cronologia.* Essa era a palavra. Noah estava mais interessado no peso espiritual de um minuto. Ser morto. Havia uma história. Ele jamais parava de notar aquele momento. Toda vez que ele o via, ia mais devagar e o observava, lembrando-se precisamente de cada sensação física que experimentara durante o assassinato.

Assassinato.

Às vezes Noah era pego em uma volta em que compreendia constantemente que fora assassinado, e a ira o fazia quebrar coisas no quarto de Ronan, chutar o pote de menta de cima da escrivaninha de Gansey, ou dar um soco em uma vidraça na escada que conduzia ao apartamento.

Às vezes ele era pego *nesse* momento. A morte de Gansey. Observando Gansey morrer, sempre de novo. Perguntando-se se ele teria demonstrado essa bravura na floresta, se Whelk tivesse lhe pedido para morrer em vez de forçá-lo a morrer. Ele não acreditava que Whelk faria isso. Noah não tinha certeza se eles haviam compartilhado esse tipo de amizade. Às vezes, quando ele voltava para ver o Gansey ainda vivo, ele esquecia se esse Gansey já sabia ou não que ele iria morrer. Era fácil saber de tudo quando o tempo era circular, mas difícil lembrar como o usar.

— Gansey — ele disse. — Isso é tudo.

Esse não era o momento certo. Noah fora sugado para a vida espiritual de Gansey, o que era uma linha inteiramente diferente. Ele se afastou dela. Não era uma consideração espacial, mas de tempo. Era um pouco como pular corda de três — Noah não conseguia mais lembrar com quem ele fizera tal coisa, apenas que devia tê-la feito em algum ponto para se lembrar dela —, você tinha de esperar pelo momento certo para avançar ou seria repelido pela corda.

Ele nem sempre se lembrava de por que estava fazendo isso, mas se lembrava do que estava fazendo: olhando para a primeira vez em que Gansey morrera.

Noah não se lembrava da primeira vez em que ele havia feito essa escolha. Era difícil, agora, distinguir o que era uma lembrança e o que na realidade estava se repetindo. Nem agora ele tinha certeza de qual das duas ele estava fazendo.

Noah só sabia que ele seguia em frente até aquele momento. Ele só tinha de permanecer firme por tempo suficiente para se certificar de que ocorreria.

Ali estava ele: Gansey, muito jovem, contorcendo-se e morrendo nas folhas de uma mata no mesmo momento em que Noah, a quilômetros dali, se contorcera, morrendo nas folhas de uma mata diferente.

Todas as vezes eram as mesmas. Tão logo Noah morrera, seu espírito, cheio da linha ley, favorecido por Cabeswater, se sentira espalhado sobre cada momento que ele experimentara e experimentaria. Era fácil parecer sábio quando o tempo era um círculo.

Noah se agachou sobre o corpo de Gansey e disse, pela última vez:

— Você vai viver por causa de Glendower. Alguém na linha ley está morrendo quando não deveria, e assim você vai viver quando não deveria.

Gansey morreu.

— Adeus — disse Noah. — Não desperdice essa chance.

E deslizou silenciosamente através do tempo.

66

Blue Sargent havia esquecido quantas vezes lhe disseram que ela mataria o seu verdadeiro amor.

A sua família atuava no ramo de previsões. Elas liam cartas, promoviam sessões espíritas e viravam xícaras de chá sobre pires. Blue jamais fizera parte disso, exceto de uma maneira importante: ela era a pessoa com a previsão mais longeva na casa.

Se você beijar o seu verdadeiro amor, ele morrerá.

Durante a maior parte de sua vida, ela havia considerado como isso aconteceria. Ela fora avisada por toda sorte de clarividentes. Mesmo sem um pingo de habilidade mediúnica, ela vivera emaranhada em um mundo metade presente, metade futuro, sempre sabendo para onde estava indo.

Mas não mais.

Agora Blue olhava para o corpo morto de Gansey em seu blusão de gola V salpicado de chuva, pensando: *não faço ideia do que vai acontecer agora.*

O sangue drenava para fora da autoestrada, e corvos haviam pousado a alguns metros para bicá-lo. Todos os sinais de atividade demoníaca haviam desaparecido de uma vez.

— Tira ele — começou Ronan, e então, endireitando-se para terminar, em um rosnado: — Tira ele da estrada. Ele não é um *animal*.

Eles arrastaram o corpo de Gansey para a grama verde no acostamento da estrada estreita. Ele ainda parecia inteiramente vivo; só estivera morto por um minuto ou dois, e simplesmente não havia muita diferença entre estar morto e dormindo até as coisas começarem a se decompor.

Ronan se agachou ao lado dele, o líquido negro ainda lambuzado em seu rosto debaixo do nariz e em torno das orelhas. Seu vagalume sonhado repousava sobre o coração de Gansey.

— Acorda, seu bastardo — ele disse. — Seu filho da puta. Não acredito que você...

E começou a chorar.

Ao lado de Blue e Henry, Adam tinha as faces do rosto secas e os olhos mortos, mas a Garota Órfã abraçou seu braço, confortando uma pessoa chorosa enquanto encarava o nada, ao longe. O relógio de Adam se movia espasmodicamente no mesmo minuto sempre de novo.

Blue tinha parado de chorar. Ela já usara todas as suas lágrimas antes.

Os sons de Henrietta encontraram seu caminho até eles; uma ambulância ou um carro dos bombeiros acionava a sirene em alguma parte. Motores aceleravam. Um alto-falante estava ligado. Em uma árvore próxima, pássaros pequenos cantarolavam. As vacas haviam começado a se deslocar colina abaixo na direção deles, curiosas a respeito do tempo em que estavam parados ali.

— Realmente não sei o que fazer — confessou Henry. — Não era assim que eu achava que as coisas terminariam. Achei que iríamos todos para a Venezuela.

Ele soava irônico e pragmático, e Blue percebeu que essa era a única maneira que ele conseguia lidar com o fato do cadáver de Richard Gansey estar deitado no chão.

— Não consigo pensar assim — disse Blue verdadeiramente. Ela não conseguia pensar realmente em nada. Tudo havia chegado ao fim. Cada parte do seu futuro não estava escrita pela primeira vez em sua vida. Será que eles deveriam ligar para a polícia? Questões práticas de amores verdadeiros mortos, caídos à sua frente, e Blue percebia que não conseguia se concentrar em nenhuma delas claramente. — Não consigo realmente... pensar em nada. É como se eu tivesse um abajur sobre a minha cabeça. Vou continuar esperando... não sei.

Adam subitamente se sentou. Ele não disse nada, apenas cobriu o rosto com as mãos. Henry inspirou nervosamente.

— Nós deveríamos tirar os carros da estrada — ele disse. — Agora que as coisas não estão sangrando, o tráfego vai... — Ele se interrompeu. — Isso não está certo.

Blue balançou a cabeça.

— Eu simplesmente não entendo — disse Henry. — Eu tinha tanta certeza de que isso iria... mudar tudo. Não achei que fosse terminar assim.

— Eu sempre soube que terminaria assim — ela disse —, mas mesmo assim não parece certo. Será que um dia vai parecer certo?

Henry deslocou o peso do corpo de um pé para o outro, prestando atenção se não vinham outros carros, mas não tomando iniciativa alguma em relação aos carros deles, apesar de sua preocupação anterior com o tráfego. Ele olhou para o relógio — assim como o de Adam, ele ainda estava tentando incansavelmente os mesmos poucos minutos, embora não tão violentamente como antes — e repetiu:

— Eu simplesmente não entendo. Qual o sentido da mágica, senão por isso?

— Para o quê?

Henry estendeu uma mão sobre o corpo de Gansey.

— Para ele morrer. Você disse que vocês eram os mágicos de Gansey. *Façam alguma coisa.*

— *Eu* não sou mágica.

— Você acabou de *matar* o Gansey com a sua *boca*. — Henry apontou para Ronan. — Aquele ali acabou de sonhar aquela pilha de bagulhos ao lado do carro! E aquele outro salvou a própria vida quando as coisas caíram de um telhado!

A atenção de Adam se concentrou bruscamente nisso. A dor afiou o seu tom para o fio de uma faca.

— Isso é diferente.

— Diferente como? Desrespeita as regras também!

— Por que uma coisa é desrespeitar as regras da física com mágica — disparou Adam. — E outra é trazer alguém de volta à vida.

Mas Henry não cedia.

— Por quê? Ele já voltou uma vez.

Era impossível argumentar com isso. Blue disse:

— Mas aquilo exigiu um sacrifício. A morte do Noah.

— Então encontrem outro sacrifício — disse Henry.

Adam rosnou:

— *Você* está se oferecendo?

Blue compreendia a sua raiva, no entanto. Qualquer grau de esperança era impossível de suportar nessa situação.

Houve um silêncio. Henry olhou para baixo, para a estrada de novo. Finalmente, disse:

— *Sejam mágicos.*

— Cala a *boca* — disparou Ronan subitamente. — Cala a *boca!* Não suporto isso. *Esquece.*

Henry deu um passo para trás, tão feroz era a dor de Ronan. Todos caíram no silêncio. Blue não conseguia parar de olhar para o tempo marcando passo no relógio de Henry. O tremor era cada vez menos frenético à medida que eles se distanciavam do beijo, e Blue não conseguia deixar de temer quando o tempo retornasse inteiramente ao normal. Parecia que Gansey estaria realmente, verdadeiramente morto, quando isso acontecesse.

O ponteiro dos minutos estremeceu. E de novo.

Blue já estava cansada de uma linha do tempo sem Gansey nela.

Adam ergueu o olhar de onde estava curvado na grama. Sua voz soou pequena.

— E Cabeswater?

— O que tem ela? — perguntou Ronan. — Ela não tem mais poder para fazer nada.

— Eu sei — respondeu Adam. — Mas se você pedisse... ela poderia morrer por ele.

67

Dependendo por onde você começasse a história, ela dizia respeito à Cabeswater.

Cabeswater não era uma floresta. Cabeswater era uma coisa que parecia uma floresta agora. Tratava-se de uma mágica peculiar, segundo a qual era sempre muito antiga e muito nova ao mesmo tempo. Ela sempre fora e, no entanto, estava sempre se conhecendo. Ela sempre estivera viva e querendo estar viva novamente.

Ela jamais havia morrido de propósito antes.

Mas jamais haviam lhe pedido isso.

Por favor, o Greywaren disse. *Amabo te.*

Não era possível. Não como ele havia pensado. Uma vida por uma vida era um bom sacrifício, uma base brilhante para uma mágica fantástica e peculiar, mas Cabeswater não era bem mortal, e o garoto que os humanos queriam salvar era. Não era tão simples quanto Cabeswater morrendo, e ele ressurgindo. Se fosse para ser, teria de ser com Cabeswater fazendo com que alguma parte essencial dela assumisse a forma humana, e mesmo Cabeswater não tinha certeza se isso era possível.

A mente do garoto mágico se movia através dos pensamentos andrajosos de Cabeswater, tentando compreender o que *era* possível, projetando imagens pessoais para ajudar Cabeswater a compreender a meta da ressurreição. Ele não havia se dado conta de que se tratava de um conceito muito mais difícil para ele entender do que para Cabeswater; Cabeswater estava sempre morrendo e ressurgindo novamente; quando todos os momentos eram os mesmos, a ressurreição era meramente uma questão de mover a consciência de um minuto a outro. Viver para sempre não era algo difícil para Cabeswater imaginar; reanimar um corpo humano com uma linha de tempo finita era.

Cabeswater fez o melhor que pôde para demonstrar a ele a realidade disso, embora a nuance fosse difícil com a linha ley tão desgastada como estava. A pouca comunicação que eles conseguiam reunir só era possível porque a filha da médium estava ali com ele, como sempre estivera de alguma forma, amplificando tanto Cabeswater quanto o mágico.

O que Cabeswater estava tentando fazê-los compreender era que ela dizia respeito à criação. Fazer. Construir. Ela não poderia desfazer a si mesma para esse sacrifício, porque isso ia contra a sua natureza. Ela não poderia realmente *morrer* para trazer um humano de volta como ele era antes. Teria sido mais fácil fazer uma cópia do humano que acabara de morrer, mas eles não queriam uma cópia. Eles queriam aquele que eles haviam acabado de perder. Era impossível trazê-lo de volta inalterado; aquele seu corpo estava irreversivelmente morto.

Mas talvez fosse possível refazê-lo em algo novo.

Cabeswater só precisava se lembrar de como eram os humanos.

Imagens eram transmitidas de Cabeswater para o mágico, e ele as sussurrava para a filha da médium. Ela começou a direcionar sua mágica de espelho para as árvores que restavam em Cabeswater, e sussurrou *por favor* enquanto o fazia, e as *tir e e'lintes* reconheceram Blue como uma delas.

Então Cabeswater começou a trabalhar.

Seres humanos eram coisas muito engenhosas e complicadas.

À medida que ela começou a gerar vida e ser do seu estoque de sonhos, as árvores restantes começaram a zunir e a cantarolar juntas. Em eras passadas, suas canções haviam soado diferentes, mas dessa vez elas cantarolavam as canções que o Greywaren havia dado para elas. Era uma canção que se elevava, um lamento cheio de dor e alegria ao mesmo tempo. E, à medida que Cabeswater destilava a sua mágica, essas árvores começaram a cair, uma a uma.

A tristeza da filha da médium irrompeu através da floresta, e Cabeswater aceitou isso também, e a colocou na vida que ela estava construindo.

Outra árvore caiu, e outra, e Cabeswater seguia voltando sempre de novo para os humanos que tinham feito o pedido. Ela tinha de se lembrar de como eles se sentiam. Ela tinha de se lembrar de se fazer suficientemente pequena.

À medida que a floresta diminuía, o desespero e o assombro do Greywaren se avolumavam através de Cabeswater. As árvores cantarolavam docemente de volta para ele, uma canção de possibilidade, poder e sonhos, e então Cabeswater coletava o seu assombro e o colocava na vida que ela estava construindo.

E, por fim, o arrependimento melancólico do mágico se insinuou através do que restava das árvores. Sem isso, o que era ele? Simplesmente humano, humano, humano. Cabeswater pressionou folhas contra o seu rosto uma última vez, e então eles levaram essa humanidade para a vida que ela estava construindo.

Ela quase tinha uma forma humana. Serviria bem. Nada era perfeito.

Abram caminho para o rei corvo.

A última árvore caiu, a floresta desapareceu, e tudo estava absolutamente silencioso.

Blue tocou o rosto de Gansey e sussurrou:

— Acorde.

EPÍLOGO

As noites de junho em Singer's Falls eram belos acontecimentos. Exuberantes e escuras, o mundo pintado em complexos tons de verde. Árvores: por toda parte, árvores. Adam dirigiu pela estrada sinuosa de volta à Henrietta em um BMW pequeno e elegante que cheirava a Ronan. O rádio tocava um tecno terrível, típico de Ronan, mas Adam não o desligou. O mundo parecia enorme.

Ele estava voltando para o parque de trailers.

Era chegado o momento.

Um deslocamento de trinta minutos da Barns até o parque de trailers, então Adam tinha tempo suficiente para mudar de ideia, voltar à Santa Inês ou à Fábrica Monmouth.

Ele passou por Henrietta em direção ao parque de trailers, e então seguiu em frente pelo longo e esburacado caminho até os trailers, os pneus gerando uma nuvem de poeira atrás dele. Cachorros saltavam para perseguir o carro, desaparecendo quando ele chegava na frente da sua antiga casa.

Ele não precisava perguntar se estava realmente fazendo isso.

Ele estava, não estava?

Adam subiu os degraus inseguros. Esses degraus, um dia pintados, agora descascados e rachados, furados com as marcas perfeitamente redondas das abelhas-do-pau, não eram muito diferentes das escadas até o seu apartamento no andar de cima da Santa Inês. À diferença que aqui havia menos deles.

No topo da escada, ele estudou a porta, tentando decidir se deveria bater ou não. Não fazia tantos meses desde que ele vivera ali, indo e vindo sem avisar, mas parecia que haviam sido anos. Adam se sentia mais alto do que quando estivera pela última vez ali, embora certamente não pudesse ter crescido tanto desde o verão anterior.

Este não era mais o seu lar de verdade, então ele bateu.

Esperou, as mãos nos bolsos das calças cáqui passadas, olhando para a ponta limpa dos seus sapatos e então para cima novamente, para a porta empoeirada.

A porta se abriu e seu pai estava parado ali, o encarando. Adam se sentiu um pouco mais generoso em relação à versão passada dele mesmo, a que tinha medo de vir a ser parecida com esse homem. Porque, embora Robert Parrish e Adam Parrish não fossem parecidos à primeira vista, havia algo introspectivo a respeito do olhar de Robert Parrish que lembrava Adam de si mesmo. Algo a respeito do cenho franzido era similar também; o formato do franzir entre as sobrancelhas tinha precisamente o formato da continuada diferença entre o que a vida deveria ser e o que ela era na realidade.

Adam não era Robert, mas poderia ter sido, e ele perdoou aquele Adam passado por ter medo da possibilidade.

Robert Parrish encarou o filho. Atrás dele, no aposento obscurecido, Adam viu sua mãe, que olhava além de Adam, para o BMW.

— Me convide para entrar — disse Adam.

Seu pai ficou ali, uma narina se alargando, e em seguida recuou para dentro da casa. Virou uma mão em uma espécie de convite zombeteiro, um gesto de lealdade simulada a um falso rei.

Adam entrou. Ele havia esquecido como suas vidas eram comprimidas ali. Como a cozinha era o mesmo que a sala de estar, que era o mesmo que o quarto do casal, e do outro lado da sala principal, o minúsculo quarto de Adam. Ele não podia culpá-los por ressentidamente buscar aquele espaço; não havia outro lugar para estar naquela casa que não olhasse um para o outro. Ele havia esquecido como a claustrofobia o impelira para fora, tanto quanto o medo.

— Que bom que você ligou — sua mãe disse.

Ele sempre esquecia como ela costumava expulsá-lo também. Suas palavras eram um tipo de agressão mais escorregadio, resvalando para fora de sua memória mais facilmente que os golpes reais de seu pai, resvalando entre as costelas daquele Adam mais jovem quando ele não prestava atenção. Havia uma razão por que ele havia aprendido a se esconder sozinho, não com ela.

— Senti sua falta na formatura hoje — respondeu Adam tranquilamente.

— Não me senti bem-vinda — ela disse.

— Eu te convidei.

— Você fez isso ficar feio.

— Não fui eu que fiz isso ficar feio.

Os olhos dela se desviaram de Adam, a maior parte dela desaparecendo ao primeiro sinal de conflito.

— O que você quer, Adam? — seu pai perguntou. Ele ainda encarava as roupas de Adam, como se achasse que era isso o que tinha mudado. — Não creio que seja porque você está implorando para se mudar de volta para cá, agora que você se formou bacana e está dirigindo o carrinho do seu namorado.

— Vim para ver se existe alguma possibilidade de ter uma relação normal com meus pais antes de partir para a faculdade — respondeu ele.

A boca do seu pai se contorceu. Era difícil dizer se ele estava chocado com a declaração de Adam, ou apenas pelo fato de simplesmente ouvir a voz do filho. Aquilo não era algo que costumava se ouvir naquela sala. Era chocante para Adam ver como ele considerara aquilo normal por tanto tempo. Ele se lembrou de como os vizinhos viravam a cara para seu rosto machucado; ele costumava pensar, estupidamente, que eles não diziam nada porque achavam que ele de alguma maneira o merecia. Agora, no entanto, ele se perguntava quantos deles haviam se encolhido no chão na frente dos seus sofás, ou se escondido em seus quartos, ou chorado debaixo da varanda pequena na chuva forte. Ele sentiu uma urgência súbita de salvar todos esses outros Adams escondidos à vista de todos, embora não soubesse se eles o ouviriam. Isso lhe pareceu como um impulso de Gansey ou de Blue, e, enquanto sustentava essa heroica e minúscula fagulha na mente, Adam percebeu que somente porque acreditava ter salvo a si mesmo que ele podia imaginar salvar outra pessoa.

— Foi você que tornou isso impossível — disse o seu pai. — Foi você que fez isso ficar feio, como sua mãe disse.

Ele parecia petulante para Adam agora, não temível. Tudo a respeito da sua linguagem corporal, os ombros curvados como uma samambaia, o queixo para dentro, indicava que ele estava tão prestes a socar Adam quanto socaria o seu chefe. A última vez em que ele erguera uma mão para o seu filho, ele tivera de puxar um espinho sangrento dela, e Adam podia ver a incredulidade daquele momento ainda se registrando nele. Adam era outro. Mesmo sem a força de Cabeswater, ele podia senti-la reluzindo friamente em seus olhos, e ele não fazia nada para disfarçá-lo. Mágico.

— Era feio bem antes disso, pai — respondeu Adam. — Você sabe que não consigo ouvir desse ouvido? Você estava falando ao mesmo tempo em que eu no tribunal quando eu disse isso antes.

O pai de Adam fez um ruído desdenhoso, mas Adam o interrompeu.

— O Gansey me levou para o hospital. Deveria ter sido você, pai. Quer dizer, jamais deveria ter acontecido, mas, se realmente tivesse sido um acidente, deveria ser você na sala comigo.

Mesmo enquanto dizia as palavras que queria, Adam não conseguia acreditar que estava fazendo isso. Será que algum dia ele já respondera para o seu pai e estivera convicto de que estava certo? E fora capaz de encará-lo de frente? Adam não conseguia realmente acreditar que ele não estava com medo: seu pai não era assustador, a não ser que você já estivesse com medo.

Robert Parrish esbravejou e colocou as mãos nos bolsos.

— Eu sou surdo desse ouvido, pai, e foi você quem fez isso.

Agora seu pai olhou para o chão, e Adam percebeu que ele acreditava nele. Talvez isso fosse a única coisa que Adam realmente precisava extrair desse encontro: os olhos de Robert evitando o olhar de Adam. A certeza de que seu pai sabia o que ele tinha feito.

— O que você quer de nós? — ele perguntou.

A caminho dali, Adam havia considerado essa questão. O que ele verdadeiramente queria era ser deixado em paz. Não por seu pai real, que não podia mais verdadeiramente se intrometer em sua vida, mas pela ideia do seu pai, algo mais poderoso de todas as maneiras. Ele respondeu:

— Toda vez que eu não sei dizer de onde uma pessoa está me chamando em uma sala, toda vez que eu bato a cabeça no canto do chuveiro e toda vez que eu coloco acidentalmente meus fones nos dois ouvidos, eu me lembro de você. Você acha que pode haver um futuro em que esses não sejam os únicos momentos em que eu penso em você?

Ele podia dizer pelas expressões deles que a resposta para isso provavelmente não seria tão cedo um sim, mas não havia problema quanto a isso. Adam não viera com nenhuma expectativa, então ele não se sentia desapontado.

— Reconheço que não sei — seu pai respondeu por fim. — Você se tornou uma pessoa que eu não gosto muito, e não tenho medo de dizer isso.

— É justo — disse Adam. Ele não se importava muito com seu pai também. Gansey teria dito *Gosto da sua honestidade*, e Adam tomou emprestado daquela lembrança de poder educado. — Gosto da sua honestidade.

O rosto do seu pai indicou que Adam havia ilustrado o seu ponto de maneira absolutamente perfeita. Sua mãe se manifestou.

— Eu gostaria que você ligasse. Eu gostaria de saber o que você anda fazendo.

Ela ergueu a cabeça e a luz através da janela formou um quadrado perfeito de luz sobre os seus óculos. E, do nada, os pensamentos de Adam se projetaram através do tempo, sua lógica seguindo os mesmos canais que o seu sentido mediúnico usava. Ele podia se ver batendo na porta, ela parada do outro lado, não respondendo. Ele podia se ver batendo na porta, ela parada atrás do trailer, segurando a respiração até ele ter partido. Ele podia se ver ligando e o telefone tocando enquanto ela o segurava nas mãos. Mas ele também podia vê-la abrindo o folheto da faculdade. Ele podia vê-la recortando o seu nome de um jornal. Colocando uma foto dele na geladeira, em seu terno bacana, em suas calças elegantes e com o sorriso fácil.

Em algum momento sua mãe o largara e não o queria de volta. Ela só queria saber o que estava acontecendo.

Mas assim estava bem também. Era algo. Ele podia fazer isso. Na realidade, isso provavelmente era tudo o que ele podia fazer.

Adam bateu com os nós dos dedos no armário ao lado dele, uma vez, pensativo, e então tirou as chaves do BMW.

— Vou fazer isso — ele disse.

Ele esperou só um momento mais, dando-lhes a oportunidade de preencher o espaço, exceder a expectativa.

Mas eles não o fizeram. Adam colocara a barra precisamente à altura que eles podiam saltar, e não mais alta.

— Eu saio sozinho — ele disse.

E saiu.

♉

Do outro lado de Henrietta, Gansey, Blue e Henry estavam acabando de sair do Pig. Henry foi o último a sair, já que fora no banco de trás, e se apertou por detrás do assento do passageiro como se estivesse sendo parido. Fechou a porta e então franziu o cenho para ela.

— Você tem que bater a porta — disse Gansey.

Henry a fechou.

— Bate ela — repetiu Gansey.

Henry a bateu.

— Bem forte — ele disse.

Eles estavam nesse local remoto por causa de Ronan. Ele lhes havia passado instruções vagas aquela tarde — aparentemente, estavam em uma caçada necrófaga pelo presente de formatura de Blue. Ela terminara a escola havia semanas, e Ronan deixara entendido que um presente a esperava, mas ele havia se recusado a dar pistas até que Gansey e Henry também tivessem se formado. *Vocês devem usar isso juntos*, ele havia dito, sinistramente. Eles o tinham convidado para vir junto — tanto na formatura quanto nessa caçada necrófaga —, mas Ronan simplesmente respondera que ambos os locais estavam cheios de memórias ruins para ele, e ele os veria do outro lado.

Então agora eles caminhavam por um acesso de terra em direção a uma densa linha de árvores que escondia tudo de sua vista além dela. Estava agradavelmente quente. Insetos aninhavam-se em suas camisetas e em torno de seus tornozelos. Gansey tinha a sensação de que já tinha feito isso antes, mas não sabia dizer se isso realmente acontecera ou não. Agora ele sabia que o sentimento do tempo se esvaindo com o qual convivera por tanto tempo não era um produto da sua primeira morte, mas da sua segunda. Um subproduto da miscelânea que Cabeswater tinha juntado para lhe dar a vida novamente. Seres humanos não deveriam experimentar todas as coisas ao mesmo tempo, mas Gansey tinha de fazê-lo de qualquer forma.

Blue estendeu a mão para pegar a mão dele enquanto eles caminhavam, e eles balançaram esse laço de dedos alegremente. Eles eram livres, livres, livres. A escola tinha terminado e o verão se estendia à sua frente. Gansey havia pedido um ano sabático e vencido; Henry já havia planejado um. Era tudo conveniente, à medida que Blue havia passado meses planejando como viajar barato de carona pelo país depois de se formar. Destino: vida. Era melhor com companhia. Era melhor com três. Três, Persephone sempre dissera, era o número mais forte.

Agora eles haviam irrompido a linha de árvores e se encontravam em um enorme campo de relva crescida, bastante comum nessa região da Virgínia. As orelhas dos cordeiros felpudos já despontavam em meio à relva; os cardos ainda estavam pequenos e escondidos.

— Ah, Ronan — disse Gansey, embora Ronan não estivesse ali para ouvir, porque ele acabara de se dar conta para onde Ronan os havia levado.

O campo estava cheio de carros, quase todos idênticos, quase todos um pouco estranhos, de um jeito ou de outro. Eram quase todos Mitsubishis brancos. A relva que crescia à volta deles e o pólen que anuviava os para-brisas faziam a cena parecer um tanto apocalíptica.

— Não quero nenhum desses para a nossa grande viagem de carro americana — disse Henry com desgosto. — Não me importo que sejam de graça nem mágicos.

— Concordo — disse Gansey.

Blue, no entanto, parecia despreocupada.

— Ele disse que havia um aqui que saberíamos que era para nós.

— Você sabia que era um carro? — demandou Gansey. Ele fora incapaz de arrancar a menor pista de Ronan.

— Eu não seguiria as pistas dele sem nenhuma informação — retrucou Blue.

Eles vadearam pela relva, gafanhotos zunindo à frente deles. Blue e Henry procuravam atentamente, comparando os veículos. Gansey perambulava, sentindo a noite de verão encher seus pulmões. Foi esse giro cada vez mais amplo do seu caminho que o levou até o presente de formatura.

— Pessoal, encontrei!

Era o óbvio estranho no ninho: um Camaro antigo furiosamente laranja, estacionado no meio de todos os Mitsubishis novos. Era tão obviamente idêntico ao Pig que Ronan deve tê-lo sonhado.

— O Ronan se acha muito engraçado — disse Gansey enquanto Blue e Henry abriam caminho até ele.

Henry arrancou um carrapato do braço e o jogou no mato para que sugasse outra pessoa.

— Ele quer que vocês dirijam carros que combinam? Isso parece romântico para um homem sem alma.

— Ele *me* disse que o carro tinha algo que eu vou adorar debaixo do capô — disse Blue. Ela deu a volta até a frente e procurou a alça para abrir o capô. Em seguida o levantou e começou a rir.

Todos espiaram dentro, e Gansey riu também. Porque dentro do compartimento do motor desse Camaro não havia *nada*. Não havia motor. Não havia nenhum mecanismo interno. Apenas o espaço vazio, até a relva que crescia junto aos pneus.

— Um carro ecológico — disse Gansey, ao mesmo tempo em que Henry falou:

— Você acha que ele realmente funciona?

Blue bateu palmas e pulou; Henry tirou uma foto dela pulando, mas ela estava alegre demais para fazer uma pose para ele. Pulando para o lado do motorista, Blue entrou no carro. Mal dava para vê-la atrás do painel. Seu sorriso ainda era enorme. Ronan lamentaria de ter perdido essa, mas Gansey compreendia suas razões.

Um segundo mais tarde, o motor rugiu para a vida. Ou melhor, o carro rugiu para a vida. Vá saber o que estava fazendo aquele barulho. Blue deu um grito ridículo de prazer.

O ano estendia-se à frente deles, mágico, enorme e inteiramente branco. Era maravilhoso.

— Será que ele quebra? — gritou Gansey sobre o ruído do não motor.

Henry começou a rir.

— Vai ser uma grande viagem — ele disse.

⚡

Dependendo por onde você começasse a história, ela dizia respeito a esse lugar: a longa extensão de montanhas que encilhava um segmento particularmente potente da linha ley. Meses antes, fora Cabeswater, povoada por sonhos e florescendo com mágica. Agora não passava de uma floresta comum da Virgínia, com espinheiros verdes, plátanos suaves, carvalhos e coníferas, todos esguios do esforço de crescer através da rocha.

Ronan achava que ela era bela o suficiente, mas não era Cabeswater.

Ao longe, em um dos barrancos, uma garota magricela com cascos tropeçou divertidamente na relva alta, cantarolando e fazendo ruídos de mastigação nojentos. Tudo na floresta era interessante para ela, e interessante significava prová-lo. Adam disse que ela parecia muito com Ronan. Ronan preferia tomar isso como um elogio.

— Opala — ele disparou, e ela cuspiu um bocado de cogumelo. — Pare de xeretar por aí!

A garota galopou para alcançá-lo, mas não parou quando chegou até onde Ronan estava. Preferiu formar uma roda assimétrica de atividade frenética em torno dele. Qualquer outra coisa poderia dar a aparência de obediência voluntária, e ela faria o possível para evitar isso.

Mais à frente, Motosserra guinchou: *Kerah!*

Ela seguiu gritando até que Ronan a alcançou. Com certeza, ela havia encontrado algo fora do lugar. Ele chutou em meio às folhas. Era um artefato de metal que parecia ter séculos de vida. Era a roda de um Camaro 1973. Ela casava com a roda antiga, impossível, que eles haviam encontrado na linha ley meses antes. À época, Ronan interpretara que aquilo significava que, em algum lugar no futuro, eles bateriam o Camaro na busca por Glendower e a deformação do tempo da linha ley os enviaria de volta no tempo e para o futuro novamente. Todos os tempos sendo os mesmos na linha ley.

Mas parecia que eles não haviam chegado a esse lugar ainda: eles tinham aventuras futuras esperando por eles na linha ley.

Era uma perspectiva emocionante e aterrorizadora.

— Belo achado, fedelha — ele disse à Motosserra. — Vamos para casa.

De volta à Barns, Ronan pensou em todas as coisas que ele gostava e não gostava a respeito de Cabeswater, e o que ele faria diferente se fosse manifestá-la agora. O que daria mais proteção a ela contra uma ameaça no futuro, o que a faria mais capaz de se conectar com outros lugares como ela própria na linha, o que a faria um reflexo mais verdadeiro dele mesmo.

Então, pensando nessas coisas, ele subiu no telhado e mirou o céu.

Fechou os olhos e começou a sonhar.

AGRADECIMENTOS

A Saga dos Corvos vem sendo escrita há mais de dez anos, e várias pessoas me ajudaram de muitas maneiras. Por isso, essa seção, embora necessária, não faz juz a todos que estiveram ao meu lado nessa jornada.

Primeiro, preciso agradecer às nobres: Tessa Gratton e Brenna Yovanoff, sempre dispostas a lutar com meus dragões. Sarah Batista-Pereira, você matou dragões que eu nem havia percebido. Court Stevens, obrigada por me passar uma espada no fim do dia.

À corte reluzente: Laura Rennert, minha apaixonada agente, e Barry Eisler, seu consorte. David Levithan, meu editor, que me deu o melhor presente que um autor poderia pedir: tempo. Rachel Coun, Lizette Serrano, Tracy van Straaten, um trio encantado de clarividentes profissionais. Becky Amsel, cacau para sempre.

À família: particularmente aos meus pais, que construíram um castelo de livros para mim. Também Erin, que me mostrou como fazer uma armadura.

Ao verdadeiro amor: Ed, sinto muito que sempre seja uma batalha. Mas nem tanto. Sinto e não sinto. Olhe, você sabia onde estava se metendo quando tirou aquela espada daquela pedra. Serei eternamente grata por tê-lo ao meu lado.

Este livro foi impresso em papel Pólen Soft 80 g/m²
na Gráfica Cromosete.